古典文獻研究輯刊

十九編

曾永義 主編

第 21 冊

杜貴晨文集（第二卷）：
「羅學」與《三國演義》研究

杜貴晨 著

國家圖書館出版品預行編目資料

杜貴晨文集（第二卷）：「羅學」與《三國演義》研究／杜貴晨
著 — 初版 — 新北市：花木蘭文化事業有限公司，2019〔民
108〕
序 2+ 目 2+290 面；19×26 公分
（古典文學研究輯刊 十九編；第 21 冊）
ISBN 978-986-485-654-1（精裝）
1. 三國演義 2. 研究考訂
820.8   108000790

ISBN-978-986-485-654-1

9 789864 856541

古典文學研究輯刊
十九編　第二一冊   ISBN：978-986-485-654-1

杜貴晨文集（第二卷）：「羅學」與《三國演義》研究

作　　者　杜貴晨
主　　編　曾永義
總 編 輯　杜潔祥
副總編輯　楊嘉樂
編　　輯　許郁翎、王筑　美術編輯　陳逸婷
出　　版　花木蘭文化事業有限公司
發 行 人　高小娟
聯絡地址　235 新北市中和區中安街七二號十三樓
　　　　　電話：02-2923-1455 ／傳眞：02-2923-1452
網　　址　http://www.huamulan.tw 信箱 hml 810518@gmail.com
印　　刷　普羅文化出版廣告事業
初　　版　2019 年 3 月
全書字數　223102 字
定　　價　十九編 33 冊（精裝）新台幣 64,000 元

杜貴晨文集（第二卷）：
「羅學」與《三國演義》研究

杜貴晨　著

作者簡介

杜貴晨，字慕之。山東省寧陽縣人。1950 年 3 月 25（農曆庚寅年二月初八）日生於寧陽縣堽城鄉（今鎮）堽城南村。六歲入本村小學，從仲偉林先生受業初小四年；十歲入堽城屯小學讀高小二年；十一歲慈母見背；十二歲入寧陽縣第三中學（初中，駐堽城屯）；十五歲入寧陽縣第一中學（駐縣城）高中部；文革中 1968 年畢業，回鄉務農。歷任村及管理區幹部。1978 年高考以全縣第一名考入中國人民大學中文系；1979 年 10 月作爲學生代表列席全國第四次文代會開幕式；1980 年開始發表文章，1981 年參加《文學遺產》編輯部舉辦的青年作者座談會；1982 年七月大學畢業，畢業論文《〈歧路燈〉簡論》發表於《文學遺產》（1983 年第 1 期）。

1982 至 1983 年短暫在全國人大常委會法制工作委員會辦公室工作。1983 年 3 月調入曲阜師範學院中文系（今曲阜師範大學文學院），先後任講師、副教授、教授、碩士生導師，教研室主任；2000 年 10 月調河北大學人文學院，任教授、博士生導師、教研室主任；2002 年 7 月調山東師範大學文學院，任教授，古代文學、文藝學博士生導師、博士後合作導師，學科負責人。2015 年 4 月退休。

兼任中國《三國演義》學會副會長，《歧路燈》研究會副會長，羅貫中學會副會長，中國水滸學會、中國《儒林外史》學會（籌）常務理事，中國《金瓶梅》學會理事等；創立山東省水滸研究會並擔任會長；擔任山東省古典文學學會副會長兼秘書長。

先後出版各類著作 19 部；在《中國社會科學》《文學評論》《文學遺產》《北京大學學報》《中國人民大學學報》《復旦學報》《清華大學學報》《明清小說研究》《河北學刊》《學術研究》《齊魯學刊》《山東師範大學學報》《南都學壇》等刊，以及《人民日報》（海外版）、《光明日報》等報發表學術論文、隨筆等約 200 篇。多種學術觀點在學界以至社會有一定影響。

提　　要

「羅學」是研究《三國演義》等小說的作者羅貫中的學問，由本作者首次正面提出。以「羅學」領起，本卷收作者關於「羅學」與《三國演義》研究的文章。關於「羅學」部分的主要內容包括提出「羅學」的經過、必要性、內容、意義以及「羅學」之未來等，偏重「羅學」理論方面的探討；關於《三國演義》的部分主要探討《三國演義》的作者是羅貫中，羅貫中是東原（今山東東平）人，《錄鬼簿續編》所載「羅貫中，太原人」一條資料暫不能用爲考證《三國演義》作者的根據，古代小說考證同名交錯之誤及其對策，《三國演義》「成書於元泰定三年（1326）前後」，《三國演義》「實是一部外通俗而內高雅的文人之作，我國古代第一部文人獨立創作的長篇小說」，「《三國演義》在一定程度上成了儒家學說的『通俗演義』，又在「在一定程度上是《孫子兵法》的演繹，是一部『通俗小說體兵書』」，毛宗崗評《三國演義》對中國古代小說理論的貢獻及其「擁劉反曹」意在反清復明，毛澤東與《三國演義》，等等，都屬「羅學」實踐的主要內容。本卷因《三國演義》研究的諸多新見和統歸之於「羅學」而有鮮明特色。

自　序

　　本卷收錄有關「羅學」與《三國演義》研究的文稿，大都在學術期刊發表過。雖然直接談「羅學」的僅有兩篇，其他都屬《三國演義》研究，但是本人認為，《三國演義》以及本文集第三卷《水滸傳》研究的內容，都屬於「羅學」的範疇。「羅學」是指有關羅貫中與《三國演義》《水滸傳》等有關文學的研究，是一個內容廣闊的文學與文化課題。

　　「羅學」是本人大約十年前偶然提出的，「羅學」的正面提倡雖晚至十年前，但羅貫中籍貫生平與以《三國演義》《水滸傳》為中心的羅貫中小說研究的學問已是百年大業，名家輩出，著作如林，影響廣大，更方興未艾。

　　百年羅貫中及其小說研究的歷史表明，雖然不一定有「羅學」的旗幟才可以做羅貫中研究的學問，但實至名歸既是羅貫中研究發展至今的必然，也是名正言順，進一步推動羅貫中研究的需要。從而既能在「紅學」後又有了「曹學」，那麼「三國」「水滸」等學基礎上有個「羅學」乃順理成章。所以，不是要不要有一個「羅學」，而是「羅學」的成立本應更早，卻後發而至，姍姍來遲了。

　　自拙作倡議「羅學」諸文先後發表，至今響應者，有以「羅學」為論題的論文發表，以「羅學」為主旨的會議召開，也已經有《羅學》期刊（以書代刊）連續出版，可說短時期內已經有了一定發展和影響。但是，題關「羅學」的個人著作尚付缺如。這雖然是可以期待的，但是既然「羅學」以羅貫中和《三國演義》《水滸傳》研究為中心，那麼本卷也就不避「搶沙發」之嫌而敢冠以「羅學」了。此所謂拋磚引玉，同時是對倡議「羅學」十年的一點紀念。

　　本卷收文是三十多年間主動或應各種需求陸續寫下的有關羅貫中與《三國演義》的文章，前後不免有個別資料引用的重複和某些觀點的變化甚至矛盾，實乃個人學術上的滄桑，今已不便或無力改正，大都以舊貌存之，讀者鑒諒。至於內容上的個人見解，主要是在涉及羅貫中的籍貫與《三國演義》的成書、創作性質，「毛評」的反清意識等方面有所發明，在《三國演義》與儒家、兵家思想的聯繫方面有所深入，但亦不過管窺蠡測而已。

　　本卷曾經伊犁師範學院文學院副教授朱仰東博士文字校正，特此致謝！

杜貴晨

二〇一八年三月二十七日星期二

目次

第一編　關於「羅學」

關於建立「羅學」

我所謂「羅學」，是指研究《三國志演義》的作者同時是《水滸傳》作者或作者之一的羅貫中的學問。或以為研究羅貫中，就大家研究下去好了，為什麼還要立一門「羅學」？又果然要有一門「羅學」的話，隨著研究的擴大與深入，格局自成，「羅學」的名號自會應運而生，提倡云云，毋乃多事？其實不然。

誰都知道並且理想的是，大凡一種學說概念的提出，最好如上所說的水到渠成，但事情往往並不完全如人們理想的那樣。例如同樣以水渠為喻，並不妨在需要的時候開溝引水為渠，而且這種概念先行的情況更多，也更為普遍；還有時這類「水渠」的形成，並不一定出於有意，甚至當時只是為了幽他一默，或表示不屑，還可能是給予反對，卻意外地成立一不朽學說之名。例如清光緒間學者以「少一橫三曲」之「『經』學」戲稱「紅學」〔註1〕名號的提出即是；近來劉世德先生稱研究《金瓶梅》作者蘭陵笑笑生實為何人的考證為「笑學」，也可能真的會引出一個學者們居之不疑的「笑學」出來〔註2〕。

本人初非有意，想到「羅學」也是一個偶然。那是某日山東東平之行，微雨中湖上泛舟歸來，與當地一位領導論及羅貫中研究，一時興到，發了「羅學」的大話。如今誠已駟馬難追，但自信也不無一定的道理，索性仿「紅學」「笑學」之例，就把研究羅貫中的學問稱之為「羅學」，很可能貽笑大方，但也還寄希望能有一二同調！

〔註1〕 參見均耀《慈竹居零墨·紅學》，一粟編《紅樓夢資料彙編》（下冊），中華書局 1964 年版，第 415 頁。
〔註2〕 杜貴晨《〈金瓶梅〉研究不妨有一個「笑學」》，《古典文學知識》2009 年第 6期。

　　我有這樣的信心，是因爲一如研究曹雪芹《紅樓夢》有「曹學」並「紅學」，與研究《金瓶梅》作者蘭陵笑笑生的「金學」與「笑學」，研究《三國演義》和《水滸傳》作者羅貫中的學問，在並不太流行的所謂「三國學」「水滸學」之外，的確需要並已經存在了一個研究羅貫中的「羅學」。而且因爲有關我所謂「羅學」的事理，遠比一個「金學」「笑學」「三國學」或「水滸學」的內涵要複雜得多，從而更顯得有立一個「羅學」的必要。

　　這種必要性首先在於，一如由於歷史資料的缺乏等原因，曹雪芹與蘭陵笑笑生的形跡可疑處多多，羅貫中也是「煙籠寒水月籠沙」般迷離恍惚中的人物。有關他生平、籍貫、著作等等方面的謎團多多，學者多能知道的，茲不贅述。而單說在這些方面的任何一點上作出某種看起來近似於眞實的結論，也無不有巨大的困難。例如羅氏籍貫的討論，歷百年而至今聚訟甚多，「東原說」與「太原說」相持不下，教科書上主此主彼或折衷的情形不一，影響現實生活中不止一地標榜爲「羅貫中故里」。又如羅貫中與《水滸傳》的關係，到底是作者、作者之一、編次者或續作者等，都是數百年積案，誘人索解。還有就以羅貫中爲作者或作者之一的《三國演義》《水滸傳》而言，其成書過程中羅氏到底起了怎樣的作用？這兩部書在何等程度上是羅貫中思想與藝術的體現？如此等等，都是明顯需要研究的課題。雖然這些課題困難的程度，使從來研究者似都有無可問津之感，所以研究者不多，氣氛自然也就不夠熱鬧，但誰都知道，這裡任何一點有意義的發現，都會在古代小說以至文學研究界引起軒然大波，甚至引起社會輿論的關注，豈非古代小說研究一大片待墾之沃土，一座有待攀登的高峰！

　　其次，是無論從古人的著錄，還是從文本相似等等的關聯看，如上已提及羅貫中至少關係《三國演義》《水滸傳》兩部大書。這兩部書不僅佔了明代「四大奇書」的一半，而且後世主要是章回小說的無限法門，幾乎都由此兩部書而開。因此，研究這兩部書的學者圈裏近年流行的「三國學」「水滸學」，其實大半只是一個「羅學」。而且「羅學」既可以把「三國學」「水滸學」包括在內了，還可以因兩部大書在筆者看來基本是由羅氏一人最後而成事實的突出，引起人們重視這兩部大書關聯的比較研究，方不枉古人曾把兩書合刻爲《英雄譜》的用心。而中國古代小說研究也可藉此擴大研究的視野與領域，開創名著比較研究的新局面。

　　第三，前人論《三國演義》爲「章回小說開山之祖」「歷史演義壓卷之作」，自然羅貫中就是我國章回說部、歷史演義的第一大家。從而後世小說無不在

他的籠罩之下，包括曹雪芹、吳敬梓在內，明清的通俗小說的作者們程度不同沒有一個不是學他或受他影響的。這個事實表明，研究中國章回小說，特別是研究對中國章回小說發展做出過重大貢獻的章回小說家，如果要排一個先後的話，那麼第一要從羅貫中做起；僅有「曹學」「紅學」「笑學」等等，而沒有羅貫中研究的小說史研究，算不得全面的研究。從而中國有關古代章回小說史的學問，必要有一個研究羅貫中之學的「羅學」，作爲古代章回小說研究的第一「學」。

最後，我國春秋以降兩千餘年，特別是元明以降至清末約六百年間，影響中國歷史最大的思想文化，在社會上層達官顯貴、士大夫文人中是孔、孟所代表的儒學，在下層讀書人與普通少識字或不識字的百姓中，是以通俗小說與戲曲所代表的通俗文學，而尤以章回小說爲最。作爲章回小說最早成功的兩部名著，《三國演義》《水滸傳》一如《論》《孟》在古代中國上流社會中的地位，可說是下層社會普通文人與百姓草民的「聖經」。從而這兩部書的作者羅貫中，可說是中國下層社會普通百姓的「聖人」。他通過這兩部書給予中國社會的影響，即使不說上層人也往往喜歡並利用它，也應該不減於《論》《孟》只是少數上層人讀的遠未能普及。這個事實給我們的提示，就是應該如重視孔、孟的研究一樣，重視羅貫中的研究，逐漸發展出一個「羅學」來。

總之，「羅學」是古代小說研究應有之學，更是中國思想文化研究的應有之學。然而至今未有，所以亟待建立。有識之士，廣大研究古代小說、民間文化特別《三國》《水滸》及相關文化現象的學者，都應該爲之努力，促之使成。

建立「羅學」的必要性、可行性與具體推進形式的論證，作爲理論問題一言難盡，更作爲實踐的學術要在發展的過程中得到完善與提高。從而相對於充分的說理，本文難免有「硬說」之嫌，而貽笑大方，甚至有招「罵」的可能。但學術推進與被接受的路徑往往是曲折的，不僅有《老子》所謂「不笑不足以爲道」，也許還會有「不『罵』不足以爲道」。這也就是提出一種新見，指望只有贊同而不有人反對，幾乎是不可能的。那麼，「羅學」的提出，就只好笑罵由人了！

二〇一〇年九月十一日星期六

（本文先作爲《關於「羅學」及其他——〈三國演義〉研究三題》一文的主要內容發表於《現代語文》2010 年第 19 期，又經增改以本題發表於《古典文學知識》2011 年第 3 期）

「羅學」新論──提出、因由、內容與展望

一、「羅學」的提出

羅貫中是《三國演義》等小說的作者，我國元末或元明間文學家，世界文化名人。「羅學」是研究羅貫中的學問。

「羅學」是本人於 2010 年春天的一次東平之行，由時任東平縣委常委、宣傳部長郭冬雲等同志陪同遊湖的舟中忽然想到和說出的。但今天想來，那並非一時心血來潮的想入非非，而是既有自己多年研究古代小說中向前輩與時賢學習的感悟，又是自 2006 年 8 月在東平舉辦「羅貫中與《三國演義》《水滸傳》國際學術研討會」以來，筆者較多就署名羅貫中的《三國演義》《水滸傳》等小說作綜合會通之考量的結果。

「羅學」的正式提出始於本人參加 2010 年 8 月 20 日至 24 日在鎮江召開的「東吳文化暨第二十屆《三國演義》學術研討會」提交論文《關於建立「羅學」及其他──〈三國演義〉研究三題》並就此題作大會發言，而論文在會議開幕時即已收入會議論文集出版。後又經剪裁修訂，先後在學術期刊和本人的博客發表〔註1〕。

「羅學」是對羅貫中研究的理論概括，是為羅貫中研究樹立的一面旗幟。

〔註1〕 杜貴晨《關於建立「羅學」及其他──〈三國演義〉研究三題》，王玉國主編《東吳文化暨第二十屆〈三國演義〉學術研討會論文集》，北京師範大學出版社/安徽大學出版社 2010 年版；杜貴晨《關於建立「羅學」及其他》，《現代語文》2010 年第 19 期；杜貴晨《關於建立「羅學」》，《古典文學知識》2011 年第 3 期；杜貴晨《關於建立「羅學」》，中國網專家博客‧杜貴晨的博客（2010 年 9 月 11 日星期六）。

因此，「羅學」雖僅兩字，卻非輕易，誠如臺灣學者杜松柏先生《國學治學方法》論「治學十要」的首條所說：「治學貴在創新，而以發現新理論，建立新體系，有建設性的貢獻，產生巨大的影響爲難能可貴。」〔註2〕

「羅學」的提出當然不是建立了完全的「新理論」或「新體系」，但對「新理論」或「新體系」的建立有可能是一個「建設性的貢獻」。

倘若眞的是一個貢獻，那麼筆者首先要鄭重聲明的是，「羅學」的提出雖自本人，卻如上所述及，不過是本人有幸從前人和時賢研究中學習以及受當代學術形勢影響的結果，並不僅由於一己之能；而且如果將來「羅學」果然能夠發展成爲一門學問，那麼也一定是眾多研究者共同努力的結果。

作爲共同努力的一個方面，本人以多種形式鼓說此論，頗疑將招致自吹自擂之嫌。但從筆者倡導「文學數理批評」〔註3〕和《金瓶梅》作者蘭陵笑笑生研究的「笑學」〔註4〕，以及提出《西遊記》寫孫悟空及三界有泰山文化背景之說等的經驗來看〔註5〕，在這個眾聲喧嘩的學術界，一個縱然是很有益於學術的見解，也並不見得能夠輕易爲廣大學者瞭解與接受，所以仍繞舌而新論之。

二、「羅學」的因由

「羅學」的提出有兩個客觀的因由，即其歷史的必然性和現實的必要性。

先說「羅學」的歷史必然性，有以下四個方面：

（一）羅貫中是中國小說史上劃時代的人物。中國小說起源當自戰國，而歷經秦漢魏晉南北朝隋唐，長期是或主要是文言小說發展的歷史。宋元爲中國「小說史上的一大變遷」〔註6〕。這一「變遷」的主要特徵是小說的主流

〔註2〕 杜松柏《國學治學方法》，臺灣洙泗出版社1985年增訂版，第24～25頁。

〔註3〕 杜貴晨《中國古代文學的重數傳統與數理美——兼及中國古代文學數理批評》，《中國社會科學》2002年第4期；《「文學數理批評」論綱——以「中國古代文學數理批評」爲中心的思考》，《山東師範大學學報》2004年第1期。均已收入本文集第一卷。

〔註4〕 杜貴晨《〈金瓶梅〉研究不妨有一個「笑學」》，《古典文學知識》2009年第6期。「笑學」一詞由劉世德先生提出，但他否認其可稱一學。筆者反是，認爲研究《金瓶梅》作者蘭陵笑笑生的學問，不妨稱爲「笑學」。

〔註5〕 杜貴晨《〈西遊記〉與泰山關係考論》，《山東社會科學》2006年第3期；杜貴晨《孫悟空「籍貫」「故里」考論——兼說泰山爲《西遊記》寫「三界」的地理背景》，《東嶽論叢》2006年第2期。收入本文集第四卷。

〔註6〕 魯迅《中國小說的歷史的變遷》，魯迅《中國小說史略》，人民文學出版社1973年版，第287頁。

由文言體制過度轉變爲通俗白話體，以《全相平話五種》《大唐三藏取經詩話》等爲代表的話本是這一過度轉變的產物。然而這一「變遷」眞正成功的標誌，卻是羅貫中《三國演義》《水滸傳》〔註7〕等小說的問世。這只要略加考量《三國志平話》與《三國演義》、《大宋宣和遺事》與《水滸傳》成書的聯繫就可以知道了。因此，《三國演義》《水滸傳》《平妖傳》等章回小說是我國最早一批跡近現代意義上的小說作品，而羅貫中是中國小說史上長篇通俗小說的第一人，劃時代的「奇書」聖手。從而研究羅貫中，就是研究中國小說核心主流形成的歷史。換言之，「羅學」是研究羅貫中的學問，還是研究中國小說近三千年中最重要的變遷史，特別是研究最近千年來中國小說核心主流形成與演進史的一大關鍵課題。這也就是說，羅貫中小說創作的所處歷史情景，決定了「羅學」不像有的「×學」「××學」等，主要只是關於一人一書的學問，而是關乎中國小說史語言上雅與俗、篇製上短與長之轉換的過程，以及通俗小說形成與發展全史的問題，豈可以不獨立有一門「羅學」嗎？

（二）羅貫中是我國古代章回小說各主要流派的開山鼻祖。按當今研究明清章回小說，其主要流派多以「四大奇書」分別打頭，列爲以《三國演義》爲代表的「歷史演義」，以《水滸傳》爲代表的「英雄傳奇」，以《西遊記》爲代表的「神魔小說」，和以《金瓶梅》爲代表的「世情小說」，那麼今知羅貫中小說有《三國演義》《水滸傳》《三遂平妖傳》《隋唐兩朝志傳》《殘唐五代史演義傳》〔註8〕的作者，當然他也就同時是「歷史演義」和「英雄傳奇」小說流派的鼻祖。

至於《西遊記》在神魔小說中的地位，卻與《三國演義》《水滸傳》在其各自流派中不同，其藝術成就雖足爲此一流派的代表，但在這一流派的歷史上它卻不是最早的。除卻話本之外，中國最早的神魔小說實爲羅貫中的《三遂平妖傳》，因此，羅貫中也是神魔小說流派的鼻祖。

又不僅如此。《金瓶梅》雖然與羅貫中並無直接的聯繫，但這部書卻是由

〔註7〕 筆者於《水滸傳》的作者從魯迅《中國小說的歷史的變遷》所說：「（羅）貫中的四種小說，就是：一、《三國演義》；二、《水滸傳》；三、《隋唐志傳》；四、《北宋三遂平妖傳》。」（《中國小說史略》附錄，人民文學出版社1973年版，第290頁。）但羅貫中創作《水滸傳》有曾採用所謂「施耐庵的本」的可能。

〔註8〕 《隋唐兩朝志傳》《殘唐五代史演義傳》是否羅貫中所作雖存爭議，但爭議本身即是其與羅貫中有關的證明，是「羅學」不能不關注的對象。

《水滸傳》中的世情成分西門慶、潘金蓮故事引發而來並成爲全書結構的框架。因此，作爲《水滸傳》的作者，羅貫中的創作其實也間接引發了「世情小說」或稱「家庭小說」的創作，開《金瓶梅》到《紅樓夢》一脈小說發展的先河。

這也就是說，羅貫中一人而繫明清小說歷史演義、英雄傳奇、神魔、世情諸主要流派的形成與發展，則研究明清小說，而可以不有「羅學」嗎？

（三）羅貫中生當元末，其小說問世早，流傳久，普及廣，社會的影響之大，堪與孔子在中國上流社會相比，可謂最廣大普通民眾的「聖人」，《三國》《水滸》等則堪稱普通民眾的「聖經」。以其小說的廣泛影響，羅貫中在世界上作爲中國「軟實力」所產生的作用，可能並不在孔子之下。而世有「孔學」，豈可以不有「羅學」〔註9〕？

（四）羅貫中作爲世界文化名人，卻如神龍見首不見尾，是中國歷史上謎一樣的人物。無論其籍貫、家世、生平、創作、交遊等，概未能明，本身就是一個世人衷心好之的傳奇，值得大力索解，苦心尋覓，豈不是也需要「羅學」嗎？

後說「羅學」的現實必要性，也有以下四個方面：

（一）「羅學」是中國古代小說史研究的第一課題。中國古代小說學已有「紅學」以及並未眞正被學界認可成立的「水滸學」「金（瓶梅）學」等，但一方面各都是關於一部書的學問，另一方面如上論羅貫中是古代小說各主要流派之鼻祖，諸「學」自身及其相互之間的聯繫無非「羅學」的一部分或可以上溯至「羅學」。從而「羅學」研究的對象，不僅有直接面對的多部早期章回名著，而且必然不同程度地輻射或延伸至後世諸小說的研究。換言之，一部中國古代長篇小說的歷史都要從「羅學」說起或不免要上溯到「羅學」，「羅學」是中國古代小說研究不可迴避的第一課題。

（二）「羅學」是中國古代小說作家作品研究的最大課題。比較其他一人一書之學，「羅學」涉及作品最多，歷史最長，相應問題也更爲大量，更加複雜，是小說作家作品研究最大一處「戰場」，總體具有其他作家、作品研究無可比擬的更大挑戰性和取得多方面成果的更大可能性，因此也是古代小說研究最大最有希望的一門學問。

〔註9〕 筆者爲山東東平羅貫中紀念館羅貫中雕像屏風撰聯，上云「至聖尼山孔夫子」，下云「大賢東原羅貫中」。

（三）「羅學」古已有之，未絕待續。《三國志通俗演義》庸愚子稱「若東原羅貫中」云云的《序》，是我國第一篇「羅學」研究論文。其後明清二代包括評點家在內，學者就羅貫中及其小說議論紛紛，言人人殊，積累了大量資料或論著，構成「羅學」提出和進一步發展的堅實基礎。明清以至近現代學人有關羅貫中《三國》《水滸》等小說的研究，可以視爲「羅學」的實際發生期。以「羅學」的提出爲界，以後的研究是「羅學」的自覺期。當今「羅學」提出與開展，不是興亡繼絕，而是承前啓後，繼往開來。

（四）「羅學」於近年應運而生。自 2010 年 8 月 20 日至 24 日在鎮江召開的「東吳文化暨第二十屆《三國演義》學術研討會」上本人提交論文並發言提出「羅學」，文章又先後發表以來，首先得到著名學者、中國社會科學院名譽學部委員、中國三國演義學會會長劉世德研究員等先生的熱情肯定與支持。劉先生在 2011 年於山西省太原市清徐縣召開的「羅貫中暨第二十一屆《三國演義》國際學術研討會」上說：

> 在鎮江召開的第二十屆會議上，山東師範大學杜貴晨教授有一
> 個發言，他提出，應該建立「羅學」。羅學，就是研究羅貫中的學問。
> 我十分贊成和支持杜貴晨教授的建議。

「羅學」由此進一步傳播，這是劉先生作爲一位著名老專家出以公心的學術主張，本人高度讚賞！而《羅貫中全集》的編纂出版和由胡世厚、鄭鐵生二位先生主編的《羅學》期刊的創立等〔註 10〕，都標誌了當今以「羅學」爲旗幟的羅貫中研究已見出實績，未來的發展也可以期待。

三、「羅學」的內容

作爲中國古代小說研究一大新幟的「羅學」剛剛樹立，其領域疆界，壕塹丘壑，林林總總，都尚在探索初期。加以本人淺學，雖有幸提出在先，但絕非成竹在胸，其內涵外延尚難完全測定，僅可以大略言之，似有以下八個方面：

（一）羅貫中其人研究。即有關其時代、家世、籍貫、生平、交遊、思想等的研究。這方面資料極爲缺乏，似無從下手，但近幾十年來仍取得了一些進步，而亟待加強。

〔註10〕見「羅貫中研究信息網」（http://wwww.lgzyj.com）載中國社會科學院榮譽學部委員劉世德《在〈羅貫中全集〉與全國二十一屆三國演義研討會開幕式上的致詞》題爲《關於建立「羅學」》的摘錄。

　　（二）羅貫中創作研究。即羅貫中小說的創作過程及其特點的研究。這方面的研究同樣極度缺乏資料，但以往有關《三國演義》《水滸傳》等成書過程的研究不乏有價值的成果，是進一步研究的基礎。

　　（三）羅貫中小說個案研究。即《三國演義》《水滸傳》《三遂平妖傳》《隋唐兩朝志傳》《殘唐五代史演義》等署名羅氏作品的眞僞、成書、版本、思想、藝術、傳播、接受等等的研究。

　　（四）羅貫中小說諸作比較研究。即羅貫中各種小說之間的比較研究，明清學者已有所涉及，上世紀羅爾綱、王利器先生曾從考證作者或版本的角度做過此類研究，近年也有張淑蓉教授等做過這方面的探討。

　　（五）羅貫中小說與中外小說比較研究。這方面已有的研究主要在羅貫中小說對中外小說影響方面，更多方面客觀的比較還沒有能夠眞正開展起來。

　　（六）羅貫中小說文化研究。即其對中國乃至所流傳世界各地歷史與現實社會的影響，包括政治、思想、軍事、宗教、民俗、旅遊、企業管理等等。

　　（七）羅貫中小說傳播研究。即說唱、戲曲、影視、遊藝等等藝術形式對羅氏小說的改編、搬演等。

　　（八）「羅學」史研究。即羅貫中及其小說研究史的研究。

　　當然，如果認爲「羅學」還可以包括研究「羅貫中，太原人」作爲戲曲家的研究，那也是學者個人的自由。但是，如上所述及基本也只是傳統研究模式的內容，而思想新銳的學者和未來研究的與時俱進，必然會有更多更新角度出發的更有價值的課題出來，識者當下諒我淺陋可也。

四、「羅學」的展望

　　（一）「正名」已畢，尚待廣泛認可。

　　如上所論及「羅學」，立名甚工，已得諸多學者認可爲研究羅貫中學問的恰當概括，可說在學界一定程度上形成了共識。但接下來的工作更爲艱巨。筆者以爲，「羅學」是中國古代小說學第一和最大的課題，並不是說它一定或已經是古代小說研究中第一和最大的學問。那只是一種可能，而且這一可能性的實現，也要有「天時、地利、人和」，非可以僥倖得之。就當今小說學的形勢而言，「羅學」初創，提出者的聲音甚微，這一提法知道的人還不多，應用的還不廣，更欠缺的是自覺以「羅學」爲範疇研究羅貫中及其作品的學者，甚至我很懷疑「羅學」在外界或業內初聞者看來，是否還有些虛張聲勢之嫌。

這都是可以理解的，但不會改變「羅學」已經和繼續被學術界所接受並必將興起的趨勢和大局。「羅學」大有希望，唯是任重道遠，「羅學」與「紅學」等並立未來小說學之林的可能，有待我們共同的努力，特別要寄希望於年輕學者長期熱情的關注與持續的學術創新。

（二）未來發展，必將與《三國演義》《水滸傳》等專書研究並存共長。「羅學」的提出主要基於署名羅貫中及其小說研究宏觀考量，並不單純依傍於諸如《三國演義》《水滸傳》等專書的研究。但是，「羅學」不可能不在有關羅貫中《三國演義》《水滸傳》等專書研究的基礎上建立、擴展與提高。因此，雖然「羅學」不應也不可能排斥或代替《三國演義》《水滸傳》等專書的研究，但「羅學」不應也不會等同於《三國演義》《水滸傳》等專書研究的簡單相加，而肯定是各專書研究基礎上的會通與整合，其結果必然是整體大於部分之和，視域更加廣闊地覆蓋所有關於羅貫中小說及其相關文化的研究。從而「羅學」能夠自成一家，並與其所涵蓋的各一書之學相得益彰，共存共長。

（三）良好學風，是「羅學」未來發展的保障。「羅學」的提出至今不過兩年，但有關其在鎮江提出的事實真相，就被個別人有意無意地模糊甚至歪曲了。這個現象提醒我們，「羅學」若想真正成為一門學問並非易事。除學術研究本身的難度之外，還要樹立和堅持實事求是、守正出新的良好學風，作為「羅學」健康發展的保障。

總之，「羅學」應運而生，任重道遠，大有希望！關鍵在於研究者的信念、態度和努力的程度！

（原載《內江師範學院學報》2013 年第 1 期，此據原稿收錄）

第二編　《三國演義》作者與成書

關於羅貫中《三國演義》的著作權問題
——與張志和先生商榷

　　中國古典小說名著大都有著作權歸屬問題，如《水滸傳》《西遊記》《金瓶梅》《封神演義》《醒世姻緣傳》《紅樓夢》等作者爲誰，長期以來都有過爭論，有的至今還時時升溫爲討論的熱點。唯《三國演義》的作者爲羅貫中，明清以來從無人置疑。筆者嘗以之爲幸事。但是，「天有不測風雲」。近來有張志和先生整理黃正甫本《三國演義》問世，於該書《前言》中，又陸續發表系列文章（以下並《前言》總稱「張文」）〔註1〕，首倡「《三國演義》的作者不是羅貫中，其成書時間應當在明中葉」，「《三國演義》最初的寫定者應是南方人」等等，羅貫中《三國演義》的著作權問題便被提了出來，短時間內流傳甚廣。這說不上是羅貫中《三國演義》的禍福，卻一定是學術上的大是大非，非有所討論不可。

　　但是，據筆者所見公開發表的論著，學術界對張先生這一應可驚世的說法反響不多。最早好像是徐朔方先生收入所著《小說考信編》（上海古籍出版社，1997年版）中《論〈三國演義〉的成書》一文的《附記》，不贊成張文的某些看法，張先生著文作了答辯。除此之外，也許還有筆者未見到的相關討論文章發表，卻總的說來顯得冷清，甚或是寂寞。

〔註1〕筆者所見張先生有關論文包括其所整理黃正甫刊本《三國演義·前言》，中國人民大學出版社2000年版；《〈三國演義〉的作者眞的是羅貫中嗎？》，載《中華讀書報》2000年11月8日；《由周靜軒詩看〈三國演義〉的版本演變》，載《華中師範大學學報》（人文社科版）2000年第6期；《三國演義》的最初寫定者應是南方人》，載《光明日報》2000年月12月27日。本文引述統稱「張文」。

　　《三國演義》流行天下，凡識漢字的，幾乎沒有人不讀它；凡有它譯本的國家和地區，也都會有許多人讀它；凡以各種形式接觸到三國故事的人，無不受它影響。百年來各種文學史、小說史著作和各種影印、排印的《三國演義》，以及電影、電視等各類作品，都把它歸於羅貫中名下。現在突然有人說這一切都錯了，並出現了百年未見的不署「羅貫中著」的新版《三國演義》，而學術界卻基本上沒有大的反映，這是正常的嗎？問題的重要性不言而喻。那麼是學者們自願放棄了自己的責任，還是張文所考無可辨駁，還是張文持論不值一駁？我想都不是，有的也最好不是。可能的原因，除了學者常有的謹慎之外，就是近年來古典文學研究特別是《三國演義》研究缺乏商榷的氣氛。這肯定對學術的發展不利，也是包括張文在內一切認真的研究所不願遭遇的寂寞。另外有實際的困難，是多數研究者一時不容易看到張先生持論所主要依據的明黃正甫刊本《三國演義》，而不好下判斷。至少這是筆者起意寫作本文之初所感到的。

　　但是，如果不是張文的發表，羅貫中《三國演義》著作權本不成問題，學者也就不一定重視考察今見明黃正甫刊本《三國演義》何以不署羅氏為作者等等的特點。實際上明刊本《三國演義》不署「羅貫中編次」一類字樣的不止這一種，而從未有人因此質疑羅氏的著作權。所以，張文從今存黃正甫刊本否定羅貫中《三國演義》的著作權，讀者所要關心的是：一、他使用的資料是否可靠；二、他對資料的分析判斷是否正確。從而決定贊成還是反對他的觀點。最好同時對張文做這兩方面的檢驗。但在前一點一時不能完全做到的情況下，我們不妨認同張先生整理的黃正甫刊本及張文提供的資料是可靠的，而參照已有研究成果，主要從學理上看他的論證和結論是否正確。這應該是可行的。這樣做的危險是，如果張文提供的資料有誤，我們就因為輕信而錯上加錯。但是，如果張文提供的資料可靠，而經由嚴格的分析論證卻也還得不出否定羅貫中《三國演義》著作權的結論，那應該就更能說明張文的結論有誤。筆者願主要以新版黃正甫刊本和張文提供的資料為討論的基礎，對張文的結論提出質疑，以此表示對張文探索精神的擁護。

一、今存黃正甫刊本不足為《三國演義》著作權論據

　　首先，我們必須肯定張志和先生整理出版之黃正甫刊本《三國演義》問世是一件大好事，肯定張志和先生對黃刊本「表裏不一」等特點的發現有一

定學術貢獻。但是，我們對他就這個版本所作進一步的考論卻不敢苟同。張文介紹這個黃正甫刊本《三國演義》說：

> 該書的封面、序言、目錄和君臣姓氏附錄是明天啓三年補配的，正文部分則是早期留下來的舊版！何以見得？一是該書封面標題爲《三國演義》，正文各卷卷首則標爲《新刻京本按鑒考訂通俗演義全像三國志傳》，誠所謂表裏不一；二是目錄字體與正文有異，且有部分目錄文字與正文內相應的標題不一致。三是書前有一篇「山人博古生」所作的序，明言「該書不失本志原來面目，實足開斯世聾瞽心花」。此前，沒有人看出這一點……這個黃正甫刊本的刊刻時間實比嘉靖本早 20 年以上……刊刻時間大約應當在公元 1500 年（明弘治十三年）以前。值得注意的是，全書自始至終都沒有提到該書的作者爲何許人，也就是說這個今所見最早刻本並不標爲「羅貫中編次」……因此，我們完全有理由說，「後學羅本貫中編次」的字樣在並非最早刻本的明嘉靖壬午本《三國志通俗演義》上出現，完全可能是書商鬻書射利而貼上去的標籤。

我們認爲，從張文介紹黃正甫刊本的情況，結合它的論證，並不能得出《三國演義》非「羅貫中編次」的結論。理由有三：

（一）誠如張文所說，這個今存黃正甫刊本《三國演義》「表理不一」，換句話它對於原黃正甫刊本來說是個殘本。殘就殘在「該書的封面、序言、目錄和君臣姓氏附錄是明天啓三年補配的」，從而不是原黃正甫刊本「全書」。而傳統上此書殘缺部分的「封面、序言」一般會題有作者姓名或有相關的說明，卻可能連「天啓三年補配」者也沒有見到，從而原本是否標有「羅貫中編次」一類字樣，就應該是永遠的謎。張文據這樣一個「表理不一」的黃正甫刊本，說「全書自始至終都沒有提到該書的作者爲何許人」云云，並不能得出原黃正甫刊本「並不標爲『羅貫中編次』」的結論。就今存黃正甫刊本而言，正確的說法應該是：是書補配封面、序言、目錄等部分和舊版正文部分均未標「羅貫中編次」之類題署，而原書是否標有此類題署已不可考。

（二）由此認定今存黃正甫刊本正文是早於嘉靖本的「舊版」，其「刊刻時間實比嘉靖本早二十年以上」的根據也還不夠堅強。張文的重要根據之一是《關雲長水淹七軍》一則中，黃正甫刊本把「伍伯」誤爲官職，而嘉靖本「又誤將『伍伯』當作『五百人』來理解，則是錯上加錯了」。這裡「又」字

下得不妥。因為，這未必是先有黃正甫刊本「把『伍伯』誤為官職」，然後嘉靖本進一步「誤……當作『五百人』來理解」的「錯上加錯」，而可能是各據舊本校理不同處置的結果。這正如參加考試，試題的正確答案只有一個，而考生的錯誤答案和致誤之由可能千奇百怪。張文說「由此亦可以證明，嘉靖本不是羅貫中的原作，也不會是最早的刻本」，似有一定道理，但不能說明黃正甫刊本一定就早於嘉靖本。

其根據之二是嘉靖本卷十二《張永年反難楊脩》一則中「遂令扯碎其書燒之」語下小字注有「舊本作『板』」的話，而黃正甫刊本相應處正作「板」字，所以黃正甫刊本就是這樣的「舊有刊本」。這裡的判斷也小有失誤，即由嘉靖本改「板」作「書」可定其「並非最早的刻本」，卻不能因黃正甫刊本未改這一「板」字就定它是「舊本」。這只是它可能為「舊本」的一個標誌罷了，而是否舊本卻要由全書來證明。這自然很難做到。不過博古生《序》已稱黃刊本「校閱不紊……庶不失本志原來面目」，可知當時另有舊本，「校閱」的結果只是「不失」原本的面目，卻並不就是照原本刊刻的，所以「正文首行標作『新刻考訂……』」云云，明說也不是「最早刻本」。

原黃正甫刊本不僅不是「最早的刻本」，其「校閱」也非「不紊」，從中可以看到晚出的痕跡。即嘉靖本卷之二十二至卷之二十四與黃正甫刊本卷之十八至卷之二十，《姜維大戰牛頭山》等寫姜維伐魏故事題下各依次小字標注有「一犯中原」「二犯中原」「三犯中原」，嘉靖本直至「九犯中原」；但黃正甫刊本至第四《鄧艾段谷破姜維》題下改標為「四伐中原」，第五《姜維長城戰鄧艾》缺標，第六《姜維祁山戰鄧艾》題標皆缺，第七《姜維棄車大戰》缺標，第八《姜維大戰洮陽》下標「八伐中原」，第九《姜維避禍屯田計》下又缺標。從上舉兩本小字注都有標「犯」字情況看，嘉靖本統一標「犯」字，「犯」表以邪侵正、以下凌上之義，體現「按《鑒》」改編尊晉即帝魏的傾向；黃正甫刊本前標「犯」而後改標「伐」，「伐」即「禮樂征伐自天子出」之「伐」，表以正祛邪、以上臨下之義，其前後不一，到了自相矛盾的地步。以此知黃正甫刊本小字注不是作者手筆，從而決不會是這個刊本所具「草創初成的痕跡」，也不會是刻誤，而應是「校閱」者根據兩種本子簡單拼湊的結果。這兩種本子一本作「犯」，一本作「伐」。其中必有一種晚出，從而黃正甫刊本整體上是一個拼湊晚出的本子，而並非「舊本」，據以考論《三國演義》非羅貫中所作，不可能有正確的結論。

　　（三）由此認為「『後學羅本貫中編次』的字樣在並非最早刻本的明嘉靖壬午本《三國志通俗演義》上出現，完全可能是書商為了鬻書射利而貼上去的標籤」，理由並不充分，甚至完全沒有道理。根據有二：

　　一是黃正甫刊本《三國演義》屬志傳系統本，嘉靖壬午本則是另外的系統。雖然它們一定出於同一祖本，但是中間經過了多少傳鈔、翻刻的轉換，至今並不能清楚。在這種情況下，即使原黃正甫刊本確實早於嘉靖壬午本，也不能認為所謂後出的嘉靖本標有「羅貫中編次」是硬貼的「標籤」。它應該有所根據。它的根據應當就是庸愚子《序》所說「士君子爭相謄錄「的鈔本。如果那時已經有了黃正甫刊本，也不排除根據原黃正甫刊本所殘缺「封面、序言」記載的可能，儘管原黃正甫刊本並不一定早於嘉靖本。

　　二是一般認為，嘉靖本刻工精緻，當屬官刻本，與一般書商的刻賣品有所不同。對這樣一個官坊精刻刊本的題署，似不宜如通常向「書商鬻書射利而貼……標籤」上邊去想。而據明清間若存若亡的鈔本《錄鬼簿續編》所載戲曲作家羅貫中的一則資料可知，這位羅貫中並非當時大名士之流，其微名未必就有招徠讀者之效，從而果然「書商鬻書射利而貼……標籤」的話，應當用更合適的人，而不會是羅貫中。事實上明代不少《三國演義》刊本因為有了李卓吾作招搖，而不再署「羅貫中編次」等字樣，也說明因《水滸傳》之累而被罵為「三世皆啞」的羅貫中，當時並沒有多少招徠顧客的名家效應。而多數明刊本署「羅貫中編次」等字樣，倒是因為相傳如此，不得不然，並不出於更多「射利」的考慮。

　　總之，今存黃正甫刊本殘缺有關著作權考證最有價值的部分，張文據此「全書」以考論《三國演義》的作者不是羅貫中，可能是上了「天啟三年補配」者的當，而當時「補配」人卻未必有意騙人，特別是不可能想到蒙蔽三百多年後的學者。而此本正文也並非早於嘉靖本的「舊本」，且有版本拼湊的痕跡，不足據為考論《三國演義》著作權的內證，尤其是不可單憑這樣一個本子下判斷。

二、《三國演義》的作者不是「南方人」

　　張文由否定羅貫中為《三國演義》作者而進一步提出「《三國演義》的最初寫定者應是南方人」。張文的理由是：

　　黃正甫刊本中「皇」「王」不分或「黃」「王」不分，「雖」「須」通用的這些例子，在北方話中都是完全不可能搞混的，羅貫中是元末明初的太原人，他如果是《三國演義》的作者，決不可能造成這種現象。而福建、廣東、江浙一帶，這些字的讀音卻幾乎沒有差別。所以，黃正甫刊本的記錄者必是據南方方音記錄故事，才將這些字搞混了。而在嘉靖本及其他刻本中，這種因音同而導致的用字錯誤基本上都被改正過來了。這些例子足以說明，黃正甫刊本《三國志傳》的出現比該書明清時期的其他刻本要早得多，也足以說明黃正甫刊本大有可能是一個根據說書藝人講述的三國故事最初寫定的本子，這個最初寫定者應是南方人。

這些理由也是站不住腳的。

　　首先，黃正甫本是刊刻本，張文所舉是刻本訛誤的例子。這訛誤固然可能從南方人音讀習慣而來，卻有兩種情況：一是底本本就因音讀而訛，刻本以訛傳訛；二是底本不誤，而刻工聽南人讀字音而訛。如果屬於前一種情況，張文的判斷就大致是對的。但是這不大可能。因為黃氏刊刻此書應多多少少是「校閱」過的，即使粗略到「皇」「王」不分未作校正（這也是不可能的，詳後），也不該容留他的族姓「黃」寫作「王」，因而只能是底本並無音讀而訛的錯誤（這與正文有些卷標題有「京本」的情況相合），黃氏校閱後下一道工序中刻工聽南人讀字音而造成的訛誤（這與黃正甫刊本出自建陽為閩本的情況相合）。總之，張文所舉黃正甫刊本「皇」「王」或「黃」「王」不分及「雖」「須」通用的情況，是南方人讀——刻北人所著書的結果，正好說明它不是「記錄」本，而是晚出的翻刻本，不成其為考論《三國演義》非羅貫中所作而由南方人寫定的可靠根據。退一步說，這首先不是個讀音的問題，任何一位有「寫定」《三國演義》水平的南方人或不免因音讀習慣而誤聽，卻決不會因誤聽而把「秦始皇」之「皇」誤書為「王」，那就表示他缺乏起碼的歷史知識而不夠「寫定」這樣一部「傑作」的資格。黃正甫刊本僅一處「秦始皇」誤作「秦始王」的例子，而其他均不誤，也說明這幾處訛誤不是由「記錄」「寫定」發生的問題，而是閩人刻書致誤。

　　其次，也不能從《關雲長五關斬將》中敘事的地理知識錯誤判定《三國演義》的作者非北方人，而是南方人。對此，筆者曾有《羅貫中籍貫「東原說」辯論》一文有所討論，摘錄相關部分如下：

同類的錯誤在《三國志通俗演義》中還可舉出一些。典型的如卷六第四則《關雲長五關斬將》，故事在今見史書、話本和元雜劇中均無蹤影，當是羅貫中的創造。但是，這一處敘事地理方位可說是錯得一塌糊塗。當時關雲長棄曹操投奔劉備，應是自許昌出發北上赴黃河渡口白馬津。但是，小說寫他經過的五關：第一關「東嶺關」，是虛構的；第二關洛陽，越嵩山繞到西北去了；第三關沂水關，「沂水」在山東臨沂，《水滸傳》所寫李逵的家鄉；第四關滑州，又回到河南去了。依「壽張」錯爲「壽陽」的推論，羅貫中又該是山東沂水人了。然而，這仍是一個鈔誤：洛陽東有汜水縣，正在去滎陽的方向上，「沂水」定是「汜水」之誤。蓋「沂」「汜」形近而訛，把「沂水」改爲「汜水」，方位就對了。這裡，研究者可以奇怪作品把地理搞錯了，多方面去找原因，而不可以只從作者是哪裏人，於所描寫的地理環境是否熟悉方面去深求。〔註2〕

筆者當時所據是嘉靖本，而今存黃正甫本正作「汜水關」。只是張文又奇怪他爲何不走直路，卻「繞了個大彎了去過關斬將」。這只有從《三國演義》爲小說和它受「說三分」的影響去考慮了，卻不一定只有南方人才會胡謅爲繞「大彎子」。中國古典章回小說寫北方事的多，也很有些地理知識的錯誤，依張文的邏輯，凡小說寫北方事而有這類錯誤的，作者就該是南方人了。這樣的考據就太省力氣了。而退一步說，即使是南方人寫北方事容易有地理知識的錯誤，那就很可能不止一處；而北方人寫北方事不會出現地理知識的錯誤，卻不能保證寫北方事而有地理錯誤的書不是一個早年流寓南方的北方人所作，因爲它敘及地理之處畢竟大部分正確。總之，對於一部有幾百年說話和戲曲藝術背景成書的古代小說，以其敘事中地理方位的個別不合判斷作者籍貫，縱然不是全無用處，也應該十分謹慎才是。

第三，張文說「黃正甫刊本大有可能是一個根據說書藝人講述的三國故事最初寫定的本子」的理由也不能成立，分說如下：

一是張文說「明代的長篇小說大多都在每一段或每一回結束時，有一句『欲知後事如何，且聽下回分解』，這是說書藝人在書場上『賣關子』的話。到了這樣的小說被記錄下來時，他的寫定者往往連這樣的話也抄錄下來。可

〔註2〕杜貴晨《羅貫中籍貫「東原說」辨論》，《齊魯學刊》1995年第5期。收入本卷。

見是不可以把這最後的寫定者當成作者來看待的」。結合張文的其他論述，換句話說，這樣的「寫定者」主要是一個「記錄」的人，而「黃正甫刊本的記錄者必是根據南方方音記錄故事」。這個說法頗新穎，卻殊難理解。即短篇的宋元話本一般也被認爲是說話人的底本，而非聽者的「記錄」本；迄今爲止，沒有發現任何資料可以證明宋元時代有過說話人一邊說一邊被人「記錄」下來而形成小說的事情發生。至於小說家把說話人「賣關子」的套語也用在所寫作品裏，一面可能是編入了某些話本舊文，一面主要是承襲話本的風格以「通俗」。如果從它用了說話人「賣關子」的幾句套語就斷定其爲「記錄」，則不僅全部明代小說，連《紅樓夢》等清代章回小說也會被上「記錄」成書的嫌疑。而章回小說這個形式上的顯著的民族特點，就成了它全部爲說話「記錄」本的證據，豈不是荒唐。

二是張文說從多方面看，「元末明初羅貫中生活的那個年代，三國故事還不夠成熟，許多故事還沒有定型，憑羅貫中一個人的智慧，無論如何也編寫不出那麼多精彩的故事來」。筆者不能清楚張先生有何具體的根據，但這至多可以是一個疑問，而不能由此得出《三國演義》非羅貫中所作的結論。因爲中外歷史上可以提出的這樣的疑問，甚至更大的疑問，能有很多。近世歐洲就有人鼓吹莎士比亞寫不出那麼好的戲劇，其作者應該是同時代的培根。但學者僅報之一笑而已。如果可以這樣置疑於古人，歷史上許多偉人的作爲就幾乎都不可解，所以好像也有人說埃及金字塔是外星人建的。即以中國論，唐人的詩尚且一般很短，而屈原在他的時代爲什麼能寫出長篇的《離騷》？漢大賦也不過三二千字的規模，何以在那個時代司馬遷能寫出歷史巨著《史記》？顯然，我們不能這樣地提出問題。近年來李學勤等學者提出「走出疑古主義」，也應該適用於古代小說研究。事實上，羅貫中在汲取史書、「說三分」和三國戲曲資料的基礎上「按《鑒》改編」，完全可能把他寫三國故事的原稿提高到接近今存嘉靖本《三國志通俗演義》的水平。而從羅氏原稿到嘉靖本與志傳本之間，又有人做過某些進一步的加工，使之能有今天讀到的「那麼多精彩」。

總之，從《三國演義》的文本可以有這樣那樣的疑問，但是，大膽的疑問和推測更應該有堅強的證據，否則將無助於對歷史的認識。張文否定羅貫中《三國演義》的著作權，援引胡適的說法指它「不是一個人做的」，並進一步說它的「最初寫定人是南方人」等等，立論可謂大膽，而證據卻薄弱到拿

了凡章回小說都有的「賣關子」套語作「記錄」成書的根據，就不免使人失望。順便說到，張文一面稱引胡適《三國演義考證》中貶低「《三國演義》的作者、修改者、最後寫定者，都是平凡的陋儒，不是天才的文學家，也不是高超的思想家」等語，說明《三國演義》的寫定者「對該書的創作並無多大貢獻」，卻同時又讚揚《三國演義》為「不朽的巨著」「不朽的傑作」，有些不合邏輯，也是可以斟酌的。

三、《三國演義》成書於元泰定三年（1326）前後

張文說《三國演義》成書於明中葉不是新鮮的意見，也沒有提出更多的證據，就判定「其成書時間實在羅貫中之後」，以使羅貫中《三國演義》的著作權失去最後依靠。這是一個錯誤，雖然這並不是張文中最先出現的，卻是關係羅氏《三國演義》著作權的大問題，也不可以不辯。

所謂《三國演義》成書於明中葉，實際是說明中葉以前還沒有《三國演義》這部書。在這一問題上，持論者忽略了適用於這一考證的基本規律是說「有」容易，說「無」難。說「有」，只要舉出一個證據就是「有」；而說「無」，則必須遍索明中葉以前至少是整個元代的一切文獻加以證明。而當時產生的文獻至今已十不存一，所以這遍索之事已根本不可能。但是，今之持成書明中葉論者，只從今見本《三國演義》中有明人尹直、周靜軒等人的詩和明代的地名及其他跡象，就斷言其晚於何時何時；或者從庸愚子弘治甲寅序以前未見有人稱道《三國演義》，推論其不早於明中葉云云。殊不知文獻有闕或已經改竄，是很難得實據下結論的。反倒論其「有」，看似「難於上青天」，卻可以偶然得之。

筆者曾著《〈三國志通俗演義〉成書及改定年代小考》〔註 3〕一文，舉元末明初載籍中《三國志通俗演義》一則佚文和一條獨與《演義》記載相合的資料，證明《三國志通俗演義》成書於元泰定三年（1326）前後。這一則佚文是：瞿祐《歸田詩話》卷下《弔白門》釋宋人陳剛中《白門詩》舉「布罵曰：『此大耳兒叵奈不記轅門射戟時也？』」呂布罵語不見於《三國志》等正史、《三國志平話》及今存元代三國戲以及他書的記載，獨與《三國志通俗演義》等多種版本《三國演義》所寫相合，可視為早期《三國演義》的佚文，

〔註 3〕杜貴晨《〈三國志通俗演義〉成書及改定年代小考》，《中華文化論壇》1999
　　　　年第 2 期。收入本卷。

證明此書早在瞿祐（1341～1427）生活的元末明初就產生了。

但文獻有關，這一佚文也是一在《三國志通俗演義》說「有」容易，而在他書中說「無」難的材料，並且是孤證，尚難據以結論。卻是又從《弔白門》順藤摸瓜，找到元末張憲《玉笥集》詠三國史詩《南飛烏》一首，題下注「曹操」，中有「白門東樓追赤兔」句，下注「擒呂布也」，謂呂布於「白門東樓」被擒；但是《三國志》本傳但言「白門樓」而未言樓之方位，《後漢書》本傳「布與麾下登白門樓」下注引宋武《北征記》謂「魏武擒布於白門」，又引酈道元《水經注》曰：「南門謂之白門，魏武擒陳宮於此。」明確說白門樓爲下邳之南門，則「白門東樓」也於史無徵，卻又獨與《三國志通俗演義》等各本《三國演義》相合。從而可以認爲元末張憲《南飛烏》詩「白門東樓追赤兔」句典出《三國演義》，成爲元末已有《三國演義》的另一證據。

這兩個證據從不同方面表明，在元至治（1321～1323）年間的《三國志平話》之後至明初一段時期，《三國演義》已經產生和流行，其影響在張憲的詩歌的創作中已經有了表現。

而張憲字思廉，約生於元仁宗七年（1320），卒於約明洪武六年（1373）。則即使其《南飛烏》詩作於入明以後，他所根據之《三國志通俗演義》也當產生於元末。而考慮到一部書流傳到它的如「布罵曰」一類話語播於眾口，「白門東樓」之說能奪正史記載之席，成爲詩料，需要較長的時間，《三國志通俗演義》的成書下限還應有較大提前。則參照各家研究的成果，定其在元英宗至治三年（1323）至元文宗天曆二年（1329）之間，即元泰定三年（1326）前後。

學術固然要求證據越多越好。但是，有了這兩條資料的相互印證，關於《三國演義》成書於元泰定三年（1326）前後的立論就有了相當的基礎。而發表至今兩年有餘，寂寞中又聽到張文重複「明中葉成書」說的老調——區區拙文並不重要，但是，難道今天做研究的人可以對新出現的材料也不屑一顧嗎？

四、羅貫中《三國演義》的著作權不容否定

張文以今存經過補配的黃正甫刊本不署作者姓名而否定羅貫中《三國演義》的著作權，卻忽略了明代多種版本《三國演義》明署羅貫中爲作者的事實。英人魏安《三國演義版本考》表列《三國演義》現存明清版本共 35 種，

其中明刊 28 種，題署作者簡況表列如下（有庸愚子序視爲題署羅貫中爲作者）：

序次	版本簡稱	題　署
1	上海殘葉	無（存一葉）
2．	嘉靖本	晉平陽侯陳壽史傳，後學羅本貫中編次
3．	夏振宇刊本	晉平陽侯陳壽史傳，後學羅本貫中編次（輯）
4．	周日校刊本	晉平陽侯陳壽史傳，後學羅本貫中編次
5	鄭以楨刊本	晉平陽侯陳壽史傳，明卓吾李贄評注，閩瑞我鄭以楨繡梓
6．	夷白堂刊本	晉平陽侯陳壽史傳，後學羅本編次，武林夷白堂刊
7．	英雄譜本	晉平陽陳壽史傳，元東原羅貫中演義
8．	李卓吾評本	繡像古本，李卓吾原評《三國志》（有庸愚子序）
9	寶翰樓刊本	李卓吾先生評《新刊三國志》
10	鍾伯敬評本	景陵鍾惺伯敬父批評，長洲陳仁錫明卿父校閱
11．	葉逢春本	東原羅本貫中編次，書林蒼溪葉逢春繡像
12．	雙峰堂刊本	東原貫中羅道本編次，書坊仰止余象烏批評，等等
13	評林本	晉平陽陳壽史傳，閩文臺余象斗校梓
14．	種德堂刊本	東原貫中羅本編次，書林沖宇熊成冶梓行，等
15	楊閩齋刊本	晉平陽陳壽史傳，明閩齋楊春元校梓
16．	聯輝堂刊本	東原貫中羅本編次，書林少垣聯輝堂梓行
17．	湯賓尹本	平陽陳壽史傳，東原羅貫中編次，江夏湯賓尹校正
18	黃正甫刊本	書林黃正甫梓行
19．	誠德堂刊本	東原羅本貫中編次，書林誠德堂熊清波鍥行
20	喬山堂刊本	書林喬山堂梓（行），等
21	忠正堂刊本	李九我校正，東澗熊佛貴刊行（殘缺兩卷或序目不詳）
22	天理藏本	無（序目不詳）
23．	黎光堂刊本	晉平陽陳壽志傳，元東原羅貫中演義，明富沙劉榮吾梓行
24．	楊美生刊本	晉平陽侯陳壽志傳，元東原羅貫中演義
25．	魏氏刊本	晉平陽侯陳□志傳，元東原羅貫□□□，□□林魏□□□□
26	魏瑪藏本	無（殘存卷 6～10）
27	北京藏本	無（殘存卷 5～7）

從上表可知，現存 27 種明刊本《三國演義》中，序次後標有‧號的 15 種版本題羅貫中「編次」「編輯」或「演義」等；其他未署羅氏姓名者，或殘，

或為評點本，其中黃正甫刊本為補配本，卻絕無題為他人所作者。古人好奇，標新立異決不下於我輩，而對《三國演義》作者除說到羅氏外絕無異辭，豈不是說明羅貫中《三國演義》著作權鐵案如山，後人已無可置喙！

另外，值得注意的是，這15種版本包括了嘉靖本《三國志通俗演義》系統和《三國志傳》系統各主要版本。也就是說，這兩個系統《三國演義》的各主要版本的題署相互印證，可以確定羅氏為是書作者。同時，今能確知刊刻年代版本中最早的嘉靖本，題署及所載明弘治甲寅庸愚子序也相互印證羅氏為是書作者。即如黃正甫刊本雖因補配而不知其本來有無羅氏為作者的題署，但黃正甫為建陽書林人，明代建陽書林梓行各本《三國演義》，多題「羅貫中編次」等，以此類推，原黃正甫刊本今已殘去的部分也未必就沒有「羅貫中編次」或類似的題署。總之，這是據直接材料的證明或推定，比較從一字一句的猜謎似考校，孰為可信，是不言而喻的。

另外，張文從庸愚子序論《三國志通俗演義》敘事「自漢靈帝中平元年，終於晉太康元年」與「實際上該書敘事是起自漢靈帝建寧元年，終於晉太康元年」不合，而置疑序稱羅貫中為《三國演義》作者，已有徐朔方先生的《附記》辯駁。徐先生的看法是，「如果不是刻板地考慮問題的話，始於漢靈帝戊申歲即建寧元年（168）同始於漢靈帝中平元年（184）也可以並不矛盾……兩者雖然相差十幾年，其間敘事不到一千字。張文以此貶低蔣大器序，或進而貶低《三國志通俗演義》，根據不足」，可備一說。然而也許還有一種可能，即蔣大器所序之《三國演義》本就從「卻說中平元年」開篇，今本《三國志通俗演義》卷一第一則「卻說中平元年」前的文字是嘉靖壬午刊刻時增加的。理由有二：

一是作於弘治甲寅的蔣大器《序》中說：

> 予嘗讀《三國志》求其所以，殆由陳蕃、竇武立朝未久，而不得行其志，卒為奸宄謀之，權柄日竊，漸侵熾盛，君子去之，小人附之，奸人乘之。當時國家紀綱法度壞亂極矣。

這段話正是「卻說中平元年」前一段文字大義，不過多了一些災異天譴的描寫而已。如果《三國志通俗演義》早就有這前一段文字，蔣大器的話就成了多餘。所以很可能是《三國志通俗演義》本無此段文字，而嘉靖壬午刊刻時，因了蔣序而增寫置於開篇，以便讀者「求其所以」。

二是從文字風格看，這前一段與「卻說中平元年」以後文字風格不類。

前者不過千餘字，而兩引奏章，拉雜成文；後者由「卻說」領起，才是眞正小說家聲口。所以，這前後的文字大有不出於同一人之手的可能，而今本前段文字是嘉靖本增補的。

但是，嘉靖本增加了這一段文字，卻沒有顧及或者覺得不便改動前人所作序，遂有了張文所指出的這一矛盾，也實在是學者應該知道的，卻不可因此更橫生疑忌，連庸愚子序說「東原羅貫中」云云都不敢相信了。至於張文說蔣序「將羅貫中的籍貫『太原』誤寫爲『東原』」，專家都會知道這其實是很長時間以來的一面之辭，另一面有說《錄鬼簿續編》把「東原」誤鈔爲「太原」的，甚至有說戲曲家的羅貫中可能爲另一人的〔註4〕，張文也還應該有所注意的好。

總之，黃正甫刊本《三國演義》不足據爲推翻羅貫中爲《三國演義》作者的定論，羅貫中《三國演義》的著作權不可動搖。羅貫中是元末「東原」即今山東泰安西南東平、寧陽、汶上一帶人，是他在正史和各種前代文學資料的基礎上，大約於元泰定三年（1326）前後創作了偉大的古典小說名著《三國演義》。《三國演義》屬羅貫中的創作，也與包括張先生在內許多學者意見相左，筆者將另文說明。這裡，筆者要再一次強調張先生整理黃正甫刊本和某些發現的學術貢獻，而企盼本文的獻疑能有助於張先生把他觀點說明得更加周全。至於論述難免有不當之處，盼能得到張先生及有關專家的批評。

（原載《泰安師專學報》2001 年第 4 期））

〔註 4〕杜貴晨《羅貫中籍貫「東原說」辯論》，《齊魯學刊》1995 年第 5 期。收入本卷。

羅貫中籍貫「東原說」辯論

　　關於羅貫中的籍貫，歷來主要有四說：（一）東原；（二）錢塘；（三）廬陵；（四）太原。其中（二）、（三）兩說雖然也有文獻可徵，但是均屬「故老傳聞」性的記載，近世學者多不重視。因此，關於羅貫中籍貫的討論，實際上只集中在「東原說」和「太原說」兩家。

　　「東原」即《書・禹貢》「東原厎平」之「東原」，鄭玄注曰：「即今之東平郡。」清蔣廷錫《尚書地理今釋》則曰：「東原，今山東兗州府東平州及濟南府泰安州之西南境也。」所以，今本《辭海》云：「據鄭玄注，即漢東平郡地，相當於今山東東平、汶上、寧陽一帶。」「太原」，在一九九四年劉穎先生指出「『太原』即『東原』」〔註1〕以前，學者無不以「太原」爲山西太原。所以，長期以來與「東原說」對立的「太原說」實即「（山西）太原說」。在這個問題上，筆者同意對「太原說」做新的解釋，支持羅貫中籍貫的「東原說」。這是一個相對的結論。因此，不能不首先對向來「（山西）太原說」的根據和有關論述作一辨析。

一、如何認識《錄鬼簿續編》的記載

　　「太原說」主要的也是唯一的根據，是《錄鬼簿續編》（以下或簡稱《續編》）的記載：

　　　　羅貫中，太原人，號湖海散人。與人寡和。樂府隱語，極爲清
　　新。與余爲忘年交。遭時多故，各天一方。至正甲辰復會，別來又
　　六十餘年，竟不知其所終。

〔註1〕劉穎《羅貫中的籍貫——太原即東原解》，《齊魯學刊》1994年增刊。

　　近世通行的各種文學史、小說史教科書，大都根據這一記載定羅貫中爲「太原人」，意中乃指山西太原，並據以推定他的生卒年約在 1310～1385 年之間〔註2〕。有關的研究更直接指明羅貫中爲山西太原人。其實，這在理論與實際上都走入了一個誤區。

　　首先，《錄鬼簿續編》是一部戲曲史料著作，所記皆戲曲家。這裡所記的是戲曲家羅貫中，而不是小說家羅貫中。我國歷史上同姓名人之多，大概是世界上罕見的，以致要有一部這種專門的辭典。隨便舉兩個例子：唐代有兩個李益，宋末元初有兩個李好古。所以常識也可告訴我們，一望而認定這位「羅貫中」就是寫《三國志通俗演義》的羅貫中，未必是靠得住的。正如明朝人把吳承恩的《西遊記》混同於元朝人長春眞人的《西遊記》，造成長期的誤會一樣，爲知這不是把戲曲家的「羅貫中」誤認作是小說家羅貫中呢？

　　其次，更沒有人顧及到中國古代歷史地理和行政建制的複雜情況，置疑於這個「太原」是否就一定是山西太原。

　　據筆者所知，這可以說是所有研究這一記載者的共同失誤。而對《三國演義》作者羅貫中籍貫持「（山西）太原說」的學者走得最遠。鑒於近來這方面的研究較多，影響較大，這裡不妨就某些具體問題略抒拙見。

　　長期以來，學者爭論的焦點之一是《續編》記「（山西）太原」是否有誤。其實，在沒有旁證的情況下，這是一個永遠說不清楚的問題。例如，持「東原說」者說「太」字爲「東」字草書之誤鈔，固爲臆測之辭；但是，持「（山西）太原說」的學者堅信並力辨《續編》記載之可靠無誤，亦難得服人。記載就這麼一條，並且有這一記載的所謂「天一閣藏明藍格鈔本」《錄鬼簿》所附《錄鬼簿續編》是存世孤本，據《校定錄鬼簿三種》的作者王鋼先生在該書附錄《版本敘錄》中鑒定：

> 卷端題《錄鬼簿卷某》，《續編》題《錄鬼簿續編》，俱不題撰人。視其版式、字體，爲明鈔無疑，而具體年代則不易判定，然鈔本用藍格，則爲萬曆以後之風。……此書舛誤特甚，至不能卒讀。大者錯簡，……小者訛字脫句，舉不勝舉。另卷下小傳，多經書手任意整句減刪。又，其底本蓋每用草書，而鈔手不識，因多致誤……

　　明呂坤《呻吟語》云：「字經三書，未可遽眞也。」對這樣一個珍貴而晚至萬曆以後「舛誤特多」的鈔本，研究者可以相信「太原人」三字一定無誤

〔註2〕游國恩等《中國文學史》第四冊，人民文學出版社 1964 年版，第 18 頁。

嗎？即使並無「太」字爲「東」字草書之誤，那麼還會不會有其他什麼錯誤呢？例如「太原人」前「減刪」一「東」字。

或說《錄鬼簿》記「太原人」非一，記「東平人」亦非一，《續編》踵其後，循規蹈矩，應不致出現「太原」爲「東原」之誤或「東平」改書「東原」的情況。此又不然。《續編》雖因原編而作，但《續編》與原編實爲兩書，兩人先後之作，不可以原作之無誤推論《續編》之一定正確，也不可以原作之稱「東平人」推論《續編》不可能稱「東原人」。例如同是揚州人，原編陸仲良書「維揚人」，《續編》李唐賓書「廣陵人」；同是汴梁人，原編趙天錫、陸顯之書「汴梁人」，《續編》鍾嗣成書「古汴人」；同是無錫人，《續編》陳伯將書「無錫人」，倪元鎮書「錫峰人」；同是杭州人，《續編》書鬍子壽爲「杭州人」，書李世英、徐景祥爲「錢塘人」……由此可以看出，《續編》書籍貫的習慣不僅與原編不相一致，本身也不統一，其原因乃在於它喜歡雜用生冷古地名。因此，在原編書「太原人」的情況下，《續編》就不一定書「太原人」，而原編書「東平人」的情況下，《續編》卻有可能書「東原人」。即從鈔書的角度看，同一鈔手，也不可能把原編的「太原人」鈔對了，《續編》中就不會出錯。也許相反，原編中「太原人」鈔得順手了，《續編》鈔寫中見「X原人」或「ＸＸ原人」就想當然起來。總之，《續編》記「羅貫中，太原人」不一定是誤記誤鈔，但在這樣一個劣手做成的鈔本裏，這一記載的可靠度應是可以打一些折扣的。但是，既無別本可資校勘，在這個問題上肯定或否定的意見都難以服人。研究者可以相信「太原人」的記載，但不可以爲「（山西）太原說」辯護而把《續編》這一記載說得似乎無懈可擊，那就過猶不及了。

另外，與對《續編》記載的認定相聯繫，產生對羅貫中生平的一些說法，例如關於他生卒年的推定。這涉及到《續編》作者的問題。一般認爲《續編》的作者是增補原編的賈仲明，從賈仲明於明永樂二十年八十歲時作《書錄鬼簿後》，結合羅貫中小傳「別來又六十餘年」等語，推考羅貫中的生卒年當在1310——1385年之間。其實這裡也可能陷入了一個誤區。《續編》的作者未必是賈仲明，這樣的推考同樣是靠不住的。王鋼《校定錄鬼簿三種·前言》中考證《續編》作者說：

> 由於《續編》原附在賈仲明增補本之後，故近人或疑即賈氏所撰。細加考核，賈仲明與《續編》作者確有不少相符之處。……但相反的論據也並非沒有。……要之，賈仲明作一說，無論是肯定或

否定的結論，都缺乏鐵證。……在這種情況下，稱無名氏作，似更

謹慎。〔註3〕

筆者並不認爲《錄鬼簿續編》的作者一定不是賈仲明。但是，這裡也有很大的疑問需要解決。除了王鋼先生已經提出的賈氏小傳「若係自傳，則讚譽過甚，與《書錄鬼簿後》言辭之恭謙，大相徑庭。且紀賈氏劇目，脫《金童玉女》《升仙夢》二種」之外，還可以舉出賈氏小傳於籍貫書「山東人」，不僅不合於同書賈伯堅書「山東沂州人」之例，又似乎沒有注意到賈仲明《書錄鬼簿後》「淄川八十雲水翁賈仲明」的自署。但是小傳的用語風格卻又與《續編》全書酷似（如「豐神秀拔」又見於金堯臣小傳），不像是後人添加的。所以在沒有進一步材料證明的情況下，《續編》作者爲賈仲明可備一說，而不可以視爲定論。以此推論《三國志通俗演義》作者羅貫中的生卒年是靠不住的。

以上討論到「（山西）太原說」的種種失誤，根源都在對《續編》記載的認定和理解。

我以爲《錄鬼簿續編》關於羅貫中的記載，是不容忽視的寶貴材料。半個多世紀前，在關於《三國志通俗演義》作者羅貫中身世生平幾乎是茫然無所知的情況下，人們有理由爲這一可能是直接材料的發現感到歡欣鼓舞。但是冷靜下來應當看到，這至多只是一條孤證，並且本身有上述諸多問題，另外還有「東原說」的強勁對立。因此，在應用這一材料研究《三國志通俗演義》作者羅貫中的籍貫時，應參照多方面情況加以必要的辨析。孤立地研究一記載，肯定或否定的意見都不足以服人。持「東原說」以否定《續編》「羅貫中，太原人」，實嫌武斷；然而學者欲持「（山西）太原說」以服人，卻應當首先確認：（一）這裡所說的「羅貫中」即寫《三國志通俗演義》的羅貫中；（二）這裡的「太原」是山西太原。這是「（山西）太原說」不可缺少的前提。而在目前持「（山西）太原說」的有關研究中，似乎都還沒有注意到建立這一前提，而津津於無可窮詰的傳鈔無誤的考論，豈不是舍本而逐末？

二、羅貫中小說中的地理錯誤說明了什麼

持「（山西）太原說」的學者近年來做了多方面的艱苦探索，力圖發現新的證據，以有所突破，其所提出的問題有些也是值得深思的。但是從整體上

〔註3〕 〔元〕鍾嗣成著，王鋼校訂《校訂錄鬼簿三種》，中州古籍出版社 1991 年版《前言》，第 27～28 頁。

看，他們所做的工作還遠遠不足以推倒「東原說」。本文不可能涉及太多，這裡僅就筆者感興趣的有關羅氏小說敘事地理知識錯誤等「內證」方面的研究略抒管見。

從作品敘事有關地理方面的情況，特別是出現的失誤，考察作者籍貫生平等，是古代小說研究的有效圖徑之一。但是也要具體作品具體分析，特別是要注意結合作品的成書過程、版本演變和古代小說家的審美特點，以及由此產生的敘事不甚注重講究地理方位的情況，對有關失誤區別對待。

這裡，筆者認爲近有專家指出《水滸傳》《三國志通俗演義》敘事中有三處屬於古東平範圍內的地理錯誤（「梁山泊的方位」「武松的籍貫」「壽陽的錯位」），以證羅貫中非東平（即東原）人，是很細緻的考證〔註4〕。這裡先說《水滸傳》中的兩例。以常情論，作者寫家鄉事，應不致出現這種分不清東西南北的錯誤。然而，《水滸傳》中的地理錯誤是驚人的，關於「東平」也還可以舉出更甚的例子來。例如，「梁山泊」地近東平，第十一回說到是「山東濟州管下的一個水鄉」，但接下來第十二回寫林沖下山取「投名狀」，楊志在山下與王倫答話就說「流落在此關西」，「梁山泊」似又在「關西」；又如第一百十九回寫「李應授中山府鄆州統制」，北宋中山府屬河北西路，治在今河北定縣；鄆州即東平府屬京東西路，治在今山東東平，二地本不相聯屬，作者卻把它們硬捆在一起。這個錯誤幾乎表明作者缺乏起碼的地理知識，連東平在山東也不知道，是更可以令人奇怪的。從現代小說創作的觀念，類似錯誤作爲羅貫中非東平人的證據，我們可以衷心擁護。然而《水滸傳》是不便使用現代小說標準苛求的。例如：在這類問題上，作者即使非東平人，也不應該一回說梁山泊在「山東濟州」，一回又說它在「關西」，一回又到其他地方去了。所以，類似錯誤與作者是否熟悉地理並無必然的關係，而根源於它成書的特殊情況：《水滸傳》不是文人獨立的創作，在長期說話藝術——話本等文學形式基礎上成書，雖一般認爲是施耐庵的本，羅貫中纂修或編次，羅貫中與《水滸傳》有一定關係，但他在多大程度上介入了本書文本，哪些錯誤是由他造成或是修訂後仍保留下來的，並不清楚；而且因爲源自話本等，一些內容早經說話人頃刻間捏合，聽眾約定俗成，羅貫中在纂修或編次時忽略甚至從眾容忍了這個別的錯誤，也是可能的。今天看來，這當然不是作小說的好傳統，

〔註4〕劉世德《羅貫中非東平人說——羅貫中籍貫考辨之二》，李悔吾、譚洛非主編《〈三國演義〉與荊州》，中州古籍出版社1993年版。

但當時編書人既已如此，後世讀者則不必太認眞，也不宜太認眞。在這類問題上，古代作者向來不很認眞的。不然，歷代刻書家早就應該把它糾正了，因爲這是不難發現和改正的錯誤。今人做小說考證，也應顧及這一古代傳統的存在。不然，過於認眞，得出的結論可能離實際更遠。並且果然需要認眞，也還有個版本依據的問題。今天我們能見到的本子，已經後人不知多少次的增刪改竄，哪些地方是施作羅編的原貌，無從知道。在這種情況下，考證當然也不可廢，但是一般考證的作用怕是很有限的。

至於嘉靖本《三國志通俗演義》卷二第十則記地名「壽張」錯爲「壽陽」，當是傳鈔中「張」「陽」音讀之誤，而未必是作者不知「東平」地理所致。作者據陳壽史傳，「壽張」二字有關處是清楚的，作者無論爲山東、山西或其他什麼地方人，「按《鑒》改編」，不會憑個人印象書寫而致誤。退一步說，果然由羅貫中錯爲「壽陽」，也並就一定說明他就是山西人，而可能相反。這裡有關文字寫的是山東青州事，讀者可以奇怪作者若爲山東東平人，卻把他應當熟悉的山東「壽張」錯爲不熟悉的山西「壽陽」，由此推論作者非山東東平人而是山西人；但同樣的道理，讀者也可以奇怪作者爲山西人，何以把他所熟悉的故鄉山西的「壽陽」錯在他所不熟悉的山東青州？從而推論他是山東人而非山西人。巧的是《水滸傳》袁無涯本第六十九回敘宋江打東平府計擒董平，佯敗「退到壽春界……」，這個「壽春」屬安徽，何心《水滸研究》斷以「定是『壽張』之誤」，並括注說：「百十五回本正作『壽張』」，其實明容與堂本也作「壽張」，可見這個「壽張」的錯誤完全出於抄手。以《水滸傳》中「壽張」誤爲「壽春」，推論《三國志通俗演義》中「壽張」誤爲「壽陽」，可知一些錯誤與作者的籍貫並無關係。因爲如果「壽陽」的錯誤可以說明羅是山西人，「壽春」的錯誤就應當說明他是安徽人，但是羅貫中顯然不能既是山西人又是安徽人。而我們還可以舉出與「壽陽」一例相反的情況。這個例子也是何心《水滸研究》第十三章《水滸地名》提出的，它說：「淮西西河（同上——引者按指《水滸傳》第一百二回），北宋時，西河縣屬河東汾州，即今山西省汾陽縣，不是淮西，此誤。」西河在漢代屬太原郡，太原人而誤西河爲淮西地，不是很奇怪的嗎？可見依據羅氏小說中地理錯誤考證其籍貫，是如何之不可靠。

同類的錯誤在《三國志通俗演義》中還可舉出一些。典型的如卷六第四則《關雲長五關斬將》，故事在今見史書、話本和元雜劇中均無蹤影，當是羅

貫中的創造。但是，這一敘事地理方位可說是錯得一塌糊塗。當時關雲長棄曹操投奔劉備，應是自許昌出發北上赴黃河渡口白馬津。但是，小說寫他經過的五關：第一關「東嶺關」，是虛構的；第二關洛陽，越嵩山繞到西北去了；第三關沂水關，「沂水」在山東臨沂，《水滸傳》所寫李逵的家鄉；第四關滑州，又回到河南去了。依「壽張」錯爲「壽陽」的推論，羅貫中又該是山東沂水人了。然而，這仍是一個鈔誤：洛陽東有汜水縣，正在去榮陽的方向上，「沂水」定是「汜水」之誤。蓋「沂」「汜」形近而訛，把「沂水」改爲「汜水」，方位就對了。這裡，研究者可以奇怪作品把地理搞錯了，多方面去找原因，而不可以只從作者是哪裏人，於所描寫的地理環境是否熟悉方面去深求。

還有，繁本百回本《水滸傳》第九十九回顧大嫂封「東源縣君」，有專家以爲「此處的『東源』乃『東原』二字的形訛。這個例子可以作爲羅貫中非東原人的佐證。——如果羅貫中確爲東原人，那麼，在他的筆下，怎麼會在作品中把自己的故鄉的地名『東原』誤寫爲『東源』呢？」這個問題提的有力。但是研究者同時注意到「『東原』二字，在簡本中，或同，……或作『東原』（例如115回本）」。這條注文提供的材料，卻使我們覺得繁本的「東源」更像是羅氏原本「東原」的鈔誤。同時又可進一步想到，羅貫中若果爲山西太原人，是難得想到爲顧大嫂封一個「東源（原）縣君」的吧。所以《水滸傳》多寫東平事，同時又提到「東源（原）」，倒是成了作者爲東原人的佐證。另外「源」字本作「原」，古代可以通用，「東原」書作「東源」不見得就是錯了。

總之，羅貫中小說中的地名錯誤甚多，這整體上與當時小說家（包括羅氏前後的諸多加工者）地理知識的相對欠缺同是又不甚注重講究地理方位的審美觀點有關。就羅氏纂修或編次的本子而言，有些應是本人弄錯了，有些則是因襲舊文（如話本），大量應繫傳抄之誤。欲從地理錯誤推求羅貫中的籍貫，只是小說中他本人弄錯的部分最有價值。例如有關梁山泊和東平的錯誤，果然爲羅氏撰著之誤，那就不是認眞不認眞的問題，而是他對兩處地理根本不熟悉，從而認爲他：一，不是東平人；或二，是東平人，自幼流寓他鄉（如江浙）。因此，學者欲從小說敘事地理方面的錯誤推考羅氏籍貫，當先據可靠版本，找出這最有價值的部分，然後才可據以研究，作出結論。即使如此，考慮到古代通俗小說作家敘事不甚注意地理方位的審美習慣，一般得出的結論，也應當只是參考性的。所以目前提出的這些地理方面的問題和所進行的

有關研究，包括筆者這番議論，都還不足以否定或肯定「東原說」，對「（山西）太原說」來說也是如此。

三、「（山東）太原說」的提出

《錄鬼簿續編》記「羅貫中，太原人」，讀者一望以爲這個「太原」是山西太原，乃在情理之中。進而研究者聚訟「太原」二字傳鈔是否有誤，也屬事理之必然。此一聚訟之陷入僵局和無結果，也正在意料之中。但在一九九四年以前，從來沒有人想到「太原」和「東原」還會有某種關係，《續編》所記「太原」，未必是山西太原，甚至竟是山東的「東原」。

歷史上的「東原」只有一個。「東原」雖然只是一個地區名，從未成爲行政建署，但是《（尚）書》經的權威已足使它千古不泯。而歷史上的「太原」卻有四個：一是《尚書·禹貢》「既修太原，至於岳陽」的「太原」，即今山西太原；二是《詩·小雅·六月》「薄伐獫狁，至於太原」的「太（『大』、『太』通）原」，即《南齊書·州郡志》秦州領下的「南太原郡」，今寧夏固原一帶；三是晉安帝義熙中置縣、劉宋文帝元嘉中立郡、中經魏至北齊歷時一百五十年而廢置的「太原」，即治在升城（故址在今山東長清縣西南），《水經注》《隋志》所稱之「東太原」（以上三個「太原」的建置沿革，請參閱劉穎《羅貫中的籍貫——太原即東原解》），轄境約在當今濟南、泰安西南一帶地方；四是南朝梁僑置之太原縣，故治在今江西彭澤縣東〔註5〕。

這四個「太原」在歷史上並不同樣著名，於我們所討論問題也並不同等重要。從最謹慎的考慮，羅貫中的籍貫也可以排除第二和第四個「太原」的可能。但是，「東太原」的建置雖然在歷史上僅一百五十餘年，它當時的轄區卻驚人地（對於羅貫中籍貫研究者來說）包括了「東原」大部分地區。因而在當時，以至於後人作歷史的考察，都可以認爲「東太原」就等於「太原」。

《錄鬼簿續編》的「太原」，並不曾說明是「東太原」抑或是「西太原」。如係《續編》作者所爲，他也許以爲所指不會產生歧義。但是，正如《金瓶梅》作者「蘭陵笑笑生」的「蘭陵」發生「南蘭陵」抑或「北蘭陵」之爭一樣，對於《續編》的這個「太原」，後世讀者當然可以提出「東太原」抑或「西太原」的疑問。因此，至少在理論上，現在可以說，即使《續編》記羅氏「太

原人」無誤，也有某種可能是「東太原」，即「東原」。堅持「（山西）太原說」，就又必須說明，為什麼這個「太原」一定是「西太原」，而不是「東太原」。這包括在上面提出的問題當中，然而更進一步和更具挑戰性。

所以，在有「東原說」存在的情況下，「太原說」最合理的解釋應是「（山東）太原說」。鑒於「（山西）太原說」的孤立處境和所面臨的不可克服的困難，學者有理由使「太原說」向「東原說」靠攏，從而使這一積年懸案得到一個相對合理的解決。然而這也要有一個前提，即「東原說」必須有較為充分的根據。

四、「東原說」的根據

「東原說」的根據有二：一是嘉靖本《三國志通俗演義》庸愚子（蔣大器）弘治甲寅序稱「東原羅貫中」；二是多種明刊《三國演義》《水滸傳》等小說的版本題置作「東原羅貫中」〔註6〕。

持「東原說」的學者認為這些根據是可靠的。他們的主要理由：（一）有關版本的署名是作者本人題署；（二）嘉靖本是《三國演義》今存最早精工刊刻的本子，首庸愚子序稱「東原羅貫中」無可懷疑，等等。筆者相信這些根據的可靠性，但是認為這兩點理由還需稍作辨證。

首先，古代通俗小說由作者本人署名的極為少見，有關版本的題署不一定出自作者本人之手。說是「作者本人題署」，純屬臆測。臆測之辭不足以服人，所以關於題署的可靠性問題，可以不從這一方面立論。

其次，今存嘉靖本確實刊刻精工，庸愚子序稱羅氏「東原人」語，刊刻有誤的可能性不大。但是有關專家曾指出，這篇《序》把「陳壽」前的「平陽」錯刻成「平原」，進而推想「『東原』會不會是『太原』之誤」。筆者根據這個指示，查了《古本小說集成》影印嘉靖本和周曰校本，都刻印清楚地是「平陽陳壽」，就愈加相信「東原羅貫中」是刻印無誤的了。

另外，筆者認為，「東原說」如上根據的可靠性，還可以有進一步的說明：

第一，與《錄鬼簿續編》的記載不同，各本「東原羅貫中」的題署是僅有的把「羅貫中」與《三國志通俗演義》聯繫起來的第一手資料，在沒有直接而堅強的反證情況下，它的可靠性不容懷疑。縱然這一題署未必直接出於

〔註6〕 參見劉世德《羅貫中籍貫考辨》（第三部分），載《文學遺產》1992年第2期。

作者，而有可能出自書商或抄書人，然其亦必有所本，並且應是謹慎的。當時刻書家或抄書人不至於根據道聽途說，把一部大書的作者羅貫中的籍貫定爲人所不習知的「東原」。

第二，有關版本題「東原羅貫中」，並不沿自嘉靖本庸愚子序。這可以從《三國演義》版本的演變得到說明。學界一般公認今存明刊《三國演義》版本有兩個系統：一是「嘉靖本」系統，二是「志傳本」系統。「嘉靖本」是今存《三國演義》最早的刻本，而庸愚子序更早在弘治甲寅；同時據書中小字注，明確說在此本之前已有「舊本」。所以庸愚子序說「東原羅貫中」應是有所本的，他的根據可能就是小字注所謂「舊本」，即他序中所稱「士君子之好事者，爭相謄錄」的抄本。另外，今題作者爲「東原羅貫中」的本子，雖然都是萬曆以後刊刻的志傳系統本，但是據柳存仁等學者研究，這個系統的祖本「實在嘉靖本《三國志通俗演義》之前」〔註 7〕。這就是說，「嘉靖本」與「志傳本」各不相謀，後者「東原羅貫中」的題署，不必根據嘉靖本庸愚子序，而自有傳承，且來源更古，雖然這點並非不可以懷疑爲書商竊自嘉靖本庸愚子序，但是在這類問題上，學者與其自擾而無功，反不如從古之爲逾也。

因此在目前情況下，最合乎情理的看法，應是各本題署和庸愚子序對羅氏籍貫的記載來自至少兩個不同方面的根據，而最終溯源於羅貫中本人自稱或時人的見證。兩個系統本子的記載相互印證，是羅貫中籍貫「東原說」不可動搖的基礎。

五、「太原說」實即「東原說」

向來持「太原說」的多要否定「東原說」，反之亦然。最早欲彌合二說以維持「太原說」的是孟繁仁先生，他的文章的標題即《東原羅貫中實爲太原羅貫中》，他說，「東原」一詞不僅出自《尚書‧禹貢》，《水經注》在引用《尚書大傳》時有「東原底平，大而高平者謂之太原」之語，這就「非常明白準確地指明『東原』即今日山西太原無疑」。這個思路富於創新，但是孟先生當時不清楚歷史上還有與「西太原」遙對的「東太原」。這個「東太原」恰在「東原」之東，其所轄以今長清爲中心的一帶地理形勢正所謂「大而高平」者。歷史上東晉安帝於此設縣、劉宋文帝於此立郡命名「太原」，大約就是受了《尚

〔註 7〕 轉引自江蘇古籍出版社 1992 年版沈伯俊校理本《三國演義‧前言》。

書大傳》的啓示。所以「東原底平，大而高平者謂之太原」的話，聯繫「東原」以說「太原」，理解爲東原即（準確地應說鄰近）太原是對的，但這個「太原」乃是鄰近「東原」的「東太原」，而不是《詩經》「既修太原，至於洛陽」的「（山）西太原」。

這樣一來，半個多世紀羅氏籍貫「太原說」與「東原說」之爭乃可握手言和。在「太原」即「東原」的意義上，「太原說」與「東原說」實爲一說；《錄鬼簿續編》的記載·庸愚子序的說明及各有關版本的題署，都是正確的，只是分別用了兩個古地名而已。當然，這裡也還不能排除同時同地同名而異人的可能。但是，因此致誤的可能性是最低限度的。

不過，這樣一來羅氏籍貫的實際地區就不當只是今山東東平，準確地應指以東平爲中心的古東原（即今山東東平、汶上、寧陽一帶），和以今長清爲中心的古東太原郡（即今山東濟南、泰安西南一帶大片地區）。由於東原古來非行政建置，所以歷史上東太原郡實際包括了東原的大部分，在這些地方，「東原」即「東太原」。理論上羅貫中籍貫的實際位置有最大可能是東原被包括在東太原郡的部分，即今南北相接的山東平陰、肥城、寧陽等地。

但是實際的情況如何，如無進一步的材料，殊難最後斷定。甚至筆者也不認爲已經把「（山西）太原說」徹底否定了，有關專家所提出的諸多問題，還有待繼續深入探討。但是筆者研究和從各家學者論述學習所得，仍以爲在目前情況下關於羅貫中籍貫的提法，「（山西）太原說」的根據薄弱，比「錢塘」「盧陵」諸說並無更多的說服力；而「東原說」載在諸書，加以歷史上有過「東太原」的建置，可以說是證據堅強的。目前情況下，各類辭書及教科書關於羅貫中籍貫以採用「東原說」爲宜。

（原載《齊魯學刊》1995 年第 5 期）

《三國演義》作者羅貫中是山東東平人
——羅貫中籍貫「東原說」的外證與內證

　　《尚書・禹貢》:「東原底平。」鄭玄注謂東原「即今之東平郡」。清蔣廷錫《尚書地理今釋》進一步說明:「東原,今山東兗州府東平州及濟南府泰安州之西南境也。」今本《辭海》釋「東原」說:「據鄭玄注,即漢東平郡地,相當於今山東東平、汶上、寧陽一帶。」所以,作爲地域之稱,東原即山東東平。

　　東平在漢代以後建置屢變,或稱國,或稱郡、府、州、路等,從來是魯西南重鎮;隋唐以後,東平因地跨京杭大運河兩岸,爲商旅必經駐足之地,經濟文化格外發達;至金、元二代,人文薈萃,更成爲文化名區,出了許多文學家,如高文秀、王繼學、顧仲清、趙良弼、陳彥時、張壽卿、張時起、李顯卿、張好古等,皆一時名家,近世有「東原作家群」之稱。其中擅長水滸戲的高文秀甚至有「小(關)漢卿」之譽,而最傑出的代表,則是《三國演義》的作者羅貫中。

　　《三國演義》作者羅貫中名本,字貫中。他是山東東平人有文獻的根據。首先,今見明刊《三國演義》有多種版本署名「東原羅貫中」,如最早版本之一刊於嘉靖二十七年(戊申,1548)的葉逢春本題「東原羅本貫中編次」;其次,今見明刊《三國演義》最早的序文,即嘉靖壬午(嘉靖元年,1522)刊《三國志通俗演義》首載別號庸愚子的金華人蔣大器所寫的《序》中稱「東原羅貫中」是該書作者。這篇序寫於明弘治甲寅(1494)年間,序稱「書成,士君子之好事者,爭相謄錄,以便觀覽」[註1],比今見錄載它的嘉靖壬午本

〔註 1〕　〔明〕庸愚子《〈三國志通俗演義〉序》,〔元〕羅貫中《三國志通俗演義》,
　　　　　汪原放標點,上海古籍出版社 1980 年版。

《三國志通俗演義》要早 28 年，說明早在明弘治甲寅之前，《三國演義》已經成書並流行於世。這兩種最早的版本以不同方式表明其作者為「東原羅貫中」，後出各版本均無異辭，使我們可以相信，《三國演義》作者為「東原羅貫中」，至少是明清出版界公認的事實。

甚至有的學者認為，這些刊本題「東原羅貫中編次」類字樣，是根據最早羅貫中本人的題署。這至多是一種可能，或說可能性很小。但是，至少可以相信，當時刻書、寫序的人，不會沒有根據地把這樣一部大書歸於某個人名下。至於有人認為可能是書商託名牟利，就更沒有道理。古代雖有託名著書、刻書的風氣，但是，所託之人必是先已有了名氣，才可以收致託名牟利之效。而據現有資料可知，在《三國演義》之前，羅貫中並沒有成名。以羅貫中為《三國演義》作者的託名完全不合邏輯，而《三國演義》「東原羅貫中」的題署不會是任何意義上的偽託。總之，以平常心度之，當時刻書、寫序的人以《三國演義》的作者為羅貫中，必有當代文化人值得相信的理由，後世不可以也不應當隨便懷疑它。

需要注意的是，上述《三國演義》兩種嘉靖本雖是今存最早的版本，卻沒有一部是作者原本，而且難以確定它們之間是否有直接的關係。上已提及兩種嘉靖本《三國演義》為「東原羅貫中」所著的方式不同：壬午本「東原羅貫中」字樣出現在序中而題署無「東原」，葉逢春本「東原羅貫中」出現在題署中而不載庸愚子的序。這個重要的不同可使我們大致認定，後出葉逢春本的題署並不源於壬午本，兩種嘉靖本以《三國演義》的作者為「東原羅貫中」各自有據。也就是說，在嘉靖本之前，至少有兩種以上的資料線索表明《三國演義》的作者為「東原羅貫中」，從而後世無論從何處看，都只能把它作為同一「東原羅貫中」的作品，這大概是《三國演義》版本不止一個系統的多種明刊本都署「東原羅貫中」類字樣，而從無異說的原因。總之，《三國演義》作者「東原羅貫中」不僅有可見最早版本的證明，而且這種證明又是來自不同方面的互證，後世就更加不可以也不應當隨便懷疑它。

最後，除了《三國演義》，還有《水滸傳》（115 回本）、《隋唐兩朝志傳》《殘唐五代史傳》《三遂平妖傳》等四部小說也署名羅貫中。這四種小說除《殘唐五代史傳》不題羅貫中籍貫，其他也均題「東原羅貫中編輯」類字樣。一般公認羅貫中是《水滸傳》的作者或作者之一，《水滸傳》各版本中獨有 115 回本《水滸傳》題「東原羅貫中編輯」，以羅貫中為「東原」人，也不會完全

沒有根據。至於《殘唐五代史傳》與《三遂平妖傳》有託名羅氏的可能，但為其託名的人也是以羅貫中為「東原」人，說明這四種小說作「東原羅貫中」的署名即使不盡可信，卻都能從不同角度間接地起到旁證作用，加強《三國演義》作者為「東原羅貫中」的可信性。

當然，明人記載中也有說羅貫中是「錢塘人」「杭人」「越人」即浙江杭州人的，也有說他是「廬陵人」即今江西吉安人的，但是皆晚出，而且其口氣似據傳聞，比較「東原羅貫中」有《三國演義》等書版本的說明，並不足信。同時在上個世紀 20 年代之前，小說的地位還不夠高甚至很低，很少有人在意羅貫中是哪裏人，因而諸說並存，並沒有什麼爭論。但是，到了 1931 年，古典小說、戲曲等通俗文學的研究受到學界空前重視。當時有趙斐雲、鄭振鐸、馬隅卿三位學者訪書寧波天一閣，合抄明藍格抄本《錄鬼簿》公諸於世。其中《錄鬼簿續編》所載「羅貫中」條是這樣寫的：

> 羅貫中，太原人。號湖海散人。與人寡合。樂府、隱語，極為清新。與余為忘年交。遭時多故，各天一方。至正甲辰復會，別來又六十餘年，竟不知其所終。
>
> 《風雲會》（趙太祖龍虎風雲會）、《蜚虎子》（三平章死哭蜚虎子）、《連環諫》（忠正孝子連環諫）

這條資料被當時乃至今日眾多學者認作二十世紀有關《三國演義》作者羅貫中生平資料的唯一重大發現。近百年來各種文學史、小說史著作凡涉及羅貫中生平的，大都以此為據，棄多種明刊本「東原羅貫中」的題署等於不顧，稱羅貫中為「太原人」，進而推論其生卒年等等。這就是《三國演義》作者羅貫中籍貫「太原說」的由來。它不僅使包括「東原羅貫中」說在內其他諸說受到極大排斥，而且也給社會文化造成一定影響。最突出的是去年報載山西太原列《三國演義》的作者羅貫中入「三晉文哲壁」，弄出把《三國演義》開篇「滾滾長江東逝水」的詞鐫為羅貫中所作的笑話〔註2〕。

以《錄鬼簿續編》「羅貫中，太原人」為《三國演義》作者及其籍貫的根據，定《三國演義》的作者為山西太原人羅貫中，目前看來，是一件極不穩妥的事。理由也極簡單，就是這條資料並沒有說「羅貫中，太原人」寫過《三國演義》。而我國從來同姓名現象屢見不鮮。我在《近百年〈三國演義〉研究

〔註 2〕楊榮《太原「三晉文哲壁」錯誤百出》，《光明日報》2001 年 09 月 15 日。

學術失範的一個顯例》〔註3〕一文中已經舉過許多古代的例子，而據中新江蘇網8月21日消息：「南京大學……今年錄取的1400多名新生中，竟有65人或兩個或三個同名同姓，甚至還有四人共取一個名字。」這更加使我們相信，即使元明之際同姓名現象並不如今天這樣嚴重，而在中國這樣的姓氏文化傳統裏，「東原羅貫中」之外另有一個「羅貫中，太原人」——他是古代山西太原一位優秀的戲曲家——也並沒有什麼稀罕。「學貴有疑」，我們至少應當並且可以抱這樣的懷疑。如果連這樣的地方都逕自確信無疑，那還談什麼科學精神、學術考證！而且，白紙黑字可以看得明白，《錄鬼簿續編》「羅貫中，太原人」條資料沒有記載這位太原羅貫中寫過《三國演義》，而多種明刊本《三國演義》顯著標明「東原羅貫中」是《三國演義》的作者，研究者若不抱成見，據實立論，就只能無處說無，有處說有，而決不可從《錄鬼簿續編》無中生有，推翻多種明刊本的實有；否則，就是對學術規範的冒犯。但是，這一種冒犯卻由來已久，部分是因其始於大家名流而不得糾正，為一些學者盲目推崇而愈演愈烈，使我們不能不把它作為「學術失範」的個案加以批評。

這的確是一種「學術失範」。且不說我國古代治學要求博學、審問、慎思、明辨等基本的態度和無徵不信的原則，單就學術研究技術操作的層面而言，也有一個如何對待資料的規範問題，即要求對無論何種資料都要先經過認眞無誤的鑑別，弄清其眞偽及其與所探討問題相關的程度，看其能否和在多大程度上可以用作證據。此即胡適所說：「凡做考證的人，必須建立兩個駁問自己的標準……第一個駁問是要審查某種證據的眞實性。第二個駁問是要扣緊證據對本題的相干性。」〔註4〕這是我國考證學最根本的傳統，漢唐以來有成就的考據學者都是這樣做的。但是，近世學者把《錄鬼簿續編》「羅貫中，太原人」條用為研究《三國演義》作者資料，顯然沒有經過這樣的駁問，所以就是「學術失範」；其論證沒有在這條資料與《三國演義》作者之間建立起證據鏈，所以結論就不能服人。這看起來只是一條資料的適用不當，其實「學者考訂史實是一件最嚴重的任務，是為千秋百世考證歷史是非眞偽的大責任」〔註5〕，當事者又怎麼可以掉以輕心？而後來者又怎麼可以對如此明顯的失誤

〔註3〕 杜貴晨《近百年〈三國演義〉研究學術失範的一個顯例》，《北京大學學報》2002年第2期。已收入本卷。

〔註4〕 胡適《考據學的責任與方法》，胡適《讀書與治學》，三聯書店1999年版，第285頁。

〔註5〕 《讀書與治學》，第284頁。

等閒視之或視而不見？

另外，退一步說，即使不排除「羅貫中，太原人」是《三國演義》作者的可能，但是，歷史上有一段時間今濟南長清爲中心毗連東平的一帶正叫做「東太原」。因此，這位「太原」羅貫中也有可能是「東太原」即山東東平人〔註6〕。總之，上世紀30年代初《錄鬼簿續編》「羅貫中，太原人」條資料的發現，根本不足以改變明代以來有《三國演義》版本爲據的「東原羅貫中」約定俗成的結論。這位世界性的大文豪是元代東原即今山東東平、汶上、寧陽一帶人。他一生可能到過許多地方，所以他的籍貫有「杭人」「廬陵人」等多種說法。但是，《錄鬼簿續編》那位「羅貫中，太原人」，除了同姓名外，卻很可能與《三國演義》沒有任何關係，至少現在應當這樣認爲。

除了以上版本、歷史地理等方面的原因以外，關於《三國演義》的作者爲「東原羅貫中」而不是「羅貫中，太原人」，我們還可以從羅著《三國演義》《水滸傳》等小說的文本風格及具體內容方面找到內證。當然，這是難得的，也未必十分可靠，但是結合已有研究，我們認爲以下四例值得注意：

一是從《三國演義》《水滸傳》諸書風格看，《三國演義》作者不可能是「羅貫中，太原人」。我的理由是，這位太原羅貫中「號湖海散人。與人寡合。樂府、隱語，極爲清新」，是一位浪跡江湖的詩人氣質很重的文學家。他可以以詩筆爲戲曲——也確實是一位戲曲家，卻好像很難成爲一個以史筆爲小說的演義家——《錄鬼簿續編》「羅貫中」條也正是沒有他寫作《三國演義》等小說的記載。此原因無他，大概史與詩的分野或界限，即使到了野史小說與樂府、隱語以及戲曲同屬文學的範疇而更爲接近的地步，其在風格手法也有很大區別甚至難以兼容的地方。所以，古代作者於詩、戲曲與小說（特別是歷史小說）很少兼擅，如吳偉業的戲曲，李漁的小說，其實都與他們各自擅長的詩歌、戲曲是兩種體式，一樣風格。而《三國演義》《水滸傳》並非不具詩意，很多描寫也可以說有戲劇性的，但其總體風格毋寧說是史筆。所以與《紅樓夢》不同，書中沒有或者極少作者自撰的詩文，而多引「史官曰」「後人有詩歎曰」或沿用書場的韻語，也不甚依賴戲曲家常用的誤會與巧合等構造情節，更看不出作者有刻意顯揚文才的表現。而如果《三國演義》的作者像吳偉業、李漁那樣是一位詩人或戲曲家，恐怕少不了「傳詩」之想，總要

〔註6〕 杜貴晨《羅貫中籍貫「東原說」辯論》，《傳統文化與古典小說》，河北大學出版社2001年版。

忍不住自己「歎曰」一番。總之，就作者性情、文筆風格而論，筆者寧肯相信「據正史，採小說」寫作《三國演義》的羅貫中是那位「有志圖王」的羅貫中——他當是一位史家作風很重的人——而不敢相信那位詩人氣質很重的「太原人」羅貫中是《三國演義》的作者。

附帶說到，作家總是就其所熟悉的題材進行創作，如果這位「羅貫中，太原人」是一位戲曲家而還是《三國演義》作者的話，那麼他至少應該寫有一部三國戲曲，或者在他的戲曲中有與三國相關的內容、語辭等。但是，我們還未見有研究者舉出這方面的證明來。這豈不是說，不僅《錄鬼簿續編》沒有載他寫有《三國演義》，而且他的文學創作與三國題材根本就不沾邊？

二是已故著名學者王利器先生為「東原說」所找出的根據之一:「我之認定羅貫中必是東平（即東原）人，還是從《水滸傳》得到一些消息的。《水滸全傳》有一個東平太守陳文昭，是這個話本中唯一精心描寫的好官，東平既然是羅貫中父母之邦，而陳文昭又是趙寶峰的門人，也即是羅貫中的同學，把這個好官陳文昭說成是東平太守，我看也是出於羅貫中精心安排的。」〔註7〕這是一個有趣的發現，也啓發了新的思路。以至於信從《三國演義》作者為「羅貫中，太原人」的研究者，也發現了於己說有利的論據，如所舉《三國演義》寫得最成功的人物關羽是山西解州人之類，卻實在不能說明問題。因為關羽作為「武聖人」，決不是只有太原人才崇拜他。倒是另有學者為「太原說」找出的根據之一，即發現繁本百回本《水滸傳》第九十九回顧大嫂「封授東源縣君」，以為羅若是東原人的話，就不該把「東原」錯為「東源」。但是，在我們看來，卻相反地成為《三國演義》作者為「東原羅貫中」的又一內證。

即第三，正如發現者所指出，上引「封授東源縣君」中「『東源』二字，在簡本中，或同……或作『東原』（例如115回本）」，這使我們很容易想到「東源」的「源」字是「原」字在傳抄翻刻過程中的音訛，「東原縣君」才是作者原文。其間道理也並不複雜:我們知道，《水滸傳》極少虛構郡縣地名，而歷史上雖無「東源縣」，卻有「東原」地，並且是載在《書經》的。所以，雖然古代稱「東原」的地方也有一些，甚至《三國志通俗演義》卷之二十一《諸葛亮六出祁山》則還提到陝西渭水之濱的「東原」，小字注說「地名」，但是

〔註7〕 王利器《羅貫中與〈三國志通俗演義〉》（上篇），《社會科學研究》1983年第1期。

《水滸傳》寫山東事，我們只能相信「東原縣」是作者據《尚書·禹貢》古「東原」之稱的捏造。按照例一舉王利器先生所開闢的思路，顧大嫂在《水滸傳》中是最後活下來的唯一女將，作者因《尚書》「東原」而捏造出一個「東原縣」來，為顧大嫂結末「封授」為「君」之稱，也應該不是無所謂的安排；而可以作這樣的推斷：羅貫中若果為山西太原人，就難得想到為顧大嫂封一個「東源（原）縣君」；而只有在「東原羅貫中」筆下，這個「女將一員，顧大嫂，封授東源（原）縣君」的設計才合乎情理。

第四個內證是東原即山東東平與泰安臨近，今東平為今山東省泰安市屬縣，《水滸傳》第七十三至第七十四回寫那位在泰安州東嶽廟前設擂，「自號擎天柱，口出大言」，後來被燕青「攧下獻臺來」的任原，倒是「太原府人氏」。這當然不是作者有意褒貶這兩大名區。但是，可以看出作者對臨近東平的泰安州東嶽廟至少是熟悉的，而對「太原」並無「故土」情結。進一步，又把《水滸傳》（120回本）行文中一回稱「太原府」，一回稱「太原縣」，而對「東平」一例稱「東平府」的情況相比較，可知作者對「東平府」和「太原府」熟悉、認知乃至熱情的程度是很不一樣的。這是不是也可以看出《三國演義》作者羅貫中對「東原」有某種「故土性」呢？

以上四點作為「東原羅貫中」的內證，各自來看，有的還可以說比較牽強。但是，合而觀之，就不能不承認《三國演義》《水滸傳》的作者不像是「羅貫中，太原人」；他在小說中對東原（東平）情有獨鍾的諸多表現，與各版本「東原羅貫中」的題署與記載相印證，說明《三國演義》作者為「東原羅貫中」是可信的。

當然，《水滸傳》成書過程漫長，前後文本變化很大而今存可據考者已經不多。因此，我們不能認為上述四例一定都是羅貫中所為。但是，即使如此，也仍然不能根本動搖「東原羅貫中」的可信性。因為，極端的情況雖然並不完全排除，但是，在確認此書為羅貫中所著和已有研究成果的基礎上，研究者對羅氏籍貫一般只在「東原」或「太原」二者之間選擇。在這種情況下，上述四例中只要有任何一例可靠，特別後三例中那怕只有一例是《水滸傳》的編定者羅貫中親筆所為，也足以說明他不是山西太原人，而是東原即山東東平人。

總之，在對《三國演義》作者籍貫作了盡可能詳盡的「內查外調」之後，我們只能尊重多種明刊本「東原羅貫中」的古傳，而不能信從據《錄鬼簿續

編》「羅貫中，太原人」斷《三國演義》作者爲太原人羅貫中的新說。進而近百年來各種教科書與傳媒幾乎無不以「羅貫中，太原人」爲定論，客觀上封殺了「東原羅貫中」等其他諸說的偏頗，也應當盡快修正爲以有版本爲據的「東原羅貫中」說爲主諸說並存的客觀表述上來。若不得已而簡言之，自應以《三國演義》作者羅貫中是東原（今山東東平、汶上、寧陽一帶）人爲是。至於杭州、廬陵，則應該是他南下後的客籍。而《續編》所謂「羅貫中，太原人」只是一位優秀戲曲家，還不能說他與《三國演義》有任何實質性的聯繫，從而這條資料能否用於《三國演義》的研究也還不確定，只能懸置或存疑——目前看來，《三國演義》作者羅貫中籍貫「太原說」完全是想像力的產物。

　　儘管如此，從最徹底的意義上說，《三國演義》作者羅貫中「東原說」還不是最後的結論。但是，在這類問題上，研究者不能更起古人而問之，從來能做到的，不過言之有據，言之成理；信所當信，疑所當疑。在這個意義上，羅貫中籍貫「東原說」就是這一學術問題的結論。

（原載《南都學壇》2002 年第 6 期）

近百年《三國演義》研究學術失範的一個顯例——論《錄鬼簿續編》「羅貫中」條資料當先懸置或存疑

　　民國二十年（1931），趙斐雲、鄭振鐸、馬隅卿三位學者訪書天一閣，合抄明藍格抄本《錄鬼簿》二卷附《續編》一卷，不久由北京大學出版組影印行世；二十五年，《國立北平圖書館館刊》十卷五號又刊出馬隅卿校注本；其後刊本漸多，大顯於世。其中《續編》所載「羅貫中」條尤爲學者所重。該條原文是：

> 　　羅貫中，太原人。號湖海散人。與人寡合。樂府、隱語極爲清新。與余爲忘年交。遭時多故，各天一方。至正甲辰復會，別來又六十餘年，竟不知其所終。

> 　　《風雲會》（趙太祖龍虎風雲會）、《蜚虎子》（三平章死哭蜚虎子）、《連環諫》（忠正孝子連環諫）

《續編》承《錄鬼簿》記元及明初雜劇作者，本條從其體例，述羅貫中生平，錄其劇目。學者由此能夠知道的，應不過是字面所表明羅貫中爲雜劇作者等情況。然而不然，因爲《三國演義》的作者也叫羅貫中，早在《續編》未被現代學者注意之前，「羅貫中」就已經是家喻戶曉的演義名家，卻幾乎沒有可靠的生平資料留傳下來；所以，《續編》「羅貫中」條初被發現，學者如獲至寶，竟不是出於對資料本身的興趣，其注意力也根本不在此一羅貫中爲元雜劇作者之上，而徑以其爲《三國演義》作者生平資料的一大發現。魯迅寫於1935 年 1 月的《〈小說舊聞抄〉再版序言》稱：

此十年中，研究小說者日多，新知灼見，洞燭幽隱……自《續
錄鬼簿》出，則羅貫中之謎，爲昔所聚訟者，遂亦冰解，此豈前人
憑心逞臆之所能至哉！

這個看法代表了當時學者共同的意見，其影響至於後來各種小說史、文學史
著作，以及論議《三國演義》作者羅貫中的場合，大都以此「羅貫中，太原
人」云云爲據，罕見否定或存疑者。看起來也就如人民文學出版社 1981 年版
《魯迅全集》相關的注存所說：「關於他（羅貫中）的籍貫生平，歷來說法不
一。自發現《續錄鬼簿》中所記羅氏生平事略以後，有關爭論基本得以解決。」

這也就是上個世紀中後以至今天盛行的羅貫中籍貫「太原說」的由來。
許多學者因對這條資料的信任而持「太原說」甚堅，誠無足怪。可怪不主「太
原說」，而從明庸愚子《三國志通俗演義序》及多數明刊本《三國演義》題署
等相關資料稱羅貫中爲東原（據今本《辭海》指今山東省東平、寧陽、汶上
等縣）人者，也往往從《續編》可能誤抄「東原」爲「太原」處立論，其話
語背景仍然是以這條資料對研究《三國演義》作者羅貫中身世具基本可靠的
價值。從而「聚訟」未斷，但爭論各方對此一資料所稱羅貫中爲《三國演義》
作者一點並無異議，分歧只在「東原」之「東」與「太原」之「太」誰爲誤
抄。這當然是無可究詰之事，從而討論陷入僵局。至於有學者稱發現了太原
羅貫中的家譜，進而考其爲山西某地人，一時驚動學界，並引起該地方爲羅
貫中《三國演義》大興土木，也好像是合乎邏輯的發展。

但是，這一切的判斷和做法都是錯誤的。問題出在對《續編》「羅貫中」
條資料的適用性缺乏實事求是的鑒定。學術研究的常識告訴我們，資料的價
值在於對課題的適用性，即它與研究對象關係的有無和這種關係確鑿與密切
的程度。而此條資料貌似與《三國演義》作者羅貫中相關而實經不起推敲，
在沒有旁證的情況下，不足爲論說《三國演義》作者羅貫中生平的根據，理
由有四：

首先，《續編》「羅貫中」條並無一字半句表明此一羅貫中即《三國演義》
作者。從其內容看，一如《錄鬼簿續編》全書是一部戲曲史料著作，所記皆
戲曲家，本條所載這位戲曲家的羅貫除作有三部戲曲之外，「樂府、隱語極
爲清新」，而絕未及稗官小說，更不曾說到《三國演義》。雖然這並不完全排
除他有與《三國演義》作者爲同一人的可能，但是學術重證據而不可想當然。
從而《續編》本條既未明載，學者就不便無中生有。換句話說《續編》本條

資料只對研究山西太原的戲曲家羅貫中直接有用，而對明庸愚子弘治甲寅序及多種明刊本題署《三國演義》的作者羅貫中的研究，至多具有潛在的價値，而不可用爲現實立論的根據。

其次，這條資料與《三國演義》作者相關的唯一之點是同名「羅貫中」。但是，從古今中國人稱名多重複的情況看，這一聯繫未必就有實際的意義。多年來，研究者除了從所謂《續編》作者爲明初人賈仲明〔註 1〕生卒年推論此一羅貫中與《三國演義》作者爲同時代人之外，絕無另外的根據說明他與《三國演義》的作者爲同一人。而在另一方面，舊有關於《三國演義》作者羅貫中的資料也絕無與《續編》「羅貫中」條相關的任何信息。所以，僅僅根據從並不可靠之《續編》作者賈仲明推得之所謂時代相同，就認兩羅貫中爲同一人，實乃大失學術論斷應有的謹愼。而且，這是不合邏輯的。因爲，在《續編》發現之前，《三國演義》作者是否元末明初人並無定論：高儒《百川書志》稱「明羅本貫中」，田汝成《西湖遊覽志餘》稱其爲「南宋時人」，王圻《稗史彙編》稱「宗秀羅貫中，國初葛可久」（按此當以羅貫中爲明「國初」以前人，即元人），何嘗有羅貫中爲元末明初人的可靠證據或學界共識？所以，以《續編》「太原羅貫中」與舊說「東原羅貫中」爲同時代因而爲同一人，並不是用後來發現《續編》之資料與各舊說相互印證得出的判斷，而是把由《續編》推考得出之所謂「太原羅貫中」的時代加於《三國演義》作者「東原羅貫中」而後生出的比附。無論有意無意，這種做法給人的印象是：先造了一個《三國演義》作者羅貫中爲「元末明初人」的莫須有之成說，然後拿了從《續編》考得「太原羅貫中」是元末明初人的己見與之相併觀，其做法之有悖學理，其結論之不足爲典要，顯而易見。

另外，眾所周知，我國古來人口之眾和同姓名人之多爲世界之冠，以致要有一部專門的辭典供查考之需。在歷代層出不窮的重姓名現象中，同時同姓名又都有一定名氣的文學家也大有人在，如五代有兩張泌，南宋孝宗、光宗朝有兩李洪，宋元之際有兩李好古，金元間有兩周馳，元明之際有兩王翰，明正統、嘉靖年間有兩陸釴，明嘉靖、萬曆間有兩吳鵬和兩李春芳（並見譚正璧《中國文學家大辭典》），等等。眾所周知，當今同姓名人之多更是公安等部門工作中一件很麻煩的事，而文壇兩李準並相輝映以致當時讀者不得不

〔註 1〕《錄鬼簿續編》作者未必即賈仲明，今當以無名氏作品看待。參見王鋼《錄鬼簿三種校訂》，中州古籍出版社 1991 年版《前言》第 27～29 頁。

作大小（指年齡）之別，還只是十幾年前的事。更有治古典者當所習知劉向《新序》載「鄭人有與曾參同名姓者殺人」的故事。其或為寓言，卻可說明如兩羅貫中一樣不同籍貫而同時同名者向來眾多，考論中國人之事，當先對事主「驗明正身」。即同時同地又同姓名者亦不難見，如近年《文學遺產》曾載文考清初山東毗鄰之新成（今山東桓臺，屬淄博）、淄川（今屬山東淄博）同時有兩王士禛。更何況一在太原，一在東原，其為同名不同人的可能性自然更大一些。此皆常事、常情、常識，學者只須不存成見，即可對《續編》「太原羅貫中」是否《三國演義》作者取懷疑態度。而學貴有疑，學術考證又當如老吏斷獄，超越常人之可疑而更加慎重，必使無可反證才最後定案。豈能在常人都不免生疑的情況下，徑以《續編》所載之「太原羅貫中」與《三國志通俗演義序》及多種明刊本題署之「東原羅貫中」為同一人？正如明朝人把吳承恩的《西遊記》混同於元朝人長春真人的《西遊記》，造成長期的誤會一樣，焉知這不是把戲曲家的「太原羅貫中」誤認作是小說家的「東原羅貫中」呢？總之，置我國古來層出不窮的大量同姓名人現象於不顧，而堅執此一羅貫中即彼一羅貫中，殆不僅有失學者的謹慎，更有武斷之嫌疑，難得服人。

　　為治古代小說論此「太原羅貫中」有「驗明正身」的必要，當可據小說說法，而且就是相傳羅貫中為作者之一的《水滸傳》，其第 32 回《武行者醉打孔亮，錦毛虎義釋宋江》寫王矮虎、燕順、鄭天壽等誤捉了宋江，將動刀取其心肝：

　　　　宋江歎口氣道：「可惜宋江死在這裡！」……燕順便起身來道：
　　　「兀那漢子，你認得宋江？」宋江道：「只我便是宋江。」燕順走近
　　　前又問道：「你是那裡的宋江？」宋江答道：「我是濟州鄆城縣做押
　　　司的宋江。」燕順道：「你莫不是山東及時雨宋公明，殺了閻婆惜，
　　　逃出在江湖上的宋江麼？」宋江道：「你怎得知？我正是宋三郎。」
這裡所寫燕順三問，所疑正就是縛中宋江是否為與「山東及時雨宋公明」同名的另一人。《水滸傳》妙體世情，燕順之問無疑是必要的。〔補說：古代小說中頗多此類描寫，如同在《水滸傳》中，第四十三回寫李逵自述因兄弟李達「見在梁山泊做了強盜」，被捉「到官比捕」，有財主替他「官司分理」，說：「他兄弟已自十來年不知去向，亦不曾回家。莫不是同名同姓的人，冒供鄉貫？」又《西遊記》第三回寫「十王道：『上仙息怒。普天下同名同姓者多，

敢是那勾死人錯走了也？』悟空道：『胡說，胡說！……』」《儒林外史》第二十四回寫牛浦對牛奶奶道：「天下同名同姓最多，怎見得便是我謀害你丈夫？這又出奇了！」同回寫向知縣問案，也准了牛浦的辯護，向牛奶奶道：「眼見得這牛生員叫做牛布衣，你丈夫也叫做牛布衣，天下同名同姓的多，他自然不知道你丈夫蹤跡；你到別處去尋訪你丈夫去罷。」《紅樓眞夢》第四十一回寫寶玉笑道：「有個西施，就有個東施，天下同名同姓的多得很呢，何必跟他們嘔氣。」《春柳鶯》第二回寫石生笑道：「那人雖然名姓相對，但天下同名同姓者多，難叫分辨。」〕準此，學者研究《三國演義》作者羅貫中，而以《續編》「羅貫中」條爲據，是否也應該問一問「你是那裡的羅貫中？」「你莫不是有志圖王不得而傳神稗史寫了《三國演義》的羅貫中麼？」這應該是此項研究者基本的「規定動作」，捨此則有失規範。

因此，儘管學術考據不能如寫小說的隨意布置更起古人而問之，但當盡可能從不同角度作有理有據的推考，爭取信以傳信，否則疑以傳疑，不當在白紙黑字載羅貫中一爲「太原人」一爲「東原」人的情況下，爲了定《續編》「太原羅貫中」是《三國演義》作者，而不惜把庸愚子《三國志通俗演義序》「東原羅貫中」之「東原」說成是「太原」之誤抄；相反地堅守羅貫中爲「東原」人的主張，更不必把《續編》「羅貫中，太原人」之「太原」說成是「東原」之誤抄。這裡，抄誤的可能並非全無，但是無可實證，也就無可斷定《三國演義》作者爲「羅貫中，太原人」或是「東原人」誤爲「太原」。同是在羅貫中的研究中，據舊本題署等羅貫中名本，而 1959 年上海發現元人《趙寶峰先生集》卷首《門人祭寶峰先生文》列其門人三十一人，中有當爲慈谿人羅本者，遂有人認爲即《三國演義》作者羅本，從而又有羅貫中籍貫慈谿人之說。對此，袁行霈主編，黃霖、袁世碩、孫靜本卷主編之《中國文學史》第四卷第一章注（5）以爲：「但此『羅本』與《三國》作者羅本是否一人，尚缺乏確鑿證據。」此種態度實爲審愼，而作存疑處理無疑是聰明的做法，可用爲對待《續編》「羅貫中」條的借鑒。

復次，從「羅貫中」取名所自看，「太原羅貫中」與「東原羅貫中」也未必就是同一人。我國同姓名人多的一大原因，在古代就是取名好用經典，而羅氏之「貫中」當自《論語·里仁》「吾道一以貫之」和《尚書·大禹謨》「允執厥中」等語而來。這兩句是經學——理學的時代士人爛熟於心的古典，從中提取出「貫中」之名很可能是無獨有偶，從而概率上又加大了《續編》之

戲曲家羅貫中與《三國演義》作者羅貫中為同姓名之二人的可能。此說「貫中」出處或有不確，但是，縱然「貫中」之名別有出處，而人所熟悉之經典文獻有限，這因同源而重名之可能性的概率也並未減低。因此，目前情況下，筆者並不要作出兩羅貫中一定不是同一人的結論，但是，認兩羅貫中為同一人的結論也不可靠，甚至更不可靠。

最後，上已提及《續編》本條於羅貫中戲曲之外，僅稱其「樂府隱語」的成就，而沒有提到《三國演義》，其作有《三國演義》的可能性已然不大。《錄鬼簿續編》列「羅貫中」為全書第二條，是見錄諸家中行輩較早的。《續編》作者稱此羅貫中「與余為忘年交」，又說「不知其所終」，是作《續編》時認他早就去世了。據此，可以認為此一羅貫中比《續編》作者要年長許多——這是學界的共識——其與《續編》作者初會結交時或已屆中年，而「至正甲辰（1364）復會」時當已垂暮。如果是時尚無《三國演義》，則其後有作的可能性也就極小，從而又進一步減小了這位「太原羅貫中」為《三國演義》作者的可能性。若以該書體例不便載而失載，則本條下「汪元亨」也是「至正間與余（《續編》作者）交於吳門」的一個人，卻記他「有《歸田錄》一百篇行於世，見重於人」，《歸田錄》當即筆記小說一類，與《演義》相去不遠。於汪元亨能載其《歸田錄》，卻不載此羅貫中有《三國演義》，正表明其並未作有此書。

綜上所述，《續編》「羅貫中」條資料不載其作有《三國演義》，今見有關《三國演義》各種資料也沒有與《續編》所載「太原羅貫中」任何相關的信息，即使這並不完全排除二者有某種聯繫的可能，而當下卻舉不出這種聯繫的任何證據。考據如審案，首發信任《續編》「羅貫中」條用為《三國演義》作者研究資料的學者，負有以確鑿證據在二者之間建立這種聯繫的責任！但從鄭振鐸、魯迅以來，似從沒有人注意於此，遂以可疑為可信，以訛傳訛久而彷彿就是不刊之論，實屬學術上不可思議之事。至於本文並無肯定或否定的主張，僅是對此近百年一貫以「太原羅貫中」為《三國演義》作者判斷之合理性的發問。我們充分尊重學者主張「羅貫中，太原人」為《三國演義》作者的權利，但是，我們也有理由期待持論者於《續編》本條之外舉出對其主張有利的充分證據。

筆者深知此一獻疑對《三國演義》作者研究將會帶來一定影響。近百年來，治小說史特別是研究《三國演義》的學者，很少不對《續編》的這一記載信之不疑，用為《三國演義》作者羅貫中研究的部分甚至全部的基礎。換

句話說，近百年來《三國演義》作者羅貫中研究的相當大部分成果建立在對此一資料的信任之上，將因為這一資料有可疑之點而面臨被動搖或需修正的前景。這是一個事實，還可能是一個遺憾。但如宋儒所言：凡事求一是處。學者追求真理，自應義無反顧，以求取正確結論為歸，只論當不當，不計得與失。而且，從學術發展看，本文的質疑應能促進《三國演義》作者羅貫中研究有實質性的進步。即使這進步只是對以往過失的糾正，那也不僅是針對某一位或幾位學者，特別當今學者包括本人多半因前人而誤。總之，這是《三國演義》研究界較為普遍的疏誤。即本人雖久已有所懷疑，卻也有時把「湖海散人」與《三國演義》作者聯繫起來，實乃把筆之際，以為《演義》作者自當如此，殊不知還是為這一記載所惑。至於前代學者致誤之由，大約不過欲解「羅貫中之謎」心思太切，霧裏看花，以似為真，癡人說夢；而由筆者之有懷疑尚且不能自止，乃知學術上慎思明辨之難。所以，本文欲對此問題作徹底清理，固然是有憾於前輩之失，而更多是檢討自己，切盼時賢不要對號入座的好。

近百年來《續編》「羅貫中」條資料的誤用，突出表明古典文學研究資料鑒別工作的重要。這本是學術研究的基礎，未必有很大的困難。但是，包括魯迅等某些大師在內，數代眾多學者對此一資料有失精鑒，又可見做好這項基礎工作亦非易事。但是，學術本來常在糾正錯誤中前行，所以這一具體的失誤決不掩抑前輩學者於古典文學研究多方面程度不同的重大貢獻。但教訓應該總結和記取。諸葛亮曰：「非寧靜無以致遠。」這裡首要是能以學者的平常心對待那怕是寶貴資料的發現，其次是要有重新檢驗前人的研究成果和有獨立判斷的精神而不人云亦云。以此條論，當年我國早期治小說史的一批學者偶然得之而歡喜，欣然用之而不疑，後世治小說史、研究《三國演義》的學者因於前輩而不疑，遂因此資料的適用不當鑄成百年不解之惑。究其深層原因，正就是梁啓超早在《中國歷史研究法》第五章論「鑒別史料之法」所指出的：「似此等事，本有較詳備之史料作為反證，然而流俗每易致誤者，此實根於心理上一種幻覺，每語及長城輒聯想始皇，每語及道教輒聯想老子。此非史料之誤，乃吾儕自身之誤而以所誤誣史料耳。吾儕若思養成鑒別能力，必須將此種心理結習痛加滌除，然後能向常人不懷疑之點能試懷疑，能對於素來不成問題之事項而引起問題……」

最後，為了可能發生的討論不致橫生枝節，筆者再一次明確本文用意：

並不要把這一資料說成一定與《三國演義》作者無關，而更希望它真正能成為研究羅貫中生平的根據。但是，現在我們缺乏資料所說這位「太原羅貫中」與《三國演義》的作者「東原羅貫中」為同一個人的合理而堅強的證明。為今之計，一種做法就只好是在《三國演義》研究中把《續編》「羅貫中，太原人」云云這條資料暫時懸置，待有進一步的證據再加論斷；另從其已造成很大影響計，可本疑以傳疑的原則，採用時作存疑性說明，如上舉袁本文學史注說羅本之例。至於對《三國演義》作者正面的說明，還應回到舊來「東原羅貫中」的基本共識，並顧及舊有各說的存在。這看來好像是這一研究的倒退，實際是走出不慎陷入的誤區，踏上了學術守正以求發展的希望之途。

（原載《北京大學學報》2002 年第 2 期，有補說）

古代小說考證同名交錯之誤及其對策
——以《三國演義》《西遊記》考證爲例

　　古代小說考證中的同名交錯之誤，是指因爲人名或書名相同而造成的誤判。這種情況雖然不是很多，但帶來的危害不小；其誤判不難發現，但糾正起來極不容易，所以不可輕忽，也不可放過。《三國演義》《西遊記》考證中這一現象最爲突出，試以之爲例就此種致誤及其對策論說如下。

一、古代有關全名交錯之誤的記載與描寫

　　我國自古地大物博，人口眾多，從而人與物同名而異實的現象層出不窮。尤其秦代「車同軌，書同文」（《史記‧秦始皇本紀》）以降，大一統政治體制的確立促使這一現象無論在社會生活中還是在各類文獻的編著中都更加普遍，給信息的交流與掌握上帶來諸多不便甚至造成嚴重的後果。很早並極著名的例子是《戰國策‧秦策二》「曾母投杼」故事：

　　　　昔者曾子處費，費人有與曾子同名族者而殺人。人告曾子母曰：
　　「曾參殺人。」曾子之母曰：「吾子不殺人。」織自若。有頃焉，人
　　又曰：「曾參殺人。」其母尚織自若也。頃之，一人又告之曰：「曾
　　參殺人。」其母懼，投杼踰牆而走。夫以曾參之賢與母之信也，而
　　三人疑之，則慈母不能信也。

《戰國策》記這個故事的本意是爲了說明流言可畏。但也顯然可見的是，他人三復相告只是使「曾參殺人」對於孟母來說成爲了一個可畏的流言，而流言的源頭卻在於那殺人者確係曾參，只是他「與曾子同名族」而實非曾子罷了。

這個故事躓近小說，但其反映生活的眞實性無可置疑。而在古代小說特別是通俗小說中也很早就有關於人物因同姓名而交錯致誤現象的描寫了。如一般認爲與通俗小說源頭有密切關係的唐五代變文中，《目連變文》敘目連成爲阿羅漢以後，作爲「聖者」赴冥間救母云：

> 聖者來於幽徑，行至奈河邊，見八九個男子女人，逍遙取性無事。其人遙見尊者，禮拜於謁再三。和尚近就其前，便即問其所以：
>
> 善男善女是何人，共行幽徑沒災殗。
>
> 閒閒夏泰禮貧道，欲說當本修伍因。
>
> 諸人見和尚問著，共白情懷，啓言和尚：
>
> 同姓同名有千女彥，煞鬼交錯枉追來。
>
> 勘點已經三五日，無事得放卻歸回。
>
> 早被妻兒送墳冢，獨臥荒郊孤土堆。〔註1〕

其中說到由於人世間「同姓同名有千女彥」，地獄煞鬼勾人生魂有不少搞錯了的，等「勘點」明白，無罪放還，卻已經是屍葬墳冢，無身可附，不得復生，只好在奈河邊徘徊。

大約同時又同題材的《大目乾連冥間救母變文》，進一步渲染了這夥因爲「同名復同姓」而被地獄錯追的遊魂之冤：

> （目連）頓身下降南閻浮提。向冥路之中尋覓阿娘不見。且見八九個男子女人閒閒無事。目連向前問其事由之處：
>
> ……
>
> 名字交錯被追來，勘當恰經三五日。
>
> 無事得放卻歸回，早被妻兒送墳墓。
>
> 獨自拋我在荒郊，四邊更無親伴侶。
>
> 狐狼鴉鵲競分張，宅舍破壞無投處。
>
> 王邊披訴語聲哀，判放作鬼閒無事。

如果說變文的時代，這種同名交錯的現象還僅是作爲推動情節的因素被提及，那麼到了明代「四大奇書」及其以後的清代小說中，這一現象作爲構造小說情節的成分與作用就更加突出了。例如：

〔註1〕 王重民編《敦煌變文集》下集，人民文學出版社 1957 年版，第 759 頁。

《水滸傳》第三十二回《武行者醉打孔亮，錦毛虎義釋宋江》寫王矮虎、燕順、鄭天壽等誤捉了宋江，將動刀取其心肝：

> 宋江歎口氣道：「可惜宋江死在這裡！」……燕順便起身來道：「兀那漢子，你認得宋江？」宋江道：「只我便是宋江。」燕順走近前又問道：「你是那裡的宋江？」宋江答道：「我是濟州鄆城縣做押司的宋江。」燕順道：「你莫不是山東及時雨宋公明，殺了閻婆惜，逃出在江湖上的宋江麼？」宋江道：「你怎得知？我正是宋三郎。」〔註2〕

這裡燕順雖然知道了眼看被殺的人叫做宋江，但仍要問明是否「……逃出在江湖上的宋江」，以避免同名交錯的誤判。又，第四十三回寫李達自述因兄弟李逵「見在梁山泊做了強盜」，被捉「到官比捕」，有財主替他「官司分理」，說：

> 他兄弟已自十來年不知去向，亦不曾回家。莫不是同名同姓的人，冒供鄉貫？〔註3〕

又，《西遊記》第三回寫孫悟空醉酒後被地獄使者錯勾魂到陰間，仗金箍棒責問閻王：

> 十王道：「上仙息怒。普天下同名同姓者多，敢是那勾死人錯走了也？」悟空道：「胡說，胡說！常言道：『官差吏差，來人不差。』你快取生死簿子來我看！」〔註4〕

又，《儒林外史》第二十四回寫牛浦郎冒名牛布衣招搖撞騙，後被牛布衣的遺孀牛奶奶揭穿責問，牛浦郎答曰「天下同名同姓最多，怎見得便是我謀害你丈夫」云云，向知縣問案，竟也因此准了牛浦的辯護：

> 向知縣叫上牛奶奶去問。牛奶奶悉把如此這般，從浙江尋到蕪湖，從蕪湖尋到安東：「他現掛著我丈夫招牌，我丈夫不問他要，問誰要！」向知縣道：「這也怎麼見得？」向知縣問牛浦道：「牛生員，你一向可認得這個人？」牛浦道：「生員豈但認不得這婦人，並認不得他丈夫，他忽然走到生員家要起丈夫來，真是天上飛下來的一件

〔註2〕　〔元〕施耐庵、羅貫中《水滸傳》，李永祜點校，中華書局1997年版，第413頁。

〔註3〕　《水滸傳》，第567頁。

〔註4〕　〔明〕吳承恩《西遊記》，李卓吾、黃周星評，山東文藝出版社1996年版，第37～38頁。

大冤枉事！」向知縣向牛奶奶道：「眼見得這牛生員叫做牛布衣，你

丈夫也叫做牛布衣。天下同名同姓的多，他自然不知道你丈夫蹤跡。

你到別處去尋訪你丈夫去罷。」〔註5〕

　　如此等等，都是借了同名交錯之誤構造情節的例子，古代小說中不很少見。其作用是在爲小說別增一番情趣的同時，也啓發無論從古代小說的裏裏外外所做的研究，都要顧及這一生活的常識，認眞對待每一個可能發生名實錯位的情形，循名責實，做出盡可能準確的判斷。

二、《三國演義》作者羅貫中籍貫「太原說」爲同名交錯之誤的可能

　　《三國志通俗演義》（本文以下簡稱《三國演義》）的作者羅貫中，雖有大量明刊《三國演義》《水滸傳》或其他小說的署名，以及庸愚子《三國志通俗演義序》稱作者其人爲「東原羅貫中」，但自 1931 年明藍格抄本《錄鬼簿續編》「羅貫中」條資料發現以後，卻突然有了一個羅貫中籍貫「太原說」，並幾乎完全排斥了有《三國演義》古版本爲據的羅貫中籍貫「東原說」，長時期中成爲通行中國文學史教材的定論。上世紀 80 年代以來，「東原說」與「太原說」雖然屢有爭論，但多不得要領。近年來筆者重新審視，發現羅貫中籍貫「太原說」的產生，其實源於一個常識性的錯誤，那就是主張者諸君未能就資料所稱「羅貫中」之名是否符合《三國演義》作者羅貫中之實，作出應有的判斷。爲了說明這一問題，仍引該資料如下：

羅貫中，太原人。號湖海散人。與人寡合。樂府、隱語，極爲

清新。與余爲忘年交。遭時多故，各天一方。至正甲辰復會，別來

又六十余年，竟不知其所終。

《風雲會》（趙太祖龍虎風雲會）、《蜚虎子》（三平章死哭蜚虎

子）、《連環諫》（忠正孝子連環諫）〔註6〕

　　我們看這條資料是記載「羅貫中」生平當然是不錯的。但其所記載羅貫中是一位戲曲家，而不是一位小說家，也是明擺著的事實。研究者倘能顧及我國古今同姓名現象大量嚴重存在的社會實際，特別是作爲古代小說學者，對於以上引證《水滸傳》《西遊記》等書中由同名交錯生發出的故事有所瞭解

〔註 5〕吳敬梓著、李漢秋輯校《儒林外史（會校會評本)》，上海古籍出版社 1984 年
　　　　版，第 332 頁。

〔註 6〕王鋼《校訂錄鬼簿三種》，中州古籍出版社 1991 年版，第 171 頁。

和注意的話，就絕不會把輕易把《錄鬼簿續編》「羅貫中」條當作研究《三國演義》作者羅貫中的可靠資料，而一定會取存疑的態度與做法，也就不會發生治絲愈棼的羅貫中籍貫「太原說」了。

對《錄鬼簿續編》「羅貫中」條採取存疑的態度與做法，並非簡單否定這條資料對於《三國演義》作者羅貫中研究的價值，而是說在沒有建立起這條資料所稱「羅貫中，太原人」與《三國演義》版本所署名「東原羅貫中」是同一個人，或從其他渠道建立起與《三國演義》小說的確切聯繫之前，它對《三國演義》作者研究至多有潛在的價值，而不能作爲否定乃至代替「東原羅貫中」說的根據。這個道理，對於有大量明本爲據的「東原羅貫中說」來說是「信以傳信」，而對於僅與《三國演義》的作者同姓名的「太原人」羅貫中來說則是「疑以傳疑」。《三國演義》作者羅貫中籍貫「太原說」的錯誤，不在於他一定不是太原人，而在於持論者僅憑這位「太原人」與《三國演義》作者都使用「羅貫中」之名，就判定《三國演義》的作者羅貫中一定是「太原人」，而完全不考慮這位「太原人」羅貫中有可能是與「東原羅貫中」同姓名的另一人，甚至連明刊多種《三國演義》《水滸傳》等白紙黑字「東原羅貫中」的記載也一點不顧，豈非過猶不及了！

這也就是說，《三國演義》羅貫中籍貫「太原說」固然是個學術性的錯誤結論，但這一謬誤的產生，卻是由於有關學者發現心切，而忘掉了中國社會多同姓名人的社會常識，有似於辦案僅憑同姓名就抓人判刑一樣的荒唐與危險，是肯定要不得的。

三、《淮安府志》「《西遊記》」認定同名交錯之誤的可能與作者「吳承恩說」

《西遊記》的作者被確定爲吳承恩，雖然前後有學者提出了諸如書中有淮安方言、吳做過荊府紀善、詩文中可見其對釋、道瞭解的痕跡等等的證據〔註7〕，但那些並不具排他性的資料與得出淮安吳承恩是《西遊記》作者的結論，即使不是風馬牛不相及，也關係甚微。《西遊記》作者「吳承恩說」提出的眞正根據其實只有一條，那就是《（天啓）淮安府志》卷十九《藝文志·淮賢文目》下載：

〔註7〕參閱杜貴晨、王豔《四百年〈西遊記〉作者問題論爭綜述》,《泰山學院學報》2006 年第 5 期。收入本文集第四卷。

　　「吳承恩《射陽集》四卷□冊，《春秋列傳序》，《西遊記》。
「吳承恩說」的持論者就是從上引記載中「《西遊記》」的題名判定吳承恩為
百回本小說《西遊記》的作者的。對此，且不說同是記吳承恩《西遊記》的
清初黃虞稷《千頃堂書目》著錄吳承恩的《西遊記》就把它歸入「輿地類」，
認為它是一部地理紀行的遊記類作品，已經使《淮安府志》所載「《西遊記》」
屬於哪一類作品的天平偏重於地理紀行的遊記類作品一端了，即使單從《淮
安府志》的記載看，怎麼就能夠判定其一定是百回本小說《西遊記》，進而把
這位吳承恩說成是這部小說的作者呢？

　　筆者有如上質疑的理由很簡單，就是古代不乏同名異書的先例。如《世
說》有漢代劉向的《世說》早佚，而南朝宋劉義慶《世說新語》本名《世說》
〔註 8〕；元人有《子不語》已佚，而袁枚《新齊諧》初名《子不語》，後改今
名；查袁行霈、侯忠義編《中國文言小說書目》，題作《見聞錄》的自五代至
清有四種，題作《傳載》的宋代有兩種，題作《說林》的自晉至清有五種，
題作《異林》的自晉至明有四種。如此等等，可證《（天啓）淮安府志》吳承
恩名下「《西遊記》」這樣一個可以是小說也可以是地理紀行的遊記類作品的
書名，並非不經證明就可以認定是百回本小說《西遊記》的。換句話說，如
果一定認為它就是百回本小說《西遊記》，那就要拿出直接相關的證據來。而
至今持論者所舉出的證據，都至多不過表明吳承恩很像是百回本小說《西遊
記》的作者而已，但因此說他是《西遊記》的作者，豈非一分材料說十分話
了嗎？

　　事實上，在「吳承恩說」出現之前，形成《西遊記》作者的「長春眞人
邱處機說」的誤判，就是由於「處機固嘗西行，李志常記其事為《長春眞人
西遊記》，凡二卷，今尚存《道藏》中，惟因同名，世遂以為一書」〔註 9〕。
所以清人焦循《劇說》卷五辨曰：「按邱長春，登州棲霞人，元太祖自奈蠻國
遺使臣劉仲祿召詣行在，自東而西，故有《西遊記》，非演義之《西遊記》。」
〔註 10〕以此對照持百回本小說《西遊記》作者「吳承恩說」論者僅僅根據《淮
安府志》吳承恩名下「《西遊記》」的著錄立論，豈不是很有可能重複以百回

〔註 8〕 此取魯迅說，見《中國小說史略》，人民文學出版社 1973 年版，第 46 頁。
〔註 9〕 魯迅《中國小說史略》，人民文學出版社 1973 年版，第 134 頁。
〔註 10〕 轉引自朱一玄、劉毓忱編《〈西遊記〉資料彙編》，中州書畫社 1983 年版，第
　　　　178 頁。

本小說《西遊記》爲邱處機所作的錯誤嗎？在同一部書作者的認定上先後出現同樣性質的誤判，如果第一次還是可以理解的，那麼重蹈覆轍，就太不應該了！至於有的學者在並無旁證的情況下，一面以《（天啓）淮安府志》著錄之「《西遊記》」一定是百回本小說《西遊記》，一面又以周弘祖《古今書刻》著錄之所謂魯府本和登州府本「《西遊記》」一定不是百回本小說《西遊記》，就完全是以意爲進退，信口而談了。

以上我們是就《（天啓）淮安府志》著錄吳承恩《西遊記》書名無誤而論。但《（天啓）淮安府志》著錄吳承恩《西遊記》卻未必無誤。近讀沈承慶《話說吳承恩》一書，其論《（天啓）淮安府志·淮賢文目》吳承恩「《西遊記》」當爲吳作「《西湖記》」，「遊」字係「湖」字草書的誤抄，很有道理。倘果是如此，那麼近百年來研究《西遊記》作者的學者，眞是被這一個字的抄誤給開了一個極大的玩笑！

四、古代小說考證同名交錯致誤的對策

一、古代小說考證要重視史料眞僞及其證據力的考核。古代小說考證屬史學的範疇，一切要憑史料說話。一方面沒有史料是不行的，另一方面史料本身也存在眞僞與證據力有無或強弱的問題，使用前必須作出合乎實際的認定。這正如馮友蘭先生所說：「眞正的史學家，對於史料，沒有不加以審查而即直信其票面價值。」〔註11〕本文所論古代小說考證同名交錯致誤的原因，根本就在於相關學者忽略了對所用材料證據力的審查，以其「票面價值」爲實際價值，而直信其所載一定是自己意中所求之結果，從而得出了沒有說服力的結論。

二、古代小說考證要充分顧及作者、作品同名現象的嚴重性，把不能僅憑同名下判斷作爲一條不可逾越的紅線。近世許多學者正是這樣做的，如王國維《曲錄》《宋元戲曲史》，孫楷第《元曲家考略》等都曾考證曲家同姓名、同姓字者。而葉德均《元代曲家同姓名考》文末《補記》合諸家所考計之，得「曲家二十八人，與其同姓名或同姓字者三十六人至三十八人，共六十六或六十四人。此爲今日所知至少之數，未知者則尚有待於資料發現也」〔註12〕。因此他特別提醒：「元代曲家同姓名或同姓字者極夥，爲歷代稀有之事……

〔註11〕《古史辨》第六冊，上海古籍出版社 1982 年重印本，第 1 頁。
〔註12〕葉德均《戲曲小說叢考》，中華書局 1979 年版，第 341 頁。

苟誤同姓名者爲一人，則史籍難明矣。」〔註 13〕這個提醒對於各時代小說考證的類似情況也同樣具有指導意義。

　　三、古代小說考證既充分利用資料，又要「闕疑」能「緩」。在小說乃至一切學術考證中，任何資料都是可寶貴的。對於諸如《錄鬼簿續編》「羅貫中」條、《（天啓）淮安府志・淮賢文目》吳承恩「《西遊記》」條一類資料，雖不能據以做出可靠的結論，但畢竟其名與所考有相關處，所以不應遽然摒棄；卻又畢竟不能據以判斷其與所考羅貫中或《西遊記》是一是二，所以又決不可以作出肯定或否定的結論，所謂「文獻不足故也」（《論語・八佾》）。在這種情況下，學者唯一能做的就是「多聞闕疑，愼言其餘」（《論語・爲政》），也就是能「緩」，即「懸而不斷」〔註 14〕。

　　當然，一方面「懸而不斷」不等於最終放棄，而是等待後來有了新的資料，充足了，再得出答案。古代小說考證中同名交錯致誤的情況就大都發生在不能「緩」上。例如魯迅先生是相信《錄鬼簿續編》「羅貫中，太原人」的，他寫於 1935 年的《小說舊聞鈔・再版序言》中說：

　　　　此十年中，研究小說者日多，新知灼見，洞燭幽隱……歷來滯
　　礙，一旦豁然：自《續錄鬼簿》出，則羅貫中之謎，爲昔所聚訟者，
　　遂亦冰解，此豈前人憑心逞臆之所能至哉……然皆不錄……其詳則
　　自有馬廉、鄭振鐸二君之作在也。〔註15〕

其所謂「自《續錄鬼簿》出」顯然指的是書中「羅貫中，太原人」那條資料。他可能是受了馬、鄭二位學者的影響，遂信之不疑，以爲那位「太原人」羅貫中，就是「眾裏尋他千百度」的《三國演義》的作者了。而全沒有想到他與《三國演義》的作者羅貫中是一人還是二人的問題，豈不是太急於下結論了嗎？

　　另一方面「懸而不斷」也不等於無可置喙，而可以並且應當說明懸而不能斷的原因，客觀上有可能爲問題的最終解決指示方向，有時甚至可以做出階段性的結論，即有幾分資料說幾分話。如余嘉錫《宋江三十六人考實》考水滸人物虛實云：

〔註13〕　《戲曲小說叢考》，第 325 頁。
〔註14〕　杜春和、韓榮芳、耿來金編《胡適論學來往書信選》上冊，河北人民出版社
　　　　　1998 年版，第 76～77 頁。
〔註15〕　魯迅《小說舊聞鈔》，齊魯書社 1997 年版。

　　此篇所列十有四人，除宋江外，考其平生事蹟，可確定為梁山
泊降將者，楊志、史斌（疑即史進）二人而已。龔聖與贊大刀關勝，
勝稱其義勇，亦可信其即濟南死節之關勝。其餘諸人，雖見於史傳，
姓名時代亦復相合。然人之同時同姓名者正復不少。宋時武人，多
喜名「勝」、名「順」、名「俊」、名「平」、名「橫」、名「青」，而
名「進」者尤多。裒各書所見，可得數百人。其名既如是之同，若
其姓又為張、王、李、趙，則名氏皆易同，無由別其為一人二人也。
今於顯有可疑者，附著案語，餘但條舉事蹟，以俟論定。蓋與其過
而廢也，寧過而存之耳。〔註16〕

這裡既盡資料證明力之可能做出可信的判斷，又「闕疑」能「緩」；既不超越
資料證明力的限度做出過頭的結論，又珍惜任何有價值的資料不使湮滅，以
待後學。可謂實事求是，用心良苦。

　　總之，本文以上討論所涉及的問題雖然均為學術界聚訟已久的大是非，
但究其實質，不過是小說考證中不要因為同姓名或同書名而交錯以致張冠李
戴的常識。至於羅貫中籍貫的「太原說」與《（天啟）淮安府志》「《西遊記》」
是否百回本小說《西遊記》，進而其作者是否吳承恩的具體問題，筆者向來持
否定的意見；但也不僅尊重二說各自主張者發表意見的權利，而且認為其所
主張也還有存在的理由與必要，即余嘉錫先生所謂「蓋與其過而廢也，寧過
而存之耳」。至於現階段一定要就《三國演義》的作者羅貫中是哪裡人有一個
結論的話，那當然是有版本署名等為據的「東原羅貫中」。而百回本小說《西
遊記》的作者，雖然「吳承恩說」聊備一格，但其可靠性實不在「長春真人
邱處機說」之上，那麼為穩妥計，還是回到今存世德堂本不題撰人的原點為
宜。這不是學術研究的倒退，而是作為學術進步的階梯，虛假的真實遠不如
真實的模糊更有價值。

（原載《學術研究》2011 年第 10 期）

〔註16〕余嘉錫著《宋江三十六人考實‧楊家將故事考信錄》，雲南出版社 2005 年版，
　　　　第 8 頁。

《三國志通俗演義》成書及今本改定年代小考

　　《三國演義》成書時間，大略有宋代說、元中後期說、元末說、明初說、明中葉說等等。這些說法中，筆者比較傾向於元中後期說。持這一意見的章培恒先生從《三國志通俗演義》小字注中「今地名」的考證認爲「似當寫於元文宗天曆二年（1329）之前」，而沒有明確上限；袁世碩先生則斷定「約爲十四世紀的二十年代至四十年代」〔註1〕。筆者據所見資料，認爲兩先生的結論除了可以得到進一步的證實外，還可有更具體的說明。試爲考論如下。

　　首先，《三國演義》成書的上限可以從「說三分」話本的流傳得到說明。今見宋元以來「說三分」的話本有刊於元至元三十一年（1294）的《三分事略》，和它的另一版本刊於元至治（1321～1323）年間的《三國志平話》〔註2〕。古代小說刊刻流傳的基本規律是優勝劣汰，元至治三年（1323）《三國志平話》還在被人翻刻的情況表明，這時還沒有更好於它的三國小說問世。而此後《三國志平話》等「說三分」的話本未見新版的事實，應當可以看作《三國志通俗演義》已經產生的跡象。因此，以元至治三年（1323）爲《三國演義》成書的上限是較爲可信的。

　　其次，《三國演義》成書的下限當以可推測的能見到此書的時間爲準。這個問題要複雜得多，容細爲尋繹。瞿祐《歸田詩話》卷下《弔白門》：

〔註1〕　參見沈伯俊《八十年代以來〈三國〉研究綜述》，載《稗海新航──第三屆大連明清小說國際會議論文集》，春風文藝出版社1996年7月版。

〔註2〕　兩書刊刻年代的認定據中國大百科全書出版社1993年版《中國古代小說百科全書》，該詞目爲陳翔華先生文。

　　陳剛中《白門詩》云：「布死城南未足悲，老瞞可是算無遺。不知別有三分者，只在當時大耳兒。」詠曹操殺呂布事。布被縛，曰：「縛太急。」操曰：「縛虎不得不急。」意欲生之。劉備在坐，曰：「明公不見呂布事丁建陽、董太師乎？」布罵曰：「此大耳兒叵奈不記轅門射戟時也？」張思廉作《縛虎行》云：「白門樓下兵合圍，白門樓上虎伏威。戟尖不掉丈二尾，袍花已脫斑斕衣。捽虎腦，截虎爪。眼視虎，如貓小。猛跳不越當塗高，血吻空腥千里草。養虎肉不飽，虎饑能齧人。縛虎繩不急，繩寬虎無親。坐中叵奈劉將軍，不從猛虎食漢賊，反殺猛虎生賊臣，食原食卓何足嗔！」記當時事調笑可誦。思廉有《詠史樂府》一編，皆用此體。

按陳剛中字彥柔，閩清人。宋高宗建炎二年進士，官至太府丞；張思廉名憲，號玉笥生。山陰（今浙江紹興）人。少負才不羈，晚為張士誠所招署太尉府參謀，稍遷樞密院都事。元亡後變姓名，寄食僧寺以沒。有《玉笥集》十卷，卷一、二即瞿祐所稱《詠史樂府》，有詠三國時事詩十餘篇。〔補說：據《楊維楨詩集》卷三《赤兔兒》題注，《縛虎行》詩又見青照堂叢書本《鐵崖詠史》，「題下有『呂布』兩字。錄兩首，又一首為：『白門樓下兵合圍』」云云，即此詩。唯詩中「不掉」作「下掉」，「眼視虎，如貓小」作「眼中看虎如貓小」，「坐中叵奈」作「平生叵信」，「不從」作「不縱」。〔註3〕《元詩選》張都事憲小傳云：「思廉師事楊廉夫，尤多懷古感時之作。廉夫曰：『吾用三體詠史、古樂府不易到，吾門唯張憲能之。』」（《初集》下庚集《玉笥集》）雖然此詩畢竟誰作，還當存疑待考，但與以下論述沒有邏輯關係。〕

　　今考《三國志》《後漢書》等，上引陳、張二詩及瞿祐釋義所述曹操白門樓殺呂布事基本依據史書。只有呂布臨刑罵劉備一語，《三國志·呂布傳》作「布因指備曰：『是兒最叵信者！』」《後漢書·呂布傳》作「大耳兒最叵信！」與瞿舉「布罵曰」云云相去甚遠。但是，《後漢書·呂布傳》既已有「大耳兒」之說，陳詩「大耳兒」一語，與《三國志通俗演義》卷四《白門曹操斬呂布》引宋賢詩「枉罵無恩『大耳兒』」句的情況一樣，還應被認為出自《後漢書》，瞿祐舉「布罵曰」云云的解釋是不妥的，可以不論。又，張詩「坐中叵奈劉將軍」一句中「叵奈」一詞，《玉笥集》本詩作「叵信」，於史有據。《玉笥集》

〔註3〕　〔元〕楊維楨《楊維楨詩集》，鄔志方點校，浙江古籍出版社 2010 年版，第160 頁。

詠史諸作述事大緻密合史書，本詩作「叵信」既有版本的依據，當然可以視爲原作如此。瞿祐引作「叵奈」如非記憶有誤，則可能是因了他前舉「布罵曰『此大耳兒叵奈不記轅門射戟時也』」的話而致筆誤。

但是，《縛虎行》述事還是有溢出於史書的地方。如，《三國志》《後漢書》呂布本傳皆載呂布曾「拔戟斫幾」，未言方戟之短長；而本詩卻說「戟尖不掉丈二尾」，謂呂布之戟「丈二」，於史無徵。又，《玉笥集》詠三國事另有《南飛鳥》一首，題下注「曹操」，中有「白門東樓追赤兔」句，下注「擒呂布也」，謂呂布於「白門東樓」被擒；但是《三國志》本傳但言「白門樓」而未言樓之方位，《後漢書》本傳「布與麾下登白門樓」下注引宋武《北征記》謂「魏武擒布於白門」，又引酈道元《水經注》曰：「南門謂之白門，魏武擒陳宮於此。」明確說白門樓爲下邳之南門，則「白門東樓」也於史無徵。當然，更重要的是上引瞿祐釋陳詩所舉「布罵曰」一語也不見於史書，作爲說詩用語，又顯然不會是瞿祐的杜撰。從《玉笥集》有詠三國史事詩達十餘首之多，可知張思廉對三國史籍的熟諳；瞿祐也是熟悉《三國志》的，這有他所著《樂府遺音》中《沁園春·觀〈三國志〉有感》爲證。因此，出現於他們筆下的這些關於三國的於史無徵的文字表述不大可能是對史實的誤記，而是必有另外的根據。其根據何在，對於我們所要討論的問題帶有關鍵意義。

一般說來，它們既不見於正史，就應當出自野史小說或戲曲。今查《三國志平話》卷上謂呂布「使丈二方天戟」，則張詩「丈二」有了著落。但是《平話》只有「白門斬呂布」的題目，正文根本沒說到「白門樓」。至於呂布臨刑的罵語，則作「呂布罵：『大耳賊，逼吾速矣！』」除提到「大耳賊」外，語詞、語意也皆與瞿祐所舉「布罵曰」云云相去甚遠。當然，宋元「說三分」的話本應不僅這一種書，但《三國志平話》獨能傳世應表明它是各本中最好的。此類具體的描繪以及瞿舉「布罵曰」這等極精彩的話既不見於此本，則也就大致可以斷定不見於其他「說三分」話本。

金、元三國戲演白門樓事的，今知只有于伯淵《白門斬呂布》。此劇已佚。「白門東樓」「布罵曰」等的描繪，不絕對排除爲此劇遺文的可能，但是可能性不大，並且瞿祐也不會根據於它。理由有二：

一、于伯淵生卒年不詳，鍾嗣成《錄鬼簿》列於「前輩已死名公才人有所編傳奇行於世者」之列。《錄鬼簿》自序於至順元年（1330），則于伯淵當卒於至順元年以前。《白門斬呂布》作年更要早一些，但是，一般說不會比《三

分事略》和《三國志平話》的刊刻流行更早，從而它的創編根據於史書，也幾乎一定要參考這一「說三分」的平話。「說三分」的平話中既然還沒有這些內容，一般說也就不會出現於《白門斬呂布》雜劇。

二、戲曲後起於小說，詩人用事，用戲曲的遠不如用野史小說者多；瞿祐又是詩人而兼小說家，年輕時就編過《剪燈錄》，後來作《剪燈新話》著名於世，很難想像他是用戲曲的文本而不是用野史小說說詩。所以，退一步說，即使《白門斬呂布》有「白門東樓」「布罵曰」的文字，瞿祐所引也可能另有根據。

這兩點原因又可以使我們斷定這幾處用語不會出自《三國志平話》大約同時或以前的戲曲。

上述宋、金、元有關三國的話本、戲曲之後可望為張、瞿所根據的三國小說就是《三國志通俗演義》。今查嘉靖本《三國志通俗演義》，各處寫呂布持「方天畫戟」而未言「丈二」；但是，《白門曹操斬呂布》一則雖未明言白門樓為下邳東門樓，而其敘事謂「東門無水」，侯成「盜赤兔馬走東門，魏續放出」，呂布「各門點視，來責罵魏續，走透侯成」，「布少憩樓中，坐於椅上睡著」，遂被擒……，正在城東門樓上。與下述「高順、張遼都在西門……被生擒。陳宮就南門邊，被許晃捉了」也相吻合。所以張詩「白門東樓」的說法很可能是從《三國志通俗演義》得到的印象。而呂布臨刑罵劉備語，《三國志通俗演義》此處正作「布回首曰：『大耳兒，不記轅門射戟時？』」雖然句中並無「叵奈」一詞，但是，認為就是瞿祐釋陳詩所舉「布罵曰」的出處，也是確當無疑的。

至於今存嘉靖本寫「方天畫戟」不言「丈二」，大約因為小說寫了張飛「身長八尺」用「丈八點鋼矛」（《祭天地桃園結義》），再寫呂布「身長一丈」（《呂布刺殺丁建陽》），若說他的戟長「丈二」，就不合理了。因此，如上所述張詩作「丈二」可能本自《三國志平話》。而溯源可能自唐李白《送外甥鄭灌從軍三首》之二：「丈八蛇矛出隴西，金盤一擲萬人開。」又，《三國志通俗演義》呂布罵語沒有「叵奈」一詞，則應當是流傳中抄漏或刊落所致。「奈」通「耐」，「叵奈」又作「叵耐」，是宋、元小說習用語。事實上羅貫中小說常用這一詞彙，如《三國志通俗演義》卷二《孫堅跨江擊劉表》：「叵耐劉表昔日斷我歸路，今不乘時報恨，更待何年？」又據傳為羅著《三遂平妖傳》第十二回：「叵奈你出家為僧，不守本分，輒敢惑騙人錢財！」

　　總之，在沒有堅強反證的情況下，我們可以認爲張詩用「白門東樓」、瞿祐舉「布罵曰」均出《三國志通俗演義》。而今本《三國志通俗演義》是經明人修改過的，張、瞿見到的應當是它的祖本或更接近於原著的本子。那些本子均早於張思廉《縛虎行》《南飛烏》諸詠史樂府詩。

　　據錢仲聯等主編上海辭書出版社版《中國文學大辭典》，張思廉約生於元仁宗七年（1320），卒於約明洪武六年（1373）。則即使其詠史樂府作於入明以後，他所根據之《三國志通俗演義》也當產生於元末。而考慮到一部書流傳到它的如「布罵曰」一類話語播於眾口，成爲詩料，需要較長的時間，《三國志通俗演義》的成書下限還應有較大提前。若作具體的說明，則袁世碩先生從嘉靖本小字注中「今地名」考證得出「約爲十四世紀二十年代到四十年代」的判斷是大致合理的。但是，又正如有學者所指出的，小字注包括「今地名」之注不大可能出自作者之手〔註4〕，這就還可以從成書「四十年代」的下限進一步提前，而與章培恒先生從嘉靖本《三國志通俗演義》小字注「今地名」的考證所得出「《三國志通俗演義》似當寫於文宗天曆二年（1329）之前」的結論若合符契。

　　因此，從本文考證並參酌章、袁二先生的意見，我們認爲，《三國志通俗演義》成書的時間在元英宗至治三年（1323）至元文宗天曆二年（1329）之間，即元泰定三年（1326）前後。

　　這裡順便提出，正如許多學者所考今存嘉靖本是經明人修訂過的，筆者頗疑書中若干文字獄的描寫乃是後人的增補。

　　《三國志通俗演義》有四處關於文字獄的描寫：一是第四回董卓誅少帝的《雙燕詩》之獄，二是第三十四回蔡瑁誣劉備作反詩之事，三是第七十二回楊脩釋「雞肋」爲曹操所殺，四是第一百十四回司馬昭殺曹髦《潛龍詩》之獄。這些情節除楊脩事有蛛絲馬跡見於史書，其他都於史無徵，也不見於《三國志平話》，完全是虛構的。

　　《三國志通俗演義》作者羅貫中同時是《水滸傳》作者之一。很巧的是《水滸傳》寫草澤英雄之事，竟也有兩處關於文字獄的描寫，即第三十九回的「潯陽樓宋江吟反詩」，第六十一回的「吳用智賺玉麒麟」造作盧俊義的反詩，這兩個情節也不見於《水滸傳》成書的重要基礎《宣和遺事》和其他文獻，顯然也是虛構的。

〔註4〕參見沈伯俊《八十年代以來〈三國〉研究綜述》。

　　筆者認爲，這些虛構的文字獄的故事都不大可能是羅貫中、施耐庵所爲。理由有二：一是如上所述並無史實、傳說或早期話本的根據；二是宋、元時代雖然也有文字獄，但因此殺人的事很少。從生活決定創作的角度說，羅貫中、施耐庵生當文禍並不甚嚴重的元代，不大可能對文字獄有如此特別的注意和動情深入的描寫。

　　這些描寫應是後人加入的。魯迅《中國小說的歷史的變遷》一文論《水滸傳》結局說：

> 至於宋江服毒的一層，乃明初加入的，明太祖統一天下之後，疑忌功臣，橫行殺戮，善終的很不多，人民爲對於被害之功臣表同情起見，就加上宋江服毒成神之事去。——這也就是事實上的缺陷者，小説使他團圓的老例。

同樣，由於朱元璋的疑忌和橫行殺戮，明初著名文人也是「善終的很不多」（參見趙翼《二十二史札記・明初文學之禍》）。以魯迅之見觀之，《三國志通俗演義》中文字獄的描寫除了未至於「成神」，不合「使他團圓的老例」之外，正可以看作是對於被害之文人「表同情起見」。因此，也很可能是明初人加進去的。

　　明初文人通過小說對文字獄表示抗議的不乏其人。例如看來對三國故事非常熟悉的瞿祐，在他寫成於明洪武十一年的《剪燈新話》中就不止一處寫到文字獄，抨擊了這種野蠻的文化專制政策。如《令狐生冥夢錄》寫令狐生因寫詩被冥府拘繫，在「供狀」中稱「偶以不平之鳴，遽獲多言之咎」，對冥王以詩罪人深致不滿；《綠衣人傳》寫賈似道搞「官倒」販私鹽，有太學生以詩諷之，「遂以士人付獄，論以誹謗罪」。又寫賈似道於浙西行公田法，民受其苦，有人作詩諷刺，亦「捕得，遭遠竄」。特別值得注意的是，洪武七年高啓因替蘇州知府魏觀撰《上樑文》而被殺，《水宮慶會錄》卻寫余善文爲龍王撰《上樑文》被待爲上賓，這作爲一部書的首篇，簡直就是與明太祖方興未艾的文字獄唱對臺戲。

　　可是，永樂中瞿祐卻因詩禍被謫戍保安十年。遇赦後他去世前幾年所寫的《歸田詩話》中，又詳細記載了他所見聞許多遭受文字獄迫害的友人的情況，悽楚哀怨，終生爲之耿耿於懷。

　　由瞿祐以小說影射抨擊朱元璋的文字獄和終生懷恨，推想有人通過在《三國志通俗演義》和《水滸傳》中加入關於文字獄的描寫以寄慨，豈非大有可

能和順理成章？因此，今嘉靖本《三國志通俗演義》和《水滸傳》有關文字獄的描寫都極有可能是明初人增入的。

這種因有所寄託而進行的情節增補（包括相應的文字改動），對作品思想傾向往往有較大影響。但是，就全書而言，並不一定造成文字上太大的差異。因此，章培恒等幾位學者先後所作考證中關於「小字注」有（或多數）元人所作的共同認識仍然是可信的。

綜上所述，重複說明我們的結論是：羅貫中《三國志通俗演義》成書於元英宗至治三年（1323）至元文宗天曆二年（1329）之間，即元泰定三年（1326）前後，而今存嘉靖本《三國志通俗演義》正如許多學者已從別種角度有過說明，是經明初人改動過的，這個改動包括了有關文字獄描寫的插增。

　　附記：本文已五易其稿，其間沈伯俊先生多次來信和通過電話給予匡正和指教，最後改定之前沈先生致作者信中附說：

　　「又，我查了一下手邊的幾種《三國》版本，其中雙峰堂本《三國志傳》、喬山堂本《三國志傳》均有『大耳兒，不記轅門射戟時耶』一語，也許比嘉靖本更接近瞿祐所引的語氣（『耶』與『也』相通），謹供兄參考。」

　　這是很重要的意見。筆者除了表示衷心的感謝外，得到兩點啓示：（一）不同系統版本的《三國演義》共有此語的現象表明，此語有最大的可能出自羅貫中原本《三國演義》。本文由此深入考察得出的結論應是可靠的；（二）也許可以加強許多學者認爲《志傳》本所據之本早於嘉靖本，因而更接近羅貫中原本的觀點。如果這兩點認識有合理之處，則應歸功於沈先生來信的無私的貢獻。

　　　　　　　　　　　　　　　（原載《中華文化論壇》1999 年第 2 期）

《三國演義》成書年代新考

　　關於《三國演義》的成書年代，大略有宋代說，元中後期說，元末明初說，元末說，明初說，以及明中葉說等等。至今諸說並存，包括被用爲教科書者在內的各種文學史、小說史著作，就有把《三國演義》作爲元代或明代作品對待的差異，給教師、學生和普通讀者造成接受上的不便。這進一步彰顯了《三國演義》（與之相關的還有《水滸傳》）成書年代的確考是一項重要而迫切的工作。然而，這曾是一個「世紀課題」〔註1〕，至今也還不能說已經有了充分的根據可以完全破解；只是在筆者看來，在現有資料和研究成果的基礎上，加以筆者近年的小小發現，這個問題已經可以得出相對合理的結論了。

　　我這樣認爲，是基於對以往研究情況總體的考量。近百年來，特別是近二三十年來的《三國演義》成書年代研究，學者們立場見解雖異，做出結論的根據與思路卻大體相同。即一是根據各種明清人筆記雜著的直接記載等外證作考察，二是從今存《三國演義》早期文本的時代痕跡等內證做推論，以作出最後的判斷。而眾說紛紜，乃由於這些記載或痕跡的意義難明或相互矛盾。從而任何一說提出，總不免有反證接踵而來，使之處於被嫌疑的地位。例如，近百年來，學者多以《錄鬼簿續編》「羅貫中，太原人」條定《三國演義》的作者羅貫中爲太原人、元末明初人，從而《三國演義》也就是元末明初的作品。但是，很少人注意到那條資料並沒有表明這位「太原人」羅貫中是《三國演義》的作者，從而至少理論上不排除這位羅貫中是與《三國演義》

〔註1〕 沈伯俊《世紀課題：〈三國演義〉的成書年代》，《〈三國演義〉新探》，四川人民出版社 2002 年版，第 3～14 頁。

作者同姓名另一人的可能，而在沒有旁證溝通二者以形成證據鏈的情況下，這條資料不便直接作爲考證《三國演義》的依據。也就是說，在對這位羅貫中「驗明正身」之前，這條資料暫不具考察羅貫中籍貫、生平以及《三國演義》成書時代之證據的效力〔註2〕，應當存疑；又如有學者考論嘉靖壬午本《三國志通俗演義》小字注中「今地名」爲其成書元代的根據，又有學者辨證「聖朝封贈（關羽）爲封義勇武安王」的敘事以及應用若乾元朝「俗近語」等爲成書元代的標誌〔註3〕，看起來已近乎鐵證，但是，正如魯迅先生所說：

> 我先前作《中國小說史略》時，曾疑此書爲元槧，甚招收藏者德富蘇峰先生的不滿，著論闡謬，我也略加答辯，後來收在雜感集中。……我以爲考證固不可荒唐，而亦不宜墨守，世間許多事，只消常識，便得了然。藏書家欲其所藏版本之古，史家則不然。故於舊書，不以缺筆定時代，如遺老現在還有將儀字缺末筆者，但現在確是中華民國；也不專以地名定時代，如我生於紹興，然而並非南宋人，因爲許多地名，是不隨朝代而改的；也不僅據文意的華樸巧拙定時代，因爲作者是文人還是市人，於作品是大有分別的。〔註4〕

這裡魯迅所說考證「不宜墨守」的「不以」「不專以」與「也不僅據」的三種情況，正是上述有關《三國演義》成書時代的研究中所遇到，也應該屬於「只消常識，便得了然」之類的問題，卻也是很少有學者顧及。

這裡稍作舉例。如以「常識」而論，不僅敘「聖朝封贈（關羽）爲義勇武安王」的話不排除出自明朝（尤其是明初）人手筆的可能，而且以「即萬戶侯之職」釋「治頭大祭酒」和行文中「七重圍子手」「令樂人搬做雜劇」等說法，也並非明朝（尤其是明初）人完全不可能這樣做。而「小字注」尚未經證明一定是作者手筆，甚至很難說其均出於一人之手，並且注中「今地名」之「今」，也只是注者所知之「今」，未必即當時實際情況之「今」，況且各「今地名」所透露信息也並不完全一致。如此等等，《三國演義》成書於元代諸說，雖各有所據，但所據均未至於無可置疑，其結論也就不夠堅實。即使以情理而論，「聖朝封贈爲義勇武安王」的話有較大的證據效力，卻實在也不能排除

〔註2〕 杜貴晨《近百年〈三國演義〉研究學術失範的一個顯例——論〈錄鬼簿續編〉「羅貫中」條資料當先懸置或存疑》，《北京大學學報》2002 第 2 期。收入本卷。
〔註3〕 沈伯俊《世紀課題：〈三國演義〉的成書年代》。
〔註4〕 魯迅《關於〈唐三藏取經詩話〉的版本——寄開明書店〈中學生〉雜誌社》，《魯迅全集》（4），人民文學出版社 1981 年版，第 275～276 頁。

其爲元代遺老於明初所爲的可能。所以，筆者雖然贊同《三國演義》成書的元代中後期說，以爲學者們所舉相關資料，的確是不同程度地具有證據的效力，但同時也認爲這些資料尚不足以支持其結論到無可辯駁的地步，從而有進一步證實的必要。而對於以《三國志通俗演義》中有明人尹直詩和「描寫手法已接近成熟」爲由，認其爲明中葉人所作的看法，則從此書兼採正史與民間文學創作成書的過程與流傳中不斷遭人改竄的實際出發，「只消常識，便得了然」其不可信，更是不必多說的了。

　　總之，以往學者們的考論雖然總體上朝著解決問題的方向有了很大推進，但是，已有的資料與運用這些資料的思維定式，尚不能得出一個因無可反證而易於爲學者折衷接受的相對合理的結論。而爲著得出這樣一個結論，必須有新資料的支持與新思路的引導。這大概是可遇而不可求的，卻在本人幾年前選注明詩的過程中，偶然發現瞿祐《歸田詩話》卷下《弔白門》一則云：

> 陳剛中《白門》詩云：「布死城南未足悲，老瞞可是算無遺。不知別有三分者，只在當時大耳兒。」詠曹操殺呂布事。布被縛，曰：「縛太急。」操曰：「縛虎不得不急。」意欲生之。劉備在坐，曰：「明公不見呂布事丁建陽、董太師乎？」布罵曰：「此大耳兒巨奈不記轅門射戟時也？」張思廉作《縛虎行》云：「白門樓下兵合圍，白門樓上虎伏威。戟尖不掉丈二尾，袍花已脫斑斕衣。捽虎腦，截虎爪。眼視虎，如貓小。猛跳不越當塗高，血吻空腥千里草。養虎肉不飽，虎饑能齧人。縛虎繩不急，繩寬虎無親。坐中巨奈劉將軍，不從猛虎食漢賊，反殺猛虎生賊臣，食原食卓何足嗔！」記當時事，調笑可誦。思廉有《詠史樂府》一編，皆用此體。〔註5〕

《歸田詩話》不是什麼難見之書，但是，在長期以來學者多各守一「經」的治學風氣下，還未見有人注意到這段文字其實有考索《三國演義》成書時代的價值。筆者於 1998 年底據以寫成《〈三國志通俗演義〉成書及今本改定年代小考》一文（以下簡稱《小考》）〔註6〕，就本條以及其他有關資料考索，並參酌眾說，得出《三國演義》成書當在「元泰定三年（1326）前後」的結

〔註5〕 〔明〕瞿祐《歸田詩話》，丁福保編《歷代詩話續編》（下），中華書局 1983 年版，第 1285 頁。

〔註6〕 杜貴晨《〈三國志通俗演義〉成書及今本改定年代小考》，《中華文化論壇》1999 年第 2 期。收入本卷。

論。儘管這一結論只是「元代中後期」說中應可以稱之爲「元代中期」的一說，但是，拙文建立在初次應用於《三國演義》研究意義上的這些新資料基礎上的論證，仍然受到一些學者的關注，——有所肯定〔註7〕，也有所置疑〔註8〕，引起我對該文進一步的檢討。結果除了覺得還不必從根本上捨己以從人之外，也發現論證中確有某些失誤，而尙未有見諸文字的指正，某些關鍵之處的說明也不夠深細，所以有補正和進一步考論以證實拙見的必要。

說來遺憾，本人雖曾專文辨證以《錄鬼簿續編》「羅貫中」爲《三國演義》作者有因同姓名而致誤的可能，然而《小考》卻仍有一處重蹈覆轍，即把上引瞿文中《白門》詩的作者陳剛中誤爲宋代同姓名的另一人。宋代的那位陳剛中字彦柔，閩清人。高宗建炎二年進士，官至太府丞；而瞿引《白門》詩的這位作者陳剛中是元朝人。這一以似爲眞的失誤，除了使筆者自愧無知之外，還進一步加強了前此質疑《錄鬼簿續編》「羅貫中，太原人」爲《三國演義》作者的信心，認識到如若尙論古人，切不可唯「姓名」，而還要「驗明正身」。儘管這只是起碼的常識，卻因此一節疏忽而使張戴李冠者正復不少，所以值得重提，而不再深論。

這裡且說瞿引《白門》詩的作者陳剛中，名孚，以字行。天台臨海（今屬浙江）人。《元史》有傳。生於元太宗十二年（1240）。歷官奉直大夫，台州路總管府治中等，卒於元成宗大德七年（1303），有《陳剛中詩集》。《白門》詩在詩集卷一，題下原有注云：「邳之城南門。呂布爲老瞞圍急，登此門請降。」以白門爲下邳城之南門。這與《小考》引《後漢書》本傳「布與麾下登白門樓」下注引宋武《北征記》謂「魏武擒布於白門」，以及酈道元《水經注》曰「南門謂之白門，魏武擒陳宮於此」相合。換言之，至晚在陳剛中元成宗大德七年（1303）去世之前所作《白門》詩中，呂布的故事包括其被擒之白門的方位，都還是依據於史志舊籍的記載。但是，瞿祐說《白門》詩的引語卻有溢出史志舊籍記載之應視爲虛構的成分，對《三國演義》研究來說，就值得注意了。

按《三國志‧魏書》呂布本傳云：

> 布與其麾下登白門樓。兵圍急，乃下降。遂生縛布，布曰：「縛

〔註7〕 沈伯俊《世紀課題：〈三國演義〉的成書年代》。
〔註8〕 王平《從傳播角度看〈三國志通俗演義〉的成書年代》，俞汝捷、宋尅夫編《黃鶴樓前論三國》，長江文藝出版社2003年版，第499頁。

太急，小緩之。」太祖曰：「縛虎不得不急也。」布請曰：「明公所患不過於布，今已服矣，天下不足憂。明公將步，令布將騎，則天下不足定也。」太祖有疑色。劉備進曰：「明公不見布之事丁建陽及董太師乎！」太祖頷之。布因指備曰：「是兒最巨信者。」

《後漢書》卷七十六《呂布傳》略同。這裡值得注意的是，與上引瞿祐說陳剛中《白門》詩一則相對照，瞿說從「布被縛」至劉備曰「明公」云云，都合於《三國志》，雖然也與《三國志通俗演義》敘事相一致，然而一般說來，卻只能認為其本諸《三國志》等史籍的記載而與《三國演義》無關，可不具論；然而瞿說布罵曰「此大耳兒巨奈不記轅門射戟時也」一語，不見於《三國志》《後漢書》等，又肯定不是從《三國志》本傳佈曰「是兒最無信者」一語直接化出，所以應別有出處。這對於《三國演義》成書時代研究來說，是值得追求的目標。

為此，《小考》曾論元代《三國志平話》與《白門斬呂布》雜劇等，都不可能是「布罵曰」一語的出處，而有所未盡。以致有專家舉《三國志平話》相質疑，以為可能從《三國志平話》有關描寫脫化而來。這促使我進一步閱讀和力求更深細地思考，結果即上已述及，並無捨己以從人的必要。試辨析如下。

按《三國志平話》有關描寫原文云：

再令推過呂布至當面。曹操言：「視虎者不言危。」呂布覷帳上曹操與劉備同坐。呂布言曰：「丞相倘免呂布命，殺身可報。今聞丞相能使步軍，某能使馬軍，倘若馬步軍相逐，今天下易如翻手。」曹操不語，目視玄德。先主曰：「豈不聞丁建陽、董卓乎？」〔白門斬呂布〕曹操言：「斬，斬！」呂布罵：「大耳兒，逼吾速矣！」曹操斬了呂布。可憐城下餐刀日，不似轅門射戟時。〔註9〕

而《三國志通俗演義》卷之四《白門曹操斬呂布》寫此事則云：

操坐在門樓上，使人請玄德與關、張至樓上。操令玄德坐於側。操令提過一千人來。呂布雖然身長一丈，被數條索縛作一團。布叫曰：「縛之太急，乞緩之！」操曰：「縛虎不得不急也。」布曰：「容申一言而死。」操曰：「且稍解寬。」……操送（陳宮）下樓，布與玄德見，曰：「公為坐上客，布為階下虜，何不發一言而相寬乎？」

〔註9〕 〔元〕無名氏著《三國志平話》，丁錫根點校點校《宋元平話集》下冊，上海古籍出版社1990年版，第786～787頁。

玄德點頭。操知其意，令人押過呂布來。布曰：「明公所患，不過於布；布今已服，天下不足憂矣。明公爲步將，令布爲騎將，則天下不足慮矣。」操回顧玄德曰：「呂布欲如何？」玄德答曰：「明公不見事丁建陽、董卓乎？」操頷之。布目視玄德曰：「是兒最無信者！」操遂令牽布下樓縊之。布回顧曰：「大耳兒！不記轅門射戟時！」〔註10〕

　　兩相對照可知，上引瞿祐說《白門》詩所引「布罵曰：『此大耳兒，叵奈不記轅門射戟時也』」一語，即使可以視爲從《三國志平話》的敘事與詩讚化出，但那只能是小說家如《三國志俗演義》的作者羅貫中化腐朽爲神奇的造化，而作爲說詩的引語，一般說應引成說，而不可能是從《三國志平話》用語割裂拼湊敷衍而來。換言之，說《三國志通俗演義》「布回顧曰」云云直接脫胎於上引《三國志平話》的描寫是對的，以瞿引「布罵曰」云云直接取材《三國志平話》則不可。三者的關係應該是《三國志通俗演義》取自《三國志平話》，而瞿引「布罵曰」的話引自《三國志通俗演義》，——《三國演義》早在瞿祐生活的時代就已經產生了。

　　這裡必須說明的是，瞿祐說《白門》詩所引「布罵曰」一語，與《三國志通俗演義》中「布回顧曰」的話雖微有字詞的差異，但是，二者句式、語意完全一致；而且《三國志通俗演義》中本句末雖無「也」字，但是雙峰堂本、喬山堂本等《三國志傳》本本句末有「耶」字，「也」「耶」通，剩下的就只是《三國演義》少了「叵奈」一詞。而元代「叵奈」或作「叵耐」，《三國志通俗演義》卷二《孫堅跨江擊劉表》中即曾一見，說明羅貫中熟悉此詞，而本句未用或者被後人刊落了，瞿祐引據脫字，或是根據更早今人已不可見的版本，甚至羅貫中原作。總之，二者些微的差異不構成瞿引「布罵曰」一語不出自《三國志通俗演義》嫌疑；而二者的基本一致則是羅貫中《三國演義》成書於瞿祐《歸田詩話》之前的有力證據。

　　瞿祐生於元順帝至正七年（1347），卒於明宣宗宣德八年（1433）。《歸田詩話》自序於洪熙乙巳（1425）中秋日，爲其謫戍保安十八年，垂老遇赦還鄉以後的「追念少日篤於吟事」〔註11〕之作。瞿引《三國志通俗演義》的事

〔註10〕〔元〕羅貫中《三國志通俗演義》，汪原放標點，上海古籍出版社1980年版，第194頁。

〔註11〕〔明〕瞿祐《歸田詩話自序》，丁福保編《歷代詩話續編》（下），中華書局1983年版，第1234頁。

實，不僅表明《三國演義》早在瞿祐生活的時代就已經產生了，而且還使我們傾向於認爲早在瞿祐出生之前就產生了。理由有三：

一是《歸田詩話》爲瞿祐暮年「追念少日……耳有所聞，目有所見，及簡編之所紀載，師友之所談論」〔註12〕之作，有關內容的形成均在瞿祐少年時期及其出生以前，而「布罵曰」云云的引語當屬後者；

二是按照一般訓詁的原則，瞿祐引「布罵曰」云云釋《白門》詩，應是認爲該語爲原詩所本。也就是說，在瞿祐看來，「布罵曰」云云所從出之《三國演義》，更早在陳剛中《白門》詩之前。即使以《歸田詩話》「大略爲野史」〔註13〕，其說《白門》詩引據未必求如漢箋之確考，但那在瞿看來，至少也是與《白門》詩相去不遠的說法；

三是考慮到《三國演義》的內容流爲文人說詩的掌故，應是此書傳播已久的情況所致，可以推定《三國演義》成書的下限應在瞿祐出生的 1347 年之前。

這是進一步討論的基礎。

進一步說，瞿祐《弔白門》還引了與陳剛中同時代而稍晚的元人張思廉詠史樂府《縛虎行》，拙文《小考》也曾指出詩中「『戟尖不掉丈二尾』，謂呂布之戟『丈二』，於史無徵」，而根據在「《三國志平話》卷上謂呂布『使丈二方天戟』」，從而表明張思廉做詩不避甚至習用小說家言。而結合上論瞿祐「布罵曰」一語當出自《三國志通俗演義》，這裡還可以補充的是，張思廉《縛虎行》「坐中叵奈劉將軍」句，也似與瞿祐所舉「布罵曰」的措辭有若蛛絲螞跡的聯繫。這在使我們傾向於認爲瞿引「布罵曰」語有「叵奈」一詞爲《三國演義》原文之外，還加強了如上張思廉做詩習用小說家言的認識，進而《小考》揭出張思廉《玉笥集》中《南飛烏》詩用《三國志通俗演義》中呂布事，雖爲偶然，卻也正是他的慣技。《南飛烏》原詩云：

> 南飛烏，尾畢逋，白頭啞啞將眾雛。渭河西岸逐野馬（破黃巾也），白門東樓追赤兔（擒呂布也）。冀豚（袁熙）荊犬（劉琮）肉不飽，展翼南飛向江表。江東林木多俊禽，不許南枝三匝遶。老烏莫欺觺郎小，觺郎詎讓老烏老？東風一炬烏尾焦，不使老烏矜嘴爪。

〔註12〕《歸田詩話自序》。

〔註13〕胡道《歸田詩話序》，丁福保編《歷代詩話續編》（下），中華書局 1983 年版，第 1234 頁。

老烏自謂足奸狡，豈信江湖多鷙鳥！捽烏頭，啄烏腦，不容老烏棲
樹枝，肯使蛟龍戲池沼（赤壁之戰）！釋老烏，未肯搏，紫髯大耳
先相攫。河東老羽雲外落（雲長死），老烏巢成哺銅雀。〔註14〕

引詩括號內為作者原注，又題下有原注云「曹操」。詩因曹操《短歌行》「烏
鵲南飛」句意起興，寫赤壁之戰前後曹操的經歷，基本上合於《三國志》等
史書的記載。然而「東風」句本諸傳說，可以不論；而「白門東樓走赤兔」
句也與史載不合。對此，拙文《小考》云：

《玉笥集》詠三國事另有《南飛烏》一首，……中有「白門東
樓追赤兔」句，下注「擒呂布也」，謂呂布於「白門東樓」被擒；但
是《三國志》本傳但言「白門樓」而未言樓之方位，《後漢書》本傳
「布與麾下登白門樓」下注引宋武《北征記》謂「魏武擒布於白門」，
又引酈道元《水經注》曰：「南門謂之白門，魏武擒陳宮於此。」明
確說白門樓為下邳之南門，則「白門東樓」也於史無徵。……從《玉
笥集》有詠三國史事詩達十餘首之多，可知張思廉對三國史籍的熟
諳；瞿祐也是熟悉《三國志》的，這有他所著《樂府遺音》中《沁
園春‧觀〈三國志〉有感》為證。因此，出現於他們筆下的這些關
於三國的於史無徵的文字表述不大可能是對史實的誤記，而必有另
外的根據。〔註15〕

在考察過《三國志》等正史與今存各種戲曲、小說的記載之後，拙文的結論
是詩中「白門東樓」的用事也本於羅貫中《三國志通俗演義》。但是，限於當
時的認識，對某些問題未能深究，茲補充如下。

首先，今以「白門東樓追赤兔」一定本之羅氏《三國志通俗演義》，不
僅因其不見於現存其他文獻，而且以最可能成為其根據的《三國志平話》而
言，它雖然不明確以白門為南門，卻字裏行間也沒有以之為東門。有關原文
如下：

〔侯成盜馬〕見喂馬人大醉。侯成盜馬至於下邳西門。……奪
了門，浮水而過。……曹操行軍搦戰。呂布騎別馬，出門迎敵，與

〔註14〕張憲《玉笥集》（文淵閣《欽定四庫全書》集部五，別集類四）卷一，第 16
頁。
〔註15〕杜貴晨《〈三國志通俗演義〉成書及今本改定年代小考》，《中華文化論壇》1999
年第 2 期。收入本卷。

夏侯惇交戰詐敗。呂布奔走，曹操引眾皆掩殺，伏兵並起，呂布慌

速西走，正迎關公。呂布有意東走下邳，正撞張飛。〔張飛捉呂布〕

眾將拿住，把呂布囚了。〔註16〕

對於考察文中所寫白門的方位，這段敘事中值得注意的，一是侯成盜馬出的是下邳西門；二是呂布「出門迎敵」，雖未明言出的是何方之門，但從下文「西走」又「東走下邳」看，呂布此時正在下邳之西，則其所「出門」應是出西門，或者由出南門或北門「迎敵」後，敗走到西門的方向上去了，而絕對不會是東門；三是呂布為張飛所捉。這在《三國志通俗演義》中都有了改變，拙文《小考》指出：

《白門曹操斬呂布》一則雖未明言白門樓為下邳東門樓，而其

敘事謂「東門無水」，侯成「盜赤兔馬走東門，魏續放出」，呂布「各

門點視，來責罵魏續，走透侯成」，「布少憩樓中，坐於椅上睡著」，

遂被擒……，正在城東門樓上。與下述「高順、張遼都在西門……

被生擒。陳宮就南門邊，被許晃捉了」也相吻合。所以張詩「白門

東樓」的說法，很可能是從《三國志通俗演義》得到的印象。〔註17〕

對比可知，「白門斬呂布」故事在《三國志通俗演義》與《三國志平話》細節有很大不同。其關鍵在改《平話》寫侯成盜馬「奪門」而出「西門」為「走東門」，從而接下有「魏續放出」，當然也是在東門；又接下呂布「來責罵魏續」，自然仍非來東門莫屬，——他就在這裡「少憩樓中……睡著」，被魏續、宋憲而不是被張飛擒了。二者的差異表明，包括《三國志平話》在內，《三國志通俗演義》之前，從無以「白門」為「東樓」者。因此，張思廉注謂「擒呂布也」之「白門東樓追赤兔」句的用事，必不出於《三國志平話》等；其在今天可見的文獻中，只能是出於羅貫中《三國志通俗演義》。

張思廉名憲，號玉笥生。山陰（今浙江紹興）人。少負才不羈，晚為張士誠招署太尉府參謀，稍遷樞密院都事。元亡後變姓名，寄食僧寺以沒。有《玉笥集》十卷，卷一、二即瞿祐所稱《詠史樂府》，有詠三國史事詩十餘篇。據錢仲聯等主編上海辭書出版社版《中國文學大辭典》，張思廉約生於元仁宗七年（1320），卒於約明洪武六年（1373）。由此可以推知，張思廉在世時，《三國志通俗演義》所寫呂布在「白門東樓」被擒之事，已經成為做詩的材料，

〔註16〕《宋元平話集》，第 785～786 頁。

〔註17〕杜貴晨《〈三國志通俗演義〉成書及今本改定年代小考》，《中華文化論壇》1999
年第 2 期。收入本卷。

其成書就不僅在張的生前，還可能更早在他的年輕時代甚至他出生之前。這在時段上就切近《小考》《三國志通俗演義》成書「元泰定三年（1326）前後」的結論（詳下）。

其次，瞿祐不僅用《三國志通俗演義》中語說陳剛中《白門》詩，而且還應是深知張思廉《南飛烏》詩用《三國志通俗演義》之事。這一方面表現於瞿祐稱張思廉詠史樂府一如其《縛虎行》，體皆「調笑可誦」，不同於純正體的詠史詩，大概就有以其用事多採小說家言的特點；另一方面，瞿祐本人是小說家，也熟諳三國史籍，因此才對張思廉詠史詩這一特點有特別關注，並垂老不忘，在《歸田詩話》中熱心加以表彰。

關於瞿祐熟諳三國史籍，有其所著《樂府遺音》中《沁園春·觀〈三國志〉有感》為證。據徐朔方《瞿祐年譜》，這首詞作於洪武十年（1377）他31歲時，其中「新安直筆，指朱熹（1130～1200）《資治通鑒綱目》以尊劉貶曹為主旨」〔註18〕。可知瞿祐早年即已對《三國志》及其有關史籍進行過研究；其晚年作《歸田詩話》以張思廉《縛虎行》等詠史樂府為「調笑可誦」，應是基於對詩中用事虛虛實實已有的瞭解，並且正是其用小說家言虛構的成分，引起詩文家而兼小說家的瞿祐在詩話中給予表彰的興趣。

第三，從陳剛中《白門》詩謹遵史志稱白門為下邳城南門，到張思廉《南飛烏》詩稱白門為下邳城東門，這同一題材詩作用同一故事，而此一內容卻有根本性的變化，表明羅貫中《三國志通俗演義》很可能就是在陳剛中的晚年到張思廉的少年時代產生。這一時段可具體為陳剛中垂暮之年的1300年，至張思廉出生後10年即1330年之間。考慮到元至治三年（1323）《三國志平話》還在被翻刻，可能還沒有後來者居上的情況發生，在這一時段中，《小考》取《三國志通俗演義》成書「元泰定三年（1326）前後」的認識，應是基本合理的。

總之，從瞿祐《歸田詩話》中《弔白門》一則引發的討論，使我們得出如上羅貫中《三國演義》成書「元泰定三年（1326）前後」的結論。這一結論同樣應該經得起「常識」的檢驗。以常識而言，這一結論所以可靠的邏輯在於：

一、瞿祐不可能生造「布罵曰」云云為說詩根據，張思廉做詩也不可能無端說呂布「白門東樓走赤兔」，而均必有文獻的根據；

〔註18〕徐朔方《小說考信編》，上海古籍出版社1997年版，第471頁。

二、據今見文獻，既經考得瞿祐引「布罵曰」語與張思廉用「白門東樓」事只見於《三國志通俗演義》，那麼二者很可能是《三國演義》成書時代的標誌；

三、考慮到古代文獻多佚，理論上不排除上述瞿祐引語、張思廉用事與《三國志通俗演義》所寫互不相襲，而或先或後出於別種已佚文獻的可能。然而，《小考》已推斷瞿祐引語、張思廉用事「不見於其他『說三分』的話本」，也「不會出自《三國志平話》大約同時或以前的戲曲」〔註 19〕，從而其只能出自羅貫中《三國志通俗演義》，是《三國演義》成書時代的確切的標誌。

四、作為《三國演義》成書時代的證據，瞿祐引語與張思廉用事各自獨立地支持元代說，從而本文不是憑孤證立論，而基本上做到了證據充分；

五、在如上兩條證據都能成立的基礎之上，張思廉《南飛烏》詩用「白門東樓」事，實際把瞿祐引「布罵曰」所表明的《三國演義》成書時間的下限更加提前了，也就是說，張思廉《南飛烏》詩用「白門東樓」事才是《三國演義》成書時代下限的最後標誌；

六、輔以時賢關於《三國志通俗演義》中「今地名」、關羽封義勇武安王、元朝「俗近語」等考論的綜合效力，這一標誌已能充分支持拙說《三國志通俗演義》成書「元泰定三年（1326）前後」結論。

（原載《山東師範大學學報》2006 年第 2 期）

〔註 19〕杜貴晨《〈三國志通俗演義〉成書及今本改定年代小考》，《中華文化論壇》1999
年第 2 期。收入本卷。

《三國演義》成書「元泰定三年說」答疑——兼及小說斷代的一種方法

七年前，拙作《〈三國志通俗演義〉成書及今本改定年代小考》〔註1〕（以下簡稱《小考》）一文，論《三國志通俗演義》（本文以下或用通稱《三國演義》）當成書「元泰定三年（1326）前後」（簡稱「元泰定三年說」），不過是舊有《三國演義》成書「元中後期說」中的一種意見。但是，或者由於所據瞿祐《歸田詩話》「弔白門」等資料是這一「世紀課題」研究中前人未曾引用過的，所以頗受一些學者關注。支持者有之〔註2〕，質疑者亦有之〔註3〕，都是嚴肅認真的討論，對筆者有很大鼓舞和幫助。有的作了回應〔註4〕。但對陳國軍先生《讞論〈三國志通俗演義〉的成書年代》〔註5〕（以下簡稱《讞論》）一文的質疑，至今未答，是很不妥當的，容易引起誤會，所以有以下的辨析，不得已也。

首先，筆者注意到《讞論》以《小考》的論據有三，即「瞿祐的解釋之詞，以及『白門東樓』、『戟尖不掉丈二尾』等不見於正史，而是出自《三國

〔註1〕杜貴晨《〈三國志通俗演義〉成書及今本改定年代小考》，《中華文化論壇》1999年第2期。收入本卷。

〔註2〕邱嶺《楠木正成與諸葛亮——兼考〈三國志通俗演義〉之成書年代》，《〈三國演義〉與羅貫中》，中州古籍出版社2000年版。

〔註3〕王平《從傳播角度看〈三國志通俗演義〉的成書年代》，俞汝捷、宋剋夫編《黃鶴樓前論三國》，長江文藝出版社2003年版。

〔註4〕杜貴晨《〈三國演義〉成書年代新考》，《山東師範大學學報》2006年第2期。收入本卷。

〔註5〕陳國軍《讞論〈三國志通俗演義〉的成書年代》，《中華文化論壇》2005第3期。

志通俗演義》」，是不夠準確的。《小考》確實說過「瞿祐的解釋之詞，以及『白門東樓』」出自《三國志通俗演義》，但從來不曾說「戟尖不掉丈二尾」也出自《三國志通俗演義》。而是寫得清楚：「但是，《縛虎行》述事還是有溢出於史書的地方。如《三國志》《後漢書》呂布本傳皆載呂布曾『拔戟斫幾』，未言方戟之短長；而本詩卻說『戟尖不掉丈二尾』，謂呂布之戟『丈二』，於史無徵。」僅是說它取自小說；而且後來又說：「今查《三國志平話》卷上謂呂布『使丈二方天戟』，則張詩『丈二』有了著落。」已具體指出其出自《三國志平話》；最後還對《三國演義》寫呂布之戟不作「丈二」有解釋說：「至於今存嘉靖本寫『方天畫戟』不言『丈二』，大約因為小說寫了張飛『身長八尺』用『丈八點鋼矛』（《祭天地桃園結義》），再寫呂布『身長一丈』（《呂布刺殺丁建陽》），若說他的戟長『丈二』，就不合理了。因此，如上所述張詩作『丈二』可能本自《三國志平話》。」而根本沒有說它也是「出自《三國志通俗演義》」。所以，《譾論》從「戟尖」句對《小考》的批評，根本屬斫空之論。

第二，《譾論》對《小考》真正的論據，即「瞿祐的解釋之詞，以及『白門東樓』」出自《三國志通俗演義》，卻未作任何直接的反駁，而是從它所謂張思廉《玉笥集》詠三國詩的內容有與《三國志通俗演義》的不合，「認為他（指張思廉——引者）根本沒有讀過《三國志通俗演義》」。這一方面是不應該置《小考》的核心證據不顧而僅言他，另一方面由張詩的有不合，並不能得出其有合處不是出自《三國演義》的結論，即其證據與結論間沒有必然的因果關係。

具體來說，張思廉讀過《三國志通俗演義》，卻不必其詠三國的詩都根據於《三國志通俗演義》；而儘管證明張氏讀過《三國志通俗演義》的論據應是越多越好，但事實上不可能也不需要很多，這樣的證據只要有一個是確鑿的，就可以說他讀過《三國志通俗演義》了。這個道理就如「捉賊捉贓」，雖然某嫌犯所有之物可能不盡為贓，其贓物也不盡為某人所失，但是，只要其中有一物確係贓物而又原屬於某人，就可以證明該「賊」曾對某人行竊，同時也就證明了某人作為該案失主身份的確定。結論雖然僅以一贓之證而成立，卻不會因為他贓之不足為證而被推翻。

因此，《譾論》所舉不合的例子，並不成其為《小考》結論的「反證」，對於否定《小考》的結論不起任何作用。而《譾論》欲推翻《小考》的結論，要做的只能是就《小考》所舉真正的證據作直接的反駁，指出其並不出自《三

國志通俗演義》，才是可以的。卻沒有做，也就不能服人了。而且從《讜論》對《小考》論據的置疑三者並舉看，它既沒注意到其中「瞿祐的解釋之詞」，對它所持「瞿祐有可能眞的讀過《三國志通俗演義》」的觀點其實有利，又似乎沒有弄明白《小考》「元泰定三年說」的眞正論據其實只有一個，即張詩用「白門東樓」一事出自《三國志通俗演義》。對拙說的質疑只需要針對這一事實，其他都可以少說或不說的。

第三，《讜論》固然不一定非採用《小考》「布罵日」云云對其結論有利的證據，但是，它別求瞿祐《樂府遺音》載《沁園春·觀〈三國志〉有感》，以證其「瞿祐有可能眞的讀過《三國志通俗演義》」，卻是極爲不妥的。那首詞中「《三國志》」確指陳壽《三國志》。因爲詞中所說「底事陳生，爲人乞米，卻把先公佳作酬」的「陳生」，只能是指《三國志》作者陳壽（220～280）。陳「爲人乞米」云云，指丁儀、丁廙在魏有盛名，陳壽曾以爲二丁立傳的條件，向二丁之子索米千斛。丁子未與，陳壽也就未與二丁立傳。事見《晉書·陳壽傳》，而瞿祐藉此指陳壽《三國志》尊魏爲正統不公，並引出其「觀《三國志》」之「有感」。這一用典說明瞿詞「《三國志》」確指陳壽《三國志》。如果是指小說《三國志通俗演義》，就說不到「陳生……乞米」了。而「新安直筆」也確指朱熹（1130～1200）。朱熹是宋徽州婺源（今屬江西）人。婺源爲新安江發源地，宋屬新安郡，故《宋史》每稱「新安朱熹」（卷三百七十六《潘良貴傳》、卷四百二十七《道學一》、卷四百三十四《劉子翬傳》）。瞿詞「千年後，有新安直筆，正統尊周」云云，正就是徐朔方先生所說「指朱熹（1130～1200）《資治通鑒綱目》以尊劉貶曹爲主旨」〔註6〕。至於不足「千年」卻稱「千年後」，乃詩詞家言，不能呆看作千餘年解，而應活說以「千年」爲約數，而綴以「後」，凸顯時間跨度之大，以壯詞境。而三國的歷史從魏文帝黃初元年（220），又正是陳壽出生之年算起，到朱熹四十三歲（1173）編《資治通鑒綱目》，已九百五十三年，稱「千年」不止於「八九不離十」，而幾乎就是準數。並且這裡還不能只算時間賬，而更要講「底事陳生」的用典。注意到「陳生」即《三國志》的作者陳壽，就不會再想到《三國志通俗演義》上去了。但是，詞中「縱橫八陣」用事，似乎還是出自《三國志通俗演義》，與《讜論》《小考》共同認爲的瞿祐讀過《三國演義》之結論相合，反而被忽略了。

〔註6〕徐朔方《瞿祐年譜》，《小說考信編》，上海古籍出版社1997年版，第471頁。

　　第四，在以《小考》把「戟尖」句作為張思廉讀過《三國志通俗演義》證據的錯誤前提下，《讞論》深究《小考》所謂致誤之由，乃不明白「『戟尖不掉丈二尾』是形容猛虎之句，而非描寫呂布『方天畫戟』『丈二』之長」。這個批評，就《縛虎行》寫「縛虎」字面而言，好像是對的。但是，正如《讞論》也認為的，這首詩是「以虎喻人」，寫虎正就是寫人，對「戟尖」句當然也要如是觀。但以「戟尖」句寫虎也正是寫人論，《讞論》說「『戟尖』以喻利爪」，只是看到了寫虎，而沒有看到此喻的深層義，是「利爪」以喻「戟尖」，乃以虎之「利爪」形容呂布「戟尖」之銳，再加以「丈二尾」喻戟柄，全句才是「以虎喻人」，寫出了呂布被盜，手無方天畫戟，而無所用武的窘境。然後才有下句「袍花已脫斑斕衣」，以虎之被縛，喻呂布之被捉，寫其身困縲絏，威風掃地。若如《讞論》釋「戟尖」句的讀法，只從寫虎著眼，以「袍花」喻虎皮，而非指呂布，則「袍花」句豈不是說老虎被剝了皮？又如何還能說到喻人？

　　至於《讞論》所舉張思廉《悢魂啼血行》第二首「雄劍為牙戟為爪」句，與其《縛虎行》「戟尖」句用法看似相同，而實際迥異。前者喻寫悢鬼凶像，「戟為爪」只是以「戟」喻「爪」，「爪」實而「戟」虛，讀者不必想到悢鬼持戟上去；後者以虎喻寫呂布因失戟不敵眾人被俘的過程，雖「『戟尖』以喻利爪」，但「戟」實而「爪」虛，捨「戟尖」而論「利爪」，就因疏離於詩的主旨而斷章取義了。又至於《讞論》舉陶振《殺虎行》引張詩「戟尖」二句，不過體現作為讀者和引用者的陶振個人的理解，又還要置於《殺虎行》全篇的結構語境中作具體的解讀，並不能用來確證張詩「戟尖」句本來的用法與意義，可以不論。

　　總之，這裡要注意的是，說詩既不可以膠柱鼓瑟，更不可以刻舟求劍，作簡單的類比。而應該即句求篇，因篇論句，作篇句一體兼綜貫通的考量，然後才可以就其篇句之意下最後的結論。

　　第五，《讞論》既不同意《小考》《三國演義》成書「元泰定三年說」的結論，當然又自有說。但他論證「《三國志通俗演義》是羅貫中明初時才開筆，至洪武二十九年後，最遲也不能晚於永樂十七年完成」的根據，包括「《三國志通俗演義》痛貶揚雄的現象，當發生在洪武二十八年後」等各種所謂此書晚至明初才出現的跡象，看似很能說明問題，其實都不足為證。原因有二：

　　一是如有的學者所正確指出，歷史的考證，說「有」容易，說「無」難。說「有」，只要有一個確鑿的證據，就充分了；說「無」，卻實不過是說當下未見實物與文獻記載的證明。但是，那樣的證明固然可能確實不曾存在過即「無」，但也可能原「有」而後被埋沒了，或者永遠不能再現於世，但也說不定哪一天會忽然冒了出來。歷史的經驗一再證明，不少過去以爲歷史上沒有過的東西竟是有的，例如上世紀七十年代《孫臏兵法》出土，就徹底打破了千年懷疑孫臏曾有此書的臆斷。不少過去以爲晚至某個時代才有的東西，其實在更早一些的時候就已經有了，如隨著近年考古學的發展，我國造紙術、活字印刷等等發明的時間都被提前了。這種情況表明，歷史考證既要以眼見爲實，又不要以眼不見爲一定不實。根據這個道理，小說斷代研究中據文本所涉及歷史現象的考證，尤其不能以小說中出現某個今以爲某朝某代才有的現象，就下該小說在某朝某代之前不可能出現之類的斷語。例如，即使《讞論》所舉因楊砥奏議，明洪武二十九年罷揚雄從祀是歷史事實，但是，揚雄既然很早就「遭物議」，「《三國志通俗演義》痛貶揚雄的現象」，就不一定非要等到有楊砥奏請朝廷奪祀以後才會發生。又如《讞論》所相信的「『腰刀』、『連珠炮』等，也均是明初軍備名稱」，也未必是靠得住的認識。人們有理由擔心說不定哪一天就有明初以前的這種刀、炮出土，或有關記載出來，使我們大跌眼鏡。

　　二是今本《三國演義》已沒有一種不是經一代代後人屢屢改竄過的。在無法確證《讞論》所舉那些所謂《三國志通俗演義》晚出的跡象，如「《三國志通俗演義》痛貶揚雄的現象」「腰刀」「連珠炮」之類爲原作所有，而非後人所加的情況下，不應該僅僅根據這些跡象，就做出《三國演義》爲元以後作品的結論。

　　這裡也要說到，以《三國志通俗演義》等《三國演義》版本中的某些「古」的跡象論其一定爲「古」，同樣也是靠不住的。這正如魯迅所說：

　　　　故於舊書，不以缺筆定時代，如遺老現在還有將儀字缺末筆者，但現在確是中華民國；也不專以地名定時代，如我生於紹興，然而並非南宋人，因爲許多地名，是不隨朝代而改的；也不僅據文意的華樸巧拙定時代，因爲作者是文人還是市人，於作品是大有分別的。〔註7〕

〔註7〕魯迅《關於〈唐三藏取經詩話〉的版本——寄開明書店〈中學生〉雜誌社》，《魯迅全集》（4），人民文學出版社1981年版，第275～276頁。

雖然如魯迅論《漢武故事》等爲僞書，也還未免有以「文意的華樸巧拙定時代」〔註8〕的嫌疑，但上引他論版本文字考證的原則，確係作判斷時應該十分注意的。

這就是說，就文本事語、避諱等等的跡象作斷代的考證，並非只作簡單的比對就可以定案，而是還要考慮到作者的爲人與其著述的態度，考察其著作與世事變遷互動的各種可能。不僅晚出的「特徵」不排除爲後人竄改的可能，即使其古事古語早出的「特徵」，也還可以懷疑其爲作者的「遺老」作風，或後世好事者欲其「古」書更合於古的造作。儘管這後一種情況也許並不多見，但在理論上卻不是不可能的。

因此，筆者對《三國演義》這類書的版本成書等，從不敢僅憑其中或早或晚的事語特徵下判斷，也不願僅憑此一點擁護有關斷代的這一說或那一說，而認爲都只可以視爲進一步研究的某種參考或參照。至於拙論《三國演義》成書「元泰定三年說」如《謅論》所謬讚「爲時所重」，卻不僅是由於引用了「新材料」，而還由於在這一問題上，杜貴晨考證的途徑或曰方法與前人略有不同。即不是僅從今見文本的時代「特徵」下判斷，而是就小說文本的傳播，從其問世流傳的過程中求人證（引者）、物證（引文），以定其問世的時代。其在學理上的根據是，無論今本屢經改竄還保有多少原本的面貌，而只要有其文本在某個時候已經出現的證據，就可以確定其原本在那時就已經誕生，那時也就是原本已經問世時代的下限。《小考》據張思廉《南飛烏》用「白門東樓」事等考論，同意章培恒先生「《三國志通俗演義》似當寫於文宗天曆二年（1329）之前」的結論，就是根據於這個道理。

但是，這一考證的方法只適用於小說斷代下限的考察，至於《小考》對《三國演義》成書時代上限的確認，是另據《三國志平話》新刊的年代來推定的，與張詩並無關係。另外，筆者也注意到，即使對下限的認定，這種方法也不保證萬無一失。因爲或檢索未遍，或埋沒難見，歷史上未必不有不利的乃至相反的證據存在過，從而所得出下限的結論，仍有被動搖乃至被推翻的可能。即如《小考》所據「白門東樓」事，筆者並非完全沒有其可能出自別一種「說三分」的話本乃至雜劇的顧慮。唯是由於如《小考》曾推論這種可能性已經極小，又由於即使有「反證」出來，也只能做到證明張詩用「白門東樓」事不一定出自《三國演義》，卻不可能證明其一定不出自《三國演義》。

〔註8〕 魯迅《中國小說史略》，人民文學出版社1973年版，第19～23頁。

甚至那所謂「反證」，也未必不有如張詩「白門東樓」同樣出自《三國演義》
的可能，從而其實是正面的證據。而至今這種「反證」並沒有出來，所以拙
論《三國演義》成書「元泰定三年說」，仍然是當下最爲可靠的結論。

　　作爲對《讞論》的反批評，本文如上所論不免主要是指謬。但筆者更感
興趣的是，《讞論》不僅在瞿祐曾讀過《三國志通俗演義》一點上，與杜貴晨
《小考》是一致的，而且包括增加了瞿著《香臺集》中《孫妹握刀》詩的證
據在內，它還勾稽出若干有關《三國演義》研究的資料，搜集之廣，用功之
勤，遠過於杜貴晨。但仍然有其他的不足，如其稱「《三國志通俗演義》成書
於明初，還有一個證據，那就是《三國志通俗演義》卷四十三《諸葛亮舌戰
群儒　魯子敬力排眾議》」，與稱「《三國志通俗演義》第五十四回《吳國太佛
寺看新郎　劉皇叔洞房續佳偶》」，實是把嘉靖壬午本與毛本混淆了，而前者引
文用的正是毛本的一段話。至於它主要的失誤，卻在於批評拙作，而讀拙作
並不夠細緻，以至於其所批評，多出於讀誤；其所主張，又多因於誤讀。而
拙作《小考》卻也並非無懈可擊的，明顯如誤以《白門詩》作者陳剛中爲宋
人即是。此誤雖未至於影響拙作的結論，又終於由本人「自查」得到了糾正〔註
9〕，但足以說明《小考》確有不完善處；同時也說明研究者搜集證據資料固
然不易，而精鑒善用以求正確的論斷更難。從而筆者在非常感謝《讞論》等
文善意認眞批評的同時，更加希望有學者勤攻吾闕，匡我所不逮。

（原載《中華文化論壇》2006 年第 2 期）

〔註 9〕杜貴晨《〈三國演義〉成書年代新考》，《山東師範大學學報》2006 年第 2 期。
　　　收入本卷。

《三國志通俗演義》作者羅貫中爲元人及原本管窺——試說庸愚子《序》的考據價值

　　明嘉靖壬午刊本羅貫中《三國志通俗演義》卷首載庸愚子即金華人蔣大器作於明孝宗弘治甲寅（七年，1494）的《序》，是今見研究羅貫中與《三國志通俗演義》（以下或簡稱《演義》）的第一篇重要文獻。其所涉及如作者爲「東原羅貫中」的史實及以《演義》「文不甚深，言不甚俗」等論已得到學界的重視與利用，但其在有關羅氏時代、《演義》成書及最早版本面貌等方面的考據價值，尚未見有學者論及，試說如下。

一、《演義》作者羅貫中爲元人

　　這雖然是很早就有的說法，但未曾從《序》得到過說明。事實上《序》的字裏行間透露有關羅貫中生活時代與《演義》成書時間的信息，二者的一致性，表明《演義》的作者羅貫中是元朝人，具體有以下三個方面：

　　第一，《序》並未排除《演義》是「前代」即元人之作。《序》稱：

　　　　前代嘗以野史作爲評話，令瞽者演說，其間言辭鄙謬，又失之
　　　於野，士君子多厭之。若東原羅貫中，以平陽侯史傳，考諸國史，
　　　自漢靈帝中平元年，終於晉太康元年之事，留心損益，目之曰《三
　　　國志通俗演義》。〔註1〕

〔註 1〕　〔元〕羅貫中《三國志通俗演義》，汪原放標點，上海古籍出版社 1980 年版。

《序》作於明弘治甲寅，上引標舉「前代」，一般說應是指明所取代的前朝元代；而下句雖無時間限定，但通常或當理解為與「前代」相對，講作者當代也就是明朝的事，即除以其為確指「嘗以野史作為評話，令瞽者演說」為「前代」之事和《演義》作者為「東原羅貫中」之外，還應是表明，這位羅貫中與「前代嘗以野史作為平話」者不是同時代人，為元代以後《序》作者蔣氏生活的明朝人。

應當說，如果各種有關羅貫中生平時代的資料都一致或多數表明其為明朝人，作如上通常的理解就可以確定無疑。但實際的情況，一面是可以導致認為羅貫中是明朝人的蔣《序》附《演義》流行而廣為人知，另一方面蔣《序》附《演義》流行的百餘年中，明朝人有關羅氏時代的說法不一，有稱其為「南宋時人」〔註2〕者，又有稱其「雖生元日」「身在元」〔註3〕者，卻並無多以其為本朝人者。在這種情況下，又倘或上引蔣《序》所透露有關羅氏時代的信息可有別樣理解的話，我們也就不便以其所稱「東原羅貫中」一定是明朝人，而不是「前代」即元朝人了。而上引《序》說羅氏的話正是還可以作別樣的理解，從而有了不排除是以羅貫中為「前代」人而《演義》成書於「前代」即元朝的可能。理由有四：

一是以上引文雖係兩句，但下句既然沒有另作時間的標示，則其稱「前代」不完全排除為統一限定二句的時間副詞，乃謂「嘗以野史作為評話」云云者是「前代」人，而「東原羅貫中」也是「前代」即元朝人；

二是反過來說，如果蔣《序》是以「東原羅貫中」其人其作在明朝的話，則當在「若東原」的「東原」之前加「我朝」或「本朝」等時間的限定，如明高濂《遵生八箋·燕閒清賞箋》上卷《論剔紅倭漆雕刻鑲嵌器皿》云「元時有張成、楊茂二家，技擅一時，但用朱不厚，漆多翹裂。若我朝永樂年果園廠製，漆朱三十六遍為足」〔註4〕者即是。而蔣氏卻不然，這似不能僅僅委之以表達不夠嚴密，還有可能是他確實認為羅貫中非明朝人，所以與「嘗以野史作為評話」者並為「前代」即元朝人一起說了；

三是退一步說，從如上蔣《序》前句冠以「前代」和後句不標稱「我朝」之類限定看，最保守的估計是蔣大器已不十分明瞭羅貫中生存的朝代。而以

〔註2〕　朱一玄、劉毓忱《三國演義資料彙編》，百花文藝出版社 1983 年版，第 228 頁。

〔註3〕　朱一玄、劉毓忱《水滸傳資料彙編》，百花文藝出版社 1981 年版，第 192 頁。

〔註4〕　〔明〕高濂《遵生八箋》，甘肅文化出版社 2004 年版，第 351～352 頁。

生當明弘治甲寅（七年，1494）前後的蔣氏這樣有爲《演義》作《序》資格的文化人，尚且已不明了羅氏的時代，那麼他很可能就是蔣氏所謂的「前代」即元朝人了。

四是也不排除蔣氏明知「東原羅貫中」之時代，但羅係由元入明之人，或由於政治上避諱等的原因，不便明說其爲何代之人而故作囫圇語的可能。倘或如此，則羅氏爲元明之際人，卻多半是在元朝生活時間更長，晚年又未曾出仕明朝，所以原則上仍當歸其爲元朝人，而《演義》也更多可能是成書於元代。

第二，從蔣《序》所述《演義》傳抄的情況看，是書當成於元代。蔣《序》作於明孝宗弘治甲寅，而稱羅氏《演義》「書成，士君子之好事者，爭相謄錄，以便觀覽」云。此數語雖因重在引起下文的議論，而於《演義》成書後傳抄的具體情況語焉不詳，但所稱既是「爭相謄錄」，則或同時，或先後，謄錄當非止一時，謄錄者也應非止一人。由此可以肯定，《演義》抄傳早在明弘治甲寅以前就開始了，蔣氏所見聞的抄本已不止一種，進而可以得出以下認識：

一是《演義》成書後從作者手中流出並開始傳抄，到形成諸多抄本，應該也有較長一段時期了，那麼其原本成書的時間當然更早。

二是以上述《演義》抄傳歲月爲百餘年的話，其原本成書也就與上引稱「前代」云云時間上互相契合。

這裡就有一個問題，即以《演義》傳抄歲月爲百餘年是否合理，也就是能否把《演義》成書的時間從蔣《序》寫作的明弘治甲寅上推至百餘年前的元代？筆者認爲這是合理與適當的。理由是明弘治甲寅（1494）上距明朝建國的洪武元年（1368）雖有 126 年，而對於古代書籍刊刻傳播的相對緩慢來說，126 年雖不爲短，但也說不上是很長。這可以從與有明確記載的清乾隆時期的幾部章回小說成書到刊本出現間隔歲月的比較得到旁證，如：

夏敬渠《野叟曝言》的成書，「保守的推斷，……夏敬渠六十八歲時已完稿」〔註5〕。夏敬渠生於康熙四十四年（1705），到他 68 歲《野叟曝言》完稿是乾隆三十八年（1703），而其「最早刊本爲光緒七年（1881）毗陵彙珍樓活字本」〔註6〕，算來其成書後以抄本流行的時間爲 178 年。

〔註 5〕 王瓊玲《夏敬渠著作考論》，《海峽兩岸夏敬渠、屠紳與中國古代才學小說學術研討會論文集》，江陰 2009 年印，第 66 頁。

〔註 6〕 石昌渝《中國古代小說總目（白話卷）》，山西教育出版社 2004 年版，第 480 頁。

　　李百川《綠野仙蹤》據卷首《自序》於乾隆二十七年壬午（1762）「苟且告完」〔註7〕，「初以百回抄本流傳，至道光十年（1830）本才付刻印行」〔註8〕，是成書後以抄本流傳並有今存最早刻本的時間爲 68 年。

　　李綠園《歧路燈》成書於乾隆四十二年丁酉（1777），至 1924 年方有石印本〔註9〕，是成書後以抄本流傳的時間爲 147 年。

　　吳敬梓《儒林外史》成書於乾隆十五年（1750），今見最早刻本爲嘉慶八年（1803）〔註10〕，是成書後以抄本流傳的時間爲 63 年。

　　以上四種與《演義》篇幅大小相去不遠的長篇小說，均成書於印刷術出版業比明朝弘治間有了巨大進步的清乾隆年間，至有最早或今見最早刊本問世，平均間隔達 114 年。那麼，與此類比，從明弘治甲寅上推至元末爲《演義》成書時間，其後至少有 126 年之久以抄本流傳的時間，應該是合乎情理的，而不必有什麼詑異。

　　第三，從蔣《序》用典看似以羅貫中爲元代人。蔣《序》云：「予謂誦其詩，讀其書，不識其人，可乎？」這是引《孟子・萬章下》的話。而《萬章下》中接下來的話說：「是以論其世也，是尚友也。」朱熹《孟子集注》本句下注曰：「尚，上同。言進而上也。頌，誦通。論其世，論其當世行事之跡也。言既觀其言，則不可以不知其爲人之實，是以又考其行也。夫能友天下之善士，其所友眾矣，猶以爲未足，又進而取於古人。是能進其取友之道，而非止爲一世之士矣。」〔註11〕可知「尚友」義指上以非當今「一世之士」之古人爲朋友。由此逆推上文「予謂誦其詩」云云，雖然可以是就任何前人的著作而言，但一般應是針對古人之詩與書說的。這既是讀經時代學者人所共知的道理，蔣《序》於此經典的常話也應該不至於引喻失義。又與其前稱「前代嘗以」云云相聯繫，實不便以他所謂「予謂誦其詩」云云僅是針對明成化、弘治稍前一時期人說的，而應理解爲原據孟子「尚友」的本義，把羅氏《演義》作爲「前代」即元朝人之作看待而言。

　　另外，蔣《序》雖標榜孟子知人論世，但對「東原羅貫中」除贊論其所作《演義》之外，於其生平事蹟，絕無提及。個中原因除上述可能的政治上

〔註7〕〔清〕李百川《綠野仙蹤》，李國慶點校，中華書局 2001 年版。
〔註8〕《中國古代小說總目（白話卷）》，第 224 頁。
〔註9〕《中國古代小說總目（白話卷）》，第 265 頁。
〔註10〕陳美林《吳敬梓評傳》，南京大學出版社 1990 年版，第 529 頁。
〔註11〕〔宋〕朱熹《四書章句集注》，中華書局 1983 年版，第 324 頁。

的避諱之外，另有可能就是他對羅氏除有《演義》之外別無所知。這兩種情況同樣也與其稱「前代嘗以」云云的口吻相合，表明羅貫中之世正是去蔣氏已遠的「前代」即元朝。

二、《演義》原本有《書例》

蔣《序》論《演義》又云：

> 讀《書例》曰：若讀到古人忠處，便思自己忠與不忠；孝處，便思自己孝與不孝。至於善惡可否，皆當如此，方是有益。若只讀過，而不身體力行，又未爲讀書也。

上引文中「書例」，向來標點者多不加書名號，遂使此一段文字僅被視爲蔣氏尋常道德說教議論。其實不然。按「書例」一詞，一指書中文詞之用例，與上引無關，可以不論；二指著作發凡起例之體例說明，多稱作「凡例」。在「凡例」即體例的意義上，用法較早見於《後漢書‧天文志上》韋昭注曰：「述雖以白承黃，而此遂號爲白帝，於文繁長，書例未通。」又清王士禎《池北偶談》卷十二《談藝二‧唐才子傳》云：「按《全唐詩話》《唐詩紀事》二書例，皆以詩繫人。」等等，皆指著作之體例。後世明清小說載有《凡例》者，今見亦有數種，如《隋煬帝豔史》《魏忠賢小說斥奸書》、毛本《三國演義》《萬國演義》《石頭記》《野叟曝言》等，皆章回說部，載之卷首，爲作者所自撰。上引「讀《書例》」所云《書例》，即此類章回小說之《凡例》無疑，而「若讀到古人忠處」云云即《書例》中語。這對於上窺《演義》舊本乃至原本面貌可有以下幫助：

第一，《書例》爲一書作始並通部遵循之體例，除作者之外，應無他人所爲的可能。由此可以認爲，羅貫中創作《演義》曾擬有《書例》，並置之卷首。這一點也與作者題署有作「後學羅貫本貫中編次」的口吻相互印證，表明包括《書例》在內皆作者所自爲，茲不具論。而明弘治甲寅蔣序本《演義》雖然也未必是原本，卻是有原本之《書例》的，所以更接近於原本；

第二，蔣氏所引「《書例》曰」云云即羅氏《演義》之《書例》僅存的佚文，對於我們理解《演義》教忠教孝的創作意圖是重要參考；

第三，嘉靖壬午本等《演義》存世諸明刊本均無此《書例》，表明《書例》在蔣序弘治甲寅本之後，或自嘉靖壬午本始就被刊落了；

第四，《書例》雖非正傳，但對於理解本書有絕大關係，一般後來翻刻者

不會不予以保留。因此，從《書例》之被刊落可以推測，自己佚蔣序弘治甲寅本之後，也許就是今存嘉靖壬午本刊落《書例》時，《演義》一定是經過了較大的改動，內容與形式上已經與蔣序本所有羅氏原本《書例》所敘有了較大不同，留之於刊本流傳無益，只好把《書例》刪掉了。倘非如此，我們還想不出另外什麼可以導致把羅氏原本當篇幅不大的《書例》也刪掉了的理由。這一推斷與嘉靖本中提到「舊本」所傳達的信息也是一致的。

三、《演義》原本正名及蔣序本敘事起始與今本有異

蔣《序》又曰：

> 若東原羅貫中，以平陽陳壽傳，考諸國史，自漢靈帝中平元年，終於晉太康元年之事，留心損益，目之曰《三國志通俗演義》。

這段話包含的信息甚多，如「東原羅貫中」等久已成訟茲不具論，而僅指出兩點：

一是羅氏原本正名即《三國志通俗演義》。這並非由於蔣氏如此稱名此書是今知最早的，又有版本為證；而是由於如上蔣氏既說「書成，士君子之好事者，爭相謄錄，以便觀覽」，可知其所見此書當時抄本甚多，又說「若東原羅貫中……目之曰《三國志通俗演義》」，就分明是斷定《三國志通俗演義》為羅貫中所自題，乃其原作的本名。證以明沈國元《皇明從信錄》卷三十曰「嘉靖十年間……武定侯郭勳欲進其立功之祖英於太廟，乃仿《三國志俗說》及《水滸傳》為《國朝英烈記》」〔註 12〕的記載中已稱「《三國志俗說》」，上述關於羅氏原本正名《三國志通俗演義》的推斷也是可以相信的。而後世稱《三國志演義》《三國演義》或綴以「全傳」「志傳」之類的書名，皆書商或評點家隨意改稱，不足為顧名思義研究羅貫中原本的根據。

二是蔣序本《演義》敘事「自漢靈帝中平元年」即公元 184 年起，與今本有異。今存明刊本以嘉靖壬午刊本為代表，均不始於「漢靈帝中平元年」，而始於「後漢桓帝崩，靈帝即位」，即建寧元年（168）。以下敘事提及的年號有建寧二年、四年，「改年熹平」即熹平元年，「熹平五年，改為光和」即光和元年，然後接敘才是「卻說中平元年甲子歲，鉅鹿有一人，姓張，名角」云云。可知「卻說中平元年」句及其以下才是蔣序弘治甲寅本《演義》的開篇。這就是說，今本「卻說中平元年甲子歲」云云以前千餘文字實非蔣序本

〔註12〕《三國演義資料彙編》，第 646 頁。

所有，而是蔣序本《演義》以後，也許就是嘉靖壬午刊本新增的。

　　蔣序本《演義》以後，也許就是嘉靖壬午刊本新增此一節文字的目的，應該就是後來毛宗崗評改本所增書中議論云「推其致亂之由，殆始於桓、靈二帝」，又夾批云：「《出師表》曰：『歎息痛恨於桓、靈。』故從桓、靈説起。桓、靈不用十常侍，則東漢可以不爲三國。劉禪不用黃皓，則蜀漢可以不爲晉國。此一部大書前後照應處。」雖然毛本對嘉靖本等的開篇又有了新的改動，但仍承其「從桓、靈説起」，還是明人改蔣序本進而可能是改羅氏原本的傳統，只是他更加強調了這一改動的意義。這雖然只是《演義》版本流傳史上的一個細節，但它在今見版本中出現最早，又在開篇居首顯要的地位，應該值得特別關注。

　　本文以上就蔣《序》考據價值的淺見也許無多可取，所涉某些問題上全面正確的結論也還應該參考其他多方面的情況才可以下最後的結論，但如上的考論卻可以證明，蔣《序》不僅在古代小説理論上爲重要文獻，而且在有關《演義》的考證上也有不少值得深入探討的內容，應當予以重視。推而廣之，在此類學者所熟悉的資料的應用上，有的也還有進一步開發的餘地。

（原載《河南教育學院學報》2013 年第 1 期）

第三編　《三國演義》的思想與藝術

《三國志平話》敘事例議——兼與《三國志》《三國演義》之比較

　　從《三國志》到《三國志演義》，《三國志平話》〔註1〕是重要的過度。對於前者，《三國志平話》（以下或簡稱《平話》）是空前的文學創造；對於後者，《平話》是除《三國志》以外最重要的參考資料，其價值不可小覷。但比較前後二者，《三國志平話》在普通讀者與文學研究者中所受到的關注度要低得多。這固然可以理解，但因此造成對此書內容特點一定程度的忽視，卻是可惜的事。事實上，每一部能夠長期流傳的書總有它不可替代的價值，《三國志平話》即使不從其承前啓後看，自身內容也多特異之處，值得注意，舉例討論如下。

一、關羽被詆「胡漢」

　　《平話》卷中：

　　　　文醜引軍前行，與曹軍對陣。文醜叫曰：「胡漢出馬！」關公不打話，便取文醜。〔註2〕

又：

　　　　張飛邀先主正廳坐，飲宴。張飛問：「二哥哥在於何處？」先主具說關公扶佐曹操，官封壽亭侯；殺袁紹兩員將，「險送我性命，亦

〔註 1〕 〔宋〕《三國志平話》，丁錫根點校《宋元平話集》，上海古籍出版社 1990 年版。它的另一個版本題《三分事略》，這裡概以《三國志平話》稱之。

〔註 2〕 《三國志平話》，第 799 頁。

無桃園之恩。」張飛聽畢，大怒：「叵耐胡漢！爾言不求同日生，只願同日死。爾今受曹操富貴！我若見你，定無干休！」……且休說先主在古城，卻說關公至古城相近，使人報與張飛。張飛聽的，大叫：「叵耐胡漢，爾今有何面目！」急令備馬披掛，並先主眾人出。〔註3〕

張飛是「涿郡范陽人」〔註4〕，涿郡即今河北涿州；關羽是「河東解州人」，即今山西運城鹽湖區的解州鎮。由上引張飛罵關羽「胡漢」可知，《平話》成書的宋元時代，中原燕趙人尚貶稱河東山西人爲「胡漢」。

又，《平話》卷下：

諸葛又使公子劉封交戰韓國忠。國忠敗，劉封赴一高阪，四面皆水。韓國忠乘船而去。劉封欲出，前面一將攔住，身長一丈，環眼鬍長，使柄大刀，馬上高叫言道：「此計捉關、張二將，劉封成何以堪！」軍聽得，再問眾官。張飛又與韓國忠對陣。「胡漢又出馬！」張飛交馬，約鬥十合，不分勝敗。前後三日，令人告軍師引上來。

張飛接軍師入寨，正與軍師言：「倘得此人，愁甚漢天下不立！」……

後說龐統，當夜請名將，關西扶風人也，姓魏名延，字文長；與龐統坐，具說漢室來軍，都上霸氣，韓國忠不仁，事有決無斷。又說玄德仁德之人也，不聞高鳥相林而棲，賢臣擇主而佐。至來日，兩軍對陣，魏延斬了韓國忠於馬下。龐統收了武陵郡，投了諸葛，引軍正西到金陵郡。〔註5〕

魏延，「關西扶風人」。關西扶風即今陝西省寶雞市扶風縣。由此可見，三國或晚至《平話》成書的宋元時代，河北人稱陝西西部人爲「胡漢」。

胡漢，較早見於《後漢書·王昌傳》載更始元年劉子輿檄州郡文有曰：

王莽竊位，獲罪於天，天命祐漢，故使東郡太守翟義、嚴鄉侯劉信擁兵征討，出入胡漢。

這裡的「胡漢」是指胡人與漢人居住之地。又《後漢書·劉虞傳》：

〔註3〕《三國志平話》，第803頁。
〔註4〕《宋元平話集》，第756頁。
〔註5〕《宋元平話集》，第840～841頁。

劉虞從事漁陽鮮于輔等，合率州兵，欲共報瓚。輔以燕國閻柔
素有恩信，推爲烏桓司馬。柔招誘胡漢數萬人，與瓚所置漁陽太守
鄒丹戰於潞北，斬丹等四千餘級。

這裡的「胡漢」是指胡人與漢人。《平話》稱「胡漢」，當自《後漢書》來，而作爲對個人的稱謂，意思當與《後漢書》「胡漢」指地域或民族相聯繫，或詈其爲「胡」與「漢」的「雜種」，或直貶其爲「胡」之健男。而無論如何，都有非我族類的貶低與排斥之意。

《平話》寫張飛早結關羽爲義兄，後又與魏延同事劉備，可知其與他內心不無芥蒂的「胡漢」，並無不可逾越的隔閡。特別是關羽自三國以後逐漸神聖化，至於有帝王、聖人之稱，哪裏還會受到「非我族類」的排斥？但是，此一稱謂仍出現於《平話》中，卻透露了歷史上民族融合曾是一個長期複雜的過程，乃至宋元時代，因爲中原對西部地域歧視的殘存，當時已先後被尊爲「壯繆義勇武安英濟王」和「顯靈義勇武安英濟王」的關羽，也還不免有被指稱爲「胡漢」的一說流行於世。但至明嘉靖本《三國志通俗演義》及以後諸本，關羽被詆「胡漢」一說就被刪除了。

二、貂蟬爲呂布之妻

《三國演義》據史演義，人物事件大都有徵。包括大名鼎鼎的美女貂蟬，雖然基本上也是虛構的，但《三國志·魏書·呂布傳》也曾有「卓常使布守中閣，布與卓侍婢私通，恐事發覺，心不自安」的記載，該侍婢即疑似貂蟬的原型；又據梁章鉅《浪跡續談》六載：黃右原說「《開元占經》卷三十三熒惑犯須女占，注云，《漢書通志》：『曹操未得志，先誘董卓進刁蟬以惑其君。』」但查《開元占經》卷三十三無此注，而《漢書通志》不存，從而歷史上「刁蟬」之有無仍當存疑。

呂布與貂蟬故事至《三國演義》中形成定本，其敷衍虛構的基礎主要是《三國志平話》和元雜劇。

《三國演義》第八回《王司徒巧使連環計，董太師大鬧鳳儀亭》，寫貂蟬乃司徒王允府中歌伎，「自幼選入府中，教以歌舞，年方二八，色伎俱佳，允以親女待之」。爲了除掉董卓，王允以貂蟬先許呂布爲妻，後又使董卓見而納之，貂蟬施計於董、呂之間，遂致呂布爲奪取貂蟬殺了董卓，即所謂「連環計」。回前毛宗崗評曰：

連環計之妙，不在專殺董卓也。設使董卓擲戟之時，刺中呂布，則卓自損其一臂，而卓可圖矣。此皆在王允算中，亦未始不在貂蟬算中。王允豈獨愛呂布，貂蟬亦豈獨愛呂布哉！吾嘗謂「西子真心歸范蠡，貂蟬假意對溫侯」，蓋貂蟬心中只有一王允爾。〔註6〕

這就是說依《三國演義》所寫，貂蟬「自幼」即在王允府中，與呂布本無瓜葛，更無感情，純粹為王允相待之厚而出施連環計，為感恩圖報之完全的義舉。從而不僅貂蟬形象更為高大，而且主使其行計的王允形象也相得益彰。但這對《三國志平話》和元雜劇所寫早期三國故事中貂蟬的形象，卻是一個很大的幾乎根本性的改變。

按《平話》寫貂蟬身世與《演義》迥異而更詳。其略曰：

王允歸宅下馬，信步到後花園內，小庭悶坐。獨言獻帝懦弱，董卓弄權，天下危矣。忽見一婦人燒香，自言不得歸鄉，故家長不能見面。焚香再拜。王允自言，吾憂國事，此婦人因甚禱祝？王允不免出庭問曰：「你為甚燒香？對我實說。」唬得貂蟬連忙跪下，不敢抵諱，實訴其由：「賤妾本姓任，小字貂蟬，家長是呂布，自臨洮府相失，至今不曾見面，因此燒香。」丞相大喜：「安漢天下，此婦人也！」丞相歸堂，叫貂蟬：「吾看你如親女一般看待。」即將金珠段疋與貂蟬，謝而去之。

後數日，丞相請太師董卓筵會。至天晚，太師帶酒，見燈燭熒煌。王允令數十個美色婦人，內簇貂蟬，鬢插碧玉短金釵，身穿縷金絳綃衣，那堪傾國傾城！董卓大驚，覷移時，自言：「吾室亦無此婦人！」王允教謳唱，太師大喜。王允曰：「關西臨洮人也，姓任，小字貂蟬。」太師深顧戀，丞相許之。宴罷，太師亦起。

至來日天曉，宰相自思：我食君祿為相，今定計再安漢室。如我不成，我死者，圖名也。即便請呂布赴會，筵宴至晚，丞相又使貂蟬上筵謳曲。呂布視之，自思：昔日丁建陽臨洮作亂，吾妻貂蟬不知所在。今日在此！王允把盞言曰：「溫侯面帶憂容，不知何意？」呂布欠伸具說。丞相大喜：「漢家天下有主也！」丞相再言：「不知是溫侯之妻，天下喜事，不如夫妻團圓。」又言：「老漢亦親女看待。

〔註6〕陳曦鍾、宋祥瑞、魯玉川《三國演義會評本》，北京大學出版社1986版。以下引《三國演義》正文或評點語無特別說明，均出此本，不另出注。

選吉日良時，送貂蟬於太師府去，與溫侯完聚。」呂布大喜，天晚告歸。〔註7〕

後又寫貂蟬與呂布破鏡重圓，呂布沉溺私情，夫妻困守下邳城中：

貂蟬哭而告曰：「奉先不記丁建陽臨洮造反，馬騰軍來，咱家兩口兒失散，前後三年不能相見。爲殺了董卓，無所可歸。走於關東，徐州失離。曹操兵困下邳，倘分軍兩路，兵力來續，若又失散，何日再睹其面？」貂蟬又言：「生則同居，死則同穴，至死不分離。」呂布甚喜：「此言是也。」溫侯每日與貂蟬作樂。〔註8〕

又，元無名氏《錦雲堂暗定連環計雜劇》（簡稱《連環計》）〔註9〕第二折寫貂蟬出場，來至後花園道白云：

妾身貂蟬是也。自從與呂布失散，不想流落於此，幸遇司徒老爺看待如親女一般。

又燒香時自道：

妾身貂蟬，本呂布之妻，自從臨洮府與夫主失散，妾身流落司徒府中，幸得老爺將我如親女相待。爭奈夫主呂布，不知下落。我如今在後花園中燒一炷夜香，對天禱告，願俺夫妻每早早的完聚咱。柳影花陰月半空，獸爐香嫋散清風。心間多少傷情事，盡在深深兩拜中。

後又寫被王允發現並逼問，貂蟬答曰：

……您孩兒不是這裡人，是忻州木耳村人氏，任昂之女，小字紅昌。因漢靈帝刷選宮女，將您孩兒取入宮中，掌貂蟬冠來。因此喚做貂蟬。靈帝將您孩兒賜與丁建陽，當日呂布爲丁建陽養子，丁建陽卻將您孩兒配與呂布爲妻。後來黃巾賊作亂，俺夫妻二人陣上失散，不知呂布去向。您孩兒幸得落在老爺府中，如親女一般看待，眞個重生再養之恩，無能圖報。昨日與奶奶在看街樓上，見一行步從擺著頭踏過來，那赤兔馬上可正是呂布。您孩兒因此上燒香禱告，要得夫婦團圓，不期被老爺聽見，罪當萬死。

貂蟬自敘出身情由，後又由呂布對王允復述一番。總之，綜合《三國志平話》和《連環計》所敘可知，貂蟬姓任，忻州木耳村人氏，任昂之女，小字紅昌。

〔註7〕 《宋元平話集》，第 776～777 頁。
〔註8〕 《宋元平話集》，第 784～785 頁。
〔註9〕 〔明〕臧晉叔《元曲選》（第四冊），中華書局 1989 年版。

靈帝時選爲宮女掌貂蟬冠，故名貂蟬。後被靈帝賜於丁建陽，丁建陽將之配於養子呂布爲妻。遭黃巾之亂，貂蟬與呂布於陝西臨洮失散，王允府中相見時，二人已闊別三年。所以依《平話》與雜劇所寫，呂布雖貴爲將軍，與貂蟬卻是一對落難夫妻。即使有幸貂蟬流落司徒王允府中，被待如親女，未至於「亂離人不如太平犬」，但貂蟬託身相府，仍不忘與呂布夫妻情深，而呂布也一直盼與貂蟬夫妻團聚。劇中甚至寫了貂蟬之心得到丫環梅香的同情，梅香云：

> 我替姐姐再燒一炷香。天那，俺曾聽的有人說來，道是「人中呂布，女中貂蟬」。不枉了一對兒好夫妻。若能得早早成雙，可也拖帶梅香咱。

但是，王允因爲一心謀國，顧不得對貂蟬應有的同情，徑直想到「兀的不是連環計，卻在這妮子身上？」所以，同是寫「連環計」，《平話》與雜劇中王允是把本應該一對「好夫妻」破鏡重圓的喜事，導演成了一場愛情與陰謀的殺戮。這從政治上看，結果值得稱道。但在倫理上，王允既待貂蟬如「親女」，又明明知道而且答應了呂布夫妻重圓，卻又瞞著呂布和貂蟬，把貂蟬送給董卓玩弄，以此促成呂布殺死董卓，豈非乘人之危，欺侮傷害了這一對「好夫妻」，而爲達目的不擇手段了嗎？同時，這樣做的結果，不僅呂布爲妻殺董非爲「好色」，值得同情，而且董之誤犯呂妻被殺，很大程度上是中了王允的陰招，有些如今所說被「釣魚執法」的嫌疑，也不僅是由於「好色」了。

這個效果大約是羅貫中所不願意看到的，從而他寫《三國演義》，捨棄了《平話》與雜劇中貂蟬與呂布本爲夫妻的安排，甚至連貂蟬忻州人姓任的身世也不提了，而直奔主題，寫貂蟬與呂布、董卓先後都是王允家宴上第一次相識，呂、董皆因「好色」而如飛蛾投火入了王允圈套，後來貂蟬也只是做了呂布的妾。如此下來，才成一眞正純粹的「連環計」和「美人計」。可知羅貫中藝術的手段也比前代《平話》與雜劇的作者高出了許多。

三、「風輪」與「木牛流馬」

《三國志平話》已有涉及諸葛亮軍事發明的描寫，主要有二：一是後來《三國演義》沒有採用的「風輪」。卷下《諸葛七擒孟獲》曰：

> 建興二年，是六月半，大雪降中間，軍到焦紅江，深闊無計可過。軍師令人造風輪，隨風而過，正落在住處蒲關。蠻王曰：「諸葛

非人也，乃天神也！」邀軍師入蒲關，管待數日，獻十車金珠，折

箭爲誓，世不反漢。〔註10〕

「風輪」不見《三國志》等史書記載，或本傳說，或係虛構，但無論如何，這是古代小說寫軍事上應用人造飛行器作戰的第一例。

《平話》沒有對風輪構造的具體描寫，所以我們無法作進一步的想像與判斷。但顧名思義，風輪應是借助於風力飛行的輪狀機械。其飛行的距離是渡越焦紅江落在孟獲的住處蒲關，作用就如現代的滑翔機或飛機了。但其所以能夠借助於風力飛行，應該是其「輪」的作用。一般說輪子的運作主要是旋轉，以輪之旋轉借風力而行，是否就是利用了渦輪的原理？如果是這樣，那就是一個關於「風力渦輪機」的偉大猜想了。《百度百科》有「風力渦輪機」條目說：

據美國當地媒體報導，總部位於馬薩諸塞州威爾布拉漢的航空
航天公司 FloDesign 所成立的新創公司 FloDesignWindTurbine 已經
研發了一種風力渦輪機，其發電時的成本僅爲常規渦輪機的一半。

並配置圖片如下：

〔註11〕

我們知道，近世科學進步，大量民用和軍事發明的靈感往往就來自於小說。如果我們古今的發明家能夠較早注意到《平話》關於「風輪」的想像，也許會在自己的事業上得到一些幫助。可惜我國古今應試教育出來的科學家們，大都不讀《平話》之類「閒書」，所以難得人文藝術之助，是至今中國科學的一個遺憾。

這裡需要聲明的是，筆者完全不通風能與渦輪的原理，以上有關「風輪」

〔註10〕《宋元平話集》，第868頁。
〔註11〕http://baike.baidu.com/view/5563864.htm

的顧名思義，結果很可能只是望文生義，所以特別盼讀者給予批評指正。

還要說明的是，如上《平話》所寫「風輪」，後來羅貫中《三國志通俗演義》或以為荒誕不經，沒有採入，是可以理解的。但是，在今天看來，卻是古代講史小說家富於科學發明意識的一個文學創造。

其二是「木牛流馬」，後來《三國演義》也寫了。但二者除有詳略的不同之外，最重要區別是在控制上。《平話》寫木牛流馬的控制，是用木杵擊打，「打一杵可行三百步」。但司馬懿令人搶得，「依法造數百餘隻，令人提木杵打一下，可行數步」，所以不能實用；《三國演義》第一百二回《司馬懿占北原渭橋，諸葛亮造木牛流馬》寫木牛流馬的控制則是如諸葛亮所教，「將木牛流馬口內舌頭扭轉，牛馬就不能行動……再將牛馬舌扭過來，長驅大行」。也是寫司馬懿派兵奪了，但不懂扭轉舌頭的用法，所以還是因此吃了敗仗。

《平話》與《三國演義》寫木牛流馬的用法雖異，但用法的本質是今所謂「核心技術」的道理卻同。而且同樣的道理是，諸葛亮是發明家，而司馬懿是仿製家；在未能掌握核心技術的情況下，仿製必不能完全成功。換言之，仿製的關鍵在核心技術。在核心技術不被破譯掌握的情況下，發明家始終處於主動的地位。由此可見創新才能主動，而核心技術是產品從商場到戰場致勝的關鍵。由《平話》寫木牛流馬根據於《三國志》，而由其開創並至《三國演義》得到大力精彩描繪的「諸葛亮造木牛流馬」故事所蘊含和形象體現的「核心技術」觀念，值得治中國古代科技思想史學者的注意。

四、三個「空城計」

《三國演義》寫「空城計」，本《三國志‧蜀書‧諸葛亮傳》引《郭沖三事》：

> 亮屯於陽平，遣魏延諸軍並兵東下，亮惟留萬人守城。晉宣帝率二十萬眾拒亮，而與延軍錯道，徑至前，當亮六十里所，偵候白宣帝說亮在城中兵少力弱。亮亦知宣帝垂至，已與相逼，欲前赴延軍，相去又遠，回跡反追，勢不相及，將士失色，莫知其計。亮意氣自若，敕軍中皆臥旗息鼓，不得妄出庵慢，又令大開四城門，掃地卻灑。宣帝常謂亮持重，而猥見勢弱，疑其有伏兵，於是引軍北趣山。明日食時，亮謂參佐拊手大笑曰：「司馬懿必謂吾怯，將有強伏，循山走矣。」候邏還白，如亮所言。宣帝後知，深以為恨。

羅貫中據此敷衍爲《三國志通俗演義》卷之十九「孔明智退司馬懿」故事，即後世毛本《三國演義》第九十五回「武侯彈琴退仲達」。不同的是上引《郭沖三事》寫諸葛亮「空城計」是在「陽平關」，羅、毛兩本均改寫爲「西城」。後世由於《三國演義》的盛行，「空城計」故事膾炙人口，流傳的就是「失街亭」後西城「空城計」的版本。接下就是「斬馬謖」，京劇等傳統劇種有名的三國折子戲「失、空、斬」就都是據《三國演義》編演的。

但三國故事中行「空城計」者不僅諸葛亮一人，趙雲也曾用之。《三國志·蜀書·趙雲傳》引《（趙）雲別傳》曰：

> 曹公爭漢中地，運米北山下，數千萬囊。黃忠以爲可取，雲兵隨忠取米。忠過期不還，雲將數十騎輕行出圍，迎視忠等。値曹公揚兵大出，雲爲公前鋒所擊，方戰，其大眾至，勢逼，遂前突其陣，且鬥且卻……公軍追至圍，此時沔陽長張翼在雲圍內，翼欲閉門拒守，而雲入營，更大開門，偃旗息鼓。公軍疑雲有伏兵，引去。雲雷鼓震天，惟以戎弩於後射公軍，公軍驚駭，自相蹂踐，墮漢水中死者甚多。先主明旦自來至雲營圍視咋戰處，曰：「子龍一身都爲膽也。」作樂飲宴至暝，軍中號雲爲虎威將軍。」

這個故事在羅貫中《三國志通俗演義》卷之十五「趙子龍漢水大戰」也曾寫及：

> 曹操見子龍東衝西突，所到之處，無敢迎敵，救了黃忠、張著，奮然恨怒，自招呼左右將士，來趕子龍。子龍已殺回本寨。部將張翼接著，望見後面塵起，知是曹兵追來，即與子龍曰：「追兵漸近，可令軍閉上寨門，上敵樓防護。」子龍喝令：「休閉寨門！汝豈不知吾昔日當陽長阪，單槍匹馬，殺曹兵八十三萬，如覷草芥！吾今有軍有將，何以懼哉！」遂撥弓弩手於寨外壕中埋伏，將營內旗槍盡皆倒偃，金鼓不鳴。子龍匹馬單槍，立於營門之外。
>
> 卻說張郃、徐晃領兵追至蜀寨，天色黃昏，見寨中偃旗息鼓，又見趙雲匹馬單槍，立於營外，寨門大開。二將不敢前進。正疑之間，忽魏王到，見軍不動，急教催督向前。眾軍聽令，大喊一聲，殺奔營前，見子龍全然不動，曹兵翻身就回。子龍把槍一招，壕中弓弩齊發。比時天色昏黑，又不知蜀兵多少，操先撥回馬走。只聽得後面喊聲大震，鼓角齊鳴，蜀兵趕來。曹兵自相踐踏，擁到漢水河邊，落水死者

不知其數。子龍、黃忠、張著各引兵一枝，追殺甚急。〔註12〕

毛本《三國演義》第七十一回「據漢水趙雲寡勝眾」情節基本同此而描寫加詳，但都是只寫了趙雲作戰英勇，劉備讚歎等，即使《（趙）雲別傳》中的「雲入營，更大開門，偃旗息鼓」情形，也只是從敵方眼中看出，而正面寫是趙雲的布署。可知雖然準確說趙雲所行是「空營計」，但因與「空城計」相去無幾，羅貫中顯然是爲了避與諸葛亮「空城計」相犯，在此節故事中模糊了趙雲使用疑兵的成份，而劉備僅僅稱讚「子龍一身都爲膽也」，也容易使人忽略趙雲臨陣用計的一面。儘管如此，毛宗崗還是看出了趙雲有「膽」之外更有「智」的一面，評曰：

> 子龍以一身當數十萬猝至之眾，若閉寨而守則必死，即棄寨而走亦必死，乃不棄寨亦不閉寨，而掩旗息鼓立馬在外，以疑兵勝之，非獨膽包身，直是智包身耳。若但雲膽而已，則大膽姜維何以屢敗於鄧艾耶？

其實，三國故事中還有一則「空城計」在《三國志平話》中，因此書流傳不廣，而《三國演義》又未曾採入，故不多爲人所知，即《平話》卷下：

> 後說曹操令人體探，前至紫烏城。曹操曰：「紫烏城，西川拒險之地。」曹公引軍至關，望見百姓尚作營生。又見軍人街市作戲。曹公曰：「咱鬥急之。」張遼告曰：「此諸葛計也。你見紫烏城百姓帶酒與軍人作樂，名曰偃旗息鼓。倘入城中，不能出。」東北而走，後有軍趕，有名將魏延殺曹軍大敗。左有劉封，右有趙雲，趕到來日天曉，張飛攔住殺一陣，至陽平關，軍師復奪了，又引黃忠殺一陣。〔註13〕

這一則「空城計」故事，雖然也是寫諸葛亮所爲，但地點在西川的紫烏城，敵方領兵的不是司馬懿而是曹操，引導或促成曹操中計的卻是著名的魏將張遼。此事也爲《三國演義》所棄，至今已近乎湮沒無聞。

總之，「空城計」故事在三國文獻中至少有《郭沖三事》《（趙）雲別傳》與《三國志平話》所載三事。羅貫中《演義》的創作，於三事中精心去取，妙筆點化，才使諸葛亮「空城計」故事被強調地突出起來，遂至後世人但知諸葛亮「空城計」膾炙人口，而不知其他，是需要加以說明的。

〔註12〕〔元〕羅貫中《三國志通俗演義》，汪原放標點，上海古籍出版社 1980 年版，第 688 頁。

〔註13〕《宋元平話集》，第 856 頁。

五、「疏不間親」

「疏不間親」早見於《三國志‧蜀書‧劉封傳》載孟達與劉封書曰：云：

> 古人有言：「疏不間親，新不加舊。」此謂上明下直，讒慝不行也。

這裡以「疏不間親」與「新不加舊」並提，意思是說關係疏遠的人，不要在關係親密的人之間搬弄是非；新結交的朋友，不要凌駕於對方故舊之上。這樣就可以使讒言奸計不能得逞。《三國演義》不止一次地寫到了這方面歷史的經驗教訓，特別是有關「疏不間親」的描寫給人以深刻印象。

《演義》寫堅持並靈活運用這一原則而收致良效的是劉備與諸葛亮。第三十九回《荊州城公子三求計 博望坡軍師初用兵》，寫劉備正與諸葛亮議事：

> 正商論間，忽報公子劉琦來見。玄德接入。琦泣拜曰：「繼母不能兼容，性命只在旦夕，望叔父憐而救之。」玄德曰：「此賢侄家事耳，奈何問我？」孔明微笑。玄德求計於孔明，孔明曰：「此家事，亮不敢與聞。」少時，玄德送琦出，附耳低言曰：「來日我使孔明回拜賢侄，可如此如此，彼定有妙計相告。」琦謝而去。

這裡寫劉備、諸葛亮各自推託不與劉琦出主意的理由，都因為是劉琦「家事」，外人不便干預。但劉備畢竟同情劉琦，也未必不有為自己將來打算的目的，所以授計劉琦仍去求諸葛亮設法：

> 次日，玄德只推腹痛，乃浼孔明代往回拜劉琦。孔明允諾，來至公子宅前，下馬入見公子。公子邀入後堂。茶罷，琦曰：「琦不見容於繼母，幸先生一言相救。」孔明曰：「亮客寄於此，豈敢與人骨肉之事？倘有漏泄，為害不淺。」說罷，起身告辭。琦曰：「既承光顧，安敢漫別？」乃挽留孔明入密室共飲。飲酒之間，琦又曰：「繼母不見容，乞先生一言救我。」孔明曰：「此非亮所敢謀也。」言訖，又欲辭去。琦曰：「先生不言則已，何便欲去？」孔明乃復坐。琦曰：「琦有一古書，請先生一觀。」乃引孔明登一小樓。孔明曰：「書在何處？」琦泣拜曰：「繼母不見容，琦命在旦夕，先生忍無一言相救乎？」孔明作色而起，便欲下樓，只見樓梯已撤去。琦告曰：「琦欲求教良策，先生恐有泄漏，不肯出言。今日上不至天，下不至地，出君之口，入琦之耳，可以賜教矣。」孔明曰：「疏不間親，亮何能為公子謀？」琦曰：「先生終不幸教琦乎！琦命固不保矣，請即死於先生之前。」乃掣劍欲自刎。孔明止之曰：「已有良策。」琦拜曰：

　　「願即賜教。」孔明曰：「公子豈不聞申生、重耳之事乎？申生在內
　　而亡，重耳在外而安。今黃祖新亡，江夏乏人守禦，公子何不上言，
　　乞屯兵守江夏，則可以避禍矣。」琦再拜謝教，乃命人取梯送孔明
　　下樓。孔明辭別，回見玄德，具言其事。玄德大喜。

這就是《演義》中著名的「荊州城公子三求計」。雖然諸葛亮最後並沒有眞正
做到「疏不間親」，但其所以難至「三求」才說，就是諸葛亮深知處人骨肉之
間，須萬不得已，絕不可置喙，因以「疏不間親」當面拒絕。直至諸葛亮被
劉琦誘上小樓，又以死相逼，無路可退，且相信沒有他人可以知道，諸葛亮
也就只好順水推舟爲之出了「走爲上策」之計。劉琦從之，求得出守江夏，
逃離虎口，暫得平安，而劉備也爲自己後來預留了一棲身之地。故毛宗崗本
回前評曰：

　　謀人國不可輕，故三顧始出；謀人家亦不可輕，故三請後言。
　　謀國事不可不密，故屏人促坐；謀家事尤不可不密，故登樓去梯。
　　劉琦方懼禍，孔明又懼其漏言之禍；孔明未授計，玄德先授以求計
　　之計。玄德、孔明其眞天下有心人也。

又曰：

　　劉琦復借江夏爲避患之地；乃孔明爲劉琦謀今日安身之所，而
　　早爲玄德謀兵敗借援之所：此亦爲後文伏線也。

雖然如此，但劉備、諸葛亮之「心」仍有不同，即劉備是假意不與劉琦家事，
而實欲救劉琦，說不定就已經有了謀一將來「借援之所」的遠慮，所以設計
使諸葛亮代之；諸葛亮是眞心不與劉琦家事，而爲劉備唆使劉琦以計賺「計」。
故毛宗崗於「只見樓梯已撤去」下夾批曰：「此玄德附耳低言之計也，妙在此
處寫出。」又於劉琦「乃掣劍欲自刎」下夾批曰：「此亦玄德附耳低言之計也，
妙在此處寫出。」

　　由此可知，劉備自言得諸葛亮出山相助「如魚得水」，不止是「水」能養
「魚」，而且是「魚」能用「水」。接下再看本回寫「博望燒屯」之初，張飛
曾對劉備說：「哥哥何不使『水』去？」劉備答曰以「智賴孔明，勇須二弟」。
可知「三求計」所得之「計」最後雖由諸葛亮出，但「三求計」之計，卻在
劉備處處依賴諸葛亮並善於「使『水』去」應對而來，而劉備、諸葛亮一爲
明君，一爲賢相的身份與性格，也由此判然而別。

　　又，我們從這裡還得到一個教訓，即《周易·繫辭上》引孔子曰：「亂之
所生也。則言語以爲階。君不密則失臣。臣不密則失身。幾事不密則害成。

是以君子慎密而不出也。」謀之成敗，除謀之本身的可行性之外，最重要是保守機密。劉琦「三求計」的關鍵，雖在引諸葛亮至小樓之上以死相逼求，把諸葛亮逼到了牆角不能不說，但畢竟也是到了「今日上不至天，下不至地，出君之口，入琦之耳」的地步，滿足了諸葛亮不得已而獻計的底線，所以「可以賜教矣」。

還有，在這個故事中，諸葛亮雖然不得已給劉琦出了主意，形式上干預了劉琦的「家事」，沒有堅持做到「疏不間親」。但諸葛亮之「間」只是緩和劉氏家庭的矛盾，而不是唆使劉氏家庭骨肉相殘，這就不失仁者忠厚之心，而諸葛亮之「計」，本質上也就不能說違背了「疏不間親」的原則，而可以說是對這一原則的靈活運用。諸葛亮之智與作者對這一人物形象的完美把握，就由此可以看得出來。

不懂或不顧這一原則而釀成慘痛教訓的是關羽。按《三國志平話》卷下已經寫及劉封為劉備義子，後劉備即位漢中王，思當立嗣：

> 問諸葛曰：「吾二子長劉封，次劉禪，誰可為西川之主？」諸葛令眾官之評議，託病數日不出。先主使人問軍師。軍師言曰：「在病不能動止，願大王遠赴荊州問關公。」
>
> 關公言曰：「劉封乃羅侯之子，劉禪乃嫡子。」文字回見先主。先主曰：「吾弟所言當也。」數日，劉封得葭萌關節度使，引佐貳官孟達。
>
> 又數日，漢中王文字立劉禪為西川主。劉封得知，言玄德不仁。
>
> 孟達曰：「此非皇叔之過。乃關公之罪。」劉封折箭而誓曰：「異日此仇必報！」〔註14〕

所以後來關羽失守荊州，「使人去赴西川求救。到葭萌關，被劉封、孟達納殺文字，前後一月，求救文字三番，皆被劉封納殺不申」〔註15〕。

這一情節被寫入《三國演義》，在第七十六回《徐公明大戰沔水，關雲長敗走麥城》：

> 劉封謂孟達曰：「叔父被困，如之奈何？」達曰：「東吳兵精將勇。且荊州九郡，俱已屬彼，止有麥城，乃彈丸之地。又聞曹操親督大軍四五十萬，屯於摩陂：量我等山城之眾，安能敵得兩家之強

〔註14〕《宋元平話集》，第859～860頁。
〔註15〕《宋元平話集》，第861頁。

兵？不可輕敵。」封曰：「吾亦知之。奈關公是吾叔父，安忍坐視而不救乎？」達笑曰：「將軍以關公爲叔，恐關公未必以將軍爲侄也。某聞漢中王初嗣將軍之時，關公即不悅。後漢中王登位之後，欲立後嗣，問於孔明，孔明曰：『此家事也，問關、張可矣，』漢中王遂遣人至荊州問關公。關公以將軍乃螟蛉之子，不可僭立，勸漢中王遠置將軍於上庸山城之地，以杜後患。此事人人知之，將軍豈反不知耶？何今日猶沾沾以叔侄之義，而欲冒險輕動乎？」封曰：「君言雖是，但以何詞卻之？」達曰：「但言山城初附，民心未定，不敢造次興兵，恐失所守。」封從其言。次日，請廖化至，言此山城初附之所，未能分兵相救。化大驚，以頭叩地曰：「若如此則關公休矣！」達曰：「我今即往，一杯之水，安能救一車薪之火乎？將軍速回，靜候蜀兵至可也。」化大慟告求，劉封、孟達皆拂袖而入。

關羽之敗，因此無救。救兵不出，雖然由於孟達所阻，但劉封銜恨於關羽才是其不願出手相救的關鍵。由此可見，孔明曰：「此家事也，問關、張可矣。」既是「疏不間親」，又是「新不加舊」。而關羽自以爲對劉備「親」過劉封是劉備之義子，於劉備有「一家人當說一家話」的心情，出了以上的主意，也還罷了；但劉備「遣人相問」，關羽即問即答，就嚴重忽略了「謀家事尤不可不密」的原則，以至於如孟達所說「此事人人知之」。以此釀成後患，豈非咎由自取！

由此可見，《三國演義》雖以寫政爭、戰爭見長，但二者一面都不過是放大了的人情世故，另一面無論何種大事都不能不由細節足成，所謂「細節決定成敗」，而所謂「細節」者，多不過是人情事故。所以，《三國演義》是一部政治小說、戰爭小說，也還可以視爲一部寫人情世故的小說。《紅樓夢》中說：「世事洞明皆學問，人情練達即文章。」《三國演義》作者洞明世事，練達文章，由此可見一斑。

綜合以上諸例考議，可見《三國志平話》不但作爲從《三國志》向《三國演義》的過度有承先啓後的重要價值，而且正是因其僅爲過度性文本之故，才沒有被後來居上的《三國演義》所完全代替，從而仍保有某些獨特的歷史或文學價值，不容忽略，值得今人關注與研究。

（原載《南都學壇》2013 年第 1 期）

論《三國演義》的文學性及其創作性質

一、評價《三國演義》文學性的標準

　　《三國演義》〔註1〕作爲中國古典文學名著的地位已無可動搖。但是，早在二十世紀初，王國維曾說過「《三國演義》無純文學之資格」〔註2〕，還較有分寸；稍後胡適說它「不是一個人做的，乃是自宋至清初五百多年的演義家共同的作品。這部書……只可算是一部很有勢力的通俗歷史講義，不能算是一部有文學價值的書」〔註3〕，就定位它不是羅貫中個人的創作同時不具文學性，從而過分貶低了它的價值。俱往矣，但其說猶存。甚至胡適這篇《三國演義考證》，至今還有某出版社冠於新版《三國演義》之首，以他的這一評價爲當今閱讀的嚮導，就不能不引起我們的注意。而且近幾十年來，讀書界廣泛認爲《三國演義》以故事性取勝，是「一部通俗的歷史教科書」；說到其文學價值，就往往舉其結構、人物、情節如此如彼之好，似乎這些就是它作爲名著的主要標誌。而對羅貫中的貢獻，即使偶有稱之爲「創作」的，整體上也往往含糊其辭，同時非常強調前代資料「充分的條件」〔註4〕，乃至近年

〔註1〕　〔元〕羅貫中《三國志通俗演義》，汪原放標點，上海古籍出版社1980年版。
〔註2〕　《文學小言》，轉引自《中國近代文論選》，人民文學出版社1959年版。
〔註3〕　胡適《三國演義考證》，《胡適論中國古典小說》，長江文藝出版社1987年版。
〔註4〕　如劉大杰《中國文學史》，一面說羅貫中「是有意的要爲民衆創作通俗文學」，「確是通俗文學的創作者，是我國小說界的開路先鋒」，一面在具體說明中稱「羅貫中改編《三國志通俗演義》」，是「將那些歷史知識，用演義體裁灌輸到民間去」（上海古籍出版社1982年新1版第1023頁）。游國恩等《中國文學史》則說：「從上述的記載和殘留的作品看，可知從晚唐到元

又有人否認羅貫中創作《三國演義》的事實。這說明上個世紀中葉以來，我國《三國演義》研究雖然有了這樣那樣的進展，但讀書界、學術界對其總體價值和成書性質的認識，比較上一個世紀前半期的情況有所進步，卻沒有根本的改變〔註5〕。

　　對《三國演義》總體價值和成書性質的上述程度不同的誤解來源於一個共同的事實，即它基於《三國志》等史書和數百年民間創作的資料而成書，並且嘉靖本《三國志通俗演義》本就署「晉平陽侯陳壽史傳」，「後學羅本貫中編次」，從而一部據古史等資料「編次」而成的小說，自然是多有歷史的價值而少有文學的成就；其文學的成就則又必然突出表現於歷史之人與事的生動講述。這誠然有一定的道理，卻不能是評價《三國演義》的出發點和方法。一方面，「編次」通常是古人因孔子尚且「述而不作」而不敢自居於「作者」的自謙的話；另一方面，《三國演義》是歷史小說，它本就要依據史實及相關資料，世界上沒有不根據於史實——史書等資料而可以被稱爲歷史小說的。單從《三國演義》有史書等資料的依據而否定其創作性質，不僅對這部書有失公正，而且等於對歷史題材小說的抹殺和誤導——那只有「戲說」一路了；而《三國演義》的文學性，固然爲其人與事之生動敘述即表現爲結構、人物、情節等因素的優劣所決定，但這些只構成故事，——故事是小說的基礎，但優秀小說應當有比故事更高一級的品質。因此，對《三國演義》研究，我們決無輕視、反對本事及其成書過程考據的意思，並且認爲有關的「累積成書說」有積極意義；但是對羅貫中《三國演義》的評價，卻不可因其根據於史書等資料和署爲「編次」而忽略了它作爲歷史小說的創造性，也不可只著眼其故事性從而實際是忽略或貶低了它文學的價值。我們應當如實把《三國演

末，在民間流行的三國故事，愈來愈豐富。爲《三國演義》的創作提供了充分條件」，「它集中並充實了宋元時期講史話本和戲曲中的精彩部分，把《三國志平話》的故事作了全部改寫……」（人民文學出版社 1963 年版第4 冊第 18～19 頁）。

〔註 5〕也有學者認識到並肯定《三國演義》的文學性和創作性質，如郭豫適寫於 1959年的《略論〈三國演義〉》一文曾指出：「在我看來，關鍵是在於認清這部書的性質。我們稱《三國演義》爲歷史小說，雖然『歷史』『小說』四字兼而有之，但其基本性質乃是文學創作而非歷史敘述。」（華東師範大學出版社 1985年 1 月第 1 版第 47～48 頁）趙齊平爲周兆新《三國演義考評》（北京大學出版社 1990 年版）所作序也說：「《三國演義》是文學作品，不是歷史著述，這是我們必須樹立的一個基本觀念。」但是，這些重要的看法並沒有得到學界的廣泛響應。

義》作爲歷史小說看，不僅以藝術的標準衡量其文學性，而且以藝術的標準看待它成書的性質。〔補説：其實，如果《三國演義》根據於前人的資料寫成而不能被稱之爲創作，那麼在史學的領域裏，一切歷史著作的形成就更不成其爲有創造性，或者至多是一本新寫成的書而已。這顯然也是不公平的。而實際上，不僅根據於資料的眞正的文學寫作是一種創作，而且優秀歷史著作的形成也是一種創作，正如當代西方後現代主義史學的代表人物海頓·懷特所認爲的：「把想像或眞實的事件糅合爲一個可以理解的整體，成爲表現的對象，這整個是一詩性的過程。」〔註6〕這關係到《三國演義》自身價值和地位的評價，進一步也關係到中國小説史發展歷程和分期的認識，應當認眞對待。〕

我們認爲，小説作爲藝術創作的標誌，根本不在於作品是否有所根據和它的故事性的強弱。雖然虛構是小説創作的本質特徵，但是，除近世科幻小説之外，世界上極少是完全無中生有的小説創作。而小説創作成就之大小也不在於它是否有所根據和根據之多少，而在於作者對所據素材、題材、本事的處理是否能有獨創性，即能否化腐朽爲神奇，鑄爲富於作家個性特徵和時代精神的新的藝術生命體，集中表現爲作品有無藝術的感染力和感染力的大小。俄羅斯著名文學家列夫·托爾斯太説：

> 藝術是這樣的一項人類活動：一個人用某種外在的標誌有意識地把自己體驗過的感情傳達給別人，而別人爲這些感情所感染，也體驗到這些感情。〔註7〕

> 不但感染性是藝術的一個肯定無疑的標誌，而且感染的程度也是衡量藝術價值的唯一標準。〔註8〕

我們認爲，這是關於藝術標準的最確當的説法。對小説而言，這種「外在標誌」不免就是這樣那樣的「故事」，但「故事」必須浸有作者獨特而眞實的情感；小説的情感和它感人的程度才是它作爲文學的內在根本的標誌。這是一切小説創作和批評眞正內行的和最後的標準，當然也適用於歷史小説。在不廢包括成書過程等各種考據的前提下或在其基礎上，參用這一標準評價

〔註6〕 張隆溪《歷史與虛構──文學理論的啓示與局限》，《文景》2005 年第 1 期。

〔註7〕 〔俄〕列夫·托爾斯太《什麼是藝術》，轉引自伍蠡甫等編《西方文論選》（下冊）上海譯文出版社 1979 年版，第 433 頁。

〔註8〕 〔俄〕列夫·托爾斯太《什麼是藝術》，轉引自伍蠡甫等編《西方文論選》（下冊）上海譯文出版社 1979 年版，第 439 頁。

歷史小說，與單純從本事之有無、虛實之多少、情節之眞幻等狹隘實證出發的評價相比，不止於有高下之分，而且有藝術與非藝術之別。雖然非藝術的研究也可以是有用甚至很大的學問，但作品「藝術價値」的衡量卻只能用這「唯一標準」。今試以這個標準也就是從作品的情感因素即以情感人的狀況，考察羅貫中《三國演義》的文學性及其成書性質。

二、《三國演義》的情感因素及其感染力

由於歷史的隔膜和其他種種原因，《三國演義》的情感因素已經顯得稀薄和模糊，卻仍然可以感受得到。拂去歷史的塵埃，讀者當能看到書中有爲數不少直接描寫了情感的文字，總能結合於故事，構成滲透甚至彌漫於全書的本質特徵，從而使讀者在爲其故事性吸引的同時，朦朧覺有凄涼哀怨、悲壯淋漓的韻味，意味深長。

首先，是對世道循環、人間滄桑的迷惘無奈之情。《三國演義》所寫是中古一段亂世的歷史。在必然地承襲前人有關文獻資料而「編次」成書的過程中，作爲供閱讀的「通俗」文學的寫作，它與一般史書、話本旨在取信或動聽的不同之處，是必須以文字的媒介引起並保持讀者披覽的興趣。這就既要有生動的故事，又要有耐人尋味的意蘊，使故事成爲「有意味的形式」〔註9〕，從而必要通過歷史過程的再現傳達作者對三國興亡的認識與感受。雖然流爲讀本的《三國志平話》也並非不含有民間無名氏作者的某種認識與感受，但是，它以司馬仲相斷獄、漢家君臣冤冤相報的故事作爲全書框架，所顯示不僅是荒誕迷信，而且帶有媚俗的色彩，很難說具有了作家（說話人）個人體驗過的感情。《三國演義》則不同，羅貫中斷然不用《三國志平話》的舊套，表示了其欲貼近歷史眞實作出獨立判斷和個性化描述的創作用心。這一種心態使《三國演義》具有了比前此一切三國文獻、文學更爲個人化的明確和統一的歷史感，書中「三顧草廬」借崔州平之口道：

> 將軍不棄，聽訴一言。自古以來，治極生亂，亂極生治，如陰陽消長之道，寒暑往來之理。治不可無亂，亂極而入於治也。如寒盡則暖，暖盡則寒，四時之相傳也。自高祖斬白蛇，起義兵，……秦漢不足而化爲黃巾，黃巾不足而化爲曹操、孫權、與劉將軍等輩，

〔註9〕 〔英〕克萊夫·貝爾《藝術》，周金環等譯，中國文聯出版公司 1984 年版，第 4 頁。

> 互相侵奪，殺害群生，此天理也。往是今非，昔非今是，何日而已？
> 此常理也。將軍欲見孔明，而使之斡旋天地，扭捏乾坤，恐不易為
> 也。

這段引文，中間略去了「天生天殺」至於三皇五帝到漢末變遷等等議論，通觀可知作者以此所表示的，是對中國歷史治亂相仍的深重迷惘和無奈之感〔註10〕。因其為迷惘和無奈，書中欲說還休，不止一次地把漢朝之衰亡委之於「天命」「天數」，並把劉備、諸葛亮等興復漢室的努力置於與「天」相爭的地位，從而具有了悲劇意味。這是從全書開篇就可以感覺到的。書從靈帝建寧二年宮中屢見怪異──「天垂象譴告」──寫起，引出楊賜、蔡邕先後奏對，「（靈）帝覽奏而歎息」，揭開漢末天下大亂的序幕。這雖然不免與《三國志平話》冤報故事俗套有五十步笑百步之嫌，但是，冤報觀念是宗教迷信，而循環論是士大夫文人的歷史觀。羅貫中以此處理三國題材，就使《三國演義》比較《三國志平話》在總體構思的層面有了更多歷史的真實性，從而具體描寫中處處透露出世道循環、人間滄桑的悲涼。

這種迷惘無奈的悲涼情調貫串全書。書中屢屢以詩或人物的評論感慨「興亡」，直至結末古風道「紛紛世事無窮盡，天數茫茫不可逃」，始終透顯天意難測、世事無常的迷惘與感傷。雖然相關描寫的色彩與意義已隨歷史的遠去而顯得淡薄，但在舊時天命觀念流行之際，其實最能引起讀者對人生無常、世事難測的共鳴。修髯子《三國志通俗演義引》附詩首云：「今古興亡數本天，就中人事亦可憐。」後來清初毛宗崗把明楊慎「滾滾長江東逝水」詞置於篇首，又把上引崔州平一段話化簡為「話說天下大勢，分久必合，合久必分」數語置於敘述的開篇，就都是看出羅貫中寫作此書反思歷史、無奈天命而悲憫人事的一以貫之的創作心態，使全書帶有了壯懷激烈而又悲天憫人的情調。儘管時移世變，這一情感因素對讀者的感染力已大不如前，但當時作者的努力及其曾感染讀者的事實卻值得注意，從而《三國演義》這一方面的特點──也許還可以說是成就──應當受到批評者的看重。

其次，是「為漢惜」、存亡繼絕的忠憤之情。清王夫之《讀通鑑論》曾指出：王夫之曾指出《通鑑》「以先主紹漢而繫之正統者，為漢惜也。」羅貫中《三國演義》「按《鑑》改編」，也繼承了宋代人這種「為漢惜」的感情。書

────────────

〔註10〕 參見袁行霈主編、黃霖、袁世碩、孫靜本卷主編《中國文學史》第四卷，高
　　　　 等教育出版社 1999 年版，第 30 頁。

中對桓、靈二帝的昏庸失政並無諱飾，但對於漢朝的滅亡有無限悲慨和惋惜，並通過對漢少帝、獻帝日常受制於權臣的處境和悲慘結局的描寫得以盡情抒發。全書從漢末天下大亂寫起，一起悲風滿紙。至少帝被廢，行文乃格外動情：

> 可憐少帝四月登基，至於九月被董卓廢之。……困於永安宮中，日夜憂歡，衣服飲食，盡皆缺少。帝淚不曾乾，偶見雙燕飛於庭中，帝遂吟詩一首。詩曰：「……遠望碧雲深，是吾舊宮殿。何人仗忠義，泄我心中怨。」

不料事被董卓偵知，曰：「劉辨休矣！怨望故作此詩，殺之有名矣！」喚李儒逼少帝飲鴆自盡。少帝乃「大慟作歌」。其歌甚哀，加以唐妃的絕命辭，寫皇帝妃嬪末路，至爲淒慘。後來曹丕逼獻帝禪位，「戲」演完了，「獻帝含淚拜謝，上馬而去。壇下軍民、夷狄小人等見之，傷感不已」。這些描寫都不見於正史及其他資料，而且仔細推敲起來，成了階下囚的少帝作詩以「泄我心中怨」，頗有些浪漫；而曹丕正得意的時候，那「壇下軍民……傷感不已」，似也不合時宜。可知這不過是作者的虛構之「閒筆」，用以表現其對漢室傾覆的痛惜與哀挽罷了。

另一方面，《三國演義》寫了不少爲漢朝死節之臣，如劉陶、陳耽、王允、董承等，通過褒揚忠烈，表達了對漢朝滅亡的痛惜之情。「尊劉貶曹」是這種感情的集中體現。這雖然是前代習鑿齒《漢晉春秋》、朱熹《通鑒綱目》《三國志平話》諸書早已有之，但是只有《三國演義》才真正調動一切藝術的手段，使其成爲全書主線並具有了強大的藝術感染力。《三國演義》中劉備實際是被作爲漢王朝的正統繼承者來描寫的，作品極力渲染他諸般優秀的品質，尤爲突出其憂國憂民之心。「三顧茅廬」之「隆中對」後，寫劉備致禮請諸葛亮出山：

> 玄德頓首曰：「備雖名微德薄，願先生同往新野，興仁義之兵，拯救天下百姓！」孔明曰：「亮久樂耕鋤，不能奉承尊命。」玄德哭泣曰：「先生不肯匡扶生靈，漢天下休矣！」言畢，淚沾衣巾袍袖，掩面而哭。

此節文字，作者以劉備之「哭」寫出其憂國憂民之心，以此感動諸葛亮，也感染讀者，使人由此想到漢朝危在旦夕的命運。而在「貶曹」一面，它也不是一般地寫曹操是一位奸雄，而中心在鑄成其爲亂臣賊子的「漢賊」形象，

即不是因為要寫曹操奸惡才說他是「漢賊」，而因為他是「漢賊」才處處被寫得奸惡。這一點，當今讀者或不易領略，而只要看一下從明庸愚子、修髯子、李贄到清初毛宗崗等人的評論，就可以知道舊日讀者無不認同「貶曹」實是出於對曹魏最後代漢的忠憤之情。

作者生當元季，中原和南方人心思漢，從而三國故事中蜀漢劉氏政權成為「漢朝」——漢民族的象徵。清初王夫之《讀通鑒論》曾指出：「以先主紹漢而繫之正統者，為漢惜也。存高帝誅暴秦、光武討逆莽之功德，君臨已久而不忍其亡也。」所以，《三國演義》「尊劉貶曹」的實質是「為漢惜」。這最容易與南宋、元乃至明清漢族士大夫知識分子和一般民眾的心理相溝通，從而感染讀者。據載早在北宋已有小兒聽說書為劉備敗而「出涕」、為曹操敗而「唱快」的〔註11〕。而明末李定國為金光說《三國演義》中諸葛、關、張之忠義所激動，「遂幡然束身歸明，盡忠永曆」〔註12〕，更可以說明「尊劉」「為漢惜」的感情，在當時何等契合了時代的心理而感人至深。而《三國演義》也正是因為更加豐富和加強了「尊劉貶曹」思想傾向，在講歷史、說故事中灌注了「為漢惜」、呼喚漢民族復興的感情，使之成為全部作品的靈魂，才在前人的基礎上有了更大更全面的超越，成為我國古代第一部真正意義上的長篇小說。

第三，是人生恨短、時不我待、追求功業的壯志豪情。《三國演義》寫漢末英雄逐鹿，雖為軍閥混戰，但是，當歷史非藉這樣一種形式不能向前發展的時候，那些較為關心人民利益的集團或個人的努力，就具有了一定的合理性，能給人以激勵和鼓舞。劉備的形象就具有這種典型性。他雖為漢室之胄，但起家僅是「販屨織席」之輩。當其初見募軍檄文，即「長歎」——「有心待掃蕩中原，匡扶社稷，恨力不能耳！」這種「位卑未敢忘憂國」的精神在舊時代有積極意義，即今人也可受到啓發。此後劉備連遭困厄，流竄不定而暫依劉表，久而「歎髀肉復生，潸然淚下不住，……曰：『……日月蹉跎，老之將至矣！而功業不建，是以悲耳！』」這種「疾沒世而名不稱」的感情亦能催人奮發。故明人李贄評曰：「是丈夫語。」清人毛宗崗評曰：「是英雄淚。」「為天下發憤。」李漁評曰：「真丈夫語，能使丈夫墮淚。」又，白帝城託孤，

〔註11〕 〔宋〕蘇軾《東坡志林》（節錄），轉引自朱一玄、劉毓忱編《三國演義資料彙編》，百花文藝出版社 1983 年版，第 123 頁。
〔註12〕 黃人《小說小話》（節錄），《三國演義資料彙編》，第 748 頁。

劉備寫遺詔遞與孔明而歎曰：「朕不讀書，粗知大略。聖人云：『鳥之將死，其鳴也哀；人之將死，其言也善。』朕本待與卿等同滅曹賊，共扶漢室，不幸與卿等中道而別也。』」他死不瞑目。這是一個歷經磨難、百折不回，功虧中道而壯志未酬的英雄形象。雖才不濟志，但其堅定、弘毅的進取精神能令讀者動容。

諸葛亮明知漢朝「氣數已盡」，「天命難違」，一旦感劉備三顧知遇之恩，許其驅馳，即「鞠躬盡瘁，死而後已」。這一形象常被概括爲「智慧」的典型，其實他更是一位英雄。讀者樂觀其智絕天人是可以理解的，但其英雄精神更爲感人。作爲蜀軍統帥的諸葛亮的英雄精神主要的並不表現在能打勝仗，而凸顯於他後半生伐魏的屢敗屢戰，猶如希臘神話人物西緒福斯徒勞無功地推巨石上山的悲壯。作品刻意強化諸葛亮的這一悲劇品格。前後《出師表》及六出祁山前的告廟有情節上的意義，更重要的是渲染了諸葛亮興漢「知其不可而爲之」的精神。而秋風五丈原的描寫爲最精彩之筆：

> 孔明強支病體，令左右扶上小車，出寨遍視各營；自覺秋風吹面，徹骨生涼。孔明淚流滿面，長歎曰：「吾再不能臨陣討賊矣！悠悠蒼天，曷我其極！」

這對於「故事」來說，大致可稱爲「閒筆」，卻因此使小說超越了「故事」。毛評曰：「千古以下，同此悲憤！」正是肯定了此一描寫的感人性質。此外，孫策依袁術於壽春時的月下之哭，周瑜臨終之歎，姜維兵敗自殺時大叫：「吾計不成，乃天命也！」太史慈中年戰死，臨終大叫曰：「大丈夫生於亂世，當帶三尺劍以昇天子之階；今所志未遂，奈何死乎！」等等，都表現了強烈的功業之心，有與命運抗爭的悲壯氣概。杜甫《蜀相》詩中說：「出師未捷身先死，長使英雄淚滿襟。」這一聯詩以諸葛亮齎志以沒爲後世英雄所景仰，肯定其爲大英雄，乃過人之見。其實周瑜、龐統之死也程度不同地具有這種悲劇性。即使被貶爲「奸絕」的曹操，雄踞中原，帶甲百萬，橫槊賦詩，何嘗非一世之豪！而分香賣履又不免令人黯然神傷。《三國演義》是一部「英雄譜」，羅貫中又是「有志圖王者」，從而於英雄生死之際每多感慨，書中也就頗多這類抒情文字，能使讀者覺英風豪氣感人奮發，又能使讀者「念天地之悠悠，獨愴然而涕下」。以其爲無文學性者，是何人哉！當然，《三國演義》也寫了司馬徽、崔州平、石廣元、孟公威等隱士，流露了對隱逸生活的歆羨，但那不過是弄潮兒的映襯。作者志在兼濟，貴仕不貴隱，所以全書總以積極入世的功業精神感人奮發。

　　第四，是感恩圖報，義氣相激之情。《三國演義》於倫理道德突出「忠」，而更強調「義」，把個人間相互的忠誠和扶助看得幾乎高於一切。它寫魏、蜀、吳三方雖有所謂正統、僭、閏之別，但各能維繫人心團結奮鬥者，實有賴於上下感情的投合。「三顧草廬」寫劉備哭求諸葛亮出山，諸葛亮慨然相允，正是為劉備至誠所感。其一生為蜀漢「鞠躬盡瘁，死而後已」，也就是為此劉備之一「哭」。可見「三顧」是禮數，而至情相感才是「三顧茅廬」請得諸葛出山的真正原因。長阪坡之役，俗云「劉備摔孩子，刁買人心」，恐怕是以常人之心度英雄之腹。不說劉備與趙雲生死與共患難相交的情誼，但以當下利害論，劉備大敗虧輸、身命堪憂之際，忠心耿耿有萬夫不當之勇的趙雲對於他轉敗為勝、爭雄當日何等重要！因此，劉備之摔阿斗，乃情極之所為，為趙雲正是為自己；此外，書中寫濡須口之敗，「孫權得周泰救濟之功，營中作一宴謝之。孫權把盞至周泰面前，撫其臂，淚流滿面曰：『卿為吾兄弟戰如熊虎，不惜性命，被創數十，膚如刻畫，孤亦何心不待卿以骨肉之恩，委卿以兵馬之重乎？卿乃孤之功臣，孤當與卿共榮辱、同休戚……』」又寫曹操淯水之敗，典韋為之戰死。後再「到淯水，操馬上大哭。眾將問其故，操曰：『吾思去年將吾典韋在此折了，不由不哭耳！』眾皆下淚。……祭享典韋，操再拜，痛哭，昏絕於地。眾皆扶起。大小軍校無不下淚。」又寫曹操的厚遇甚至使關雲長冒死違犯軍令，於華容道上「動故舊之情，長歎一聲，並皆放去。」郭店楚簡《性自命出》篇云：「道始於情，情生於性。始者近性，終者近義。」因此，這些地方寫「義」也是寫情——君臣而兄弟、朋友之情。關雲長之「義絕」是君臣之義，更是朋友之情；他的「義」也得到了劉備夠朋友的報償。「劉先主興兵伐吳」寫劉備曰：「朕不與弟報仇，雖有萬里江山，何足為貴！」雖然這句話的結果幾乎斷送了蜀漢前途，但在人格上完成了劉備形象濃重的一筆——毛評曰：「今人稱結義必稱桃園。玄德之為玄德，索性做兄弟朋友中立極之一人，可以愧後世之朋友寒盟、兄弟解體者。」這裡，重「義」即是重「情」。

　　最後，是不廢兒女風月之情。毛宗崗《讀三國志法》例舉書中「貂蟬鳳儀亭」「嚴氏戀夫」「趙範寡嫂敬酒」「劉備東吳招親」「曹操與張濟妻相遇」等等描寫之後寫道：「人但知《三國》之文敘龍爭虎鬥，而不知為鳳、為鸞、為鶯、為燕，篇中有應接不暇者。令人於干戈隊裏時見紅裙，旌旗影中常睹粉黛，殆以英雄傳與美人傳合為一書矣。」指出兒女之情也是《三國演義》

描寫一個方面的內容。當然，在「有志圖王」的作者看來，兒女情長，必然英雄氣短。從而這些男女情事的描寫從屬於政治歷史的中心內容，「美人」不過是「英雄」的陪襯，而且多半是反襯。但是，他能把「英雄傳」與「美人傳」合爲一書，寫出無論反覆如呂布、奸雄如曹操、梟雄如劉備，都不能不有兒女風懷之想，也是它寫人注重情感因素的一個表現，甚至可說是這部政治歷史小說之一奇。特別是寫劉備東吳招親以後，「被聲色所迷，全不想回荊州，亦不思孔明之語，中了周瑜之計也」，雖不如毛本改寫後的生動，卻也明顯是有意寫出劉備如常人「好色」的私心；其他如寫戰宛城「一日操醉，入寢所，視左右曰：『此城中有妓女否？』」得張濟之妻鄒氏，「操每日與鄒氏取樂，不想歸期。」又如呂布之迷貂蟬、嚴氏之戀呂布、周瑜之寵小喬、劉表之昵後妻等等，莫不如是。儘管此書也有趙雲拒婚、劉安殺妻等似不近情的描寫，但全書不廢男女之情，使無論君子、小人都要在這一點上得到考驗，從中產生關於男女之情的有限度的描寫，也增加了這部書的藝術眞實性和感染力。總之，《三國演義》以故事勝，更以情感人。它藉引人入勝的故事和散見全書的渲染，傳達了當時能感人肺腑的歷史與現實之情，至今餘味深長，從而成爲一部有很高文學價值的小說名作。

三、《三國演義》情感描寫的自覺性及其特點

羅貫中《三國演義》的情感描寫是自覺的創造。不僅全書天命難違、世道滄桑之情的抒寫發自作者內心，許多人物的情感描寫也明顯借他人之酒杯，澆胸中之塊壘，如周瑜群英會之歌，諸葛亮秋風五丈原之歎，等等。即上舉少帝被囚作歌並因而被殺的情節，也明顯是虛構以爲漢帝「泄怨」的文字。此皆有意爲之。事實上從來讀者對《三國演義》自覺寫情有所覺察，如《三國演義》有多處寫劉備之哭，以致俗語云「劉備的江山——哭來的」——這句俗語也就道出《三國演義》塑造劉備形象在寫情上下工夫，著意刻畫其內心世界的特點。因此使故事具有了感染力。至於是否如魯迅所說「欲顯劉備之長厚而似僞」，則當另作別論。總之，羅貫中之演義「三國」，並未徒以編次歷史，講說故事，乃「假小說以寄筆端」，「究天人之際」以「爲漢惜」，並抒發種種社會與人生的感慨。前代三國史書、《三國志平話》等沒有也不可能做到這一點，只有羅貫中獨具慧眼和藝術的能力，從前代三國文獻中發現並很好地利用了表現這種種思想感情的可能性，以此將「舊日已經凝結的材

料，重加溶解，……加工燒煉，……使這作品得以重複溶解流動」，完成了這樣一部曠世名作的創造。

《三國演義》是我國最早的章回小說，一切自我作古的巨大困難使它在某些方面沒能達到理想的水平，所以有後來評改家如李贄、毛宗崗等人的進一步加工。但在自覺賦予三國故事能「重複溶解流動」起來的情感方面，羅貫中《三國演義》證明了作者非凡的見識和相當高明的藝術表現力，也提供了真正小說創作以情感人的成功經驗。

首先，是情感描寫多側面、多層次性。書中對中心人物，無論正、反角色，一律寫其胸懷大志，積極進取。雖不免暫墮情網，終能振起，不墜青雲之志。如劉備、曹操。而對庸碌之主，一律寫其兒女情長，風雲氣短，如呂布、劉表、袁紹等。這既是歷史真實的反映，也是作者對人物性格的整體把握。在對正面人物的情感描寫中，突出其合乎儒家道德的方面，如寫劉備大濟蒼生的理想、諸葛亮鞠躬盡瘁的精神、雲長之義、趙雲之忠等。對反面或中間人物，則突出其個人的野心或追求，如曹操大宴銅雀臺時的表白、周瑜群英會之歌，等等。正面人物（偶有反面或中間人物）的情感描寫直接表現作者對理想人生的看法，基本合乎正統儒家的觀念。《三國演義》既歌頌了劉備、諸葛亮一班入世進取的人物，也對司馬徽、崔州平、石廣元等隱者表示了由衷的欽羨與肯定。徐庶被迫捨劉歸曹，前後表現即「達則兼濟天下，窮則獨善其身」。即使諸葛亮出山之前也還抱定「功成名遂之日，即當歸隱」的想法；劉備躍馬檀溪倉皇逃命之際，「見一牧童跨於牛背之上，口吹短笛而來，玄德歎曰：『吾不如也！』遂立馬觀之」亦有些許淡出江湖之心。這些，從「故事」的角度看近乎「閒筆」，卻是真正小說家對人物內心世界的多側面、逐層深入的開掘，從而《三國演義》的人物形象塑造，並非如常時許多研究者所說是簡單地類型化的。

其次，是抒情手法靈活多樣。人物直接抒情，如劉備讀榜、白帝城託孤，諸葛亮哭廟和五丈原巡營，曹操橫槊賦詩、銅雀臺明志等等，都直接吐露情懷，熾熱奔放，感人肺腑。這種抒情往往在情節發展的關鍵之處或高潮，使人物在感情不可遏制時一吐為快。如諸葛亮六出祁山前的告廟，是在五伐中原無尺寸之功，後主黯弱，宿將凋零，太史譙周又以氣數災異之言相阻等種種不利情勢下出現，把諸葛亮的忠藎之心表現得淋漓盡致，而無做作之嫌。直接的抒情形式多樣，如借助呼告、表章、書啓、詩歌等等。而以用詩最為

突出，著名的如上舉少帝、唐妃之歌、諸葛亮「隆中吟」、周瑜群英會之歌，
都是言情妙筆。而間接抒情較多借「後人有詩歎曰」「贊之曰」等加以表現。
這類詩往往敘述、議論與抒情相結合，而成就稍遜於前者。最可注意的是作
者時能從敘事中帶出情感來，如卷之三《遷鑾與曹操秉政》寫洛陽兵後殘破
的景象：

> 帝入洛陽，見宮室燒盡，街市荒蕪，滿目皆是蒿草，宮院中只
> 有頹牆壞壁而已。旋蓋小宮，與帝后住坐。百官朝賀，皆立於荊棘
> 之中。是歲大荒，敕改興平為建安元年。洛陽居民僅有數百家，無
> 可為食，盡出城去剝樹皮、掘草根食之。尚書、侍郎以下，皆自出
> 城樵採。多有死於牆壁之間者。漢末氣運之衰，無甚於此。前賢有
> 詩一首，以歎世情。詩曰：「……看到兩京遭難處，鐵人無淚也悽惶。」

把洛陽兵禍後的慘象，君臣百姓的處境略事渲染，作者「漢末氣運之衰」的
感慨就自然流露了出來。

最後，創造了某些獨特的抒情手法。《三國演義》是我國最早的章回小說，
包括情感描寫在內，一切都屬首創。而在情感描寫中，有些手法不僅前無古
人，從明清小說看也獨具一格。如結合了寫景的抒情，除上引「秋風五丈原」
一段文字外，還有「曹孟德橫槊賦詩」中大江夜月的描寫，可說是景中情；
而「徐庶走薦諸葛亮」中劉備為徐庶送行的描寫，則又是情中景。情景交融，
富有詩意，是《三國演義》某些情感描寫的顯著特色。這一點今天看似平常，
但明清小說中並不多見。又如常結合飲酒描寫讓人物抒發內心隱秘之情。《劉
玄德襄陽赴會》寫劉備「髀肉之歎」後，劉表勸慰說「……何足何慮也」：

> 玄德乘酒興而答曰：「備若有基本，何慮天下碌碌之輩耳！」表
> 聞之，忽然變色。玄德自知語失，託醉而起，歸於館舍。

雖云劉備「託醉」，實際也是「酒後吐真言」，只是尚能自知而已。這裡作者
的高明在於「用文藝的技巧予過失以意義，以達到文藝的目的。」〔註13〕

《三國演義》自覺的多側面、多層次、靈活多樣的創造性情感描寫，統
一於全書「尊劉貶曹」的傾向。世事無常、人生苦短的感慨和「為漢惜」之
迷惘無奈等等情愫，就在這一基本傾向的規定之下，如山嵐水霧，月暈花煙，
繚繞給人以如夢如幻的感覺。書末所謂「紛紛世事無窮盡，天數茫茫不可逃。

〔註13〕〔德〕弗洛伊德《精神分析引論》，高覺敏譯，商務印書館 1986 年版，第 20
頁。

鼎足三分已成夢，一統乾坤歸晉朝」，是作者世事如夢的感慨，也是全書給讀者的深刻的印象，從而是它藝術感染力的證明。

四、《三國演義》的創作性質及其意義

以上論述表明，《三國演義》決非沒有文學的價值，它不僅以故事引人入勝，更是一部自覺以情感人的偉大文學著作。它的以情感人固然不如後世《紅樓夢》等書的自如和整體性臻於化境，但它在這一方面達到的成就，已足證明羅貫中的努力屬於真正的文學創作。事實上羅貫中本就是一位極有天賦的文人〔註14〕，我們不能相信「有志圖王」而又富於文學才華的羅貫中僅僅滿足於「編次」《三國演義》，而沒有個人思想的寄託和感情的投入〔註15〕。又，《三國演義》成書於元末〔註16〕，而元末是文學掙脫理學的束縛回歸抒情的時代，那時戲曲、散曲的「許多作家不僅自然地抒寫人情世態，而且表現出淋漓盡致、飽滿酣暢的風格」，「元代一些最有成就的詩人……詩詞創作均近奔放酣暢一路」〔註17〕。這也會影響到羅貫中《三國演義》能有以情感人的特色。實際上書中如周瑜群英會之歌等等抒情之作，正是元末那種「淋漓盡致、飽滿酣暢的風格」。所以，也如「詩文隨世運」，小說發展至元代，羅貫中的創作最有可能走向以情感人，從而《三國演義》具有了藝術創作的品格。

羅貫中《三國演義》的創作性質的認定，不僅是中國古代小說和文學中的大是大非，而且關係到與世界文學觀念接軌。在世界文學的範圍內，真正的小說家總要依靠虛構想像的才能，但是也從不迴避應用現成的材料。他所

〔註14〕章培恒、駱玉明主編《中國文學史》第六編《元代文學‧概說》：「關於《三國志通俗演義》《水滸傳》的作者羅貫中、施耐庵，人們所知甚少。但依據極有限的資料和小說本身的情況，仍可以肯定他們都是具有相當素養的文人。這也和元代戲劇的情況相似。」見復旦大學出版社 1996 年版，下卷第12 頁。

〔註15〕關於《三國演義》的思想寄託，請參閱袁行霈主編《中國文學史》第四冊第七編第一章第二節《在理想和迷惘中重塑歷史》。

〔註16〕據筆者所知，持這一看法的有章培恒、袁世碩、周兆新等諸位先生。筆者有《〈三國志通俗演義〉成書及改定年代小考》一文，以羅貫中《三國演義》成書當在「元泰定三年（1326）前後」，載《中華文化論壇》1999 年第 2 期，收入本卷。

〔註17〕袁行霈主編《中國文學史》第三卷，高等教育出版社 1999 年版，第 238～240頁。

做的只是不爲「原型」「本事」等所拘，以自己獨特的理解和情感激活它、開發它、重鑄它，使之爲我所用。許多偉大作品就在各種文獻資料或傳說的基礎上寫成，如司湯達《紅與黑》根據的是一個眞實的命案，以至司湯達自評《紅與黑》的寫作時說：「會使讀者奇怪的是：這部小說並非小說。作者所敘述的故事是 1862 年在蘭納附近確實發生了的事情。……司湯達一點也沒有臆造。」〔註 18〕但是，世界上沒有什麼人不承認《紅與黑》是司湯達創作的小說。而歌德《浮士德》取材於德國 16 世紀的民間傳說。浮士德既是歷史人物，而且早在十六世紀末德國就已經出版了集其傳說故事之大成的《約翰·浮士德的一生》；文藝復興以來不斷有浮士德故事題材的創作，積累了大量相關的文學作品。〔補說：陳銓《浮士德精神》一文有較詳的介紹：「浮士德大概生在十五世紀的末葉。他同時的人，已經有好些關於他的記載，以後繼續又有許多傳說。到一五八七年希匹士把這一些記載傳說收集起來，寫成一本書，在佛蘭克弗城出版。書出後風行一時，第二年已經再版，三年後就有英文的翻譯。英國的戲劇家馬羅，根據這一部書，一五九三年寫成功一本戲劇在倫敦上演。後來英國的戲子到德國演戲，把馬羅的戲本膚淺改變一些，大受德國民眾的歡迎。一五九九年意德曼根據希匹士的原書，又增加若干故事，另外寫一本更完備的書，在彙堡出版。一六七四年斐澤爾改編意德曼的原書，重新問世，引大家對浮士德的興趣。浮士德的傀儡戲也出來了。一七二八年還有一本簡短的書，重述這一個故事。這一本小書，意德曼的傳說和傀儡戲，歌德都曾經過目。」〔註 19〕〕歌德正是在這豐厚的前代積累的基礎上寫作《浮士德》。他在談到這部書的寫作時說：

> 我抱著這些題材以及其他的種種材料，在孤寂的時候以之自娛，而卻沒有將其中一些寫出來。我要瞞著赫德爾的就是那神秘的宗教的化學實驗以及與他有關的一切的事，縱然我當時還很喜歡秘密地從事這種試驗，想用比我從前更合理的方法發展它。〔註 20〕

〔註 18〕《司湯達自評〈紅與黑〉》，轉引自段寶林編《西方古典作家談文藝創作》，春風文藝出版社 1980 年版，第 285 頁；參見《古典文藝理論譯叢》第四冊，人民文學出版社 1962 年版，第 183 頁。

〔註 19〕轉引自溫儒敏、丁曉萍編《時代之波——戰國策派文化論著輯要》，中國廣播電視出版社 1995 年版，第 360 頁。

〔註 20〕歌德《致沙路德·封·席勒的信》，轉引自段寶林編《西方古典作家談文藝創作》，第 157 頁；參見徐中玉輯譯《偉大作家與創作》，天地出版社 1943 年版，第 32 頁。

他還說：

> 這許多年來使我對於這部作品總在踟躕不動手的原因，便是將
> 那舊日已經凝結的材料，重加溶解的困難。我已……加工燒煉，現
> 在只希望切切實實地使這作品得以重複溶解流動。〔註21〕

他就這樣寫成了自己一生最偉大的作品《浮士德》，其在西方文學中與但丁《神曲》、莎士比亞戲劇有同樣崇高的地位。值得注意的是，在德國，乃至在包括中國在內的全世界，並沒有什麼人不認可《浮士德》是歌德的創作。〔補說：相反地，德國著名思想家、詩人海涅認為：「《浮士德》之所以雅俗共賞，題材又是其主要原因。歌德從民間唱本裏選出這個題材，正好證明他不自覺的眼光深刻、天才過人、善於把握住最貼切的適當的事物。」〔註22〕〕

以上述世界文學中司湯達、歌德的情況對照羅貫中《三國演義》，可知問題的關鍵不在其有前代的資料為根據，而在作者是否對這些資料做過如歌德所說「那神秘的宗教的化學實驗」，是否做到了使「舊日已經凝結的材料，重加溶解」。而這一「實驗」即「溶解」的關鍵，就是在合理地打碎、挪移、改作或就舊有材料生發利用的過程中，投入自己的主體意識或說思想與情感，使這種重組、重塑的結果成為富於作家個人與時代精神的新的生氣灌注的整體。羅貫中《三國演義》依據舊有材料的手段、技巧和作者處置材料的自主與從容，遠不如後他約五百年的兩位西方作家，但他以「自己體驗過的感情」，使「舊日已經凝結的材料，重加溶解」的「實驗」工作與司湯達、歌德並沒有根本的不同。他以非凡的組織剪裁與想像力，以激蕩於胸中的對歷史與現實、社會與人生的憂患意識和感慨之情，賦予了古老的三國故事以獨特的內涵和嶄新的面貌，豐富了人物性格，給予了情節、細節以韻味，加強了作品的藝術感染力，使引人入勝的故事同時帶有了詩意，成為耐人咀嚼的「有意味的形式」。對於舊有資料，他所做是生死肉骨、點鐵成金的工作，因此，重鑄了三國的歷史，也重鑄了三國英雄的人生，並為自己樹立了一塊不朽的文學豐碑。〔補說：對古代文學「累積成書」現象的評價，學界實際有雙重標準的偏頗，即對《三國演義》《水滸傳》《西遊記》等小說，往往忽略其作者的創造性貢獻，但在戲曲研究中，對《西廂記》《牡丹亭》《長生殿》等更嚴重

〔註21〕 歌德《詩與真實》，轉引自段寶林編《西方古典作家談文藝創作》，第 157 頁；
　　　　 參見思慕譯《歌德自傳》，生活書店 1936 年版，第 462～463 頁。
〔註22〕 參見張玉書編選《海涅選集》，人民文學出版社 1983 年版，第 61 頁。

的「累積成書」特徵，卻又注意不夠，更未能很好地兼顧以評價作者的創作成就。這大概與近世小說學和戲曲學日趨嚴重的隔膜有一定關係。〕

羅貫中有所依據地創作《三國演義》又決非一件輕而易舉之事。毛宗崗《讀三國志法》曾正確指出：「《三國》敘事之佳，直與《史記》彷彿，而其敘事之難則有倍於《史記》者。」對古代小說極有研究又寫過《故事新編》的魯迅先生也說：「對於歷史小說，則以為博考文獻，言必有據者，縱使有人譏為『教授小說』，其實是很難組織之作，至於只取一點因由隨意點染，鋪成一篇，倒無需怎樣的手段。」〔註 23〕大略都是說文章與歷史小說「編次」之難。其實文學之極致乃在性靈，歷史小說「編次」而能有性靈則難上加難。所以，即使羅貫中有時只是對舊有材料作了小小變動，但他在變動中鎔鑄個人感情使材料依照一定的傾向重新生動起來的工作，如頰上三毫，也決非簡單的加減運算，而是化腐朽為神奇。更不用說那大量筆補造化幾乎是無中生有的描寫，能做到與襲用之材料化合無間，更需要特殊的才華以克服這特殊的困難。

《三國演義》的創作性質表明：我國歷史演義小說由「講史」話本向章回說部的過度其實是民間創作向個人創作的轉變，羅貫中《三國演義》是我國古代第一部文人創作的長篇小說；中國古代由個人創作長篇小說的歷史從羅貫中《三國演義》開始，走在了在世界各民族小說創作的前列。

（原載《復旦大學學報》2002 年第 3 期，2005 年 10 月增補）

〔註23〕魯迅《故事新編・序言》，《魯迅全集》（2），人民文學出版社 1981 年版，第 342 頁。

《三國演義》與儒家「聖人」考論

　　胡適《〈三國演義〉序》說：「《三國演義》的作者、修改者，最後寫定者，都是平凡的陋儒，不是天才的文學家，也不是高超的思想家。」〔註1〕雖持論過苛並有很大偏頗，但所斷定《三國演義》為「儒」者所作一點，卻基本符合作品的實際。這雖然主要是指作品在主題或思想傾向等內在地對儒家訴求的體現，但其在文詞與情節等淺表層面上，從未一稱釋氏，雖曾一稱道家的老子，但也係因孔子而涉及〔註2〕，以及雖有稱引孫、吳等兵家人物，卻未視為「聖人」，而且遠不如稱引或化用孔子、孟子等儒家「聖人」言語或行跡的情況為多的突出現象，也應該引起研究者的注意與探討。卻至今少見有關的專論，因嘗試如下。

一、《三國演義》稱引儒家「聖人」

　　就「毛本」檢索綜合可知，《三國演義》稱引孔、孟等儒家「聖人」有以下兩種情況。

　　一是主要以孔、孟等儒家「聖人」之號為標榜，見以下數例：

　　　　1、卻說北海孔融，字文舉，魯國曲阜人也，孔子二十世孫，泰山都尉孔宙之子。（第十一回）

　　　　2、（孔融）自小聰明，年十歲時，往謁河南尹李膺，闇人難之，融曰：「我係李相通家。」及入見，膺問曰：「汝祖與吾祖何親？」

〔註1〕　胡適《中國章回小說考證》，安徽教育出版社1999年版，第289頁。
〔註2〕　第十一回有「融曰：『昔孔子曾問禮於老子……』」語，見下引，但全書中僅此一及老子。

融曰：「昔孔子曾問禮於老子，融與君豈非累世通家？」（第十一回）

3、（禰衡曰）「吾乃天下名士，用爲鼓吏，是猶陽貨輕仲尼，臧倉毀孟子耳！」（第二十三回）

4、（禰）衡贊融曰仲尼不死。（第四十回）

如上稱引除敘事寫人的具體需要之外，蘊含或彰顯對孔、孟等「聖人」的崇敬之意，是全書以儒家爲獨尊之思想態度的基點。

二是引述孔、孟等儒家「聖人」之語，爲例較多，與相關儒典原文對照列表如下：

序號	回數	描寫或引語	出處	原文
		《三國演義》		儒家「聖人」
1	第三回	盧植曰：「……聖人云：有伊尹之志則可，無伊尹之志則篡也。」	《孟子·盡心上》	孟子曰：「有伊尹之志，則可；無伊尹之志，則篡也。」
2	第十一回	（劉）玄德曰：「公以備爲何如人也？聖人云：自古皆有死，人無信不立。」	《論語·顏淵》	（孔子）曰：「去食。自古皆有死，民無信不立。」
3	第二十一回	（劉）玄德曰：「聖人云『迅雷風烈必變』，安得不畏？」將聞言失箸緣故，輕輕掩飾過了。	《論語·鄉黨》	（孔子）迅雷風烈必變。
4	第二十九回	（孫）策……母謂策曰：「聖人云：『鬼神之爲德，其盛矣乎！』又云：『禱爾於上下神祇。』鬼神之事，不可不信……」	《中庸》	（孔）子曰：「鬼神之爲德，其盛矣乎！」
5	第二十九回	（孫策母）又云：『禱爾於上下神祇。』鬼神之事，不可不信……	《論語·述而》	子路對曰：「有之。誄曰：『禱爾於上下神祇。』」
6	第三十五回	水鏡（司馬徽）曰：「豈不聞孔子云：『十室之邑，必有忠信。』何謂無人？」	《論語·公冶長》	（孔）子曰：「十室之邑，必有忠信如丘者焉，不如丘之好學也。」
7	第三十七回	（劉）玄德叱曰：「汝豈不聞孟子云：欲見賢而不以其道，猶欲其入而閉之門也。孔明當世大賢，豈可召乎！」	《孟子·萬章下》	（孟子）曰：「……欲見賢人而不以其道，猶欲其入而閉之門也。」

8	第四十三回	孔明答曰：「儒有君子小人之別。君子之儒，忠君愛國，守正惡邪，務使澤及當時，名留後世。若夫小人之儒，惟務雕蟲，專工翰墨，青春作賦，皓首窮經；筆下雖有千言，胸中實無一策。且如楊雄以文章名世，而屈身事莽，不免投閣而死，此所謂小人之儒也；雖日賦萬言，亦何取哉！」	《論語・雍也》	（孔）子謂子夏曰：「女為君子儒，無為小人儒。」
9	第五十六回	（曹操曰：）「孤常念孔子稱文王之至德，此言耿耿在心。」	《論語・泰伯》	孔子曰：「……三分天下有其二，以服事殷。周之德，其可謂至德也已矣。」
10	第六十二回	（劉）璝曰：「不然。聖人云：『至誠之道，可以前知。』吾等問於高明之人，當趨吉避凶。」	《禮記・中庸》	（子思曰）：「至誠之道，可以前知。」
11	第七十八回	（曹）操歎曰：「聖人云：獲罪於天，無所禱也。孤天命已盡，安可救乎？」遂不允設醮。	《論語・八佾》	（孔）子曰：「不然；獲罪於天，無所禱也。」
12	第八十回	孔明曰：「聖人云：名不正，則言不順，今大王名正言順，有何可議？豈不聞天與弗取，反受其咎？」	《論語・子路》	（孔）子曰：「……名不正，則言不順。言不順則事不成……」
13	第八十五回	（劉備曰）聖人云：「鳥之將死，其鳴也哀；人之將死，其言也善。」	《論語・泰伯》	曾子言曰：「鳥之將死，其鳴也哀；人之將死，其言也善。」
14	第一百三回	（司馬）懿笑曰：「聖人云：小不忍，則亂大謀。但堅守為上。」	《論語・衛靈公》	子曰：「巧言亂德。小不忍，則亂大謀。」
15	第一百五回	（魏）司徒董尋上表切諫曰：「……孔子云：君使臣以禮，臣事君以忠。無忠無禮，國何以立？」	《論語・八佾》	孔子對曰：「君使臣以禮，臣事君以忠。」
16	第一百六回	（魏）參軍倫直諫曰：「賈範之言是也。聖人云：國家將亡，必有妖孽……」	《中庸》	（子思曰）：「國家將興，必有禎祥；國家將亡，必有妖孽。」
17	第一百十四回	賈充等勸司馬昭受魏禪，即天子位。昭曰：「昔文王三分天下有其二，以服事殷，故聖人稱為至德。魏武帝不肯受禪於漢，猶吾之不肯受禪於魏也。」	《論語・泰伯》	孔子曰：「……三分天下有其二，以服事殷。周之德，其可謂至德也已矣。」

| 18 | 第一百十六回 | 邵素明《周易》，艾備言其夢，邵答曰：「《易》云：山上有水曰《蹇》。《蹇卦》者：『利西南，不利東北。』孔子云：『《蹇》利西南，往有功也；不利東北，其道窮也。』將軍此行，必然克蜀；但可惜蹇滯不能還。」 | 《周易·蹇卦》 | 蹇：利西南，不利東北。利見大人，貞吉。《象》曰：蹇，難也，險在前也。見險而能止，知矣哉。蹇，「利西南」，往得中也。「不利東北」，其道窮也。「利見大人」，往有功也。 |

由上表列可知，《三國演義》所涉儒家「聖人」語錄雖不過 17 條，但遍佈全書前後；其所出自儒家經典包括《論語》《孟子》《中庸》《周易》四書，而以出自《論語》者爲最多；所涉及「聖人」有孔子、孟子、曾參、子思等，而以孔子的語錄爲多，並且全部引語幾乎無誤。

《三國演義》這樣堪稱頻繁地稱引儒家「聖人」語句的現象，不僅在「四大奇書」中是獨特的，而且在所有古代通俗小說中也是不多見的。這似可以表明，《三國演義》今見早期版本題爲《三國志通俗演義》之所謂「通俗」，固然是作者在把當時已經成爲史書經典的《三國志》做「通俗」的「演義」，而且同時也似有意順筆把儒學的某些內容，也附帶地來「演義」一番〔註3〕。

又合以上兩種情況可見，《三國演義》寫稱引儒家「聖人」者除十常侍、董卓之流以外，幾乎遍及漢末三國各方人物。具體說在漢有盧植、司馬徽，在魏（晉）有孔融、彌衡、曹操、司馬懿、司馬昭、董尋、倫直、鄧艾，在蜀有劉備、諸葛亮，在吳有孫策母等。可知在以「聖人」之是非爲是非這一點上，《三國演義》除獨惡十常侍、董卓之流以外，並未因「尊劉抑曹」而賦於蜀國人物以稱引「聖人」的特權，而是無論何方有識之士都有可能據儒家「聖人」之言論事。這在事實上就是把孔孟等儒家「聖人」作爲超越現實的世人共尊之偶像神聖化了。

《三國演義》所以如此稱引儒家「聖人」以表推崇並演義儒學的某些具體學說，從大的歷史趨勢來看自然是由於西漢以降儒學獨尊的地位，特別是《三國演義》從羅貫中原本到「毛本」的元明清時代，儒學是占統治地位的主流意識形態，「《三國演義》的作者、修改者，最後寫定者」，都不能不受到時代思想主潮的影響與制約。但這並非直接決定性的因素，因爲顯然的是，與《三國演義》問世並流行的同時，也曾產生過大量與儒學取向大異的釋、

〔註3〕 倘以與《三國志平話》相對照，這一特點就顯得更加突出了。

道題材的小說；而且同是依託歷史的《封神演義》，能夠被敷衍爲釋、道神魔鬥寶鬥法的故事。可見《三國演義》大量稱引儒家「聖人」的儒家學說的文本特色與思想傾向，並不僅由於當時思想界儒學占統治地位的影響，更重要和直接的原因，則是作者信仰和弘揚儒學的意圖使然。因此，儘管我們不能同意胡適說「《三國演義》的作者、修改者，最後寫定者都是平凡的陋儒」，但是其所斷定都是「儒」者一點是可以堅信不移的。這也就表明，作爲古代思想文化的一個載體，《三國演義》主要是儒家思想影響下的產物；傳統上「不語怪、力、亂、神」的儒家後學，通過《三國演義》的創作，成爲了章回小說的開山之祖。這應該被視爲元明清三代儒學發展新動向的一個象徵！

二、《三國演義》化用儒家「聖人」言行

（一）「空城計」與孔子「絃歌」

《三國志通俗演義》卷之十九《孔明智退司馬懿》寫諸葛亮失街亭後用「空城計」退兵：

> 孔明分撥已定，先引五千精兵，退去西城縣，連夜催並各處兵皆歸漢中。此時孔明正在西城縣搬運糧草，忽然十餘次飛報馬到，說司馬懿引大軍十五萬，望西城風擁而來。孔明身邊別無大將，只有一班兒文官，所引五千軍，已分了一半先運糧草去訖，只有二千五百軍在城中。眾官聽得這般聲息，盡皆失色。孔明登城望之，果然塵土衝天，兩路分兵望西城縣而來。只見西城之分，雨土紛紛，紅日昏暗，遂傳令，教「將旌旗盡皆隱匿；諸軍各守城鋪，如有妄行出入及高言大語者斬之。大開四門，每一門用二十軍士，扮作百姓，灑掃街道。如魏兵到時，不可擅動，吾自有計」。孔明乃披鶴氅，戴華陽巾，引二小童攜琴一張，於城上敵樓前憑欄而坐，焚香操琴……司馬懿前軍到城下，見了如此模樣，皆不敢進，急報與司馬懿。懿笑而不信，遂止住三軍，自飛馬遠遠望之，正見孔明坐於城樓之上，笑容可掬，焚香操琴，左有一童手捧寶劍，右有一童手執塵尾；城門內外有二十餘百姓，低頭灑掃，傍若無人。懿看畢大疑，便到中軍，教後軍作前軍，前軍作後軍，望北山路而退……

但史載諸葛亮並無此事，近乎「空城計」的是趙雲曾經使用的「空營計」。《三國志》卷三六《蜀書六·趙雲傳》引《雲別傳》載：

　　　　夏侯淵敗，曹公爭漢中地，運米北山下，數千萬囊。黃忠以爲可取，雲兵隨忠取米。忠過期不還，雲將數十騎輕行出圍，迎視忠等。值曹公揚兵大出，雲爲公前鋒所擊，方戰，其大眾至，勢逼，遂前突其陣，且鬥且卻。公軍散，已復合，雲陷敵，還趣圍。將張著被創，雲復馳馬還營迎著。公軍追至圍，此時沔陽長張翼在雲圍內，翼欲閉門拒守，而雲入營，更大開門，偃旗息鼓。公軍疑雲有伏兵，引去。雲雷鼓震天，惟以戎弩於後射公軍，公軍驚駭，自相蹂踐，墮漢水中死者甚多。先主明旦自來至雲營圍視昨戰處，曰：「子龍一身都爲膽也。」作樂飲宴至暝，軍中號雲爲虎威將軍。

羅貫中當是把趙雲空營退曹操的故事移之於諸葛亮又虛構變化出「空城計」故事而已。

　　但是本文所要討論的是，羅貫中挪移趙雲故事於諸葛亮以後之虛構變化出「空城計」故事，亦非僅嚮壁得來，而一如全書許多描寫是從他所熟悉的儒家文化汲取營養脫化而出，以上「空城計」故事中所增較趙云「空營計」更顯精彩的一筆，即諸葛亮於空城之上彈琴的情節，也是化用儒家典籍所載孔子言行而來。《莊子·外篇·秋水》載：

　　　　孔子游於匡，宋人圍之數匝，而絃歌不輟。子路入見，曰：「何夫子之娛也？」孔子曰：「來，吾語女。我諱窮久矣，而不免，命也；求通久矣，而不得，時也。當堯、舜而天下無窮人，非知得也；當桀、紂而天下無通人，非知失也：時勢適然。夫水行不避蛟龍者，漁父之勇也；陸行不避兕虎者，獵夫之勇也；白刃交於前，視死若生者，烈士之勇也；知窮之有命，知通之有時，臨大難而不懼者，聖人之勇也。由處矣！吾命有所制矣！」無幾何，將甲者進，辭曰：「以爲陽虎也，故圍之；今非也，請辭而退。」

此事又見於劉向《說苑·雜言》載：

　　　　孔子之宋，匡簡子將殺陽虎，孔子似之，甲士以圍孔子之舍。子路怒，奮戟將下鬥。孔子止之曰：「何仁義之不免俗也！夫《詩》《書》之不習，禮樂之不修也，是丘之過也。若似陽虎，則非丘之罪也。命也夫！由，歌，吾和汝。」子路歌，孔子和之，三終而甲罷。

又見於蔡邕《琴操》載：

　　孔子厄者，孔子使顏淵執轡，到匡郭外。顏淵舉策指匡，穿垣曰：「往與陽虎，正從此入。」匡人聞其言，孔子貌似陽虎，告匡君曰：「往者陽虎，今復來至。」乃率眾圍孔子，數日不解，弟子皆有饑色。於是孔子仰天而歎曰：「君子固亦窮乎！」子路聞孔子之言悲感，悖然大怒，張目奮劍，聲如鐘鼓，顧謂二三子曰：「使吾有此厄也！」孔子曰：「由，來！今汝欲鬥名，爲戮我於天下，爲汝悲歌而感之，汝皆和我。」由等唯唯。孔子乃引琴而歌，音曲甚哀，有暴風擊拒，軍士僵僕。於是匡人乃知孔子聖人，瓦解而去。

　　以上三則寫孔子因「貌似陽虎」而與弟子子路等被圍事，應爲同一故事的不同版本。雖然各本記孔子在圍困中鎮定自若而「絃歌不輟」的關鍵情節大致相同，但比較《莊子》所記，《說苑》還具體寫到了孔子與子路相和而歌「三終而甲罷」，《琴操》更是寫了孔子乃「引琴而歌」使匡人「瓦解而去」。以此與上引《三國志通俗演義》寫「空城計」故事中諸葛亮城頭撫琴情節相對比，二者豈非同出一轍？而《莊子》《說苑》《琴操》諸書應是羅貫中所熟悉的，因此，可以認爲「空城計」中諸葛亮城頭撫琴情節，必是從諸書所記孔子絃歌退敵故事脫化而來。若不然，何其乃爾！

　　但是，孔子「絃歌」退敵故事的影響並未至《三國演義》而止。後世小說或直接由上引孔子故事得到啓發，而更可能是模擬《三國演義》「空城計」故事的細節，寫圍城中人從容堅守，不廢絃歌，如明甄偉著《西漢演義》第八十五回寫劉邦在迫項羽自殺後，從張良之諫伐魯：

　　遂起兵徑趨山東，果見魯城緊閉、遍豎旌旗。漢兵到城下，四面圍困，攻打數日，不見動靜。尚聞城內有絃歌之聲。漢王急躁，欲多設火炮火箭，極力攻打，張良諫曰：「不可！魯乃周公之後，禮義之邦，孔子生於尼山，爲萬世帝王之師，天下瞻仰。今大王兵臨城下，尚聞絃歌之聲，爲主守節，豈可以勢力強之耶？大王但以項王之頭，號令城下，示以大義，彼自順附。」漢王從其言，急取項王頭，號令城下。只見城上父老，盡皆哀泣。漢王令人諭之曰：「項王放弒義帝，大肆暴虐，漢王倡天下諸侯兵，爲義帝發喪，衣皆縞素，爲天下除此殘逆。今楚已滅矣，魯何爲不降？是逆天不知大義，有愧聖人之教。」父老聞曉諭之言，遂同諸儒開城迎漢王大兵進城。

此節描寫所據《史記·項羽本紀》原文曰：

> 項王已死，楚地皆降漢，獨魯不下。漢乃引天下兵欲屠之，爲
> 其守禮義，爲主死節，乃持項王頭視魯，魯父兄乃降。

兩相對照，可知《西漢演義》寫圍城中「絃歌之聲」乃本於孔子事蹟，與《三國演義》寫諸葛亮「空城計」中城頭撫琴情節爲同一源頭。而張良之論，即《三國志通俗演義》卷之九《群英會瑜智蔣幹》寫周瑜所謂「聞絃歌而知雅意」。

行文至此，筆者忽然想到與「絃歌」退敵之意味相通，卻情景相反的，當是楚漢相爭中「四面楚歌」故事。《史記·項羽本紀》載：

> 項王軍壁垓下，兵少食盡，漢軍及諸侯兵圍之數重。夜聞漢軍
> 四面皆楚歌，項王乃大驚曰：「漢皆已得楚乎？是何楚人之多也！」
> 項王則夜起，飲帳中。有美人名虞，常幸從；駿馬名騅，常騎之。
> 於是項王乃悲歌慷慨，自爲詩曰：「力拔山兮氣蓋世，時不利兮騅不
> 逝。騅不逝兮可奈何，虞兮虞兮奈若何！」歌數闋，美人和之。項
> 王泣數行下，左右皆泣，莫能仰視。

以上「美人和之」句下《正義》引《楚漢春秋》云：「歌曰『漢兵已略地，四方楚歌聲。大王意氣盡，賤妾何聊生。』」事又見於《高祖本紀》載：

> 五年，高祖與諸侯兵共擊楚軍，與項羽決勝垓下。淮陰侯將三
> 十萬自當之……楚兵不利，淮陰侯復乘之，大敗垓下。項羽卒聞漢
> 軍之楚歌，以爲漢盡得楚地，項羽乃敗而走，是以兵大敗。

合諸書記載而觀之，馬、班等史家誠以爲「楚歌」對於動搖被圍困於垓下的項王的意志，使之終於不能再堅持下去而敗走，終至於烏江自刎的悲劇結局起了關鍵作用。唯是我們不能肯定，這「四面楚歌」的故事是否屬實？倘是街談巷議者之所造或出自史家的筆補造化的想像，則是否又從孔子「絃歌」退敵解圍故事的反面設想而來？這雖然無法斷定，但由此而生的聯想還是饒有趣味的。

（二）「玄德學圃」與樊遲「請學爲圃」

《三國志通俗演義》卷之五《青梅煮酒論英雄》寫劉備無棲身之地，不得已而暫依曹操。但曹操對之甚不放心：

> 玄德也防曹操謀害，就下處後園種菜，自己澆灌。雲長曰：「兄
> 不留心於弓馬以取天下，而學小人之事？」玄德曰：「非汝所知也。」
> 雲長但聞，看《春秋》《左傳》，或演習弓馬。次日，關、張不在，

玄德正澆菜，許褚、張遼引十數騎，慌入園中曰：「丞相有命，請玄
德便行。」玄德問曰：「有甚緊事？」許褚曰：「不知，只教我來請
玄德。」玄德只得隨二人入府。曹操正色而言曰：「在家做得好事！」
唬得玄德面如土色。操執玄德手，直至後園，曰：「玄德學圃不易！」
（學圃，種菜也。）玄德方才放心，答曰：「無事消閒耳。」

其中「玄德學圃」情節本《論語‧子路》載：

樊遲請學稼。子曰：「吾不如老農。」

請學為圃。曰：「吾不如老圃。」

樊遲出。子曰：「小人哉，樊須也！上好禮，則民莫敢不敬；上
好義，則民莫敢不服；上好信，則民莫敢不用情。夫如是，則四方
之民襁負其子而至矣，焉用稼？」

歷史上的劉備與曹操雖然一為「梟雄」，一為「奸雄」，但二人都有相當的學
問，尤其劉備曾「與同宗劉德然、遼西公孫瓚俱事故九江太守同郡盧植」（《三
國志‧蜀書‧先主傳》）。盧植「字子幹。少事馬融，與鄭玄同門相友」，為漢
末大儒，「名著海內，學為儒宗，士之楷模，乃國之楨幹也」（《三國志‧魏書‧
盧毓傳》注引《續漢書》）。劉備作為盧植的學生，至少熟知《論語》，所以羅
貫中寫他能有以「學圃」欺騙曹操，使之誤以自己為孔子所斥樊遲那樣無大
志的「小人」，而得苟全性命於曹營。結果是曹操當時志得意滿，又顯然只知
樊遲「請學稼」「請學圃」被孔子譏評為「小人」，而不悟劉備正以此行韜晦
之計，從而被劉備瞞過，也就顯得有些真實了。

《三國志通俗演義》這一化用《論語》的做法，既符合於劉備、曹操的
性格，又妙在反《論語》之義而用之，於儒家之說的化用多一曲折。所以雖
然並不深奧，在毛宗崗的時代應是讀書人大都能夠知道的，故無須說破也不
曾有人去說，但在今天讀經的時代過去已久，似就有必要提破，而值得一說
了。

（三）「玄德失箸」與孔子「迅雷風烈必變」

《三國志通俗演義》卷之五《青梅煮酒論英雄》寫曹操與劉備共飲間請
劉備試言「當世之英雄，果有何人」，劉備假意歷舉袁術、袁紹、劉表等，皆
被曹操所否定，而當「（曹）操以手先指玄德，後指自己曰：『方今天下，惟
使君與操耳。』」接下來即是非常戲劇性的一幕：

言未畢，玄德以手中匙箸盡落於地。霹靂雷聲，大雨驟至。操見玄德失箸，便問曰：「爲何失箸？」玄德答曰：「聖人云『迅雷風烈必變』。一震之威，乃至於此。」操曰：「雷乃天地陰陽擊搏之聲，何爲驚怕？」玄德曰：「備自幼懼雷聲，恨無地而可避。」操乃冷笑，以玄德爲無用之人也。曹操雖奸雄，又被玄德瞞過。

作者說「又被玄德瞞過」者，是並本則以上「玄德學圃」剛剛瞞過了曹操一起來說，——也確實應該一起來說，原因之一即是這一情節的設計也自《論語》中脫化而來。

但《論語·鄉黨》中「迅雷風烈必變」句，未必爲「聖人云」，而更像是客觀描述孔子聞雷變色的行跡，從而在《三國演義》寫劉備來說，他引爲「聖人云」固然是急中生智，把曹操瞞過了，但這與上論「玄德學圃」一樣，實在只是小說家化用孔子行跡而因故爲新之虛構藝術的技巧，所達至是藝術眞實性的目的，而似乎並不合於歷史上劉備作爲大儒盧植的學生和曹操亦深通學問的實際。所以李贄「總評」並上論「玄德學圃」而言曰：

種菜畏雷，事同兒戲，稍有知之，皆能察之；如何瞞得曹操？

此皆後人附會，不足信也。凡讀《三國志》者，須先辨此。雖然，

此通俗演義耳，非正史也。不如此，又何以爲通俗哉？

但筆者更是以爲，如上李贄關於「種菜畏雷，事同兒戲」云云的評論，其實也適用於「空城計」化用孔子「絃歌」退敵解圍之例。從而表明，《三國演義》的作者與評改者雖爲儒者，但與前所論稱引儒家「聖人」語錄作爲敘事寫人之正面原則的情形下不同，在化用儒學以爲小說敘事寫人之因素的過程中，他（們）主要是一位信筆爲之的小說藝術家。

綜合以上所考論，《三國演義》中稱引儒家「聖人」之言與化用其行跡的情況多雜而富於變化，表明作者運筆之際，其胸中所蘊有關儒家「聖人」的學識與情感，曾不時成爲其構思情節與細節和塑造人物的一個方面的源泉。其結果就是《三國演義》在一定程度上成了儒家學說的「通俗演義」，或曰「傳聲筒」，雖於小說藝術未必盡是正面的作用，但於儒學的傳播肯定是空前的創舉。這不是隨便什麼人願意做和能夠做到這般地步的。《論語·里仁》載孔子曰：「士志於道。」這種把儒家「聖人」時時縈掛在心的心態，一般說不會出現在一位僅以寫小說爲糊口之技的「書會才人」的創作之中，他們會做的只

是《三國志平話》之類跡近民間文學的讀本，而只有那種本質上是一位真正以「道」自任的儒者的小說家才有可能。這也就是說，羅貫中與後來的毛宗崗一樣，都是比較正統的儒者和文人。他（們）不僅懂得和從內心裏服膺儒家的「聖人」，而且喜好並善於用小說做推崇和弘揚「聖人」之道的事業。這無論在小說或儒學的歷史上，都肯定是一個創舉。因此，我們不能同意胡適所說羅貫中等是「平凡的陋儒」，而應當充分估量和尊重他們在古代小說創作與儒學傳播上的崇高地位和重要貢獻。

至於從《三國演義》中還能夠明顯地看出作者同時喜好兵家之說，並受有道、釋等學說的影響，不是一位純儒，也是可以理解的。那一方面是孔、孟之後，時移世變，本就難得再有什麼純儒了；另一方面為小說總不免雜學旁收，特別《三國演義》作為一部大量寫戰爭的長篇小說，津津於「兵法」的稱引與敷衍更勢在必行。而且這種動輒稱引「兵法」的做法，與其稱引儒家的「聖人」實為同一路數，表明《三國演義》的作者、評改者們，不僅是一位儒者，更是一位出入百家的飽學之士，而《三國演義》實是一部外通俗而內高雅的文人之作，我國古代第一部文人獨立創作的長篇小說。

（原載《明清小說研究》2011 年第 2 期）

試論《三國演義》爲通俗小說體兵書——《三國演義》對《孫子兵法》的推重與演繹

　　《三國演義》是我國古代一部通俗體政治歷史小說，又是一部卓越的軍事文學作品。其在古代戰爭方面描寫的成功，至今仍是一座未被超越的藝術高峰。這固然是由於作者羅貫中的天賦和可能的軍旅經驗爲基礎，但也明顯得力於對《左傳》《史記》《三國志》《三國志平話》等前代史書和小說戲曲戰爭描寫的借鑒。對此，學者們多有論述。但是，並非難以發現和理解的是，《三國演義》（以下或簡稱《演義》）戰爭描寫的成功深受古代兵家文化的影響，尤其是《孫子兵法》（以下或簡稱《兵法》）〔註1〕堪稱其戰爭描寫的旗幟與綱領，從而《演義》在一定程度上是《孫子兵法》的演繹，是一部「通俗小說體兵書」。只是近世以來，這一特點似乎並未受到《演義》研究者的重視，因此有必要提出來加以探討。

一、《三國演義》於兵家首重孫武

　　作爲一部政治歷史小說和軍事文學作品，《三國演義》寫軍國大事，極爲推重歷代賢相良將。據今本檢索〔註2〕，以各種不同方式被提及者，有姜子牙

〔註 1〕 據歷代著錄，《孫子兵法》在隋唐以前通常稱爲《兵法》，後有今名。本文引《孫子兵法》均據郭化若《孫子今譯》，上海人民出版社 1977 年版。

〔註 2〕 本文討論所據毛本《三國演義》及明清各家評點，爲陳曦鍾、宋祥瑞、魯玉川《三國演義會評本》，北京大學出版社 1986 年版。本文以下引《三國演義》

（姜尙父、東海老叟）四次、張良（張子房）十一次、管仲六次、樂毅九次、孫武（孫子、孫武子）七次、吳起一次。而於歷代良將中所特別推重以兵學著稱和傳有兵書者，姜太公之外，唯有孫、吳。《演義》寫戰爭以《兵法》爲準，也正是沿襲《史記‧孫子吳起列傳》以來「孫、吳」並稱的傳統，分別在第四十七、五十七、六十、九十四、九十七、一〇三諸回中並稱「孫、吳」達七次之多。但值得注意的是，《演義》全書雖「孫、吳」並稱，卻不曾單獨提及著有《吳子兵法》的吳起〔註3〕，而單獨提到孫武、孫子或孫武子的就有7次，分別在第二、五十七、六十、九十四、九十五、九十六、一〇七回。又從《演義》徵引《兵法》文句的情況看，也只及於《孫子兵法》，而不及於《吳子兵法》。由此可見《三國演義》雖於兵家並稱「孫、吳」，但其作者羅貫中最爲熟悉和推崇的，實際只是「兵聖」孫武及其《兵法》。

孫武（前535～？），字長卿，春秋齊國人，以《兵法》十三篇見吳王闔閭，「闔廬知孫子能用兵，卒以爲將。西破強楚，入郢；北威齊晉。顯名諸侯，孫子與有力焉」（《史記‧孫子吳起列傳》）。其人後稱「兵聖」，其《兵法》號爲「兵經」（《文心雕龍‧程器》）、「百世談兵之祖」（《四庫全書總目》）。而「孫武既死，後百餘歲有孫臏。臏生阿鄄之間，臏亦孫武之後世子孫也」，齊國用爲將，與魏將龐涓戰於馬陵道，逼龐自刎，「齊因乘勝盡破其軍，虜魏太子申以歸。孫臏以此名顯天下，世傳其《兵法》」（《史記‧孫子吳起列傳》），今題《孫臏兵法》，是我國歷史上又一位大軍事家。由此可見，春秋戰國之世，齊國孫氏堪稱將帥名族，兵學世家，而孫武是光大孫氏門楣的第一人和最傑出的代表。

及至三國，孫武后裔又有東吳孫堅、孫策父子並爲名將，而孫權承父兄遺業，雄據江東稱帝，整體實力雖不如曹魏，但有過於蜀漢，爲三國鼎立舉足輕重的一極。蜀、魏交惡，吳國左右其間，使曹、劉無不對其愛恨交加而無可奈何。以致曹操一世「奸雄」，亦不得不歎羨曰「生子當如孫仲謀」（《三國志‧吳書‧吳主傳二‧孫權》引《吳曆》）。因此，《演義》雖「擁劉反曹」，敘事以蜀、魏之爭爲主線，以孫氏之東吳爲蜀、魏相爭的陪襯，但也並沒有忽視孫氏有過於曹、劉之處。例如寫孫堅的出場，除顯揚其英雄了得之外，

正文或評點語無特別說明，均出此本

〔註3〕第五十七回《柴桑口臥龍弔喪，耒陽縣鳳雛理事》有「雖吳起不能定其規，孫武不能善其後也」的話，以吳、孫對舉，實亦並稱。

就特別提及了「乃孫武子之後」。這在《演義》雖然是據史而言，又是沿其寫主要人物出場往往上溯其家世的手法，但是此一追溯，在對孫堅及其家族形象的塑造上卻有突出的效果，既是加強其英雄了得的一筆，又是全書重寫戰爭而極意推重孫武順理成章的文字。由此結合了全書他處有關孫武描寫的渲染，在熟悉兵家傳統的讀者眼中心裏，就不能不油然而有孫武——孫臏——孫堅——孫策——孫權一族的兵家世系圖譜，從而加重並凸顯了《演義》兵家文化背景的色彩。

二、《三國演義》頻引《兵法》

《三國演義》對孫子的推重尤其體現於對《兵法》的頻繁稱引。書中除極贊「孫吳妙法」（第八十四回），「妙策勝孫吳」（第一百零四回）等間接的稱揚之外，還有四十七次提到「兵書」或「兵法」，並大量引用原文，見下表1。此表所列，或有未備，但大體可見《演義》徵引所稱「兵書」「兵法」，除第八十五回「客兵倍而主兵半者，主兵尚能勝於客兵」一條不見於《孫子兵法》者之外，其他至少有二十五回書中二十七次引用《孫子兵法》共計十三條，涉及到《孫子兵法》十三篇中的八篇。其他除一條並見《孫子兵法》和《孫臏兵法》，爲後者因襲前者可以不計之外，「客兵倍」云云一條雖爲述《孫臏兵法》所論，但由於羅貫中時代孫臏《兵法》尚在土中，所以此條實應出自《漢書》，而除此之外，似再無引用其他兵書的文例。由此可見，《演義》於兵家人物獨重孫武的同時，於「兵書」也是獨重孫武之《兵法》。不僅唐宋及其以後兵法著作未入其選，而且三國以前古兵法如《六韜》《司馬法》《尉繚子》《孫臏兵法》《吳子兵法》等，都沒有或基本沒有涉及，豈非於《孫子兵法》情有獨鍾！

表1　《三國演義》徵引《孫子兵法》文句與《孫子兵法》原文對照表

《三國演義》（毛本）			《孫子兵法》		其　他	
序號	回　次	引　文	篇　名	原　文	書　名	原　文
1	15、110	攻其無備，出其不意。	始計篇	攻其無備，出其不意。	《孫臏兵法·威王問》	攻其無備，出其不意。
	56、94	攻其不備，出其不意。				
	98	出其不意，攻其無備。				
2	19	以逸擊勞	軍爭篇	以佚待勞		
	85	以逸待勞				

3	26、33、61、116、117	兵貴神速	九地篇	兵之情主速，乘人之不及，由不虞之道，攻其所不戒也。		
4	30、46、59	兵不厭詐	始計篇	兵者，詭道也。		
	99	夫兵者，詭道也。				
5	35	知彼知己，百戰百勝。	謀攻篇	知彼知己者，百戰不殆。		
	94					
	107		地形篇	知彼知己，勝乃不殆。		
6	73	軍半渡可擊	行軍篇	客絕水而來，勿迎之於水內，令半濟而擊之。		
7	85	客兵倍而主兵半者，主兵尚能勝於客兵。			《孫臏兵法·客主人分》	客倍主人半，然可敵也。
					《漢書·陳湯傳》	客倍而主人半，然後敵。
8	95	憑高視下，勢如劈竹。	行軍篇	凡軍好高而惡下		
9		置之死地而後生	九變篇	死地則戰		
			九地篇	投之亡地然後存，陷之死地然後生。		
10		歸師勿掩，窮寇莫追。	軍爭篇	歸師勿遏，圍師必闕，窮寇勿迫，此用兵之法也。		
11	49	虛虛實實	虛實篇	兵之形，避實而擊虛。		
	50	虛則實之，實則虛之。				
	86	實實虛虛				
12	97	乘勞	作戰篇	夫鈍兵挫銳，屈力殫貨，則諸侯乘其弊而起，雖有智者，不能善其後矣。		
13	108	進不求名，退不避罪。	地形篇	故進不求名，退不避罪，唯人是保，而利合於主，國之寶也。		
14	112	古之用兵者，全國為上。	謀攻篇	凡用兵之法，全國為上。		

當然，《演義》獨重《兵法》的現象更應該上溯今存最早的版本，嘉靖本《三國志通俗演義》提及《兵法》名號內容的數量，實際比表 1 毛本中所見還要多一些。如卷之八《諸葛亮火燒新野》寫曹仁曰：「豈不聞《兵法》云有虛有實之論？」此句當指《孫子兵法・虛實篇》「兵之形，避實而擊虛」等語，爲毛本所刪；卷之九《諸葛亮智激孫權》寫諸葛亮說孫權曰：「曹操之眾，遠來疲憊……正是『強弩之末，勢不能穿魯縞』也。故《兵法》忌之，曰『必蹶上將軍』。」其中「故《兵法》忌之」二句爲毛本所刪。「必蹶」句《孫子兵法・軍爭篇》作「勁者先，疲者後，其法十一而至。五十里而爭利，則蹶上將軍」。以與表 1 所列合併觀之，可推測《演義》嘉靖本於古代兵學也是首重《兵法》。羅貫中是一位熟悉並對《兵法》素有研究的小說家。其對孫武之崇拜，對《兵法》之熟諳，對兵家文化之熱衷，同時與後世小說作者，都無以過之，從而有此一部重寫戰爭而遵循《兵法》並以之爲指導的通俗小說名著。

倘對《演義》就古學的繼承與利用上作量的比較，其徵引歷代古籍文句，數量上首先是儒家的經典共十七條（註 4），其次就是《孫子兵法》，而道家、法家類著作的文句少見。這表明《演義》與以儒家思想爲主導的敘事傾向並行而最突出的，不是道家、法家，而是以《兵法》爲代表的兵家思想。正是對孫子思想的重視與利用，使《演義》在一定程度上成爲《孫子兵法》的演繹，是一部通俗小說體的兵書。

三、《三國演義》以《兵法》寫人論事

《三國演義》對《孫子兵法》的重視進一步體現在以《兵法》寫人論事上，主要見於將帥人物的塑造和戰爭描寫，突出表現在以下幾個方面。

第一，將帥必讀「兵書」。如第三十七回《司馬徽再薦名士，劉玄德三顧草廬》寫劉備問諸葛均曰：「聞令兄臥龍先生熟諳韜略，日看兵書，可得聞乎？」第四十七回《闞澤密獻詐降書，龐統巧授連環計》寫曹操對闞澤曰：「吾自幼熟讀兵書，足知奸詐之道。」第八十二回《孫權降魏受九錫，先主征吳賞六軍》寫孫桓請戰，伏地奏曰：「臣雖年幼，頗習兵書。」第八十八回《渡瀘水再縛番王，識詐降三擒孟獲》寫孟獲曰：「吾雖蠻人，頗知《兵法》。」第九

〔註 4〕杜貴晨《〈三國演義〉與儒家「聖人」考論》，《明清小說研究》2011 年第 2
期。收入本卷。

十一回《祭瀘水漢相班師，伐中原武侯上表》寫夏侯楙曰：「吾自幼從父學習韜略，深通《兵法》。」如此等等，凡誇人或自誇，幾無不以讀「兵書」、明「《兵法》」相標榜，足見《演義》寫將帥人物，以熟讀「兵書」爲重要特徵。

第二，論將準於「《兵法》」。如第二十四回《國賊行兇殺貴妃，皇叔敗走投袁紹》寫劉備稱讚張飛曰：「素以汝爲一勇夫耳，前者捉劉岱時，頗能用計。今獻此策，亦中《兵法》。」末句嘉靖壬午本作「獻此計，吾弟亦按《兵法》，甚好，甚好」。第八十五回《劉先主遺詔託孤兒，諸葛亮安居平五路》寫諸葛亮對後主說：「成都眾官，皆不曉《兵法》之妙，貴在使人不測，豈可泄漏於人？」第一百回《漢兵劫寨破曹眞，武侯鬥陣辱仲達》寫孔明對俘獲魏將張虎等曰：「吾放汝等回見司馬懿，教他再讀兵書，重觀戰策，那時來決雌雄未爲遲也。」第一百零九回《困司馬漢將奇謀，廢曹芳魏家果報》寫姜維曰：「司馬昭乃仲達之子，豈不知《兵法》。」如此等等，皆以是否明於《兵法》爲論將標準。

第三，臨戰援據《兵法》。如第三十五回《玄德南漳逢隱淪，單福新野遇英主》寫李典曰：「《兵法》云：『知彼知己，百戰百勝。』某非怯戰，但恐不勝劉備也。」第六十一回《趙雲截江奪阿斗，孫權遺書退老瞞》寫「（曹）操心中鬱悶，閒看兵書。程昱曰：『丞相既知《兵法》，豈不知兵貴神速乎？』」第七十三回《玄德進位漢中王，雲長攻拔襄陽郡》寫呂常怒曰：「據汝等文官之言，只宜堅守，何能退敵？豈不聞《兵法》云：『軍半渡可擊。』今雲長軍半渡襄江，何不擊之？若兵臨城下，將至壕邊，急難抵當矣。」第八十五回《劉先主遺詔託孤兒，諸葛亮安居平五路》寫朱桓按劍而言曰：「《兵法》云：客兵倍而主兵半者，主兵尚能勝於客兵。今曹仁千里跋涉，人馬疲困；吾與汝等共據高城，南臨大江，北背山險，以逸待勞，以主制客：此乃百戰百勝之勢。雖曹丕自來，尚不足憂，況仁等耶？」等等。

第四，論兵以顯《兵法》。《演義》寫戰爭，或前或後，將帥與謀士間往往有關於戰法的討論或問難，闡述《兵法》妙義。如第十八回《賈文和料敵決勝，夏侯惇拔矢啖睛》寫道：

> 劉表問賈詡曰：「前以精兵追退兵，而公曰必敗；後以敗卒擊勝兵，而公曰必克：究竟悉如公言。何其事不同而皆驗也？願公明教我。」詡曰：「此易知耳。將軍雖善用兵，非曹操敵手。操軍雖敗，必有勁將爲後殿，以防追兵，我兵雖銳，不能敵之也，故知必敗。

夫操之急於退兵者，必因許都有事。既破我追軍之後，必輕車速回，
不復爲備。我乘其不備，而更追之，故能勝也。」劉表、張繡俱服
其高見。

同回又寫曹操戰勝而歸：

操回府，眾官參見畢，荀彧問曰：「丞相緩行至安眾，何以知必
勝賊兵？」操曰：「彼退無歸路，必將死戰，吾緩誘之而暗圖之，是
以知其必勝也。」

前者賈詡之論，即《孫子兵法》「攻其無備，出其不意」之義；後者曹操之論，
即反用《孫子兵法》「死地則戰」之義。對此，毛夾批曰：「前有賈詡論兵，
此又有曹操論兵，可當兵書一則。」

又，第一百回《漢兵劫寨破曹眞，武侯鬥陣辱仲達》寫「減兵添竈」計：

姜維問曰：「若大軍退，司馬懿乘勢掩殺，當復如何？」孔明曰：
「吾今退軍，可分五路而退。今日先退此營，假如營内兵一千，卻
掘二千竈。今日掘三千竈，明日掘四千竈，每日退軍，添竈而行。」
楊儀曰：「昔孫臏擒龐涓，用添兵減竈之法；今丞相退兵，何故增竈？」
孔明曰：「司馬懿善能用兵，知吾退兵，必然追趕；心中疑吾有伏兵，
定於舊營内數竈；見每日增竈，兵又不知退與不退，則疑不敢追。
吾徐徐而退，自無損兵之患。」遂傳令退軍。

對此，毛宗崗於「每日退軍，添竈而行」下夾批曰：「孫臏減竈之法，武侯反
用之；虞詡增竈之法，武侯正用之。」又於「自無損兵之患」下夾批曰：「方
將添竈計策解說一遍。」因知作者不僅注意於運用《兵法》本身的描寫，而
且自覺通過議論揭示《兵法》運用的原理及其現實依據，甚至從上引第一百
回諸葛亮教魏將回告司馬懿「教他再讀兵書，重觀戰策，那時來決雌雄未爲
遲也」的語氣中，還能感覺到作者「紙上談兵」的得意，由此可見作者著書，
於貫徹弘揚《兵法》思想的熱忱及其非凡的兵學見識。

四、《三國演義》寫戰爭妙體《兵法》理論

然而，《三國演義》更注重通過戰爭中傑出人才對《孫子兵法》妙用，體
現出作者對《兵法》思想的深刻理解。這才是《演義》作爲一部通俗小說體
兵書的精華所在，其內容豐富廣泛，擇要說明如下。

第一，「安國全軍」的愼戰論。《孫子兵法》所以能獨稱「兵經」，根本原

因就在於其雖爲兵書，卻不是就兵論兵，而是從國家利益的全局考量，把用兵即戰爭作爲保障和爭取國家利益的手段，不可不用，亦不可輕啓，所以開篇《始計》第一句話就說：「兵者，國之大事，死生之地，存亡之道，不可不察也。」這是講對待戰爭要持愼之又愼的態度。又在《地形篇》中說：「故進不求名，退不避罪，唯人是保，而利合於主，國之寶也。」這是講戰與不戰的原則：一是保民，二是利主。更進一步在《火攻篇》中說：「主不可以怒而興師，將不可以慍而致戰。合於利而動，不合於利而止。怒可以復喜，慍可以復悅，亡國不可以復存，死者不可以復生。故明君愼之，良將警之，此安國全軍之道也。」這是從反面講君主、將帥應該愼戰的道理。總之，在孫子看來，戰爭的目的是爲了達到政治上的目標，戰與不戰決定在於民、於君是否有「利」；否則，以「怒」「慍」興師，就可能招致亡國殺身之害。《演義》寫戰爭，也首先是在這一點上作了或正或反的描繪，使後世讀者「不可不察」。

正面的例子是「赤壁之戰」。《三國演義》寫這場大戰的中心是孫、曹隔江鬥智，但首先是戰與不戰，關鍵在孫權。諸葛亮雖雄辯過人，所能做到的也只能是因勢利導，使東吳國策向孫、劉聯合破曹的方面傾斜而已。因此，赤壁之戰前諸葛亮的游說在書中寫得最爲好看，也確實起了很大的作用，然而主要是幫助孫權明瞭曹兵南下的政治與軍事形勢，建立起抗曹的信心，卻基本上沒有也不可能由諸葛亮說破孫權必須聯劉抗曹的關鍵。這一關鍵只能由孫權自己的人爲其說破。這個人就是魯肅，第四十三回《諸葛亮舌戰群儒，魯子敬力排眾議》寫道：

> 權知肅意，乃執肅手而言曰：「卿欲如何？」肅曰：「恰才眾人所言，深誤將軍。眾人皆可降曹操，惟將軍不可降曹操。」權曰：「何以言之？」肅曰：「如肅等降操，當以肅還鄉黨，累官故不失州郡也；將軍降操，欲安所歸乎？位不過封侯，車不過一乘，騎不過一匹，從不過數人，豈得南面稱孤哉！眾人之意，各自爲己，不可聽也。將軍宜早定大計。」權歎曰：「諸人議論，大失孤望。子敬開說大計，正與吾見相同。此天以子敬賜我也！但操新得袁紹之眾，近又得荊州之兵，恐勢大難以抵敵。」肅曰：「肅至江夏，引諸葛瑾之弟諸葛亮在此，主公可問之，便知虛實。」

魯肅所言，突出了「利合於主」是戰與不戰的關鍵，從而使孫權堅定抗曹的決心。接下來才是只有諸葛亮能做和做得好的，即剖析當前形勢以消解孫權

的懼曹心理。總之，吳主孫權決心聯劉備以興兵破曹的出發點，在其本國即孫權一人一家的根本利益，是「合於利而動」，而不僅是爲諸葛亮所動。這正如毛宗崗評說：「孫權既聽魯肅之說，定吾身之謀，又聞孔明之言，識彼軍之勢，此時破曹之計決矣！」這應該是《三國演義》寫戰略決策演義《兵法》「安國全軍之道」的一個成功範例。

與上述成功之例相反的是第八十一回《急兄仇張飛遇害，雪弟恨先主興兵》。這場戰爭以劉備身死白帝城而失敗的結局，雖然使他成了爲朋友之義「立極」的一個榜樣，卻損害了他作爲「聖王」形象英明睿智的一面，即不顧蜀漢的根本利益，「以怒而興師」，「以慍而致戰」，最後不僅喪師亡身，而且破壞了「隆中對策」聯吳抗魏的根本大計。

當然，慎戰決非不戰，當戰不戰亦非「安國全軍」之道。結果與後來劉備伐吳之役幾乎同樣糟糕的決策，是第二十四回《國賊行兇殺貴妃，皇叔敗走投袁紹》寫曹操虛國遠征劉備，袁紹謀士田豐獻計曰：「今曹操東征劉玄德，許昌空虛。若以義兵乘虛而入，上可以保天子，下可以救萬民。此不易得之機會也，惟明公裁之。」但是，袁紹卻因最幼的兒子「今患疥瘡，將欲垂命」，心神恍惚，無心論事，遂失此千古良機，而最後爲曹操所滅。

第二，「上兵伐謀」的先勝之論。《孫子兵法》曰：「故上兵伐謀，其次伐交，其次伐兵，其下攻城。」（《謀攻篇》）就是說，戰爭依次以外交、鬥兵、攻城爲下，而以「伐謀」即計取最爲上策。《兵法》中「伐謀」又稱「廟算」，《始計篇》說：「未戰而廟算勝。」「廟算勝」即《形篇》所謂「善戰者，先爲不可勝，以待敵之可勝」，也就是打有準備之仗，才能處處佔據主動，取得成功。《演義》的戰爭描寫就突出體現了這一思想。

最鮮明的例子還是孫、劉聯軍與曹操的「赤壁之戰」。當時，在諸葛亮的巧妙說服之下，孫、劉兩方首領，特別是吳主孫權，已決計抗曹，接下來就是從方方面面切實做好物質與技術上的準備，包括周瑜利用「蔣幹盜書」除掉蔡瑁、張允的反間計，黃蓋的詐降計，龐統的連環計，以及諸葛亮的「草船借箭」與「借東風」等，都是「上兵伐謀」以「先爲不可勝」之「廟算」的實踐。

與上述孫、劉聯軍抗曹的「赤壁之戰」成功相反的，是更早一些袁紹討伐曹操的「官渡之戰」。這場戰事的起因，是袁紹聽說孫策死後，孫權繼立，接受了曹操所挾傀儡天子漢獻帝的封號，感到自己孤立了，於是「大怒」興

師，完全是一場在不適當的時候挑起的一場因沒有準備而毫無把握的戰爭。加之戰爭中多次不聽謀士們逆耳忠言的建議，終於以七十萬糧草充足之軍，敗於曹操七萬乏食困頓之兵，並從此一蹶不振。其間曹、袁勝敗之分，即在於曹操有謀且能用人之謀，合於孫子「上兵伐謀」之道；而袁紹背道而馳，必然受到戰爭規律的懲罰。

第三，「兵者，詭道」的戰術論。這一思想更通俗的說法是「兵不厭詐」，《演義》第三十、四十六、五十九回三次語及，更在具體描寫中把它發揮到淋漓盡致。其中第三十回「劫烏巢孟德燒糧」、第七十五回「呂子明白衣渡江」等，都是著名的戰例。然而讀者盡知，正是在「兵不厭詐」上，諸葛亮神出鬼沒，高出流輩，成爲書中「智絕」的典型。《演義》寫用計，不僅大都是諸葛亮的，而且諸葛亮用得最好。諸如錦囊計、疑兵計、空城計、反間計、妝神計、誘敵深入計、調虎離山計、伏兵計、減兵增竈計，等等。除了美人計，諸葛亮無所不用其極，而且往往計中有計、多計並用或者連環而用，使敵人防不勝防，除所謂因「天意」不成者之外，總不免在我算中。《三國演義》還寫了諸葛亮所以能夠如此，在於他不僅極重《兵法》的原則，更深通其「兵者，詭道」之精髓。第七十二回《諸葛亮智取漢中，曹阿瞞兵退斜谷》，寫諸葛亮用疑兵之計，使「曹兵徹夜不安。一連三夜，如此驚疑，操心怯，拔寨退三十里，就空闊處紮營。孔明笑曰：『曹操雖知《兵法》，不知詭計。』」已自道其比曹操更深明《兵法》之處。同時書中描寫先後 3 次語及「兵不厭詐」的情形，也顯示作者有意突出這個行兵打仗的戰術原理。

其他如《兵法》「作戰」「謀攻」「火攻」「用間」等諸篇思想，也大都形象地體現於《三國演義》的具體描寫之中，茲不贅述。總而言之，《演義》多寫戰爭，而凡寫戰爭之處，幾乎都有《兵法》上的根據。以致若與《兵法》相對照，其戰爭描寫的原則與套路，幾無不以各種不同形式與《兵法》的某一論述相合，也正是在這個意義上，我們以其爲《孫子兵法》的演繹。而又很自然的，羅貫中《演義》寫戰爭，除《兵法》之外，還從史書或平話借鑒了別家兵法的理論或實踐，如上述「孫臏減竈」「虞詡增竈之法」等即是。雖然這等溢出《兵法》文本內容的情形並不多見，但也使得《演義》不僅是《孫子兵法》的演繹，而且還是一部集中國古代兵學文化之大成的通俗小說體兵書。

還應該指出的是，《演義》作爲通俗小說體兵書的高明之處，不僅在於或正或反描寫了《兵法》文本思想的運用，而且還在於描寫中諷刺批判了死記硬背、機械搬套《兵法》的「本本主義」與「教條主義」。第九十五回《馬謖

拒諫失街亭，武侯彈琴退仲達》寫魏兵來襲，蜀將馬謖自請出戰，雖其志可嘉，但他志大才疏，自負輕敵，對諸葛亮說：「某自幼歷學到今，豈不知《兵法》也？量一街亭，不能守之，要某何用！」已是心高氣傲，犯了「驕兵必敗」之大忌。更不幸的是，馬謖驕於敵軍之外，還驕於同事。到了街亭以後，根本不理睬老將王平於五路總口「屯兵當道」的建議，而是「就山上屯兵」。他的理由，一是「《兵法》云：『憑高視下，勢如劈竹』」，二是「孫子云：『置之死地而後生』」。可說背誦《兵法》條文很熟，但照搬這些條文的結果，卻是不出王平所料，被魏兵四面圍定，「山上無水，軍不得食，寨中大亂」，蜀軍遂失了街亭。後來若不是諸葛亮用「空城計」退敵，蜀兵怕就要全軍覆沒了。街亭之敗雖諸葛亮用人失察在先，但根本原因還是馬謖只會紙上談兵，又驕傲自大，聽不進不同意見。對此，毛宗崗批評道：「馬謖之所以敗者：因熟記《兵法》之成語於胸中，不過曰『置之死地而後生』耳。不過曰『憑高視下，勢如破竹』耳。孰知坐論其是，起行則非；讀書雖多，致用則誤，豈不可歎！」

因此，從文學描寫戰爭的角度看，《三國演義》堪稱《孫子兵法》形象的演繹，卻不是《孫子兵法》等古代軍事著作的簡單圖解。這源於作者的高明，上引第七十二回寫諸葛亮說：「曹操雖知《兵法》，不知詭計。」聯繫上述「失街亭」的描寫，可知羅貫中不是「本本主義」和「教條主義」者，比較對《兵法》文句意義的學習應用，他更重視《兵法》思想在實踐中的靈活運用，是真正知兵者。在他看來，對戰爭規律的把握與利用，既要有原則性，又要有靈活性。在戰術的層面上，「兵者，詭道」，隨機應變，具體情況具體對待，才是《兵法》一書的靈魂。正是在這一根本之點上，《三國演義》寫戰爭既本於《兵法》理論，又有自己的發揮創造，有很高的兵學價值。

五、餘論

《三國演義》作爲通俗小說體兵書的特點及其兵學價值，歷史上很早就受到各類人士的重視和利用。清陳康祺《燕下鄉脞錄》卷十載：「嘉慶間，忠毅公額勒登保，初以侍衛從海超勇公帳下，每戰，輒陷陣。超勇曰：『爾將才可造，須略識古兵法。』以翻清《三國演義》授之，卒爲經略，三省教匪平，論功第一。」〔註5〕清劉鑾《五石瓠》「水滸小說之爲禍」條載：「張獻忠之狡

〔註 5〕 朱一玄、劉毓忱編《三國演義資料彙編》，百花文藝出版社 1983 年版，第 710 頁。

也，日使人說《三國》《水滸》諸書，凡埋伏攻襲咸傚之。」〔註6〕清張德堅《賊情彙纂》卷五「詭計」條載：「賊之詭計……取裁《三國演義》《水滸傳》爲尤多。」〔註7〕清劉廷璣《女仙外史品題》云：「小說言兵法者，莫精於《三國》。」〔註8〕黃人《小說小話》云：「此書不特爲紫陽《綱目》張一幟，且有通俗倫理學、實驗戰術學之價值也。」〔註9〕如此等等，從實踐或理論上肯定了《三國演義》所寫雖總體爲文學想像中的戰爭，卻在相當程度上是中國古代戰爭經驗的文學化、通俗化，不僅作爲小說可以賞心悅目，而且有行兵作戰實用的借鑒價值。因此，我們稱其爲《孫子兵法》的演繹，中國古代一部通俗小說體的兵書，是非常合乎實際的。

三國歷史上的曹操、諸葛亮都極爲服膺和深通《兵法》，《三國演義》據《兵法》演繹戰爭，本身即體現了小說創作的歷史主義精神。而其翻新出奇，創造良多，更顯示了羅貫中對《兵法》精神的深刻理解與精妙把握。但《演義》對《兵法》的演繹總是要爲「擁劉反曹」的主題服務，從而具體描寫中也有刻意爲之，過猶不及，於《兵法》精神不盡相合甚至有違者。如寫諸葛亮用兵之妙幾乎神出鬼沒就時有過火之處。李贄批評「武侯所爲禳星祈命，皆師巫之術也」（第一一七回），和魯迅所謂「狀諸葛之多智而近妖」〔註10〕，所指就是這種情況。又第四十一回寫「劉玄德攜民渡江」，也完全違背了《兵法》論「將有五危」之「愛民，可煩也」（《九變篇》）的原則。更有第一〇三回《上方谷司馬受困，五丈原諸葛禳星》，寫諸葛亮爲激怒魏軍出戰，竟使出送司馬懿巾幗的下策。這一技窮的做法，雖然於史有據，也還可以從「兵不厭詐」得到解釋，但這種手段，在小說對諸葛亮人格的塑造上一面是適見作者思想的迂腐，另一面既於作者欲顯諸葛亮之智的總體傾向不合，也與書中有關「武侯之學，夫人多所贊助焉」（第一一七回）的插敍有內在矛盾。唯是瑕不掩瑜，總體看來，《三國演義》作爲《孫子兵法》通俗化、藝術化的成就，無論在古代小說史上還是在兵學史上，都有不可忽略的價值與意義。

（與周晴合作，原載《學術研究》2013 年第 6 期）

〔註6〕 《三國演義資料彙編》，第 651 頁。
〔註7〕 《三國演義資料彙編》，第 709 頁。
〔註8〕 《三國演義資料彙編》，第 650 頁。
〔註9〕 《三國演義資料彙編》，第 748 頁。
〔註10〕 魯迅《中國小說史略》，人民文學出版社 1973 年版，第 107 頁。

《三國演義》徐庶歸曹故事源流考論 ——兼論話本與變文的關係以及「三國學」的視野與方法

　　《三國演義》今存最早版本爲嘉靖壬午（1522）刊《三國志通俗演義》，該書寫徐庶歸曹（操）故事，在卷之八第一則《徐庶定計取樊城》、第二則《徐庶走薦諸葛亮》和第三則《劉玄德三顧茅廬》，情節大略如下：

　　1、徐庶助劉備計取樊城，大勝曹兵，爲曹操所忌；

　　2、曹操欲招降徐庶，乃用程昱之計，遣人至潁川賺取徐母來許都，誘使「作書喚之」。徐母罵曹，拒絕作書，操欲殺之；

　　3、程昱勸使曹操不殺徐母，賺取徐母筆跡字體，僞造母書以招徐庶。徐庶接書，辭劉（備）歸曹（操）。劉備於長亭餞別徐庶，徐庶走馬薦諸葛；

　　4、徐庶至許都見母，徐母憤恨其歸曹，自縊而死。

　　按此故事原本《三國志》卷三十五《蜀書·諸葛亮傳》載：

> 　　時先主屯新野，徐庶見先主，先主器之，謂先主曰：「諸葛孔明者，臥龍也，將軍豈願見之乎？」……俄而（劉）表卒，（劉）琮聞曹公來征，遣使請降。先主在樊聞之，率其眾南行，亮與庶並從，爲曹公所追破，獲庶母。庶辭先主，而指其心曰：「本欲與將軍共圖王霸之業者，以此方寸之地也。今已失老母，方寸亂矣，無益於事，請從此別。」遂詣曹公。

　　《三國志》裴注所引各書以及《資治通鑒》等相關記載事體無異。其後數百年，至《三國志平話》演爲：

曹兵大敗，燒死不知其數。……皇叔設宴待徐庶，筵宴畢，當日徐庶自思，我今老母現在許昌，曹公知我在此殺曹兵，與我爲冤，母親家小性命不保！即辭先主，先主不喜。徐庶曰：「我若不還，老小不保。」先主、關、張三人與徐庶送路，離城十里酌別，不肯相捨；又送十里，長亭酌別。先主猶有顧戀之心，問曰：「先生何日再回？」徐庶曰：「小生微末之人，何所念哉！今有二人……」先主問誰人。徐庶曰：「南有臥龍，北有鳳雛……」〔註1〕

對比可知，《三國志平話》此節乃取《三國志》徐庶本事輪廓，挪移變異，踵事增華。其與史載本事主要的區別：一是《三國志》說徐庶因母親隨軍敗逃，被曹兵所獲，不得已辭劉歸曹，而《平話》卻說他幫助劉備打了勝仗，因念及母親「現在許昌」，主動請辭，投奔曹操而去；二是《三國志》沒有寫劉備送別徐庶等事，而《平話》虛構其事並作了渲染；三是《三國志》說徐庶薦諸葛亮在歸曹之前並短暫與其共事劉備，而《平話》改寫爲劉備爲徐庶送別，徐庶於臨行之際薦諸葛亮、龐統以自代，後去曹營，徐庶與諸葛亮並未謀面。毫無疑問，這些改動的結果化生活爲藝術，變史述爲小說，是三國徐庶歸曹故事文學化的巨大飛躍。

又以《三國演義》徐庶歸曹故事與上引《三國志》及《三國志平話》對比可知，《演義》雖原本《三國志》，卻主要是襲用了《三國志平話》中情節，包括徐庶助劉備計取樊城、念母歸曹、劉備長亭送別、徐庶薦諸葛亮等。但在《三國演義》中，這些發生於劉備一方的情節只占全部徐庶歸曹故事的一半；它的另一半即發生於曹營方面的情節——曹操挾徐母爲人質以招徐庶和徐母死節一大段精彩文字（以下或簡稱徐母故事），卻不出自今見羅貫中之前任何有關三國的資料（曹操、徐母在上引《三國志》與《三國志平話》文字中僅被提及）。這可以引起我們探討的興趣：是作者的創造？還是別有依傍？

按《三國志》裴注爲我們提供了尋求答案的線索。《三國志》卷一四《魏書·程昱傳》裴注引「徐眾評曰」，曾提及「昔王陵母爲項羽所拘，母以高祖必得天下，因自殺以固陵志。明心無所繫，然後可得成事人盡死之節」等事，並聯類以及於「徐庶母爲曹公所得，劉備乃遣庶歸」等事。這段話提示《演義》寫徐母故事與「昔王陵母」故事有所關聯。按《史記》卷五六《陳丞相

〔註1〕〔宋〕無名氏《三國志平話》，丁錫根點校《宋元平話集》，上海古籍出版社1990年版，第806～807頁。

世家》載有項羽捉王陵母以招王陵事：

> 王陵者，故沛人，始爲縣豪，高祖微時，兄事陵。陵少文，任氣，好直言。及高祖起沛，入至咸陽，陵亦自聚黨數千人，居南陽，不肯從沛公。及漢王之還攻項籍，陵乃以兵屬漢。項羽取陵母置軍中，陵使至，則東鄉坐陵母，欲以招陵。陵母既私送使者，泣曰：「爲老妾語陵，謹事漢王。漢王，長者也，無以老妾故，持二心。妾以死送使者。」遂伏劍而死。項王怒，烹陵母。陵卒從漢王定天下。以善雍齒，雍齒，高帝之仇，而陵本無意從高帝，以故晚封，爲安國侯。

班固《漢書》、司馬光《資治通鑑》等記載同此。對比可知，《三國演義》徐母故事與《史記》《漢書》陵母故事爲同一機杼。《史記》《漢書》爲古代文人必讀書，羅貫中「考諸國史」〔註2〕，據《三國志》等編撰《三國演義》，徐母與陵母故事的雷同，應當是他從裴注進而《史記》《漢書》所載陵母事受到啓發而來。毛宗崗於《三國演義》本回「操然其言，遂不殺徐母，送於別室養之」句下評曰：「不殺徐母者，懲於王陵故事也。」李漁也評曰：「操不殺徐母，有鑒於王陵故事也。」〔註3〕其都以小說寫曹操不殺徐母與史載楚漢之際王陵母故事相關，也給人感覺似乎《三國演義》徐母故事直接脫化自《史記》《漢書》陵母事，其實未必。深入考察可知，從《史記》《漢書》的記載到羅貫中《三國演義》徐庶歸曹故事還曾經由中間環節的轉換。這個作爲中間環節的就是《三國演義》成書之前有關王陵及陵母故事的民間文藝包括野史小說。

楚滅漢興以後，王陵及陵母故事流傳，一入於《史記》《漢書》的記載，一由於街談巷語的增飾演爲民間口傳小說。至今《史記》《漢書》的有關記載可見，當時口傳的這類小說無考。但是，尚有今山東省嘉祥縣漢武梁祠《王陵母圖》畫像殘石及題記，顯示當時有王陵母故事口頭流傳的痕跡。近人王重民先生《敦煌本〈王陵變文〉》一文考「此圖（按指漢畫像石《王陵母圖》）所表現之故事，已較《史》《漢》爲複雜，而漸入於小說之域」〔註4〕。此後

〔註2〕〔明〕庸愚子《三國志通俗演義序》，〔元〕羅貫中《三國志通俗演義》，上海古籍出版社1980年版。

〔註3〕陳曦鍾、宋祥瑞、魯玉川輯校《三國演義會評本》，北京大學出版社1986年版，第452頁。

〔註4〕周紹良、白化文《敦煌變文論文錄》，上海古籍出版社1982年版，第596頁。

約八百年間，又有今存敦煌遺書《漢將王陵變》，屬晚唐五代俗講的變文，原帙亂殘，經王重民先生整理成今本〔註5〕，使我們能方便地知道這一故事流傳至唐代的具體面貌。其梗概如下：

1、王陵與灌嬰斫楚營得勝，為項羽所忌；

2、項羽欲招降王陵，乃用鍾離末計，從綏州茶城村捉取陵母，逼使「修書詔兒」。陵母知漢當興，嚴詞拒絕，遭刑辱；

3、漢使盧綰去楚營下戰書，見陵母受苦，回告漢王。漢王准王陵入楚，救其慈母；

4、王陵請盧綰相隨入楚救母，至界首，綰先入探，陵母於項羽前口承修書招兒，賺項羽寶劍，自刎而死。

以本文開篇所列《三國演義》徐庶歸曹故事梗概相對比可知，二者情節雷同有以下幾點：

1、王陵、徐庶各在戰勝後為敵方所忌；

2、項羽、曹操各用屬下計策挾其母以相招誘；

3、項羽、曹操各曾使其母作書相招，被拒絕，並招致唾罵；

4、王母、徐母各自殺，為漢朝死節。

這第一點雷同處甚至關乎故事總體構思的合理性，而第二、三、四點集中顯示徐母與陵母故事大略如一。這也不會是偶然的巧合，而表明二者可能有直接淵源的聯繫。但是，羅貫中沒有看到過嘉祥漢武梁祠石刻；《漢將王陵變》也早在10世紀末就已封存於敦煌石窟，並且宋真宗朝曾明令禁止僧人講唱變文，此篇也不大可能有別本在世間流傳，至羅貫中的時代更加不可能看到。所以，《三國演義》徐母故事與《漢將王陵變》陵母故事的淵源關係又不可能是直接的。換言之，《漢將王陵變》向《三國演義》徐母故事的過度，還應當另有中間環節的過度。

這個成為中間環節的應是宋元話本或雜劇。宋吳自牧《夢粱錄·小說講經史》載：「講史書者，謂講說《通鑒》、漢、唐歷代書史文傳，興廢爭戰之事。」〔註6〕洪邁《夷堅支志》丁集卷三《班固入夢》條有「今晚講說《漢書》」的話，又據今存元至治《新刊全相平話前漢書續集》，可以相信此前早就有《全相平話前漢書正集》，這些說話——話本之中，必有項羽捉陵母以招王陵故

〔註5〕 王重民等編《敦煌變文集》，人文學出版社1957年版。
〔註6〕 轉引自胡士瑩《話本小說概論》，中華書局1980年版，第103頁。

事。又，元鍾嗣成《錄鬼簿》載有顧仲清《陵母伏劍》一本，當然就是演王陵及陵母故事。另外王國維《曲錄》載有元王伯成《興劉滅漢》一本，也可能涉及這一題材。但是，一般說雜劇後起於話本，加以顧仲清、王伯成皆元中期人，所編陵母故事雜劇當然晚於話本。所以，作爲《漢將王陵變》情節向《三國演義》徐母故事過度中間環節的，首選應當是宋代說《漢書》的話本，其次才是雜劇。明代甄偉作有《西漢演義》，敘陵母事略同《漢將王陵變》，大約就參考過這種宋代說《漢書》的話本抑或顧仲清、王伯成的雜劇。羅貫中時代早於甄偉，《三國演義》敘徐母故事與《漢將王陵變》的雷同，也應是直接從宋代說《漢書》話本或顧、王的雜劇挪借而來。但是，《漢將王陵變》又如何演爲宋代說《漢書》話本的內容，也還是考察這一題材演進過程必須弄清的又一中間環節。

這一中間環節的特殊性，表現爲民間藝術形式間的相互影響。具體地說，從《漢將王陵變》到宋代說《漢書》話本中陵母故事，是宋初佛教俗講與市民說話代興和前者爲後者吸納的結果。話本是說話藝術的產物。說話藝術早在隋唐已經發生。但是，唐代俗講盛行，說話似乎一度成了俗講的附庸。敦煌遺書中《唐太宗入冥記》《前漢劉家太子傳》《韓擒虎話本》等本是世俗講說的話本，而雜存於各種講說佛教故事的變文中；《伍子胥變文》《李陵變文》等講說歷史故事的話本，卻取變文體或並以「變文」題名，都顯示入宋以前唐五代很長時期中，說話——話本曾被視爲俗講——變文的一種，隨俗講——變文一併流傳。然而，即使在俗講——變文最受俗眾歡迎的興盛時期，也有來自各方面的反對，乃至一再遭到朝廷的禁止〔註7〕，至南宋王灼作《碧雞漫志》，已稱「至所謂俗講，則不曉其意」了〔註8〕。在這俗講——變文逐漸式微的過程中，原被俗講——變文裏挾籠罩的說話——話本重又獨立發展，逐步佔據民間講唱文學中的主導地位；而當初被作爲俗講——變文內容出現的歷史故事也應時蛻變爲講史的內容和形成新的話本，《漢將王陵變》向說《漢書》話本中陵母故事情節的轉化就是在這一過程中完成的。

從今本《漢將王陵變》可以見到後來可能發生這種轉變的文本特徵。該篇末「漢八年楚滅漢興王陵變一鋪」的題記，應是暗示了俗講「楚滅漢興」

〔註7〕 陸永峰《變文的式微》，《敦煌變文研究》，巴蜀書社 2000 年版。
〔註8〕 〔宋〕王灼《碧雞漫志》，影印文淵閣四庫全書第 1495 冊，上海古籍出版社 1987 年版，第 524 頁。

故事，不只「王陵變一鋪」，而是各種「楚滅漢興」故事編年敘述的長篇講唱。換句話說，《漢將王陵變》只是「楚滅漢興」長篇俗講中的一節，故其題義當為「楚滅漢興」「漢八年」之「王陵變」。如果這個推想符合實際，那麼人們常常感到奇怪的唐代盛行的變文，到了宋代突然湮沒無聞一事，就可以在其自身演變的方面得到合理的解釋了。即唐五代以來，特別入宋以後，持續不斷的政治壓力，使俗講──變文逐漸式微，有的不得不改頭換面，融入市井中方興未艾的說話──話本，促進了這一民間文學藝術形式的發展。「楚滅漢興王陵變」一類歷史題材的俗講，也就在這過程中一變而為「今晚講說《漢書》」之類的講史；話本流傳，相應部分遂成為元末羅貫中《三國演義》寫作徐母故事的直接依傍，而《漢將王陵變》則是它在唐代俗講──變文中的祖本。

這個事實說明，宋元話本小說特別是講史類話本的發展與唐五代變文有某種承接關係。具體說來，宋代講史及其話本未必盡為宋人的原創，有不少可能是因襲唐代俗講變文加工改造再創作的作品，研究者有必要多加注意唐代俗講──變文與宋代說話──講史乃至與其他話本小說的聯繫，使對話本小說史的研究真正做到上下貫通。這不僅是要把講史話本與話本小說的歷史向前追溯至唐代佛教俗講的影響（前輩學者已有過一些這方面的研究成果），更關係對講史等話本小說歷史變遷全過程的描述及其所形成文本特徵的說明。例如，唐五代俗講──變文在「楚滅漢興」等等故事之外，是否也有關於三國的俗講──變文？《三國志平話》漢家君臣冤報故事的入話是否就由彼而來？這自然又不限於變文在話本小說史演進中作為環節的作用，可以思考並值得探討的東西很多。而在近幾十年來古典文學研究常常是株守一家或限於一體、一代的情勢下，話本小說研究上溯源流以對其發展變遷作出新的說明的工作總體上還比較欠缺；就變文與講史及話本小說而言，由於敦煌學與古代小說學各為專家專門之學，這二者的關係在長時期中被有意無意地忽略了，從而有關歷史的聯繫基本上仍在隱晦之中。這是一個有待專家加強關注的課題，本文借《三國演義》徐庶歸曹故事與俗講變文《漢將王陵變》淵源的考論，希望對這一課題研究工作的開展能有些微推動的作用。

總之，以上分析可以使我們這樣認為：羅貫中《三國演義》徐庶歸曹故事原本《三國志》，一由《三國志·諸葛亮傳》所載徐庶事衍為《三國志平話》的描寫，成為故事中劉備與徐庶交往情節的基礎；一由《三國志》裴注的啓

發，遠祖《史記》《漢書》的記載和漢代傳說，其更接近的根據是唐五代俗講變文《漢將王陵變》，而以宋代說《漢書》的話本或《陵母伏劍》等元雜劇中陵母故事爲直接的依傍，寫就故事中曹操、徐母故事情節；——合二爲一，形成徐庶歸曹故事構架。我們據有限資料看到的這一演進的過程已比較複雜，而歷史的眞相無法復原，實際的狀況即其絪蘊化生的過程會更爲錯綜繁複。對此，本文無法作出更具體的說明，但是，已足以使我們看到《三國演義》成書與唐代俗講——變文關係的密切，並因此受到啓發，即《三國演義》研究亟需視野的擴大與方法的更新。

首先，在題材形式演變研究資料的發掘利用方面，《三國演義》徐庶歸曹故事從歷史到小說的演進過程表明，《三國演義》的取材即其對史傳與民間傳統的繼承，固然以前代關於三國的各類文獻爲主，卻也有從諸如《史記》《漢書》及說《漢書》一類話本等其他非三國文獻中的挪移化用。因此，《三國演義》成書過程及其他相關研究固然應當首重三國資料的發掘利用，卻又不可畫地爲牢，以爲「說三分」的藝人特別是偉大的小說創作家羅貫中只是基於三國舊聞編述纂集，並無別樣的參考借鑒，從而把它深層次的更爲廣闊的文化背景忽略或遺忘了。應當說，這種研究上的不足在一定程度上是存在的，有必要加以彌補或救正。爲此，《三國演義》的研究不僅要就三國論《三國》，而且還要注意《三國》與「三國」之外世界多方面委宛曲折的聯繫，以求更深入地把握《三國演義》與傳統文化的廣泛聯繫。這是必要的，也是可能的。爲此，研究者必須樹立統一的歷史觀念和加深對文學發生過程的眞正瞭解，認識到任何作家、作品、文學現象其實只是統一的歷史網絡中的一個結，與之相連的一切都是它賴以存在的條件和參照物；研究者注重這個「結」的本身，同時也可以從這一切的角度加以觀照，得出自己的結論。我們相信，新的觀念與認識將會給《三國演義》研究帶來新的開拓變化，就是研究《三國》以三國爲主，而不唯三國，更擴大到從全部傳統文化的背景上理解闡釋這部偉大的著作，以最大限度發明和凸顯《三國演義》作爲傳統文化無邊無際的網絡中一個「中國結」的特徵。

其次，上述資料的發掘利用不僅有考察《三國演義》題材形式演變的意義，也潛在地有作品思想內涵與前代文化聯繫的新發現的可能。具體說來，本文所考《三國演義》徐母故事借自宋元話本、唐五代變文、漢代有關傳說故事、《漢書》《史記》等，不只是情節形式的挪用，而且包含了以徐母比陵

母、以劉（備）曹（操）比劉（邦）項（羽）的意義，表現了作者以宋儒所謂漢代得天下之正加強尊劉貶曹傾向的比較極端的用心。從而可以看到，羅貫中《三國演義》擁劉反曹的政治傾向，不只是繼承了朱子《綱目》與民間說話的傳統，而還有作者自覺的選擇與發揮強調。這與傳統的看法就有了區別。

　　類似的情況還可以舉出《三國演義》曹操殺呂伯奢故事的構思，可能受有《伍子胥變文》的影響。按《三國志·魏書·武帝紀》本文及裴注僅敘及曹操因疑誤殺了呂氏家人及賓客，呂伯奢以外出幸免。《三國演義》敷衍其事，增飾為曹操在離開呂家出逃的途中又遇到呂伯奢而殘殺之；其出手毒辣與居心不良招致陳宮的責難，陳並因此離他而去。這部分增飾的情節，固然是作者塑造這一人物妙手偶得又順理成章的傑作，又似乎只是故事情節即形式的演進，其實不然。與《伍子胥變文》稍加對照，就可以發現在形式的借用中，也幾乎不可免地沿襲了變文相應部分構思之理——曹操答陳宮責難說：「伯奢到家，見殺死多人，安肯干休？若率眾來追，必遭其禍。」〔註9〕這與《伍子胥變文》的文字雖有較大不同，但是，其所執之「理」，卻與《伍子胥變文》寫漁人堅持回家中為子胥取食，子胥卻疑他「不多喚人來捉我以否」〔註10〕的想法，有相通之處。這裡，我們還無從斷定羅貫中是否也是經由宋元話本或雜劇從《伍子胥變文》受到啟發，——那將是十分困難甚至不可能之事，——但是二者之間情景略似，神理相通，有所傳承，卻是不爭的事實。

　　因此，筆者認為，在有學者提出「三國文化」背景下繼續深入開掘的基礎上，《三國演義》研究也還需要進一步樹立統一的大歷史與文學的觀念，放眼全部傳統文化的背景以為參照，把一部書的學問做得更大，以期有新的更多的發現。在這一方面，已經有學者做出了努力。例如程毅中先生論《梁公九諫》第八諫武則天以下油鍋相迫，而狄仁傑仍堅持進諫，「褰衣大步欲跳入油鍋」的情節說：「這種手法常見於民間說唱，是故作驚人之筆。元人雜劇《賺蒯通》和《三國志通俗演義》第十八卷鄧芝使吳一節，就使用了這樣的情節，可見其間有相通之處。」〔註11〕這無疑是在傳統文化的廣大背景上對三國戲曲小說情節來源的一個新的發現和正確論斷。而在全部傳統文化的背景上，類似的發現應該不止於此，研究者任重道遠，可做的事情正多。

〔註 9〕《三國演義會評本》，第 49 頁。
〔註10〕《敦煌變文集》。上冊，第 13 頁。
〔註11〕程毅中《宋元小說研究》，江蘇古籍出版社 1998 年版，第 263～264 頁。

　　這裡還要順便說到，以上考論《三國演義》徐庶歸曹故事源流，首先當然是揭示了故事構成的資料基礎。這一基礎對羅貫中《三國演義》的編撰當然有重要意義。但是，如果考據能不迷失於細節，則應當看到羅貫中寫作徐庶歸曹故事，不只是靠了這一基礎和好像是東拼西湊的手段，而是登高望遠，成竹在胸，以意為之，隨手捏合，筆補造化，獨具匠心。他的天才表現與貢獻在於：一面參考各種前代的資料，需要有選擇去取的高明眼光；另一面融鑄這東挪西借來的材料，使之成為與全書血脈連貫、呼吸相通的有機生命體，更要有生死肉骨、化腐朽為神奇的才華；更重要是他踵事增華、筆補造化的工夫，如不僅沿《三國志平話》把薦諸葛之事放在送別之末，而且改《平話》並薦臥龍、鳳雛兩人為專薦諸葛，帶言龐統。不僅襲用項羽迫王陵母作書招兒情節，而且在徐母拒絕之後寫程昱賺其筆跡字體偽為母書以行其奸，等等，則非真才子、大手筆莫辦。至於《演義》為劉備、徐庶之交注入無限深情，揖讓往還，抑揚頓挫，一唱三歎；以徐母故事強化尊劉貶曹，用意深微，慷慨悲涼，使此節描寫超出單純敘事的層面，成為古典小說中少有的富於詩意的「有意味的形式」〔註12〕，那就不是一般考論所可以說明，而需要從文藝學和美學的角度作深入的探討。

（原載《山東師範大學學報》2003 年第 1 期）

〔註12〕　〔英〕克萊夫·貝爾《藝術》，周金環等譯，中國文聯出版公司 1984 年版，
　　　　　第 4 頁。

《三國演義》曹魏之戰略優勢綴述
——從「隆中對」的「揚蜀抑魏」說起

　　《三國演義》「擁劉反曹」，影響全書敘事架構，於三國中以蜀、魏之爭爲主線，孫（吳）次之；蜀、魏之間，又以蜀漢爲主，曹魏次之。從而與「帝魏寇蜀」的陳壽《三國志》敘魏事遠過於蜀事相反，《三國演義》以蜀漢爲重心，魏次之，吳又次之。雖然未至於成爲一部蜀漢興亡史，也未至於無美不歸於蜀漢，無惡不加乎曹魏，但作者「擁劉反曹」的強烈政治傾向性直接的流露，和書中曹魏與蜀漢對敵幾乎總是吃敗仗的描寫，無疑會極大地影響讀者對曹魏一方的觀感。使在一般讀者的印象中，曹操成了可恨的「漢賊」不必說，還以爲其一切都在諸葛亮算中，曹阿瞞「奸雄」之伎倆用盡，仍不免被愚弄得可憐而且可笑。其實，這是被作者瞞蔽了。《三國演義》中真正的強者是曹操，三家中一直居戰略優勢地位的是魏國。透視作家羅貫中所造就藝術的幻象，我們可以發現其瞞蔽的策略，和這瞞蔽背後所隱藏歷史的真實。

一、「隆中對」的「揚蜀抑魏」

　　我國《周易》以「天、地、人」爲「三才」或「三極」。以爲世界的運動，就是以「天」爲主導的三者的互動。其最高境界爲「天（地）人合一」。「天人合一」不是尋常可以達到和能夠長久保持的境界，卻是當事者無不要努力追求的極致。但在三者之中，天、地等略當於事物發展過程中時間、地點的條件，往往是歷史地給予的，不以人的意志爲轉移，唯有人爲之一「極」可以自主考量與決擇。所以，歷代言守成者多稱待「天時」、因「地利」，而言

進取者，則多強調「三才」之末的「人」。如《孟子》載：

> 孟子曰：「天時不如地利，地利不如人和。三里之城，七里之郭，環而攻之而不勝。夫環而攻之，必有得天時者矣；然而不勝者，是天時不如地利也。城非不高也，池非不深也，兵革非不堅利也，米粟非不多也；委而去之，是地利不如人和也。故曰：域民不以封疆之界，固國不以山谿之險，威天下不以兵革之利。得道者多助，失道者寡助。寡助之至，親戚畔之；多助之至，天下順之。以天下之所順，攻親戚之所畔；故君子有不戰，戰必勝矣。」（卷四《公孫丑下》）

這番話是孟子向諸侯推行「王道」的有所謂之言，不同於一般的論述。若作爲一般的論述，其於「天、地、人」三者之中強調「人」的因素，是可以理解的；但是，完全不顧「人」生「天」「地」間不能不受到客觀條件限制，只是孤立地強調「人」的因素，以爲「得道多助」，只要有了人，就「戰必勝矣」，顯然是片面的，偏向了唯意志論的唯心主義一面去了。

《三國演義》以儒家思想爲宗，敘事以上引孟子其實是特定語境下的有所謂之言作爲指導，作爲對小說中三國戰略態勢的基本把握，從而給人以蜀漢雖後起之弱者，但在戰略上卻據有根本的優勢。這主要體現於著名的諸葛亮「隆中對」。「隆中對」於史有據。《三國志・蜀書・諸葛亮傳》載：

> ……由是先主遂詣亮，凡三往，乃見。因屏人曰：「漢室傾頹，姦臣竊命，主上蒙塵。孤不度德量力，欲信大義於天大，而智太短淺，遂用猖獗，至於今日。然志猶未已，君謂計將安出？」亮答曰：「自董卓已來，豪傑並起，跨州連郡者不可勝數。曹操比於袁紹，則名微而眾寡，然操遂能克紹，以弱爲強者，非惟天時，抑亦人謀也。今操已擁百萬之眾，挾天子而令諸侯，此誠不可與爭鋒。孫權據有江東，已歷三世，國險而民附，賢能爲之用，此可以爲援而不可圖也。荊州北據漢、沔，利盡南海，東連吳會，西通巴、蜀，此用武之國，而其主不能守，此殆天所以資將軍，將軍豈有意乎？益州險塞，沃野千里，天府之土，高祖因之以成帝業。劉璋暗弱，張魯在北，民殷國富而不知存恤，智慧之士思得明君。將軍既帝室之冑，信義著於四海，總攬英雄，思賢如渴，若跨有荊、益，保其岩阻，西和諸戎，南撫夷越，外結好孫權，內修政理；天下有變，則

> 命一上將將荊州之軍以向宛、洛，將軍身率益州之眾出於秦川，百
> 姓孰敢不簞食壺漿以迎將軍者乎？誠如是，則霸業可成，漢室可興
> 矣。」先主曰：「善！」

　　這就是《三國演義》據以寫「隆中對」的史料。我們從這則材料不僅未見諸葛亮引「三才」以勸劉備占「人和」爲說，而且記諸葛亮論劉備取川是「此殆天所以資將軍，將軍豈有意乎？」，又曰「益州險塞」云云；論「（曹）操遂能克紹，以弱爲強者，非惟天時，抑亦人謀也」。既是說劉備之興也不能不乘「天時」、因「地利」，又是說曹操的成功雖得「天時」，更因於「人謀」即「人和」的因素。可知歷史上諸葛亮著名的「隆中對」與《孟子》單說一面獨重「人和」的理論有根本之異。

　　《三國演義》據《三國志》寫「隆中對」，卻從根本上改變了原書諸葛亮戰略的思想基礎，硬是扭到了孟子論戰獨重「人和」的戰略思想上來。第三十八回《定三分隆中決策，戰長江孫氏報仇》雖然幾乎照抄了上引史書的話，卻又筆鋒一轉：

> 言罷，命童子取出畫一軸，掛於中堂，指謂玄德曰：「此西川五
> 十四州之圖也。將軍欲成霸業，北讓曹操占天時，南讓孫權佔地利，
> 將軍可占人和。先取荊州爲家，後即取西川建基業，以成鼎足之勢，
> 然後可圖中原也。」玄德聞言，避席拱手謝曰：「先生之言，頓開茅
> 塞，使備如撥雲霧而睹青天。但荊州劉表、益州劉璋，皆漢室宗親，
> 備安忍奪之？」孔明曰：「亮夜觀天象，劉表不久人世；劉璋非立業
> 之主：久後必歸將軍。」玄德聞言，頓首拜謝。只這一席話，乃孔
> 明未出茅廬，已知三分天下，眞萬古之人不及也！

　　這段話說曹、孫、劉三家各占「三才」之一，不僅與其所據史書載諸葛亮語實際是兼說「天時、地利、人和」的戰略思想相矛盾，而且因古代讀書人幾無不熟習之孟子所謂「天時不如地利」云云的聖人之言，給人以魏不如吳、吳不如蜀的感覺。加以「以成鼎足之勢」的話預言了漢末三國的歷史，又給人以一切都在未來蜀相諸葛亮算中的印象，從而書中也就可以水到渠成般地歡賞曰：「乃孔明未出茅廬，已知三分天下，眞萬古之人不及也！」作者「擁劉反曹」的意圖也就由此得到了進一步貫徹，孫吳、曹魏的戰略地位就一下被劉備（未來的蜀漢）所平衡，不顯得那麼突出了。

　　這作爲小說家言，不僅無可責備，而且偷天換日，舉重若輕，堪稱藝術

經典之筆。但是，說曹、孫、劉「三分」各占「三才」之一，卻不完全是《三國演義》的創造。「三分」之說早見於晉李興《諸葛丞相故宅碣表》「固所以三分我漢鼎」之句〔註1〕，最有名是杜甫《八陣圖》詩讚諸葛亮「功蓋三分國」〔註2〕之句；至於「三分」各占一「才」，其始作俑者似為宋代的說話人。今見《三志平話》卷上開篇，敘司馬仲相夢中審理漢英布、韓信、彭越之鬼狀告高帝、呂后等人之獄，後寫表奏聞：

> 玉帝敕道：「與仲相記，漢高祖負其功臣，卻教三人分其漢朝天下：交韓信分中原為曹操，交彭越為蜀川劉備，交英布分江東長沙吳王為孫權，交漢高祖生許昌為獻帝，呂后為伏皇后。交曹操占得天時，……江東孫權占得地利，……蜀川劉備占得人和。……交仲相生在陽間，複姓司馬，字仲達，三國並收，獨霸天下。」〔註3〕

這是小說中第一次以「天、地、人」的「三才」對應「曹、劉、孫」的「三分」。《三國演義》寫諸葛亮「隆中對」以「天時」付曹魏、「地利」付孫吳、「人和」付蜀漢，就由此而來。從而不僅把歷史上決非平等的「三分」擬為似乎「三等分」，而且因孟子「天時不如地利」云云給了彼時讀書人以蜀漢戰略上有強於曹魏之優勢的印象。

羅貫中《三國演義》「隆中對」這一背離正史取用平話以揚蜀抑魏的做法，既從其「擁劉反曹」的意圖上看是可以理解的，又在藝術上是極大成功。但從歷史的真實看，這卻只是羅貫中為了好看，寫《三國演義》諸葛亮對劉備的「忽悠」之術，而並非真的要改變歷史上三國戰略曹魏始終占主動地位的真實。這從《三國演義》寫「隆中對」仍然照抄了「曹操勢不及袁紹，而竟能克紹者，非惟天時，抑亦人謀也」等明顯與「將軍可占人和」有內在矛盾的話，就可以知道。又從書中寫諸葛亮似乎總是戰無不勝，但很多情況下實際只是敗得漂亮如「空城計」等，也可以得到證明。而在這等同於「賣個破綻」的寫法和似而不是的效果之間，也就證明了羅貫中是一位既能忠於歷史真實，又能超越歷史創造出充分體現個人創作意圖之藝術真實的真正文學家。

〔註1〕 轉引自朱一玄、劉毓忱編《三國演義資料彙編》，百花文藝出版社1983年版，第10頁。

〔註2〕 《三國演義資料彙編》，第60頁。

〔註3〕 〔宋〕無名氏《三國志平話》，丁錫根點校《宋元平話集》，上海古籍出版社1990年版，第751頁。

二、移都許昌——曹魏戰略優勢形成的關鍵

《三國演義》「擁劉反曹」，很大程度上把曹操「妖魔化」「動漫化」了。但是，善讀書者仍能夠看出，書中寫三家領袖最富有偉人膽略與氣魄的，還應推曹操。除卻「勝敗乃兵家常事」之外，我們看《三國演義》寫曹操的個人奮鬥：孤身入虎穴，「誅董賊孟德獻刀」，何等英勇；亡命陳留，「發矯詔諸鎮應曹公」，氣概如虹；白門斬呂布，滅袁氏定冀州，平遼東，回師南下，勢如破竹……，都是承父兄之業的孫權與慘淡經營的劉備所不能比併的。

但是，曹操的更大過人處是戰略上英明決斷的能力。這固然有賴於他自己就是一位有遠見卓識的戰略家，觀其「煮酒論英雄」可知；卻又非僅靠他一人之智，而更是由於他能廣攬人才，善用人之智，集思廣益而保證戰略決策上的成功，從而於三國鼎立中造就了曹魏的戰略優勢地位。其中打「天子牌」是其戰略經營上最早得手並始終受用的關鍵一著。

打「天子牌」即以舊君相號召保護和發展自己，是中國古代亂世爭雄往往而有的現象，但漢末尤為突出。漢末天下大亂，朝綱失墮，雖先後有幾個忠臣如王允、丁管、伍孚、董承等欲挽危局，但到頭來都一例只是做了烈士，而完全於事無補。但是漢朝於桓、靈之後，仍傳了二帝。其中少帝為何進、袁紹等立。董卓入京，廢少帝而立陳留，是為漢獻帝。董卓被誅後，獻帝由曹操為相，在位長達 30 年，直到曹操死後，才為曹丕所代，漢朝正式滅亡。其間各諸侯勢力圍繞漢獻帝所進行的廢立之爭，一般說都不是真正為了重振漢室，而是為了借天子名號以自重。這是因為當時漢朝雖衰落已極，但 400年統治餘威，在普通人眼裏漢帝仍然是權力合法的來源。從而不僅董卓廢一個漢帝，仍要立一個漢帝，還未敢徑取代之；後董卓敗逃出洛陽，「裝載金珠緞匹好物數千餘車，劫了天子並后妃等，竟望長安去了」（第六回）；董卓死後，李傕、郭汜兵犯長安，「欲弒獻帝。張濟、樊稠諫曰：『不可。今日若便殺之，恐眾人不服，不如仍舊奉之為主，賺諸侯入關，先去其羽翼，然後殺之，天下可圖也。』李、郭二人從其言」（第九～十回）。後來李、郭反目，兵戎相見，就直接是爭漢獻帝這一「奇貨」了。第十三回《李傕郭汜大交兵，楊奉董承雙救駕》寫道：

> 原來李傕引兵出迎郭汜，鞭指郭汜而罵曰：「我待你不薄，你如何謀害我！」汜曰：「爾乃反賊，如何不殺你！」傕曰：「我保駕在此，何為反賊？」汜曰：「此乃劫駕，何為保駕？」傕曰：「不須多

言！我兩個各不許用軍士，只自並輸贏。贏的便把皇帝取去罷了。」
可知彼時乘亂起事，撥弄天下，雖愚蠢如李、郭二氏，也能受人啓發知道最
好的策略爲假名號於天子。換言之，這是一個人多能知的秘密，問題只在於
誰能有這個機會接近天子，果斷以行，妙於運用而已。在這一方面，無論董
卓與李傕、郭汜，都可以說是粗知其事，得天時卻不擅於乘時，拙手笨腳，
結果爲對手所乘。這些對手中就有曹操，至曹操雖然已經是師法董卓等人的
故伎重演，但他後出轉精，後來居上，成了漢末三國打「天子牌」收益最大
的成功高手。

其實，曹操早在其崛起之初，就已經懂得打天子旗號的妙用，如討董卓
「發矯詔諸鎮應曹公」。其所謂「矯詔」，雖書中寫來是忠君勤王之舉，但從
手段的性質看，無疑就是假借天子之名，以「矯詔」對抗正在玩獻帝於股掌
之上的董卓，結果也就得到了「諸鎮」的響應。「諸鎮」是否眞的相信曹操確
有受詔是另外一回事，但反董的勢力可以籍此名正言順的集結起來，有當時
形勢即「天時」的必然性。雖然諸侯的聯盟沒有持續多久，但是，由曹操首
義的這一次大規模討董運動，最後還是使董卓敗逃出了洛陽，身死名裂。曹
操的個人勢力也因此得到空前的發展，乃至第十四回寫曹操迎駕取董卓的地
位而代之，把漢獻帝掌握到自己手中，成了打「天子牌」的發牌者。

比較董卓等笨賊，曹操打「天子牌」的高明之處，在於他一旦把獻帝掌
握了，就立即遷都許昌。這個主意是「食淡三十年」的董昭出的。第十四回
《曹孟德移駕幸許都，呂奉先乘夜襲徐郡》中寫道：

> 操見昭言語投機，便問以朝廷大事。昭曰：「明公興義兵以除暴
> 亂，入朝輔佐天子，此五霸之功也。但諸將人殊意異，未必服從：
> 今若留此，恐有不便。惟移駕幸許都爲上策。然朝廷播越，新還京
> 師，遠近仰望，以冀一朝之安；今復徒駕，不厭眾心。夫行非常之
> 事，乃有非常之功，願將軍決計之。」

董昭的意思是說，曹操自外「入朝輔佐天子」，雖有大功，但在洛京朝廷之上
無根基奧援，不易立足，更不便施展。所以不如換一個環境，遷都地近曹操
經營多年的山東的許昌，使天子公卿遠離其舊地，入於曹操勢力的籠罩之下。
這眞不像是「食淡」之人能想出的主意，卻正中曹操下懷。因爲同回已經寫
他來洛陽救駕的目的，本就爲此：

> 卻說曹操在山東，聞知車駕已還洛陽，聚謀士商議，荀彧進曰：

「昔晉文公納周襄王，而諸侯服從；漢高祖爲義帝發喪，而天下歸心。今天子蒙塵，將軍誠因此時首倡義兵，奉天子以從眾望，不世之略也。若不早圖，人將先我而爲之矣。」曹操大喜。

所以書中寫曹操也毫不隱瞞，聽了董昭的主意之後：

操執昭手而笑曰：「此吾之本志也。但楊奉在大梁，大臣在朝，不有他變否？」昭曰：「易也。以書與楊奉，先安其心。明告大臣，以京師無糧，欲車駕幸許都，近魯陽，轉運糧食，庶無欠缺懸隔之憂。大臣聞之，當欣從也。」操大喜。昭謝別，操執其手曰：「凡操有所圖，惟公教之。」昭稱謝而去。

此後曹操排除各種阻力，使漢獻帝移駕許都，爲實現荀彧教他之「奉天子以從眾望」的「不世之略」奠定了基礎。

三、「挾天子而令諸侯」——曹魏戰略優勢的作用

「移駕幸許都」之後，獻帝就由董卓與李傕、郭汜等人的掌玩轉而成了曹操的傀儡：朝中「賞功罰罪，並聽曹操處置。操自封爲大將軍武平侯，……各各封官。自此大權皆歸於曹操：朝廷大務，先稟曹操，然後方奏天子」，結果形成了曹操「挾天子以令諸侯」的政治優勢，使孫、劉等割據勢力有時也不能完全置之不理：

操既定大事，乃設宴後堂，聚眾謀士共議曰：「劉備屯兵徐州，自領州事；近呂布以兵敗投之，備使居於小沛：若二人同心引兵來犯，乃心腹之患也。公等有何妙計可圖之？」許褚曰：「願借精兵五萬，斬劉備、呂布之頭，獻於丞相。」荀彧曰：「將軍勇則勇矣，不知用謀。今許都新定，未可造次用兵。彧有一計，名曰二虎競食之計。今劉備雖領徐州，未得詔命。明公可奏請詔命實授備爲徐州牧，因密與一書，教殺呂布。事成則備無猛士爲輔，亦漸可圖；事不成，則呂布必殺備矣：此乃二虎競食之計也。」操從其言，即時奏請詔命，遣使齎往徐州，封劉備爲征東將軍宜城亭侯領徐州牧；並附密書一封。卻說劉玄德在徐州，聞帝幸許都，正欲上表慶賀。忽報天使至，出郭迎接入郡，拜受恩命畢，設宴管待來使。使曰：「君侯得此恩命，實曹將軍於帝前保薦之力也。」玄德稱謝。

如上曹操能行荀彧「二虎競食之計」的根本，即在於他專朝政，能夠「即時

奏請詔命」。這就是孫、劉兩家所不具備「挾天子而令諸侯」的政治優勢，也是劉備頗受人質疑的「皇叔」身份所不能比的。這一次雖然劉備升了官，又識破了曹操密書的險惡用心，沒有上當，但不能不接受明知是自己政敵曹操以朝廷「恩命」給他的一份釣餌，還要對來使「稱謝」，肯定會有不愉快的感覺。

曹操自打上漢獻帝這塊招牌之後，就可以無比方便地對諸侯軟硬兼施了。不僅對「四世三公」的最大政敵袁紹可以名正言順的征討，而且孫權、劉備也都曾經由他假獻帝名義給予封官加爵，如劉備進位漢中王就曾經上表，孫權的「吳王」的稱號實際也是曹操以獻帝名義送的。他自己進而以丞相、魏王等專朝政，成了實際上的漢帝，反而漢獻帝只是備位而已。這個情勢使有些人曾經勸曹操乾脆扔掉獻帝這個招牌，自己當皇帝算了，曹操卻至死不從。第七十八回《治風疾神醫身死，傳遺命奸雄數終》寫道：

> 卻說曹操自殺華佗之後，病勢愈重，又憂吳、蜀之事。正慮間，近臣忽奏東吳遣使上書。操取書拆視之，略曰：「臣孫權久知天命已歸王上，伏望早正大位，遣將剿滅劉備，掃平兩川，臣即率群下納土歸降矣。」操觀畢大笑，出示群臣曰：「是兒欲使吾居爐火上耶！」侍中陳群等奏曰：「漢室久已衰微，殿下功德巍巍，生靈仰望。今孫權稱臣歸命，此天人之應，異氣齊聲。殿下宜應天順人，早正大位。」操笑曰：「吾事漢多年，雖有功德及民，然位至於王，名爵已極，何敢更有他望？苟天命在孤，孤爲周文王矣。」司馬懿曰：「今孫權既稱臣歸附，王上可封官賜爵，令拒劉備。」操從之，表封孫權爲驃騎將軍、南昌侯，領荊州牧。即日遣使齎誥敕赴東吳去訖。

曹操拒不稱帝的原因與得失可以有多種看法，但是，至少可以斷定的是，曹操把「挾天子以令諸侯」作爲自己戰略的根本，而始終不曾動搖。

曹操「挾天子而令諸侯」的戰略地位，使諸葛亮爲劉備建策也不能不認爲「今操已擁百萬之眾，挾天子而令諸侯，此誠不可與爭鋒」；東吳孫權的內政顧問張昭對「曹操挾天子而征四方，動以朝廷爲名」也曾經感到棘手和無奈。由此可知曹操執意不當皇帝，至少對於應付吳、蜀來說是聰明之舉。然而毫無疑問，曹操此舉並不合乎封建政治倫理，所以常常成爲吳、蜀攻擊他的口實，甚至成了魏末司馬炎篡位公開的理由。第一百十九回《假投降巧計成虛話，再受禪依樣畫葫蘆》寫司馬炎駁斥保曹派的張節：

炎大怒曰：「此社稷乃大漢之社稷也。曹操挾天子以令諸侯，自立魏王，篡奪漢室。吾祖父三世輔魏，得天下者，非曹氏之能，實司馬氏之力也：四海咸知。吾今日豈不堪紹魏之天下乎？」

由此可見，雖然司馬氏無論如何是要逼曹家讓位的，但曹魏打「天子牌」又廢棄「天子牌」的歷史，的確有啓後人以其人之道還治其人之身的可能，並終於在他的兒孫身上實現了。從而又由此可知，曹操一生打「天子牌」而不廢天子，恐不僅因「天子牌」用處之大，還包含有爲兒孫遺安計的用意之深。因此，「苟天命在孤，孤爲周文王矣」，這句話不當只認作是他留與兒輩廢漢稱帝的不臣之心，還至少體現了他在代漢自立問題上的猶豫不決，從而終其一生只是一個打「天子牌」成功的戰略家與陰謀家。

四、動必聯吳——曹魏的制蜀之道

《三國演義》寫戰略策劃，最有名當然也最精彩的是「隆中對」。如作者所情不自禁讚歎的：「只這一席話，乃孔明未出茅廬，已知三分天下，眞萬古之人不及也！」但是，這並不意味著孫吳與曹魏方面君臣上下均見不及此。雖然其覺悟或有遲速與偏全，卻畢竟或先或後或多或少，都意識到了「三分天下」之局，應有特別的應對之道，並各自因事制宜，往往有效地利用或扼制了蜀漢的先動之勢。

東吳方面與諸葛亮「隆中對」大體精神一致的戰略思想，甚至早於「隆中對」，在魯肅初見孫權的答問中就已經被提了出來。第二十九回《小霸王怒斬於吉，碧眼兒坐領江東》：

肅從其言，遂同周瑜來見孫權。權甚敬之，與之談論，終日不倦。一日，眾官皆散，權留魯肅共飲，至晚同榻抵足而臥。夜半，權問肅曰：「方今漢室傾危，四方紛擾；孤承父兄餘業，思爲桓、文之事，君將何以教我？」肅曰：「昔漢高祖欲尊事義帝而不獲者，以項羽爲害也。今之曹操可比項羽，將軍何由得爲桓、文乎？肅竊料漢室不可復興，曹操不可卒除。爲將軍計，惟有鼎足江東以觀天下之釁。今乘北方多務，剿除黃祖，進伐劉表，竟長江所極而據守之；然後建號帝王，以圖天下：此高祖之業也。」權聞言大喜，披衣起謝。次日厚贈魯肅，並將衣服幃帳等物賜肅之母。

當時劉備勢力尚不足數，從而這裡魯肅就孫、曹兩方對立考量而慮及劉表等，

以言「鼎足」而三之事。雖其基本精神正與後來「隆中對」所謂曹操「此誠不可與爭鋒」，只好「北讓曹操占天時」相彷彿，但其目標是抓住曹操「北方多務」不暇南顧的時機，攻擊三方中較弱的黃祖、劉表，擴大自己的地盤，形成與曹操隔江對峙的局面，「然後建號帝王，以圖天下：此高祖之業也」。描寫中後來的發展表明，孫權正是採納了魯肅的建議，才保有並發展了自己的勢力，後來得與蜀、魏為鼎足之一。這正與「隆中對」的原理相同，是筆者所謂「三極建構」之下，論事「原理上是一分為二，操作上是一分為三」〔註4〕，即看問題「一分為二」抓主要矛盾，解決問題「一分為三」著眼第三方面取得成功的典範。而《三國演義》「鼎足」一詞最先由吳方的魯肅道出，表明諸葛亮「隆中對」之前，吳人意識中早已有了「三分」思想的萌芽。

　　後至三國初步形成，東吳方面的戰略基本上還是魯肅所畫「鼎足江東以觀天下之釁」。一旦有事，除自身不得不出面擔當者之外，總設法把第三方拉進來為我所用，與諸葛亮伐魏必先結好孫吳的所為，毫無二致。只是比較蜀國標榜的為除「漢賊」而始終以魏為敵不同，吳國「料漢室不可復興，曹操不可卒除」，所以只在蜀、魏之間「騎墻」，圖坐收漁翁之利。如第六十七回《曹操平定漢中地，張遼威震逍遙津》所寫蜀使伊籍至吳：

　　　　卻說西川百姓，聽知曹操已取東川，料必來取西川，一日之間，數遍驚恐。玄德請軍師商議。孔明曰：「亮有一計，曹操自退。」玄德問何計。孔明曰：「曹操分軍屯合淝，懼孫權也。今我若分江夏、長沙、桂陽三郡還吳，遣舌辯之士，陳說利害，令吳起兵襲合淝，牽動其勢，操必勒兵南向矣。」玄德問：「誰可為使？」伊籍曰：「某願往。」玄德大喜，遂作書具禮，令伊籍先到荊州，知會雲長，然後入吳。到秣陵，來見孫權，先通了姓名。權召籍入。籍見權禮畢，權問曰：「汝到此何為？」籍曰：「昨承諸葛子瑜取長沙等三郡，為軍師不在，有失交割，今傳書送還。所有荊州南郡、零陵，本欲送還；被曹操襲取東川，使關將軍無容身之地。今合淝空虛，望君侯起兵攻之，使曹操撤兵回南。吾主若取了東川，即還荊州全土。」權曰：「汝且歸館舍，容吾商議。」伊籍退出，權問計於眾謀士。張昭曰：「此是劉備恐曹操取西川，故為此謀。雖然如此，可因操在漢中，乘勢取合淝，亦是上計。」權從之，發付伊籍回蜀去訖，便議起兵攻操。

〔註4〕杜貴晨《傳統文化與古典小說》，河北大學出版社2001年版，第29頁。

可見這一次東吳雖然從了劉備之請，但上下都明白劉備是「故爲此謀」，乃將計就計，與蜀國相互利用，從中謀利而已。

　　至於曹魏方面，因其爲三家中超強，又爲赤壁之戰後吳、蜀聯盟勉強維持的局面所惑，初未曾十分注意如何「操作上一分爲三」的問題。然而，三家相持既久，靜極生動，彼此實際的處境就容易被對方所察知。在這一方面，魏國的先覺當推司馬懿。第七十三回寫「玄德進位漢中王」云：

> 　　表到許都，曹操在鄴郡聞知玄德自立漢中王，大怒曰：「織席小兒，安敢如此！吾誓滅之！」即時傳令，盡起傾國之兵，赴兩川與漢中王決雌雄。一人出班諫曰：「大王不可因一時之怒，親勞車駕遠征。臣有一計，不須張弓隻箭，令劉備在蜀自受其禍；待其兵衰力盡，只須一將往征之，便可成功。」操視其人，乃司馬懿也。操喜問曰：「仲達有何高見？」懿曰：「江東孫權，以妹嫁劉備，而又乘間竊取回去；劉備又據占荊州不還：彼此俱有切齒之恨。今可差一舌辯之士，齎書往說孫權，使興兵取荊州；劉備必發兩川之兵以救荊州。那時大王興兵去取漢川，令劉備首尾不能相救，勢必危矣。」操大喜，即修書令滿寵爲使，星夜投江東來見孫權。

這是曹魏一方識破並利用孫、劉矛盾後的一次主動出擊。但是，若非蜀將關羽的失誤，魏國的這一計謀就可能落空。書中接寫道：

> 　　權知滿寵到，遂與謀士商議。張昭進曰：「魏與吳本無仇；前因聽諸葛之說詞，致兩家連年征戰不息，生靈遭其塗炭。今滿伯寧來，必有講和之意，可以禮接之。」權依其言，令眾謀士接滿寵入城相見。禮畢，權以賓禮待寵。寵呈上操書，曰：「吳、魏自來無仇，皆因劉備之故，致生釁隙。魏王差某到此，約將軍攻取荊州，魏王以兵臨漢川，首尾夾擊。破劉之後，共分疆土，誓不相侵。」孫權覽書畢，設筵相待滿寵，送歸館舍安歇。權與眾謀士商議。顧雍曰：「雖是說詞，其中有理。今可一面送滿寵回，約會曹操，首尾相擊；一面使人過江探雲長動靜，方可行事。」諸葛瑾曰：「某聞雲長自到荊州，劉備娶與妻室，先生一子，次生一女。其女尚幼，未許字人。某願往與主公世子求婚。若雲長肯許，即與雲長計議共破曹操；若雲長不肯，然後助曹取荊州。」

結果關羽傲不與孫權通婚：

> 權大怒曰：「何太無禮耶！」便喚張昭等文武官員，商議取荊州之策。步騭曰：「曹操久欲篡漢，所懼者劉備也；今遣使來令吳興兵吞蜀，此嫁禍於吳也。」權曰：「孤亦欲取荊州久矣。」騭曰：「今曹仁現屯兵於襄陽、樊城，又無長江之險，旱路可取荊州；如何不取，卻令主公動兵？只此便見其心。主公可遣使去許都見操，令曹仁旱路先起兵取荊州，雲長必擎荊州之兵而取樊城。若雲長一動，主公可遣一將，暗取荊州，一舉可得矣。」權從其議，即時遣使過江，上書曹操，陳說此事。操大喜，發付使者先回，隨遣滿寵往樊城助曹仁，爲參謀官，商議動兵；一面馳檄東吳，令領兵水路接應，以取荊州。

可知此時除蜀方當事者關羽一人倨傲不識時務之外，孫、曹兩方都在小心窺測形勢，利用蜀方關羽的失誤以實現自己的最大利益。

而在曹魏方面，一旦形勢急迫，也不得不想起如何利用第三方即吳國來。能出此主意的人仍是司馬懿，第七十五回《關雲長刮骨療毒，呂子明白衣渡江》：

> 卻說關公擒了于禁，斬了龐德，……曹操大驚，聚文武商議曰：「……孤欲遷都以避之。」司馬懿諫曰：「不可。于禁等被水所淹，非戰之故；於國家大計，本無所損。今孫、劉失好，雲長得志，孫權必不喜；大王可遣使去東吳陳說利害，令孫權暗暗起兵躡雲長之後，許事平之日，割江南之地以封孫權，則樊城之危自解矣。」主簿蔣濟曰：「仲達之言是也。今可即發使往東吳，不必遷都動眾。」操依允，遂不遷都。

這是曹魏少有的一次有求於吳以制蜀。但時移事變，不久東吳反而又要藉重曹魏了。第七十七回《玉泉山關公顯聖，洛陽城曹操感神》寫吳擒殺關羽後，送羽首級與曹操：

> 權從其言，隨遣使者以木匣盛關公首級，星夜送與曹操。時操從摩陂班師回洛陽，聞東吳送關公首級至，喜曰：「雲長已死，吾夜眠貼席矣。」階下一人出曰：「此乃東吳移禍之計也。」操視之，乃主簿司馬懿也。操問其故，懿曰：「昔劉、關、張三人桃園結義之時，誓同生死。今東吳害了關公，懼其復仇，故將首級獻與大王，使劉備遷怒大王，不攻吳而攻魏，他卻於中乘便而圖事耳。」操曰：「仲

達之言是也。孤以何策解之？」懿曰：「此事極易。大王可將關公首級，刻一香木之軀以配之，葬以大臣之禮；劉備知之，必深恨孫權，盡力南征。我卻觀其勝負！蜀勝則擊吳，吳勝則擊蜀。二處若得一處，那一處亦不久也。」操大喜，從其計，……遂設牲醴祭祀，刻沉香木為軀，以王侯之禮，葬於洛陽南門外，令大小官員送殯，操自拜祭，贈爲荊王。

總之，一旦身處危急，或吳、蜀交惡，曹魏心中眼裏「三」方「鼎足而立」的關係，就格外突出以顯見起來。這時，作爲以蜀漢爲主要對手的曹魏應對往往是急驟變化的形勢，也就能夠更加自覺地「操作上一分爲三」，聯合並利用吳以制蜀的技巧也越發嫻熟了。

五、「持守，以待二國之變」——曹魏的處吳、蜀之道

《三國演義》寫赤壁之戰後，曹魏基本上沒有再大規模南下用兵擴張，有意無意實行的是諸葛亮「隆中對」待「天下有變」與魯肅「觀天下之釁」之處吳、蜀的戰略。曹操死後，子丕稱帝，欲更定國是，第八十五回《劉先主遺詔託孤兒，諸葛亮安居平五路》寫道：

曹丕問賈詡曰：「朕欲一統天下，先取蜀乎？先取吳乎？」詡曰：「劉備雄才，更兼諸葛亮善能治國；東吳孫權，能識虛實，陸遜現屯兵於險要，隔江泛湖，皆難卒謀。以臣觀之，諸將之中，皆無孫權、劉備敵手。雖以陛下天威臨之，亦未見萬全之勢也。只可持守，以待二國之變。」丕曰：「朕已遣三路大兵伐吳，安有不勝之理？」……不從，引兵而去。

曹丕此去，結果敗北。大約與這次的教訓不無關係，第八十二回《孫權降魏受九錫，先主征吳賞六軍》寫曹魏議孫權來降事，曹丕不待人言，就已回到持守待變的穩健策略上來了：

大夫劉曄諫曰：「今孫權懼蜀兵之勢，故來請降。以臣愚見：蜀、吳交兵，乃天亡之也；今若遣上將提數萬之兵，渡江襲之，蜀攻其外，魏攻其內，吳國之亡，不出旬日。吳亡則蜀孤矣。陛下何不早圖之？」丕曰：「孫權既以禮服朕，朕若攻之，是沮天下欲降者之心；不若納之爲是。」劉曄又曰：「孫權雖有雄才，乃殘漢驃騎將軍、南昌侯之職。官輕則勢微，尚有畏中原之心；若加以王位，則去陛下

一階耳。今陛下信其詐降，崇其位號以封殖之，是與虎添翼也。」

丕曰：「不然。朕不助吳，亦不助蜀。待看吳、蜀交兵，若滅一國，
止存一國，那時除之，有何難哉？朕意已決，卿勿復言。」遂命太
常卿邢貞同趙咨捧執冊錫，徑至東吳。

《三國演義》寫蜀國始終以魏為勢不兩立，從而魏也不能不以蜀為腹心
之禍胎，這就加強了吳國為可爭取力量的地位，使蜀、魏兩方的注意力都不
能不在很大程度上放到爭取吳國倒向自己一方，為我所用。因此，在曹魏方
面所最忌的就是吳、蜀的聯合了。第八十六回《難張溫秦宓逞天辯，破曹丕
徐盛用火攻》寫蜀鄧芝使吳：

權聞言惶愧，即叱退武士，命芝上殿，賜坐而問曰：「吳、魏之
利害若何？願先生教我。」芝曰：「大王欲與蜀和，還是欲與魏和？」
權曰：「孤正欲與蜀主講和；但恐蜀主年輕識淺，不能全始全終耳。」
芝曰：「大王乃命世之英豪，諸葛亮亦一時之俊傑；蜀有山川之險，
吳有三江之固：若二國連和，共為唇齒，進則可以兼吞天下，退則
可以鼎足而立。今大王若委贄稱臣於魏，魏必望大王朝覲，求太子
以為內侍；如其不從，則興兵來攻，蜀亦順流而進取：如此則江南
之地，不復為大王有矣。若大王以愚言為不然，愚將就死於大王之
前，以絕說客之名也。」

吳主孫權於是聽鄧芝之論而絕魏聯蜀。書中續又寫道：

卻說魏國細作人探知此事，火速報入中原。魏主曹丕聽知，大
怒曰：「吳、蜀連和，必有圖中原之意也。不若朕先伐之。」於是大
集文武，商議起兵伐吳。此時大司馬曹仁、太尉賈詡已亡。侍中辛
毗出班奏曰：「中原之地，土闊民稀，而欲用兵，未見其利。今日之
計，莫若養兵屯田十年，足食足兵，然後用之，則吳、蜀方可破也。」
丕怒曰：「此迂儒之論也！今吳、蜀連和，早晚必來侵境，何暇等待
十年！」即傳旨起兵伐吳。

可知終三國之世，各方明爭暗鬥，無不是在分化利用另外兩方的關係上
廟算得失。這方面較值得注意的還有第九十六回《孔明揮淚斬馬謖，周魴斷
髮賺曹休》寫道：

卻說獻計者，乃尚書孫資也。曹叡問曰：「卿有何妙計？」資奏
曰：「昔太祖武皇帝收張魯時，危而後濟；常對群臣曰：南鄭之地，

眞爲天獄。中斜谷道爲五百里石穴，非用武之地。今若盡起天下之兵伐蜀，則東吳又將入寇。不如以現在之兵，分命大將據守險要，養精蓄銳。不過數年，中國日盛，吳、蜀二國必自相殘害：那時圖之，豈非勝算？乞陛下裁之。」睿乃問司馬懿曰：「此論若何？」懿奏曰：「孫尚書所言極當。」睿從之，

又，第九十七回《討魏國武侯再上表，破曹兵姜維詐獻書》寫道：

卻說魏主曹叡設朝，近臣奏曰：「陳倉城已失，郝昭已亡，諸葛亮又出祁山，散關亦被蜀兵奪了。」睿大驚。忽又奏滿寵等有表，說：「東吳孫權僭稱帝號，與蜀同盟。今遣陸遜在武昌訓練人馬，聽候調用。只在旦夕，必入寇矣。」睿聞知兩處危急，舉止失措，甚是驚慌。此時曹眞病未痊，即召司馬懿商議。懿奏曰：「以臣愚意所料，東吳必不舉兵。」睿曰：「卿何以知之？」懿曰：「孔明嘗思報猇亭之仇，非不欲吞吳也，只恐中原乘虛擊彼，故暫與東吳結盟。陸遜亦知其意，故假作興兵之勢以應之，實是坐觀成敗耳。陛下不必防吳，只須防蜀。」睿曰：「卿眞高見！」遂封懿爲大都督，總攝隴西諸路軍馬，令近臣取曹眞總兵將印來。懿曰：「臣自去取之。」

第九十八回《追漢軍王雙受誅，襲陳倉武侯取勝》寫道：

權復還建業。群臣共議伐魏之策。張昭奏曰：「陛下初登寶位，未可動兵。只宜修文偃武，增設學校，以安民心；遣使入川，與蜀同盟，共分天下，緩緩圖之。」權從其言，即令使命星夜入川，來見後主。禮畢，細奏其事。後主聞知，遂與群臣商議。眾議皆謂孫權僭逆，宜絕其盟好。蔣琬曰：「可令人問於丞相。」後主即遣使到漢中問孔明。孔明曰：「可令人齎禮物入吳作賀，乞遣陸遜興師伐魏。魏必命司馬懿拒之。懿若南拒東吳，我再出祁山，長安可圖也。」後主依言，遂令太尉陳震，將名馬、玉帶、金珠、寶貝，入吳作賀。震至東吳，見了孫權，呈上國書。權大喜，設宴相待，打發回蜀。權召陸遜入，告以西蜀約會興兵伐魏之事。遜曰：「此乃孔明懼司馬懿之謀也。既與同盟，不得不從。今卻虛作起兵之勢，遙與西蜀爲應。待孔明攻魏急，吾可乘虛取中原也。」即時下令，教荊襄各處都要訓練人馬，擇日興師。

總之，《三國演義》寫三家戰略，固然以諸葛亮「隆中對」最爲著名，但吳、魏方面也並非不諳此道。曹魏在這方面的人才首推司馬懿，他對吳、蜀

在這方面的運用幾乎洞若觀火，總能爲魏破解危局，或出奇制勝，使魏國不僅因此未被吳、蜀聯合擊破，還逐漸壯大了自己的力量。

六、諸葛亮之失與曹魏戰略優勢的加強

在人類實際生活中與在數學中一樣，「三分」形制頗爲特殊，最突出是其「三角」關係的穩定性。這在三國之前歷史上就有人認識到了，如《史記·淮陰侯列傳》載武涉說韓信曰：

> 「足下所以得須臾至今者，以項王存也。當今二王之事，權在足下。足下右投則漢王勝，左投則項王勝。項王今日亡，則次取足下。足下與項王有故，何不反漢與楚連和，參分天下王之？今釋此時，而自必於漢以擊楚，且爲智者固若此乎？」

蒯通也對韓信表示過大致相同的看法：

> 「當今兩主之命縣於足下，足下爲漢則漢勝，與楚則楚勝。……誠能聽臣之計，莫若兩利而俱存之，參分天下，鼎足而居，其勢莫敢先動。」

《三國演義》寫三國時勢，正是「參分天下，鼎足而居，其勢莫敢先動」之機。早期因三國君臣對此一形勢各都心知肚明，採取幾乎同樣的戰略，所以形成力量的均衡。在這種情況下，基本的應對之策當是「隆中對」所稱「待天下有變」的「待」字。誰急於求成，就難免不置身危局。倘一著失誤，就可能全盤皆失。很令人可惜的正是「隆中對」的主角諸葛亮，爲了理想而不顧現實，未能始終堅守其「待天下之變」以動的戰略原則。第一百一回《出隴上諸葛妝神，奔劍閣張郃中計》寫道：

> 時建興十二年春二月。孔明入朝奏曰：「臣今存恤軍士，已經三年。糧草豐足，軍器完備，人馬雄壯，可以伐魏。今番若不掃清奸黨，恢復中原，誓不見陛下也！」後主曰：「方今已成鼎足之勢，吳、魏不曾入寇，相父何不安享太平？」孔明曰：「臣受先帝知遇之恩，夢寐之間，未嘗不設伐魏之策。竭力盡忠，爲陛下克復中原，重興漢室：臣之願也。」

正是爲了這個「知遇之恩」，諸葛亮可說是一意孤行，連年用兵，千里襲遠，雖先有小勝，但後必無繼。精彩處有時只是打了一些漂亮的敗仗，或無奈而周全的退兵而已。其結果不僅勞而無功，還因此使得蜀中疲敝，元氣耗損，

鑄成諸葛亮身後蜀國的弱勢。

諸葛亮死後，由他一手選定的繼任者姜維不改其道，乃「九伐中原」。第一百十回《文鴦單騎退雄兵，姜維背水破大敵》寫「維乃自引大軍背洮水列陣。王經引數員牙將出而問曰：『魏與吳、蜀，已成鼎足之勢；汝累次入寇，何也？』」這眞可以說是當頭棒喝，而姜維答曰：「司馬師無故廢主，鄰邦理宜問罪，何況仇敵之國乎？」這話出自欲北伐恢復漢室的諸葛亮後繼者之口，眞令人莫明其妙！反而姜維北伐成了爲曹魏復仇，豈非「不知有漢」了嗎！

總之，《三國演義》寫三國之興，「隆中對」堪稱戰略上的預言，而劉備取川是爲關鍵。而三國之亡，雖主要是各自內部的原因，但其中蜀國的失計，主要是自諸葛亮「一出祁山」開始的放棄己先所持之「隆中對」戰略，一改而爲不「待天下有變」的強出頭連續用兵伐魏的錯誤做法。這一錯誤也許可以從三方中蜀國最弱，不得不以攻爲守得到解釋，但諸葛亮這樣做的結果，不僅使自己長期處於損耗狀態，而且給了曹魏以逸待勞的戰略優勢地位。曹魏的明智之士特別是司馬懿早就看清了這一點。所以蜀兵出川，曹魏迎敵，只要採取按兵不動，待蜀兵糧盡自退的策略，就大致可以成功。而諸葛亮的克敵致勝之道，雖有屯田、木牛流馬轉輸等解決軍需之法，但大體上都無濟於事。最後計無所出，只好以送巾幗羞辱司馬懿激其出戰。可憐此計徒然下作，卻又被對方輕易破了。諸葛亮一死，在戰略上魏優蜀劣之勢，就更無可逆轉的希望了。

綜上所論，《三國演義》「擁劉反曹」，不得不處處揚蜀抑魏。包括對三方戰略的描寫上，刻意突出「隆中對策」，以見諸葛亮之高明，非魏、吳人物所能及。但歷史上魏強蜀弱，蜀國終於未能實現扶漢興劉統一大業的事實，使作者在實際的描寫中也不能不有吳、魏兩方戰略上並不一直遜於諸葛亮的明智的表現。從而我們倘能夠不抱成見，就可以從書中看到並分析出三國鼎立，曹魏因其經營有方，早就搶先佔據了「挾天子以令諸侯」的政治優勢，加以赤壁之戰後能夠自覺地堅持「觀天下之釁」「待天下之變」的應對立場與態度，從而始終處於主動地位，爲後來晉室統一奠定了基礎。這可以說是現實主義在《三國演義》這部有強調傾向性與理想色彩的書中的勝利，由此可以更加深悟小說創作與生活之錯綜複雜的關係，值得有此一番綴述。

（原載《河南教育學院學報》，2009 年第 1 期）

《三國演義》中的糧食問題

　　古代中國是農業文明的國家，「民以食爲天」的古語，實際講的只是糧食問題。糧食問題繫乎根本，牽動全局，甚至成爲一代王朝治亂興衰的關鍵，在戰爭中尤爲突出，其重要性和普遍性是無論怎麼強調也不會過分的。但是，我國古代小說卻很少注重寫到糧食問題，《三國演義》是一個例外。

　　「糧食」是《三國演義》中出現最多的字眼之一，筆者略統計，全書提到「糧」「糧米」「糧草」「軍糧」的，約有二百餘處；稱「軍需」「秋成」「大熟」「大荒」「屯田」等實際指糧食或糧食問題的詞語也隨處可見〔註1〕。顯然糧食問題是《三國演義》的重要內容。許多重大政治事變與糧食的狀況有關，每一個大小軍事行動幾乎都不同形式和不同程度地受制於糧食的因素。在某種意義上，《三國演義》是我國唯一廣泛深刻地反映了古代糧食問題的長篇小說。

　　《三國演義》寫古代糧食問題是一個全局性的戰略問題。糧食是立國或割據稱霸的基礎之一，如「袁術在淮南，地廣糧多，又有孫策所質玉璽，遂思僭稱帝號」（第十七回），「糧多」，成了袁術稱帝的一份本錢；袁術欲伐孫策，長史楊大將諫曰：「孫策據長江之險，兵精糧廣，未可圖也。」（第十五回）「糧廣」，是威懾敵方鞏固割據的重要力量。反之，無糧則動搖根本，如孔明曰：「劉豫州兵微將寡，更兼新野城小無糧，安能與曹操相持？」（第四十三回）「無糧」，是孔明棄新野退兵的原因之一；董昭勸曹操挾漢獻帝遷都云：「易也。……明告大臣，以京師無糧，欲車駕幸許都，近魯陽，轉運糧食，

〔註1〕陳曦鍾、宋祥瑞、魯玉川輯校《三國演義會評本》，北京大學出版社 1986 年
　　　版，本文下引《三國演義》均據此本。

庶無欠缺懸隔之憂。大臣聞之，當欣從也。」（第十四回）「無糧」，是曹操迫獻帝遷都的冠冕堂皇的理由。所以，凡作久遠之計或圖王霸業者都重視積草儲糧。例如，董卓築郿塢，「內蓋宮室，倉庫積二十年糧食……」（第八回）「玄德在平原，頗有錢糧軍馬，重整舊日氣象。」（第二回）「玄德與孔明在荊州廣聚糧草，調練軍馬，遠近之士多歸之。」（第五十三回）「呂翔稟曹仁曰：『今劉備屯兵新野，招軍買馬，積草儲糧，其志不小，不可不早圖之。』（第三十回）凡能成大事業立於不敗之地者都能因重糧而重農，厚結人心，鞏固根本。如眾將勸曹操爭攻冀州，操曰：「冀州糧食極廣，審配又有機謀，未可急拔。現今禾稼在田，恐廢民業，姑待秋成後取之未晚。」（第三十一回）曹操征張繡，諭令三軍不許踐踏麥田，百姓「無不歡喜稱頌，望塵遮道而拜」（第十七回）反之，蜀伐魏連年興兵而不能有尺寸之功。除政治和軍事指揮失當的原因外，國力不敵是最根本的方面，其中糧食問題格外突出。如五出祁山，楊儀對孔明曰：「前數興兵，軍力罷敝，糧又不繼……」（第一百一回）三伐中原，征西大將軍張翼諫姜維曰：「蜀地淺狹，錢糧鮮薄，不宜遠征；不如據險守分，恤軍愛民，此乃保國之計也。」（第一百十回）一而孔明不暇顧，姜維不能聽，只相繼「死而後已」。故一百一回毛宗崗回評曰：「君子讀書至此，而歎糧之為累大也。民以食為天，兵亦以食為天，武侯割隴上之麥，迫於無糧耳。司馬懿之不戰，亦曰糧盡而彼自退耳。郭淮之請斷劍閣，又曰截其糧道，則彼自亂耳。前者苟安之被責而興謗，不過以解糧之過期；今者李嚴之遺書以相欺，亦不過為運糧之有缺。嗟乎，兵之需餉如此，而餉之艱難又如此。然則，將如之何哉？故國家兵未足必先足食，食不足無寧去兵。」隱然有批評諸葛亮「食不足」而「用兵不戢，屢耀其武」（《三國志‧蜀書‧諸葛亮傳》）的意思。而在魏晉方面卻相對地沒發生過「食不足」的問題。

在戰爭活動中，糧食的重要性更為突出。《三國演義》中每稱「兵精糧足」「軍馬錢糧」「糧少兵多」「糧多兵少」「借糧借兵」等等，都兵（軍）糧並稱，視為一體。實際也正是如此，劉、關、張結義起兵，是張飛首倡，飛曰：「吾頗有資財，當招募鄉勇，與公同舉大事，如何？」毛評曰：「畢竟有資財者易於舉大事。」而張之「資財」乃出於「頗有莊田，賣酒屠豬」（第一回），「頗有莊田」自然主要是糧多草多，可供聚集兵馬；曹操起兵，「衛弘盡出家財，置辦衣甲旗幡。四方送糧食者，不計其數」（第五回）；「（周）瑜為居巢長之時，將數百人過臨淮，因乏糧，聞魯肅家有兩囷米，各三千斛，因往求助。

肅即指一囷相贈，其慷慨如此」（第二十九回），周瑜因此敬重魯肅，薦之於孫權。蓋聚兵必同時聚糧，有糧才易於聚兵，荒年亂世尤其是如此（舊時有稱「當兵」為「吃糧」之說）。反之，黃巾軍韓忠被困於宛城，因「城中斷糧」，只好乞降（第二回）；十七路諸侯討董卓，袁術「不發糧草，孫堅軍缺食，軍中自亂」，而敵方華雄「傳令軍士飽餐」出擊，李漁評曰：「飽餐與無糧擊，勝負可知。」結果孫堅丟盔棄甲而逃（第五回）；曹操征呂布，打了勝仗，但「是年蝗蟲忽起，食盡稻，……曹操因軍中糧盡，引兵回鄄城暫住。呂布亦引兵出屯山陽就食。因此二處權且罷兵。」（第十二回）蓋一方無糧、缺糧則打敗仗，兩方「糧盡」，則無論勝方還是負方都只能「罷兵」。在古代戰爭主要依靠人馬廝殺的情況下，糧食的有無多寡是制約戰爭進程結局的一個根本因素。

糧食是這樣地重要，自然就是各方面高度重視的一件大事。凡興兵必待糧草充足，如「又幸連年大熟」，方有「征南寇丞相大興師」（第八十七回）；「糧草豐足」，方有「討魏國武侯再上表」（第九十七回）。進兵則「兵馬未動，糧草先行」，如征冀州，曹操「濟河，遏淇水入白溝，以通糧道，然後進兵」（第三十二回）。六出祁山，諸葛亮「令李恢先運糧草於斜谷道口伺候」（第一百二回）。押運糧草必遣親信大將，如十七路諸侯討董卓，袁紹曰：「吾弟袁術總督糧草。」（第六回）戰馬超，曹操使曹仁「押送糧草」（第五十六回）；赤壁大戰，東吳使大將黃蓋為糧官。而且護糧用重兵，如「夏侯惇與于禁等引兵至博望，分一半精兵作前隊，其餘盡護糧車而行」（第三十九回）。反之，督糧、護糧所任非人或掉以輕心，必誤大事。如袁紹用嗜酒將軍淳于瓊守烏巢之糧、蜀李嚴用好酒之敬安解送糧草都是如此。故善治軍者都在糧草問題上實行重賞重罰，如曹操戒令「大小將校，凡過麥田，但有踐踏者，並皆斬首」，於己則「割髮代首」（第十七回）；諸葛亮怒責運糧官苟安曰：「吾軍中專以糧為大事，誤了三日，便該處斬！汝今誤了十日，有何理說？」（第一百回）諸葛亮斬馬謖也是因失卻街亭即斷了糧道；而曹操得漢中，「念其（張魯）封倉庫之心，優禮相待」，還封他為鎮南將軍。蓋糧食難得，而軍中不可一日無糧，不能不重加督責。

戰爭中解決糧食供應的方法主要是所謂「千里饋糧」和「因糧於敵」（《孫子兵法》）。千里饋糧是最基本和可靠的方法。但古代道路崎嶇，運輸工具落後，遠距離運糧耗費巨大。《孫子兵法》云：「帶甲四十萬，千里饋糧，……

日費千金」，而且「內外騷動，怠於道路，不得操事者七十萬家」。是國家的沉重負擔，更是用兵者的巨大現實困難。所以能征善戰如曹操之征袁紹，聰明睿智如諸葛亮之伐魏，都不能很好地解決後方給養問題。因此，作為「千里饋糧」的補充，「因糧於敵」是各方最喜用的方法。具體措施一是借或奪他人之糧以為己糧，如曹操在鄄城，因「歲荒乏糧，軍士坐守於此，終非良策」，乃依荀文若之計「東略陳地」平黃巾軍，「破而取其糧，以養三軍」（第十二回）；黃巾軍管亥攻北海孔融，聲言「可借一萬石，即便退兵；不然打破城池，老幼不留」（第十一回），甚至有為得糧而同室操戈恩將仇報者，如兗州太守劉岱向東郡太守喬瑁借糧不與，「岱引軍突入瑁營，殺死喬瑁，盡降其眾」（第六回）。袁紹軍缺糧，冀州太守韓馥遣人送糧以資軍用。謀士逢紀說紹曰：「大丈夫縱橫天下，何待人送糧為食！冀州乃錢糧廣盛之地，將軍何不取之？」袁紹果然恩將仇報地取了冀州（第七回）。二是劫掠百姓，如第十二回曹軍之「割麥為食」和呂布軍之「巡海打糧」，第十七回之「袁術乏糧，劫掠陳留」。第五十一回之「（曹）操令軍士村落中劫掠糧食」，以及第一百一回蜀兵之隴上割麥等等。

「千里饋糧」和「因糧於敵」之外解決糧食問題的方法還有屯田，如「曹操令廬江太守朱光，屯兵於皖城，大開稻田，納穀於合淝，以充軍實」（第六十七回）；諸葛亮「屯田於渭濱」（第一百三回）；姜維屯田於沓中（第一百十五回）等。大率善用兵者因時因地制宜，而從全局作久遠之計，屯田足兵為解決久戰遠征軍糧問題的上策。毛評曰：「因糧於敵之計善矣，而敵之糧不可常恃，則因糧不若運糧之善也。木牛流馬之挽輸善矣，而我之糧又未長繼，而運糧又不若屯田之善也。屯田而轉餉不勞，……兵不妨民，民不苦兵。……後之有事於遠征者，武侯屯田渭濱之法，其何可不講乎？」（第一百三回）

戰爭中糧食常常成為爭奪的焦點，而兵不厭詐，各奮計謀。料敵先審其糧情，以定方略。如賈詡為李傕畫策：「二軍（指馬騰、韓遂）遠來，只宜深溝高壘，堅守以拒之，不過百日，彼兵糧盡，必將自退，然後引兵追之，二將可擒矣。」後來李傕「重用其計」，果然殺得「西涼軍大敗」（第十回）。官渡之戰初開，沮授諫袁紹曰：「……彼軍無糧，利在急戰；我軍有糧，宜且緩守。若能曠以日月，則彼軍不戰自敗矣。」然袁紹不聽，終被曹操劫焚烏巢之糧而致敗（第三十回）；司馬懿上奏曹叡曰：「……臣算蜀兵行糧止有一月，利在急戰，我軍只宜久守……，不須一月，蜀兵自走，那時乘虛而擊之，諸葛亮可擒也。」（第九十八回）等等，皆以敵我之糧情算定攻守之方略。

戰爭中以糧為兵。袁術欲攻劉備，先送糧給呂布，「以結其心，使其按兵不動」（第十六回）。赤壁之戰，黃蓋詐降，許以「糧草車仗，隨船獻納」。毛評曰：「用計專在此二句。」（第四十七回）而姜維派詐降之敵將運糧，以示信任，又是以糧行反間之計（第一百十四回）；誘敵惑敵用糧，如曹操棄糧破文丑（第二十六回），孔明棄糧收姜維（第九十三回），姜維棄糧勝魏兵（第一百十四回），諸葛亮增爐退兵（第一百回）；破敵先絕敵之糧，進攻中絕敵之糧則有劫行糧和取屯糧，多二者並用，如諸葛亮博望坡破曹兵，先使關羽劫燒其輜重糧草，繼使張飛「向博望城舊屯糧處縱火燒之」（第三十九回）。取漢中則先後有劫燒天蕩山、米倉山、陽平關之糧（第七十一、七十二回）。官渡之戰曹操也是先劫袁紹軍之行糧，後燒其烏巢之屯糧，使袁紹「烏巢糧盡根基拔」（第三十回）。諸葛亮論曹操用兵云：「他平生慣斷人糧道」（第四十五回）；司馬懿總結破蜀兵的經驗說：「昔日所以勝蜀兵者，因斷彼糧道也。」（第一百九回）以守為攻絕敵之糧則緩戰或堅壁清野。緩戰以待敵糧盡而破之，已見上述料敵諸例。堅壁清野則是千里襲遠因糧於敵的剋星，如劉備收川，鄭度向劉璋獻策曰：「……不如盡驅巴西梓潼民，過涪水以西。其倉廩野谷，盡皆燒除，深溝高壘，靜以待之。……久無所資，不過百日，彼兵自走。我乘虛擊之，備可擒也。」（第六十四回）「玄德、孔明聞之，皆大驚曰：『若用此言，吾勢危矣！』」結果是劉璋未「用此言」，把益州送給了劉備（第六十五回）。絕敵之糧在多數情況下都是縱火燒之，所以，《三國演義》所寫多「糧戰」，也就多火攻，造成糧食的巨大破壞。

「糧戰」各奮計謀，計高一籌者每能取得主動，贏得戰爭的勝利。如司馬懿令張郃從小路抄箕谷退步，欲劫蜀兵輜重，結果卻丟了自己的輜重（第九十五回）；曹真知蜀兵缺糧，派孫禮偽裝運糧，誘蜀兵來搶，「縱火燒車，外以伏兵應之」，結果被諸葛亮將計就計燒了魏兵糧草，劫了他的大寨（第九十八回）；司馬懿派兵劫了木牛流馬，仿製以運糧，卻賠了糧食又折兵（第一百二回）。「兵者，詭道」（《孫子兵法》），在「糧戰」中表現得格外突出。

《三國演義》寫了糧食問題的重要和各方在糧食上的殊死爭奪，同時也注意到糧食問題畢竟是政治和軍事鬥爭中的一個方面而非全部。例如無糧則不能割據稱霸，但飽食終日也只能坐以待斃。在糧與人的關係上，人的因素更為重要。「（公孫）瓚與（袁）紹戰不利，築城圍圈，圈上建樓，高十丈，名曰易京樓，積粟三十萬以自守」，卻被袁紹軍穿地道破城而亡（第二十一

回）；袁術本「地廣糧多」，到頭來卻落得「糧食盡絕」而死（同上）。所以毛評曰：「瓚之亡也，積粟三十萬；術之亡也，剩麥三十斛。糧多亦亡，少也亡，何也？曰：二人無謀等也。無謀等，則糧之多少無異也。」（同上回評）至於韓馥送糧給袁紹，招致紹軍進攻，更近乎「慢藏誨盜」「多藏厚亡」了。

在糧食問題上，《三國演義》作者表現了較為深刻辨證的思想。這種思想的基本點是民以食為天，兵以食為天。食不足則無以養民、養兵，而民不附、兵不精亦無以得食、足食、護食。使民附、兵精，既在治理，更在崇德修信以得人心。劉璋欲降，董和諫曰：「城中尚有兵三萬餘人；錢帛糧草，可支一年，奈何便降？」劉璋曰：「吾父子在蜀二十餘年，無恩德加於百姓；攻戰三年，血肉捐於草野，皆我罪也。我心何安？不如投降以安百姓。」（第六十五回）雖然是爛忠厚無用的話，但「恩德加於百姓」確實是富國強兵的根本。所以，《三國演義》寫了劉玄德攜民渡江，諸葛亮在大敵當前仍令該換班的軍士「準備歸計」（第一百一回），都表現了作者得人心者得天下的思想。當然，劉備、諸葛亮崇德修信未能始終，所以劉備一怒伐吳喪師，諸葛亮連年伐魏興兵，造成蜀中「罷敝」，即使作戰中智絕天人，也仍然不能有尺寸進取之功。諸葛亮一死，蜀漢統一天下的目標就更無希望了。作者思想的這一基本點是正統儒家「仁政」和民本主理想的體現。

《三國演義》對糧食問題的廣泛深入的描寫，是三國歷史的真實反映，也顯示了中國古代歷史發展的某些本質方面。一些重大情節於史有證。例如第十二回寫濮陽之戰，曹操、呂布因荒糧盡罷兵，第三十回曹操劫燒袁紹之糧，第三十二回曹操征冀州先通糧道，等等，都見《三國志・魏書・武帝紀》記載；諸葛亮屢次伐魏都因「糧盡退軍」，也見於《蜀書》本傳記載；其他尚多，無須備舉。一些情節則屬移花接木、張冠李戴或純屬虛構，如多數的劫糧道，以糧誘敵、間敵、反間等等，都不僅是對三國歷史的合情合理的「演義」，而且是作者知識、經驗和文學才華的體現。作為一個「有志圖王者」，羅貫中實際是站在中國歷史的高度描寫糧食問題。他以出神入化之筆，反映了中國古代以農為本的基本國情，同時也融進了他所處元末亂世人生的意識和感情。例如元末朱升就曾向朱元璋建議「高築牆，廣積糧，緩稱王」，已知糧食問題是亂世爭雄中最為突出和敏感的問題之一。所以，由蜀入晉的陳壽在《三國志》中多方記載了它，生活於元末亂世的羅貫中在《三國演義》中突出了它，由明入清的毛宗崗在評點中慨乎言之強調了它，這都是可啟後世

有事於治國治兵者深入思考的歷史現象。另外《三國演義》對「糧戰」的描寫，也使我們看到了古代封建統治者之間戰爭的罪惡性質。重農惜糧刁買人心的情況雖偶而有之，但大都燒、掠以爲得意，從而造成社會生產力的巨大破壞，正所謂「兵匪一家」，受苦受難的只是廣大百姓。所以古又有云：「亂離人不及太平犬」。「太平犬」並不值得羨慕，但身經亂世的人才更能理解「天下太平」四字的份量。《三國演義》中的糧食問題值得今天的讀者深入思考。

（《原載《曲靖師專學報》1991 年第 1 期》）

血染征袍雜淚痕，動人情語不須多
——《三國演義》的抒情藝術

　　《三國演義》是一部政治歷史小說，描寫魏、蜀、吳三國的興亡史，篡弒攘奪，攻戰殺伐，縱橫捭闔，機關算盡，都是你死我活、冷酷無情的鬥爭。然而活躍在其中的人物卻都是血肉之軀，而且因為形勢的險惡，鬥爭的殘酷，表現格外強烈的生命意識，獨特而豐富的人類感情。如果說《三國演義》的故事引人入勝，那麼動人心旌而使它成為一部上乘文藝之作的，就是閃現或流動於故事中的人物的感情。

　　通常人們認為《三國演義》以故事性取勝，這是一個事實。但是，「故事」不過是小說最基礎的東西。它當然可以有思想的傾向和在讀者心中引起某種感情。但是「故事」的作用主要是訴諸人們的好奇心，一部單有故事而缺乏真摯感情的作品不會持久打動人心。而作者有意識傳達的這樣那樣的真實的感情則多方面地永久地感染讀者。列夫·托爾斯太說：「藝術是這樣一項人類活動：一個人用某種外在的標誌有意識地把自己體驗過的感情傳達給別人，而別人為這些感情所感染，也體驗到這些感情。……不但感染性是藝術的一個肯定的標誌，而且感染的程度也是衡量藝術價值的唯一標準。」〔註1〕因此，對於《三國演義》的研究，只是注重它的作者、版本、故事、人物是不夠的，還應當注意研究它的情感因素的作用。它是全書的神韻，人物的靈魂，是使《三國演義》由通俗的歷史教科書提高到詩的境界的標誌。對於這一點，向

〔註1〕 〔俄〕列夫·托爾斯太《什麼是藝術》，轉引自伍蠡甫等編《西方文論選》（下冊），上海譯文出版社 1979 年版，第 433 頁。

來研究者較少，因不揣淺陋，略述如下。

《三國演義》的抒情性主要表現在以下幾個方面：

首先，貫串始終、彌漫全書的對漢王朝的憑弔和對天下蒼生的繫念。這是它作為一部政治歷史小說，在封建時代最能打動人的地方。封建時代「朕即國家」，《三國演義》通過對漢王朝幾個末帝的憐憫同情，抒發了舊國舊君之感。全書從漢末失政、黃巾起義、董卓入京寫起，一起悲風滿紙，抑鬱蒼涼。至少帝被廢，則行文格外動情：

> 可憐少帝四月登基，至九月被廢，……與何太后、唐妃困於永安宮中，衣服飲食，漸漸少缺。少帝淚不曾乾，一日偶見雙燕飛於庭中，遂吟詩一首。詩曰：「……遙望碧雲深，是吾舊宮殿。何人仗忠義，泄我心中怨。」

不想詩被董卓知道了，曰：「怨望作詩，殺之有名矣！」派李儒逼少帝飲鴆自盡。少帝乃「大慟作歌。其歌曰：『天地易兮日月翻，棄萬乘兮退守藩。為臣逼兮命不久，大勢去兮空淚潸！』」加以唐妃的絕命歌，歷來寫皇帝末路的，從無這般淒慘。後來曹丕逼獻帝禪位，「戲」演完了，「獻帝含淚拜謝，上馬而去。壇下軍民人等見之，傷感不已。」〔註2〕這些細節都不見於正史，而且仔細推敲起來，當曹丕正得意的時候，那「壇下軍民人等……傷感不已」，似乎也不大合乎魏國的國情，想來不過是作者虛構表現故國故君的憐念罷了。從歷史發展的角度看，這兩個皇帝都不值得如此同情，這樣的描寫適足見作者的愚腐。但是，從書中所寫當時的情勢看，少帝、獻帝很大程度上是代桓、靈二帝受過；而且董卓、曹丕的奪權是以暴虐易無能，標誌的是漢王朝的名存實亡或徹底終結。因此，這樣的描寫也顯示著對暴政和分裂的不滿，「人心思漢」、嚮往統一的感情，加強了「擁劉反曹」的思想傾向。這在經歷了長期宋、遼、金對峙和元蒙統治的元末中國，帶有愛國主義和民族主義的意義，很容易引起讀者的共鳴。

對漢王朝的憑弔懷念之情更多地通過「擁劉反曹」表現出來。《三國演義》中劉備實際是被作為漢王朝的正統繼承者來描寫的，作品把他寫成一個好皇帝的典型，極力渲染他愛民的品質。「二顧草廬」，劉備留書請諸葛亮出山謂之「天下幸甚！社稷幸甚！」「三顧草廬」，劉備請諸葛亮先是說：「願先生以

〔註2〕陳曦鍾、宋祥瑞、魯玉川輯校《三國演義會評本》，北京大學出版社 1986 年版，本文下引《三國演義》均據此本。

天下蒼生爲念，開備愚魯而賜教！」繼而「泣曰：『先生不出，如蒼生何？』
言畢，淚沾袍袖，衣襟盡濕。」憂國憂民之心，躍然紙上。諸葛亮正是爲劉
備大義所激才慨然出山，而其一生「鞠躬盡瘁，死而後已」，都是爲了「先帝
慮漢、賊不兩立，王業不偏安，故託臣以討賊也」。而興亡繼絕，矢志不移，
知其不可而爲之，這正是諸葛亮形象感人的地方。而在舊時文人看來，漢家
社稷是與天下蒼生一體的，忠君、愛國、愛民是三位一體的。「擁劉反曹」集
中表現了這種思想感情，最合乎宋以後士大夫知識分子的趣味和一般民眾的
觀念，因而最能動人。宋代至於有小兒聽說書爲劉備敗而落淚、爲曹操敗而
唱快的〔註3〕。明末李定國聽金光說諸葛、關、張忠義，「幡然束身歸明，盡
忠永曆」〔註4〕，可以旁證《三國演義》這一傾向在舊時代是何等感人之深。
的確，《三國演義》不是一部僅僅講故事的書，它有自己的思想，有自己的追
求，有某種深刻動人的東西，那就是舊時代最爲推崇的忠君愛民的感情，它
是全部作品的主旋律和化合劑，是超越故事層面把作品提升到藝術的意蘊和
風神。

　　以「擁劉反曹」爲標誌的這種忠君愛國愛民之情，混雜了太多的封建因
素，時過境遷，今天的讀者中不會再引起同樣的共鳴了。但是，文學的時代
性同樣是一種價值；而且，歷史過程的階段性常常有驚人的相似，所以，今
天看來只是文學時代性的東西，可能正是包含著它的永久。因此，歷史上《三
國演義》曾如此以情感人，實現過巨大的藝術價值，就不僅應當從過去歷史
上加以肯定，而且今天的研究者也應當有所瞭解和給予重視。

　　其次，奮發有爲、積極進取之情。《三國演義》寫漢末天下大亂，匹夫抗
憤，智者演謀，小者占山結寨，大者跨州連郡，莫不欲掃平宇內，混一天下。
其實質雖然是軍閥混戰，但是，當歷史非藉這樣一種形式不能向前發展的時
候，那些較爲關心人民利益的力量的努力，就具有了一定合理性，能給人以
激勵和鼓舞。劉備的形象就具有這種典型性。劉備雖爲漢室之冑，但起家僅
是「販屨織席」之輩。當其初見募軍檄文，即「慨然長歎」——「有志破賊，
恨力不能，故長歎耳！」其所謂「破賊」當然是指鎮壓反政府的黃巾軍，不
足爲訓，但是這種「位卑未敢忘憂國」的精神在舊時代有更廣泛的意義。此

〔註3〕　〔宋〕蘇軾《東坡志林》（節錄），轉引自朱一玄、劉毓忱編《三國演義資料
　　　　　彙編》，百花文藝出版社1983年版，第123頁。
〔註4〕　黃人《小說小話》（節錄），《三國演義資料彙編》，第748頁。

後劉備連遭困厄，流竄不定而暫依劉表，寄人籬下，久而髀肉復生，「亦不覺潸然流涕，……歎曰：『……日月蹉跎，老將至矣，而功業不建，是以悲耳！』」這種「疾沒世而名不稱」的感情亦能催人奮發，故毛宗崗評曰：「是英雄淚。」「為天下發憤。」李贄評曰：「是丈夫語。」李漁評曰：「真丈夫語，能使丈夫墮淚。」白帝城託孤，劉備寫遺詔遞與孔明而歎曰：「朕不讀書，粗知大略。聖人云：『鳥之將死，其鳴也哀；人之將死，其言也善。』朕本待與卿等同滅曹賊，共扶漢室，不幸中道而別。……』」他是死不瞑目的。這是一個歷經磨難、百折不回、功虧中道而壯志未酬的英雄形象。雖才不濟志，但其堅定不移、弘毅進取的精神令讀者動容。

　　諸葛亮出將入相，把忠君報國、積極進取的精神發揮到極致。他本是高臥隆中以待天時的，明知漢朝「氣數已盡」「天命難違」，一旦感劉備三顧知遇之恩，許其驅馳，即「鞠躬盡瘁，死而後已」。前後《出師表》及六出祁山前的告廟有情節上的意義，但更重要的是渲染了諸葛亮的忠貞精神，頗具感染力。而最動人的是秋風五丈原的描寫：

> 孔明強支病體，令左右扶上小車，出寨遍觀各營；自覺秋風吹
> 面，徹骨生寒，乃長歎曰：「再不能臨陣討賊矣！悠悠蒼天，曷此其
> 極！」

毛評曰：「千古以下，同此悲憤！」正是肯定了此處抒情描寫的強大感染力。此外，孫策依劉表於壽春時的月下之哭，周瑜臨終之歎，姜維自殺時大叫：「吾計不成，乃天命也！」「（孫）權使張昭等問安，太史慈大叫曰：『大丈夫生於亂世，當帶三尺劍立不世之功；今所志未遂，奈何死乎！』」等等，都表現了強烈的功業之心，有「欲與天公試比高」的氣概。杜甫弔諸葛亮的詩中說：「出師未捷身先死，長使英雄淚滿襟。」這一聯詩對於《三國演義》中的許多人物都是適用的。包括那被貶為「奸絕」的曹操，橫槊賦詩，大宴銅雀臺，也同樣表現了積極進取的精神。讀書至此等處，不覺有英風豪氣起於字裏行間，令人感慨萬千，熱血沸騰。人道羅貫中「有志圖王者」，是無可懷疑的。

　　再次，感恩圖報，義氣相激之情。三國之世，人才待時而起，擇主而事。非但君擇臣，而且臣擇君，君臣際遇，除利益相關之外，感情的投合也甚關重要，並且是作者加意強調的方面。《三國演義》寫魏、蜀、吳三方雖有所謂正統、僭、閏之別，但各能維繫人心團結奮鬥者，實有賴於感情的投資。長阪坡之役，俗云「劉備摔孩子，刁買人心」，實際是以常人之心度英雄之腹。

不說劉備與趙雲生死與共患難相交的情誼，但以當下利害論，劉備大敗虧輸、身命堪憂之際，忠心耿耿有萬夫不當之勇的趙雲對於他轉敗爲勝、爭雄當日是何等的重要！因此，劉備之摔阿斗，爲趙雲正是爲自己；此外，孫權濡須口之敗，「感周泰救護之功，設宴款之。權親自把盞，撫其背，淚流滿面，曰：『卿兩番相救，不惜性命，被創數十，膚如刻畫，孤又何心不待卿以骨肉之恩，委卿以兵馬之重乎？卿乃孤之功臣，孤當與卿共榮辱、同休戚也！』」曹操淯水之敗，典韋爲之戰死，「設祭祭典韋，操親自哭而奠之，顧謂諸將曰：『吾折長子、愛姪，俱無深痛；獨號典韋也！』」曹操的厚遇甚至使關雲長冒死違犯軍令，於華容道上「動故舊之情，長歎一聲，並皆放去。」關羽「義絕」，眞所謂「受人涓滴之恩，必以泉湧相報」！而關羽的「義」也得到了最大的報償。關羽死後，「雪弟恨先主興兵」劉備曰：「朕不爲二弟報仇，雖有萬里江山，何足爲貴！」雖然這句話的結果幾乎完全斷送了蜀漢的事業，但在人格上完成了劉備形象濃重的一筆，——爲友情而輕社稷，可謂義薄雲天的了。

最後，是兒女風月之情。毛宗崗《三國演義讀法》例舉書中「貂蟬鳳儀亭」「嚴氏戀夫」「趙範寡嫂敬酒」「劉備東吳招親」「曹操與張濟妻相遇」等等描寫之後寫道：「人但知《三國》之文敘龍爭虎鬥，而不知爲鳳、爲鸞、爲鶯、爲燕，篇中有應接不暇者。令人於干戈隊裏時見紅裙，旌旗影中常睹粉黛，殆以英雄傳與美人傳合爲一書矣。」這些男女情事的描寫當然只是從屬於全書政治歷史的中心內容，「美人」不過是「英雄」的陪襯，而且多半是反襯。在作者看來，兒女情長，必然英雄氣短。但是，他能把「英雄傳」與「美人傳」合爲一書，寫出無論反覆如呂布、奸雄如曹操、梟雄如劉備，都不能不有兒女風懷之情，也是它寫人的一個成就。特別是寫劉備東吳招親以後，幾乎要終老溫柔，「全不想回荊州」——諸葛亮第二個錦囊就是爲此準備的，趙雲依計行事，賺劉備逃至江邊，劉備「驀然想起東吳繁華之事，不覺淒然淚下。」寫劉備之私心如畫如見；其他如寫戰宛城曹操「每日與鄒氏取樂，不想歸期。」呂布之迷貂蟬、嚴氏之戀呂布、周瑜之愛小喬、劉表之昵後妻等等，莫不如是。在可能的範圍內，作者都精工描寫，使聲情畢現。儘管也有趙雲拒婚、劉安殺妻等似不近情的描寫，但全書不廢男女之情，使無論君子、小人都要在這一點上得到考驗，從中產生關於男女之情的有限度的描寫，也增加了這部書的藝術眞實性和感染力。

　　《三國演義》的抒情又是多層次的。對中心人物，無論正反角色，一律寫其胸懷大志，積極進取。雖不免暫墮情網，終能振起，不墮青雲之志。如劉備、曹操。而對庸碌之主，一律寫其兒女情長，風雲氣短，如呂布、劉表、袁紹等。這既是歷史眞實的反映，也是作者對英雄性格的整體把握。在對正面人物的抒情性描寫中，突出其合乎儒家道德的品質，如寫劉備大濟蒼生的理想、諸葛亮鞠躬盡瘁的精神、雲長之義、趙雲之忠等。對反面的或中間的人物，則突出其個人的追求，如曹操大宴銅雀臺時的表白、周瑜群英會之歌，等等。正面人物（偶有反面或中間人物）的抒情直接表現作者對理想人生的看法，那完全是正統儒家的觀念。《三國演義》既歌頌了劉備、諸葛亮一班入世進取的人物，也對司馬徽、崔州平、石廣元等隱者表示了由衷的欽羨與肯定。徐庶被迫捨劉歸曹，前後表現可謂「達者兼善天下，窮者獨善其身」的典範。即使諸葛亮出山之前也還抱定「功成之日，即當歸隱」的決心；劉備躍馬檀溪倉皇逃命之際，「見一牧童跨於牛背上，口吹短笛而來，玄德歎曰：『吾不如也！』」亦有望峰息心之意。這是作者對人物內心世界的多側面深層次的開掘，從而《三國演義》的人物形象塑造，並非如常時許多研究者所說簡單地類型化的。

　　《三國演義》多方面多層次的抒情，統一於全書的思想內容，也統一於全書的藝術，表現手法靈活多樣，搖曳多姿。

　　首先，《三國演義》較多地使人物直接抒情。如劉備讀榜、白帝城託孤，諸葛亮哭廟、五丈原巡營，曹操橫槊賦詩、銅雀臺明志等等，直接吐露情懷，熾熱奔放，感人肺腑。這種抒情往往在情節發展的關鍵之處或高潮，使人物的感情不可遏制時一吐爲快，如第一百二回諸葛亮六出祁山前的告廟，是在五伐中原無尺寸之功、後主黯弱、宿將凋零、太史譙周又以氣數災異之言相阻等種種不利情勢下出現的：

　　　　卻說譙周官居太史，頗明天文；見孔明又欲出師，乃奏後主曰：「臣今職掌司天臺，但有禍福，不可不奏：……盛氣在北，不利伐魏；……丞相只宜謹守，不可妄動。」孔明曰：「吾受先帝託孤之重，當竭力討賊，豈可以虛妄之災氛，而廢國家大事耶？」遂命有司設太牢祭於昭烈之廟，涕泣拜告曰：「臣亮五出祁山，未得寸土，負罪非輕！今臣復統全師，再出祁山，誓竭力盡心，剿滅漢賊，恢復中原，鞠躬盡瘁，死而後已！」

這就把諸葛亮的忠藎之心表現得淋漓盡致，絲毫無做作之嫌。

　　直接的抒情也是形式多樣的，如借助呼告、表章、書啓、詩歌等等。後者著名的，如諸葛亮「隆中吟」、周瑜群英會之歌，都是傳神文字，生花妙筆。

　　其次，《三國演義》也運用了一些間接抒情的手法。較多的是作者借「後人有詩歎曰」「贊之曰」等加以表現，這類詩往往敘述、議論與抒情相結合，很少是寫得好的。較成功的是作者有時從敘事中帶出情感來，如第十四回寫洛陽殘破的景象：

> 帝入洛陽，見宮室燒盡，街市荒蕪，滿目皆是蒿草，宮院中只有頹牆壞壁。命楊奉且蓋小宮居住。百官朝賀，皆立於荊棘之中。詔改興平爲建安元年。是歲又大荒。洛陽居民，僅數百家，無可爲食，盡出城去剝樹皮、掘草根食之。尚書郎以下，皆自出城樵採。多有死於頹牆壞壁之間者。漢末氣運之衰，無甚於此。後人有詩歎之曰……

把洛陽被焚後的殘象、君臣百姓的處境略事渲染，作者「漢末氣運之衰」的感慨就從字裏行間自然流露了出來。

　　更爲精彩的是結合了寫景的抒情，如上引「秋風五丈原」一段文字，還有「宴長江曹操賦詩」中大江夜月的描寫：

> 天色向晚，東山月上，皎皎如同白日。長江一帶，如橫素練。操坐大船之上，左右侍御者數百人，皆錦衣繡襖，荷戈執戟。文武眾官，各依次而坐。操見南屏山色如畫，東視柴桑之境，西望夏口之江，南望樊山，北覷烏林，四顧空闊，心中歡喜。

「心中歡喜」一語就從前面景物描寫中來，是景中情。又如「元直走馬薦諸葛」中劉備爲徐庶送行：

> 玄德不忍相離，送了一程，又送一程。庶辭曰：「不勞使君遠送，庶就此告別。」玄德就馬上執庶之手曰：「先生此去，天各一方，未知相會卻在何日！」說罷，淚如雨下。庶亦涕泣而別。玄德立馬於林畔，看徐庶乘馬與從者匆匆而去。玄德哭曰：「元直去矣！吾將奈何？」凝目而望，卻被一樹林隔斷。玄德以鞭指曰：「吾欲盡伐此處樹木。」眾問何故。玄德曰：「因阻吾望徐元直之目也。」

此節文字前半的纏綿，是筆者不忍割愛贅引的；後半毛評已正確地指出從《西廂記・長亭送別》「青山隔送行，疏林不做美」句中化來。李贄評曰：「敘出別離情況，丹青妙手也。」我則謂情中景。情景交融，富有詩意，是《三國演義》抒情的顯著特色。

　　最後，《三國演義》還創造了一些獨特的抒情手法。例如，常結合飲酒的描寫讓人物抒發內心隱秘之情：第三十四回寫劉備「髀肉之歎」後，劉表問備「何慮功業不建乎」：

> 玄德乘著酒興，失口答曰：「備若有基本，天下碌碌之輩，誠不足慮也。」表聞言默然。玄德自知語失，託醉而起，歸館舍安歇。

雖云劉備「託醉」，實際也是「酒後吐眞言」，只是尚能自知而已。這裡作者的高明在於「用文藝的技巧予過失以意義，以達到文藝的目的。」〔註5〕又如，常通過理智與情感的衝突加強情感的力度。劉備東吳招親，「被聲色所迷，全不想回荊州」，被趙雲依孔明之計引歸至劉郎浦：

> 沿著江岸尋渡，一望江水彌漫，並無船隻。玄德俯首沉吟。趙雲曰：「主公在虎口逃出，今已近本界，吾料軍師必有調度，何用猶疑？」玄德聽罷，驀然想起在東吳繁華之事，不覺淒然淚下。

「俯首沉吟」至「淒然淚下」，從外面把劉備心中事業與兒女之情的矛盾逐層出落，使劉備對兒女之情的繫念繃緊到極點，然後一刀割斷，還他以三國英雄的本色。

　　《三國演義》的抒情性豐富了人物性格，給情節、細節以韻味，加強了作品的藝術感染力，使一部主要以故事性取勝的小說在一定程度上帶有了詩意，成爲耐人咀嚼的「有意味的形式」〔註6〕。注意到這一點，可以使我們對這一部名著的價值有新的認識。

　　《三國演義》一部大書，抒情的文字少而簡略。但是，如本文戲題所云：血染征袍雜淚痕，動人情語不須多。作爲我國最早的一部長篇小說，能有這樣的成就已經很不容易。特別是從上舉諸多例證中，我們可以明顯地感覺到作者是有意爲之，這就標誌了我國古代長篇小說是從一個較高的起點發展起來的。所以，無論對於《三國演義》本身，還是對於整個中國小說史，這一個特點都值得特別注意。

　　（寫成於 1993 年 4 月，曾收入拙集《傳統文化與古典小說》，河北大學出版社 2001 年版）

〔註5〕　〔德〕弗洛伊德《精神分析引論》，高覺敏譯，商務印書館 1986 年版，第 20 頁。

〔註6〕　〔英〕克萊夫·貝爾《藝術》，周金環等譯，中國文聯出版公司 1984 年版，第 4 頁。

把酒話三國，書成醉後人
──《三國演義》中的飲酒描寫

　　一部《三國演義》、「酒」「飲酒」「酒酣」「醉後使酒」等語出現不下數百次。與飲酒直接相關而膾炙人口或給人留下深刻印象的情節就有「溫酒斬華雄」「煮酒論英雄」「群英會蔣幹中計」「宴長江操賦詩」等等。酒人、酒事、酒語、酒趣，千姿百態，使全書添許多韻味、許多魅力。毛本《三國演義》篇首詞有句云：「一壺濁酒喜相逢，古今多少事，都付笑中。」莫道此詞非羅貫中原作所有，看《三國演義》把飲酒寫得多彩多姿、出神入化，我以為這位「湖海散人」當年執筆，正復如此──把酒話三國，書成醉後人。

　　我國飲酒之習由來上古，漢初漸成好尚。《史記‧酈生陸賈列傳》酈食其求見劉邦，稱「儒生」而不得入；稱「高陽酒徒」，則劉邦倒屣出迎，飲士為世所重如此。漢末三國飲風大盛，以至曹操有禁酒之令，孔融上書辯難，積嫌忌，終至棄市。其實曹操本人也是好飲的，有句云「對酒當歌，人生幾何」「何以解憂，唯有杜康。」他的兒子曹植「飲酒不節」（《三國志‧魏書‧陳思王植傳》），「置酒高殿上，親友從我遊。」（曹植《箜篌引》）更有「荊州牧劉表，跨有南土，子弟驕貴，並好酒。」（曹丕《典論‧酒誨》）關羽臂中流矢，當刮骨去毒，「令醫劈之。……臂血流離，盈於盤器，而羽割炙引酒，言笑自若。」（《三國志‧蜀書‧關羽傳》）「（周）瑜少精音樂，雖三爵（酒杯）之後，其有闕誤，瑜必知之。知之必顧，故時人謠曰：『曲有誤，周郎顧。』」（《三國志‧吳書‧周瑜傳》）等等。從這類飲酒或與飲酒有關的記載出發，《三國演義》大量描寫飲酒，又不僅關乎作者的才性，更是作為一部嚴肅的政治歷史小說不可缺少的內容。

　　然而，《三國演義》寫飲酒並不止於記載歷史或傳說的漢末飲酒之風，而是把飲酒描寫作為藝術的手段，密切結合於作品的主題表現、人物塑造和整體構思之中，成為它的部分血肉和筋腱，成為它整體藝術的一個精彩側面。縱不能說沒有飲酒的描寫，就沒有《三國演義》的藝術，但是並不誇張地說，有了飲酒的描寫，才使《三國演義》的藝術格外令人沉醉。

　　《三國演義》的飲酒描寫對塑造人物形象起了多方面的作用。

　　首先，飲酒描寫常如「頰上三毫」，使人物個性躍然紙上。如第一回關羽出場，時當劉備與張飛在村店對飲，「正飲間，見一大漢，推著一輛車子，到店門首歇了；入店坐下，便喚酒保：『快斟酒來吃，我待趕入城去投軍。』」「快斟酒來吃」一語，就使關羽剛強傲岸的性格凸現出來；又如寫龐統為耒陽令，張飛巡視到廳，「統衣冠不整，扶醉而出」，張飛大怒，而龐統醉筆草草，批評發落，「曲直分明，並無分毫差錯。……不到半日，將百餘日之事，盡斷畢了。投筆於地，……飛大驚，下席謝曰：『先生大才，小子失敬……』」這段描寫中，「扶醉」二字見龐統微職屈就的心情、名士放達的風度，更襯托其英放傑出的才能；更典型的描寫莫如「溫酒斬華雄」，其時華雄已連斬三員大將，諸侯「眾皆失色」，曹操不顧袁紹阻攔，支持關羽出戰：「操教釀熱酒一杯，與關公飲了上馬。關公曰：『酒且斟下，某去便來。』」果然「鸞鈴響處，馬到中軍，雲長提華雄之頭，擲於地上——其酒尚溫。」這裡「釀熱酒一杯」「酒且斟下」「其酒尚溫」三處寫「酒」，烘托了雲長英雄氣概、超人武藝；而且注意在雲長，並寫他人，為曹操日後厚遇雲長伏下一筆，真是不負此「酒」。此外如「（關）公醉，自綽其髯而言曰：『生不能報國家，而背其兄，徒為人也！'」毛宗崗評曰：「酒後心熱，乘醉托髯，寫關公如畫。」又如「（孫）權親自把盞，撫其（周泰）背，淚流滿面，……一處傷令吃一觥酒。……是日，周泰大醉」——寫孫權馭下之術，真見性情。諸如此類，不勝枚舉。

　　其次，寫飲酒使人物精神狀態發生微妙變化甚至頓失常態，暴露出心理氣質的某些隱蔽方面，使人物性格更為豐富。如曹操的顯著性格特徵是「奸雄」：機謀權變，奸詐雄猜。但也有自負才智、輕人敖物、盲目樂觀的毛病。後者平常隱而不顯，而在飲酒後暴露無遺。如「青梅煮酒論英雄」，當曹操說破「今天下英雄，唯使君與操耳！」劉備驚落匙箸，卻巧借聞雷把曹操瞞過了。這個情節諸家看法不一，毛宗崗評劉備此術「真是靈警」，「李贄總評」以為「種菜聞雷，事同兒戲，稍有知之，皆能察之，如何瞞得曹操？」當今

日本學者守屋洋《三國志的人物學》則認為「與曹操平靜地窺伺對方的表現不同，劉備作了多餘的解釋。只從這一件逸事，就可以肯定曹操技高一籌」。這些看法其實各見其一，都沒有考慮到這事是在「酒至半酣」的情況下發生的。居高臨下、心氣浮滿的曹操在酒力的作用下，不可能不被無心飲酒、專事韜晦的劉備巧語瞞過。如果說這裡表現了劉備的「靈警」，那麼同時還可以說表現了曹操潛在的容易自負和忘乎所以的弱點。這種弱點在醉中更暴露無遺，如取宛城以後醉問左右：「此城中有妓女否？」毛評曰「因酒及色，阿瞞頗露本相。」又如「宴長江曹操賦詩」，「（曹操）手起一槊，刺死劉馥」，毛評曰：「醉後驕盈愈甚。」連曹操次日酒醒後也「懊恨不已」。不獨曹操，聞雷時「靈警」的劉備在個別場合也會酒後無狀。第三十四回寫他答劉表兩次「失語」，暴露併吞天下的梟雄意圖，也是在「酒酣」之際，此所謂「酒後吐真言」，對刻畫人物心理性格有無可替代的作用。當然，作品用飲酒的描寫顯現豐富人物性格是極有分寸的。如《曹操大宴銅雀臺》寫「曹操連飲數杯，不覺沉醉」，「欲作《銅雀臺詩》，剛才下筆」，報導孫、劉聯合，「漢上九郡大半已屬（劉）備矣」。操聞之，「手腳慌亂，投筆於地」。這段「催租阻詩」似的描寫，見出「沉醉」並不總是使這位「奸雄」失卻警覺，尤其在重大關鍵問題上不致因酒誤事。又如上述劉備「失語」之後，馬上「自知」，「託醉而起」，仍不失「隨機應變信如神」的「靈警」。在服從人物主導性格特徵的前提下，開掘人物潛在的或側面的性格內容，是《三國演義》飲酒描寫的又一重要作用。

再次，通過飲酒內容的描寫展示人物形象的命運結局。這往往是悲劇性的，例如酒能傷志：「蜀主劉禪，寵幸中貴黃皓，日夜以酒色為樂」；酒能傷身：呂布「乃日與妻妾飲美酒，因酒色過傷，形容銷減。一日取鏡自照，驚曰：『吾被酒色傷矣！……』」「（魯）肅曰：『吾觀劉琦過於酒色，病入膏肓。』」酒能失事送命：典韋醉失雙戟，死於亂槍之下。張飛醉鞭范疆、張達，被後者乘其醉臥沉睡中刺殺。更有呂布因自己為「酒色過傷」而令部下禁酒，結果招致侯成盜其馬、宋憲盜其戟，被魏續等縛獻曹操。這些地方都以飲酒（有時及「色」）促成人物悲劇命運，完成人物形象塑造最後的一筆。

最後，飲酒描寫使人物性格形成對比，個性越發分明。如曹操多自設宴飲而常飲常醉，劉備則多是吃他人筵上之酒而「半酣」，孫權似乎自己很少飲酒，只把盞獎譽部下；又如周瑜酒後舞劍作歌，曹操醉中橫槊賦詩，諸葛亮

則不過「飲數杯」，取其意而已；再如關羽飲酒是「傲」，張飛飲酒是「暴」，趙雲但「微醉」而不改其常；還有曹操之「醉」每樂極生悲，劉備赴宴總化險為夷，龐統「扶醉」是否極泰來，等等，總閒閒相對，各具風情。

《三國演義》的飲酒描寫在情節結構上也有多方面的作用。

首先，飲酒描寫本身有時就是極生動的情節。「青梅煮酒論英雄」「宴長江曹操賦詩」等以飲酒為中心的回目是不必說的。即第十四回張飛醉鞭曹豹也堪稱妙事妙文：

> 一日，設宴請各官赴席。眾坐定，張飛開言曰：「我兄臨走時，分付我少飲灑，恐致失事。眾官今日盡此一醉，明日都各戒酒，幫我守城。今日卻都要滿飲。」言罷，起身與眾官把盞。酒至曹豹面前，豹曰：「我從天戒，不飲酒。」飛曰：「廝殺漢如何不飲酒？我要你吃一盞。」豹懼怕，只得飲了一杯。張飛把遍各官，自斟巨觥，連飲了幾十杯，不覺大醉，卻又起身與眾官把盞。酒至曹豹，豹曰：「其實不能飲矣。」飛曰：「你恰才吃了，如今為何推卻？」豹再三不飲。飛醉後使酒，便發怒曰：「你違我將令，該打一百！」便喝軍士拿下。陳元龍曰：「玄德公臨去時，分付你甚來？」飛曰：「你文官，只管文官事，休來管我！」曹豹無奈，只得告求曰：「翼德公，看我女婿之面，且恕我罷。」飛曰：「你女婿是誰？」豹曰：「呂布是也。」飛大怒曰：「我本不欲打你，你把呂布來唬我，我偏要打你！便是打呂布！」諸人勸不住。將曹豹鞭至五十，眾人苦苦告饒，方止。

其次，飲酒描寫推動情節的發展。這主要有以下五種情況：一是飲酒生事。如上引張飛醉鞭曹豹引出曹豹勾引呂布攻徐州；呂布因自己為酒色所傷下禁酒令，懲治違令聚飲的侯成等，結果逼反侯成等人，導致呂布白門樓殞命；更具戲劇性的是呂伯奢沽酒招待曹操，卻招來曹操誤殺其全家；胡遵戀酒貪杯，被丁奉雪中奮短兵劫寨；二是飲酒謀事。如周瑜宴劉備、魯肅請關羽都如鴻門宴，「群英會」飲酒為使蔣幹盜書中計，王允請呂布飲酒是為了行美人計使呂布殺董卓；三是飲酒激事。如甘寧使百人飲酒後劫寨，左慈擲杯戲曹操，張飛飲酒誘張郃；四是飲酒襯事。如「溫酒斬華雄」，「火燒新野」中諸葛亮、劉備在山頂飲酒觀戰，諸葛亮邀魯肅草船酌酒以借箭，關雲長飲酒奕棋刮骨療毒，龐統扶醉治事；五是用酒為事，如鴆殺王美人、何后、董

后、少帝，「三擒孟獲」以藥酒麻倒孟優，等等。種種情況，都是以飲酒發展情節，或平地風雲，或波瀾起伏，或回風倒雪，或掩映烘托，或以酒為兵，真好看煞人。

飲酒描寫加強了作品結構的整體性和嚴密性，具體作用有以下幾個方面。

第一，飲酒描寫介紹人物，承上啓下隱括全書。把這個作用表現得最充分的是「煮酒論英雄」，劉備與曹操酒至半酣，一問一答，遍論天下人物，至劉備舉出袁紹，毛宗崗評曰：「為後文求救袁紹伏筆。」舉劉表，則評曰：「為後文依託劉表伏筆。」舉孫策、劉璋，毛評皆曰「伏筆」，又總結云：「袁術、袁紹、劉表、孫策、張繡、韓遂，事之已見前文者也；劉璋、張魯，事之尚在後文者也。前文於此再一總，後文於此先一提。」這些評語著實道出了「論英雄」在結構上的重大意義。而毫無疑問，這是飲酒中發生的，更是飲酒促成的。直到曹操說破「今天下英雄唯使君與操耳！」毛評曰：「曹操自認為英雄，又心畏玄德為英雄，一向只是以心相待，不曾當面說出。今番酒後，不覺一語道破」。其實不僅「一語道破」是「酒後」語，先前論許多人物亦是「酒至半酣」曹操臉紅耳熱心氣浮滿時所為。沒有「煮酒」，就沒有「論英雄」，就沒有這段於全書結構上有重要意義的文字。

第二，飲酒描寫是情節之間的黏和點和紐帶。例如第四回王允得袁紹密書，欲圖董卓，而尋思無計，乃以請吃壽酒為名邀眾官議事，於此引出「孟德獻刀」。顯然，王允請酒是王允結連袁紹欲圖董卓的情節過度到「孟德獻刀」情節的黏和點；又如「群英會」飲酒是蔣幹說降與盜書之間的紐帶，劉備在荊州劉表處飲酒失語是劉備依託劉表與蔡夫人設計害劉備之間的紐帶，淳于瓊烏巢醉酒是「官渡之戰」曹操轉敗為勝的紐帶，等等，都起了「合涯際，彌綸一篇」（《文心雕龍·附會》）的作用。

第三，飲酒描寫使結構疏密有致，濃淡相間。如正敘孫、劉備戰，有「群英會」之飲酒，赤壁大戰前有宴長江曹操之醉；趙雲取桂陽夾寫趙範寡嫂敬酒；吳、魏濡須戰後有孫權把盞獎周泰軍功；袁術欲結連呂布夾攻劉備，結果弄出「呂奉先射戟轅門」之酒；等等，都使場景變幻，音聲逆轉，毛宗崗所謂「《三國》一書，有笙簫夾鼓·琴瑟間鍾之妙」者，也體現在這裡。

飲酒描寫在《三國演義》中起到如此重要的多方面的作用，與飲酒描寫本身手段的高明密切相關。具體說來有以下幾個方面。

首先，《三國演義》善於描寫各種形式的飲酒：有獨酌、對飲、聚飲；有

村店、山頭、舟中、密室、宮庭、軍營之飲；有敬酒、賜酒、誘敵之酒、貪杯之酒、逼飲之酒；有喜酒、悶酒、閒酒、壓驚之酒、樂極生悲之酒；有送別酒、接風酒、上馬酒、犒軍酒、獎功酒、慶功酒、祝壽酒等等；還善於描寫各種程度的飲酒：有飲酒、飲數杯、連飲數杯、痛飲、開懷暢飲；有微醺、微酣、半酣、酒酣，有微醉、醉、大醉、沉醉、扶醉、佯醉、託醉等等。飲法飲態筆下變幻，令讀者目不暇接。

其次，《三國演義》善於結合特定人物、場景、事件寫飲酒，使飲酒描寫服從於思想內容的需要，有力地表現主題。例如，有相逢知己之酒，如「桃園結義」；有相輕相戲之酒，如左慈之擲杯；有對壘通問之酒，如陸抗之饋羊祜；有敵手猜忌之酒，如曹、劉之論英雄；有壯膽助威之酒，如「溫酒斬華雄」；有喪志毀業之酒，如呂布、劉琦、劉禪所好；有醉招殺身之酒，如張飛之遇害；有暗伏殺機之酒，如周瑜宴劉備、魯肅請關羽；有剪除政敵之酒，如李儒鴆少帝、董卓鴆何后；有擒敵之酒，如孔明之捉孟優；有誘敵之酒，如張飛之拒張郃；有反間之酒，如周瑜宴蔣幹；有獎功勵士之酒，如孫權之飲周泰；有名士放達之酒，如龐統之醉耒陽，孔融「座上客常滿，杯中酒不空」；……有酒即有事，酒因人因事而異，聯繫密切，各具特點。概括言之，這些飲酒描寫涉及的人物眾多，三教九流，但主要是各個政治軍事集團的首腦、謀士和主要將領，尤以曹操、劉備、張飛、關羽為最；涉及的場所上至宮庭，下至村店，但以官場和軍中飲宴為最；涉及的事件大到軍國機密，生殺予奪，小到無事閒飲，但以事關軍政機密、生死存亡者為多。無論何人、何處、何事，凡有飲酒，往往凶多吉少，如張飛所說：「筵無好筵，會無好會」，這是為《三國演義》所反映的政治歷史內容所決定並為之服務的。

再次，《三國演義》能扣緊人物的身份、地位循序漸進描寫飲酒，使飲酒與人物的命運結合起來。例如，官渡之戰袁紹大將淳于瓊醉失烏巢之糧，被曹操俘獲，割去耳、鼻、手指放歸。在此之前，《三國演義》先寫他「性剛好酒，……既至烏巢，終日與諸將聚飲」。接下來又借許攸之口寫「瓊嗜酒無備」，兩度渲染，使曹操兵進烏巢正值淳于瓊「與諸將飲了酒，醉臥帳中」而被擒，順理成章；又如張飛一出場是「賣酒屠豬」的身份，其後則有醉鞭督郵、醉鞭曹豹，一醉再醉，一鞭再鞭之後，才有醉鞭范疆、張達，招致殺身之禍，其間還一再由劉備之口點明其「自來飲酒失事」。所以張飛因酒殺身決非孤立和突然的命運結局，而是積漸所至的必然歸宿。

　　最後，《三國演義》的飲酒描寫隨場景不同富於變化。如關羽出場在村店是「快斟酒來吃」，在袁紹的輕視中出戰華雄是「酒且斟下，某去便來」；身陷曹營思念兄長是飲酒而「醉」，「單刀赴會」是「佯推醉」等等。飲與不飲，真醉假醉，種種變化，都是因情勢不同而發生的。即使張飛「自來飲酒失事」，也還有帳下飲酒誘張郃中計的特例。這些都不僅使情節搖曳多姿，而且深化了人物性格。

　　綜上所述，《三國演義》的飲酒描寫不僅生動地再現了三國歷史的風貌，而且在人物形象塑造、情節結構上也起到了獨特的作用，加強了藝術的感染力，值得我們認真研究和借鑒。實際上後世許多作家正從這裡得到過有益的啟發，例如《水滸傳》寫宋江在江州醉題反詩的情節，很可能就是從《三國演義》中蔡瑁偽造劉備題壁反詩的描寫變化而來，這一描寫與劉備酒後失語密切相關。

（原載《明清小說研究》1991 年第 1 期）

劉備形象的「王者」風範

　　清人毛宗崗評《三國演義》有「三絕」：諸葛亮「智絕」，關羽「義絕」，曹操「奸絕」。劉備的描寫似乎是平庸的，其實不然。《三國演義》一書「擁劉反曹」，豈能不把劉備作為描寫的重心？又豈能不把劉備的人格推到「王者」的地位？作者早是如此做了，而讀者不知，或者因為歷史的隔膜以為他做得並不成功，實在是一個誤會。

　　這個問題應當做一篇長論。但是，筆者卻只是想就個別的材料發些議論，算做把問題提出來。我總的看法是：《三國演義》是按照儒家「仁、義、禮、智、信」〔註1〕的標準寫劉備的，不僅曹操是他反面的襯托，諸葛亮、關羽等也是映襯他的。羅貫中是「有志圖王」者，劉備人格卻正是他心目中的「王者」風範。

　　劉備之「仁」不是好行小惠，而是孔子所謂「仁者愛人」。最突出的莫過於第四十一回《劉玄德攜民渡江》，寫劉備棄了新野、樊城，攜十數萬百姓逃避曹兵，形勢緊急，先是「眾將皆曰：『……不如暫棄百姓，先行為上。』」玄德不聽，後人有詩讚曰：「臨難仁心存百姓……」繼而又有狂風起於馬前，簡雍「袖占一課，失驚曰：『此大凶之兆也，應在今夜。主公可速棄百姓而走。』玄德曰：『百姓從新野相隨至此，吾安忍棄之？』」李贄評曰：「仁人。」這段情節是比照《孟子‧梁惠王上》「大王去邠」故事寫的，目的是要讀者想到劉備有周太王「仁者愛人」之風。我們看他攜民來至江邊，百姓「扶老攜幼，

〔註 1〕　《論語》是儒家最重要的代表著作，據中華書局 1980 年版楊伯峻《論語譯注》，
　　　　　《論語》中「仁」字出現一百○九次，「義」字出現二十四次，「禮」字出現七
　　　　　十四次，「知（智）」字出現二十五次，「信」字出現三十八次。

將男帶女，滾滾渡河，兩岸哭者不絕，玄德於船上望見，大慟曰：『爲吾一人而使百姓遭此大難，吾何生哉！』欲投江而死」云云，正就是《孟子》中太公所說「君子不以其所以養人者害人」之意。所以，上引「哭聲不絕」下李漁評曰：「何異太公避（狄）。」道出作者欲形劉備爲「仁王」之象的用心。此外，第十二回《陶恭祖三讓徐州》，第四十回寫劉表再讓荊州，劉備都予謝絕，不乘人之危取利；第三十五回劉備答單福不肯作「利己妨人」之事，等等，都是爲此，而其他一切人物都不能有此高格。

　　劉備之「義」。《三國演義》寫關羽「義絕」表現在誓死不背叛劉備而降曹；但是，當他想到當年曹操相待的好處，或說感於曹操對他的寬容，便有了華容道「關雲長義釋曹操」。這次「義釋」不能不說也是合乎「義」的，卻使關羽人格進退失據，不僅違了孔明將令，而且有背「桃園結義」之「義」，至少使後者不夠純粹了。

　　劉備之義卻有過於關羽之處。以對關、張而言，其重「義」不在一時一事、細枝末節，而在生死之際。第八十一回，當關羽被害後，身爲蜀漢皇帝的劉備不顧眾官勸阻，一意伐吳復仇。趙雲又勸「以天下爲重」，劉備答曰：「朕不爲弟報仇，雖有萬里江山，何足爲貴？」遂大起川兵，出征東吳，結果慘敗。劉備身死白帝城，而且使蜀漢元氣大喪，幾乎不振。讀者因此說劉備拙於謀國、愚以用兵可也，但是，劉備輕「萬里江山」而重「義」的人格，因此高居全書最上。試問有「不愛江山愛美人」者，可有「不愛江山愛義弟」的人嗎？有之，劉備一人而已。第八十二回毛評曰：「今人稱結義必稱桃園。玄德之爲玄德，索性做兄弟朋友中立極之一人，可以愧後世之朋友寒盟、兄弟解體者。」正看出作者寫劉備爲義「立極」的用心。

　　劉備之「禮」於「三顧茅廬」突顯最爲充分。第三十八回讀者也許以爲寫爲「三顧」只是小說家賣弄，其實是周禮「禮以三爲成」。筆者曾著文論及此事：

> 他（劉備）請諸葛亮出山，能「三往」，「三往」而後申足尊賢之禮；諸葛亮則待其「三往」，禮成而見，自是賢者身份。劉備當然希望一往、二往即見，但諸葛亮必不使如此。毛宗崗評曰：「孔明決不如此容易見也。」然而劉備既已「三往」，諸葛亮有出山之意，則必見。所以一般說來，「三往乃見」，不可多亦不可少，少則禮不至，多亦不必要。禮數如此，「三往」不見，大約劉備也不會再去，結果

對於雙方都至少是一個不快。總之,「三顧茅廬」根據史實,但是史
實的社會根源是「禮以三爲成」的傳統。同樣,「三讓徐州」雖然是
虛構的,但是虛構爲「三」讓,也是受了「禮以三爲成」觀念的支
配所致。如果說它還有一個具體的模擬對象,則好像應該是《論語》
等書所載泰伯「三以天下讓」的古傳。〔註2〕

這就是作者有意表現劉備性格中合於「禮」的一面。

劉備之「智」,不表現於用兵如神,在《三國演義》作者看來,那並非「王
者」必備。「王者」之「智」在於使人之智爲我所用。這集中表現於《三國演
義》寫諸葛亮「智絕」,卻終生爲劉備所用,而且有時爲劉備所算。第三十九
回《荊州城公子三求計》,寫劉表之子劉琦恐繼母加害,求計於劉備:

> 琦泣拜曰:「繼母不能相容,性命只在旦夕,望叔父憐而救之。」
> 玄德曰:「此賢侄家事耳,奈何問我?」孔明微笑。玄德求計於孔明,
> 孔明曰:「此賢侄家事,亮不敢與聞。」少時,玄德送琦出,附耳低
> 言曰:「來日我使孔明回拜賢侄,可如此如此,彼定有妙計相告。」
> 琦謝而去。次日,玄德只推腹痛,乃浼孔明代往回拜劉琦。孔明允
> 諾,來至公子宅前下馬,入見公子。

接下來是劉琦求計,先邀之入後堂一求不成,又挽留入密室二求不成,孔明
再要辭去:

> 琦曰:「先生不言則已,何便欲去?」孔明乃復坐。琦曰:「琦
> 有一古書,請先生一觀。」乃引孔明登一小樓。孔明曰:「書在何處?」
> 琦泣拜曰:「繼母不見容,琦命在旦夕,先生忍無一言相救乎?」孔
> 明作色而起,便欲下樓,只見樓梯已撤去。

毛評曰:「此皆玄德附耳低言之計也。妙在此處寫出。」而孔明仍然不爲之畫策:

> 琦曰:「先生終不幸教琦乎!琦命固不保矣,請即死於先生之
> 前。」乃掣劍欲自刎。

毛評曰:「此亦玄德附耳低言之計也,妙在此處寫出。」接下「孔明止之曰:
『已有良策。』」遂教以請屯兵守江夏遠走避禍之計。

此雖細事,並且實不過是爲劉備代勞,所以孔明回來「具言其事,玄德
大喜」。但是,觀此節文字,前前後後孔明都被蒙在鼓裏。則知諸葛亮智絕天

〔註2〕 杜貴晨《古代數字「三」的觀念與小說的「三復情節」》,《文學遺產》1997
　　　　年第1期。收入本文集第一卷。

人，但是自三顧出山之後，其智盡爲劉備所驅使，其人盡在劉備掌握之中，即所謂韓信善將兵，劉邦善將將者，大智若愚，更高一籌。

劉備之「信」，最突出有二事：一是對趙雲，見第四十一回《趙子龍單騎救主》寫糜芳逃回：

> 口言：「趙子龍反投曹操去了。」玄德叱曰：「子龍是我故交，安肯反乎？」張飛曰：「他見我等勢窮力盡，或者反投曹操，以圖富貴耳！」玄德曰：「子龍從我患難，心如鐵石，非富貴所能動搖也。」……（又曰）「吾料子龍必不棄我也。」

後來趙雲果然救阿斗而還，因有劉備摔阿斗之事。論者多以爲這裡是欲顯劉備之忠厚而近偽的了，但是，這只要把劉備此舉與第二十四回袁紹因幼子患疥瘡而不肯發兵救劉備、攻許昌，坐失良機，作一對比，就可以知道劉備實是輕兒女之情，重朋友之「信」，正大丈夫氣概，如何是虛偽？

一是對諸葛亮，見第八十五回《劉先主遺詔託孤兒》：

> 先主泣曰：「君才十倍曹丕，必能安邦定國，終定大事，若嗣子可輔，則輔之；如其不才，君可自爲成都之主。」

此節讀者專家也有不少說長道短，但是，誠如毛評指出：「宛似劉表讓荊州之語。」劉表於劉備能有此語，如何劉備於諸葛亮作此安排，反倒啓人疑竇？竊以爲不是劉備作偽，而是讀者深求而失諸偽了。

此二事，在劉備實都是自信因而信人。

《三國演義》中劉備的形象當然是很複雜的，絕不如以上舉例的較爲單純（實際讀者也見仁見智）。但是，這些描寫足以表明，《三國演義》以「擁劉反曹」爲全書綱領，首要體現於把劉備作爲最重要的正面人物加以歌頌。所以，「三絕」寫得好，劉備作爲「三絕」之對比和映襯的中心，更是作者最用心力的。他按照儒家倫理觀念，從「仁、義、禮、智、信」等爲人大節處有意把他寫得超凡出眾。更在「智」「義」的兩個方面，寫他甚至超出諸葛亮和關羽，即以上舉兩例可以看得出的，諸葛亮以智算人克敵致勝易，劉備以智馭人使爲我用難；關羽患難相助仗義盡心易，劉備富貴不棄亡友殉義至死難。所以，諸葛亮「智絕」、關羽「義絕」處處可見，奇而不驚；而劉備「智」「義」皆絕，不經見而一見驚奇。因此，作爲「有志圖王」者，《三國演義》作者於全書最重劉備一點，讀者不可不知。

（原載《曲靖師專學報》2000 年第 1 期）

「劉備摔阿斗」論

　　俗語「劉備摔孩子，邀買人心」，以言作空頭人情，賺取他人的信任。這「孩子」指的是劉備的兒子阿斗，故具體當以「劉備摔阿斗」論之。按「劉備摔阿斗」事出《三國演義》。該書今存嘉靖壬午本《三國志通俗演義》卷之九《長阪坡趙雲救主》，寫趙雲於長阪坡抱護阿斗，殺出重圍，過長阪橋來：

　　　　那子龍獨行二十餘里。玄德等皆少憩於樹下，見子龍血染渾身，玄德泣而問曰：「子龍懷抱何物？」……子龍雙手遞與玄德：「幸得公子無事！」玄德接過，擲之於地，指阿斗而言曰：「爲汝這孺子，幾乎損吾一員大將！」子龍泣拜謝之曰：「雲雖肝腦塗地，不能報也！」史官有詩曰：「曹操軍中飛虎出，趙雲懷內小龍眠。無由撫慰忠臣意，故把親男擲馬前。」〔註1〕

「劉備摔孩子，邀買人心」俗語的形成，就源於舊時讀者對此節描寫的理解，隨《三國演義》廣爲流傳而播於眾口。

　　然而，這是誤解。始作俑者應即嘉靖本舊注云：「此見玄德能用人處。」此語固然沒有惡意，但是引導後世評點者只往「玄德能用人處」想，清初毛宗崗評曰：「袁紹憐幼子而拒田豐之諫，玄德擲幼子以結趙雲之心。一智一愚，相去天壤。」以「擲幼子」爲劉備用「智」，是「結趙雲之心」的手段，即已乏忠厚之意；進而有李漁於「史官」之詩下評曰：「玄德果係奸滑。」就把這「結趙雲之心」的心術手段曲爲上綱成了「奸滑」，成了「邀買人心」的雅言。總之，「劉備摔孩子」的俗語流行於民眾，其根源卻在明清文人對《三國演義》評點的誤導。其誤有三：

〔註 1〕　〔元〕羅貫中《三國志通俗演義》，上海古籍出版社 1980 年版。

首先，以尋常君臣（其時實僅爲主從）關係視之，而未顧及劉備對趙雲君臣而兄弟的知己之情。原書上節引文之前，已寫劉備不聽麋芳、張飛之言，深信「子龍與吾相從患難之時，他心如鐵石」、「必不棄吾也」；及至子龍果然歸來，見其「血染渾身」，劉備第一注意到和所關心的就是「子龍懷抱何物」。聯繫其隨後「摔阿斗」所說「爲汝這孺子，幾乎損吾一員大將」的話，可知阿斗固然是劉備的最愛，但其當下首重卻是趙雲的安危。這一方面是大戰中趙雲懷抱阿斗潰圍逃生，非劉備始料所及——有趙雲幸而才有阿斗——阿斗爲不足數；另一方面是眾人早就皆言趙云「投曹」去了，獨劉備知「子龍必不棄吾」，其當下意念所注，只在趙雲一人，「孺子」或不在念中，或在其次。所以，劉備一「見子龍血染渾身」，先「泣」後「問」，進而有「摔阿斗」之事，乃順理成章。此節表現的是劉備對趙雲知己相待，義重如山，與後來伐吳誓言「朕不爲二弟報仇，雖有萬里江山何足爲貴」爲同一筆仗。不僅舊注說「此見玄德能用人處」爲偏至，即「史官有詩」所謂「無由撫慰忠臣意，故把親男擲馬前」，也有誣劉備忠厚。

其次，以常人之情論劉備，以其愛子之心必有過於愛將，當阿斗被救生還，慶幸尚且不及，爲趙雲而「擲之於地」有悖常情，故以其別有用心解之。但是，這卻不可以常情論。一是劉備爲天下「英雄」，不能以常人常情例之，即與「袁紹憐幼子而拒田豐之諫」相反，劉備於大將趙雲與孺子阿斗之間更看重前者，此即他所說「若濟大事，必以人爲本」（卷之九《劉玄德敗走江陵》）的應有之義，故能有「擲阿斗於地」之事之語；二是劉備勢單力薄，又當敗亡之際，大將趙雲之重要更遠過於妻兒。此乃「英雄」共性。天下英雄「唯使君與操耳」：「操與諸軍眾將曰：『吾折長子、愛侄無痛淚，獨號泣典韋也。』」（卷之四《曹操會兵擊張繡》。又，「操令……祭享典韋。操再拜，痛哭，昏絕於地……未祭長男曹昂」（卷之四《決勝負賈詡談兵》）。曹操勢至「挾天子以令諸侯」時尚且如此，流竄中的劉備當更能惜戰將甚於愛子侄。不然，就成了袁紹那種「幹大事而惜身，見小利而忘命」的「疥癬之輩」，何足道哉！所以，「劉備摔阿斗」寫英雄心性如畫如見，乃神來之筆，而非弄巧成拙。

最後，是以爲「劉備摔阿斗」虛無實際，有耍滑頭之嫌。此又不然。讀者評論家不可以常情論劉備，書中趙雲卻當由常情知親疏，從而以「劉備摔阿斗」爲最大的報答；而且無論如何，劉備不能肯定地認爲將阿斗「擲之於

地」可萬無一失。報載「一對夫婦狀告護士失手摔死嬰兒」的案件〔註2〕，雖
然尚未審結，卻說明「失手」也有「摔死嬰兒」的可能。以今例古，「劉備摔
阿斗」不見得一定無「實際」的內容。所以，劉備此舉是眞誠的；否則，趙
云「泣拜謝之曰」云云就成了上當。以劉備「擲阿斗於地」爲籠絡、爲「奸
滑」，不止於使「原作的誠實之處，往往化爲笑談」〔註3〕，恐怕還有以淺薄
待人之嫌。

　　對「劉備摔阿斗」故事誤讀的原因，一是明清之際的評點家多半爲不遇
或不滿於時代的文人，於世俗澆薄之中，多感炎涼而少遇知己，常睹詐僞而
罕見忠厚，遂以天下事無非爾虞我詐、相互利用，決無眞情實意。事事疑忌，
看書便墮入「總在尋求伏線，挑剔破綻的泥塘」〔註4〕，從而有上述種種偏至
乃至曲解之論，並在民間引出「劉備摔孩子，邀買人心」的俗語。魯迅以《三
國演義》「欲顯劉備之長厚而似僞」〔註5〕之說，大約也與此有些關係。

　　這誤讀的第二個原因是未能顧及《三國演義》所寫劉備形象雖有史書人
物的影子，卻更多民間說話江湖亡命之徒的性情，以及羅貫中等落魄文人賦
予他的「仁慈之主」的理想品質。這兩種思想特徵的奇特混合，使劉備的形
象不可作一般君王看待。劉備本「販屨織席」之徒，是個「出門靠朋友」的
江湖中人，時時以「兄弟如手足，妻子如衣服」爲念，乃至後來「爲二弟報
仇」，幾乎報銷了全部家當，是毛本第八十二回總評所謂「玄德之爲玄德，索
性做兄弟朋友中立極之一人」，而不是那種「我固爲子孫創業」的「後之爲人
君者」（黃宗羲《原君》）。像這樣一個人，爲俗所說「四弟趙子龍」「摔阿斗」
並不過分，而是其性格合乎邏輯的表現。

　　總之，《三國演義》不能僅以傳統主流文化的眼光去看，還要從民間說話
等江湖文化的角度來看。以江湖文化論，王學泰《游民文化與中國社會》曾
指出「劉備摔阿斗」的描寫「也是從游民角度去想像劉備的」〔註6〕。「游民
的角度」就是江湖亡命之徒無以顧妻子，比較父子之情，爲保全自己而更重
朋友之「義」的江湖豪客心理。因爲推崇《三國演義》寫劉備爲「正統」的
緣故，明清評點家決不會想到這一點，乃盡往君臣、主奴之道深求，結果《演

〔註2〕　《北京晨報》2001年月11月19、21日。
〔註3〕　《談金聖歎》，《魯迅全集》（4），人民文學出版社1981年版。
〔註4〕　《談金聖歎》。
〔註5〕　魯迅《中國小說史略》，人民文學出版社1973年版，第107頁。
〔註6〕　王學泰《游民文化與中國社會》，學苑出版社1999年版，第260頁。

義》中作爲作者理想的劉備好好一個爲義「立極」的「仁慈之主」，被挑剔成
了品質可疑的尷尬人物，乃至有「劉備摔孩子」云云成爲俗語，是無論寫多
少文章也無可救正的了。

（原載《河北大學學報》2002 年第 1 期）

《三國演義》中的「文字獄」

　　文字獄是中國封建政治的一大怪胎。其普遍，幾乎無代無之；其殘酷，至於使人「避席畏聞」。

　　這種只有文人才有的厄運，很自然地反映到小說中來，並且很早就有了很好的表現。

　　《三國演義》是我國古代章回小說的開山之祖，歷史演義的壓卷之作。這部書寫政治的陰謀，戰場的殺伐，血雨腥風，龍爭虎鬥，可謂多彩多姿，引人入勝，其中就不乏文字獄的描寫，而且別出心裁。

　　《三國演義》寫文字獄讀者注意的往往只有兩處：一是第三十四回劉備依劉表避難，劉表的女婿蔡瑁為了趕走劉備，捏造了一首反詩，誣為劉備所作，使劉表信以為真，任著蔡瑁胡鬧；二是第七十二回曹操借了「雞肋」的由頭殺楊脩。這兩處都很精彩，但是，「大魚吃小魚」，大軍閥拿屬下開刀，還算不上特別。

　　稱得上特別的是另外兩處：

　　其一，是第四回少帝之死。董卓擅政後，為了向天下臣民示威，立漢獻帝，把原來的皇帝少帝劉辯廢為弘農王，與何太后、唐妃等一起打入永安宮中，等於關了禁閉。群臣不得擅入，吃穿用度也漸漸少了供給。這當然使少帝大不愉快，書中說他「淚不曾乾」，「一日，偶見雙燕飛於庭中，遂吟詩一首。」詩曰：

　　　　嫩草綠凝煙，裊裊雙飛燕。
　　　　洛水一條青，陌上人稱羨。
　　　　遠望碧雲深，是吾舊宮殿。

何人仗忠義，泄我心中怨！

哪知董卓時常派人去永安宮中打探，一日發現此詩，獻於董卓。董卓曰：「怨望作詩，殺之有名矣。」於是便使李儒帶武士十餘人，手持鴆酒、短刀及白練等物，入永安宮將少帝、何太后及唐妃一併殺害。

其二，是第一百一十四回魏主曹髦之死。曹魏末年，權臣司馬昭把持大權，魏主曹髦頗懷疑懼。一日，司馬昭與眾議論伐蜀，中護軍賈充曰：「未可伐也。天子方疑主公，若一旦輕出，內難必有作矣。舊年黃龍兩見於寧陵井中，群臣表賀，以為祥瑞。天子曰：『非祥瑞也。龍者君象，乃上不在天，下不在田，屈於井中，是幽困之兆也。』遂作《潛龍詩》一首。詩中之意明明道著主公。」這首《潛龍詩》曰：

傷哉龍受困，不能躍深淵。

上不飛天漢，下不見於田。

蟠居於井底，鰍鱔舞其前。

藏牙伏爪甲，嗟我亦同然！

這首詩，「司馬昭聞之大怒」曰：「若不早圖，彼必害我！」於是帶劍上殿，責問曹髦：「《潛龍》之詩，視吾等如鰍鱔，是何禮也？」不久就把曹髦殺掉了。

從來皇帝興文字獄迫害臣下，《三國演義》第四回、第一百十四回所寫這兩起文字獄的特別之處，就在於它是臣下用文字獄制裁了皇帝，所以第四回毛宗崗評曰：「天子亦以文字取禍，千古異聞！」第一百十四回又評曰：「天子以文字取禍，又見於此！」

董卓殺少帝，司馬昭殺曹髦，本是甕中捉鼈，不必興文字獄就可以做到。但是，古代以臣弒君終屬大逆不道，所以要找一個茬，從而墨寫的文字成了實在的罪狀，顯示著屠殺者的公正。這顯然還是強權下的「公正」，與普通的文字獄沒有本質的區別。

「天子亦以文字取禍」，這在歷史上好像沒有過。《三國演義》這兩處「天子以文字取禍」的描寫也沒有歷史的根據。但它兩寫此事，不是要複製歷史，而是藉此對亡國之君寄予同情，同時引起人們對文字獄的注意，表達深刻的憎恨；而在廣泛的意義上，也許還顯示了這樣一個信念：從來皇帝以文字禍人，也未必不會以文字取禍！

《三國演義》成書在元末，而它的改定在明初朱元璋以文字獄大肆殺戮

文人的時代。如果上述的描寫能顯示這樣的信念，那簡直就是對明初皇權的
諷刺、調侃，甚至是一個詛咒。

1998 年 9 月

從「木船受箭」到「草船借箭」

　　「草船借箭」是《三國演義》所寫諸葛亮在「赤壁大戰」中的奇計。此計的成功，不僅使諸葛亮從容挫敗了周瑜對他的加害，而且「借」得曹營「十數萬枝箭」，在削弱敵方的同時，加強了孫（權）劉（備）聯軍的力量，為後來大破曹兵做出重要貢獻。這一情節誠如毛宗崗批語所說：「真乃妙事妙文！」而諸葛亮——「真不愧軍師之稱哉！」〔註1〕從而引起不少讀者驚奇，研究者也多曾考證其本事來歷。

　　《三國志・吳主傳》注引《魏略》：「（孫）權乘大船來觀軍，（曹）公使弓弩亂發，箭著其船，船偏重將覆。權因回船，復以一面受箭，箭均船平，乃還。」這是一則有關孫權觀軍「木船受箭」的記載。考據家一般以為，《三國志平話》最先把這一記載移為周瑜所為，寫道：

　　　　卻說曹操知得周瑜為元帥，無五七日，曹公問言：「江南岸上千
　　　隻戰船，上有麾蓋，必是周瑜。」被曹操引十雙戰船，引蒯越、蔡
　　　瑁，江心打話。南有周瑜，北有曹操，兩家打話畢，周瑜船回，蒯
　　　越、蔡瑁後趕。周瑜卻回。周瑜一隻大船，十隻小船出，每隻船一
　　　千軍，射住曹軍。蒯越、蔡瑁令人數千放箭相射。卻說周瑜用帳幕
　　　船隻，曹操一發箭，周瑜船射了左面，令扮棹人回船，卻射右邊。
　　　移時，箭滿於船。周瑜回，約得數百萬隻箭。周瑜喜道：「丞相，謝
　　　箭。」曹公聽的大怒，傳令：「明日再戰，卻索將箭來。」〔註2〕

〔註 1〕陳曦鍾、宋祥瑞、魯玉川輯校《三國演義會評本》，北京大學出版社 1986 年
　　　　版，第 576 頁。
〔註 2〕〔宋〕無名氏《三國志平話》，丁錫根點校《宋元平話集》，上海古籍出版社
　　　　1990 年版，第 820 頁。

由此成就了一個周瑜「帳幕船借箭」的故事。從而一般又以為，羅貫中《三國志通俗演義》據上引《三國志平話》，把周瑜「帳幕船借箭」故事改寫為諸葛亮「草船借箭」。

應當說，上述考據家對「草船借箭」故事演變線索的認識大致是正確的，但是，卻不夠全面，實際情況還要更複雜一些。

這一複雜之點就是羅貫中《三國志通俗演義》在寫諸葛亮「草船借箭」之前，已先寫了一個孫堅「木船借箭」的故事，《三國志通俗演義》卷之二《孫堅跨江戰劉表》：

> 黃祖伏弓弩手於江邊，布精兵於後，見（孫堅）船傍岸，亂箭俱發。堅令諸軍不可亂放一箭，只伏於船中來往誘之。一連三日，船數十次傍岸，黃祖軍箭盡，卻拔船上所得之箭，十數萬枝。當日，正值順風，堅令眾軍士一齊放箭，岸上支吾不住，喊聲大舉，南軍登岸，……祖兵大敗，棄樊城而走。

毛本《三國志演義》第七回《袁紹磐河戰公孫，孫堅跨江擊劉表》與此字句略異，而敘事同。

這個故事是從《魏略》載孫權「木船受箭」故事來的。理由有三：一是孫堅、孫權是父子，羅貫中最初接觸到這一史料，移孫權英雄故事到其父孫堅身上，更順理成章；二是孫堅、孫權都是用木船船體「受箭」；三是如果孫堅「木船借箭」故事擬自周瑜「帳幕船借箭」，那一般說就不會把「用帳幕船隻」的描寫刪掉，而自損其故事性因素。

《魏略》載孫權「木船受箭」本就具有傳奇性，然而，孫權「觀軍」，倉猝應變，畢竟出於被動。羅貫中《三國志通俗演義》的移寫妙筆生花，把被動的「受箭」改為主動的「借箭」，就「青出於藍而勝於藍」，有了質的飛躍。筆者以為，這才是羅貫中《三國志通俗演義》寫諸葛亮「草船借箭」的直接來源。

換言之，羅貫中不是據《三國志平話》中周瑜「帳幕船借箭」的故事直接移寫虛構出諸葛亮「草船借箭」，而是先據《魏略》孫權觀軍「木船受箭」故事寫了孫堅「木船借箭」，而後又寫為諸葛亮「草船借箭」。理由有二：

一是從三個「受」或「借」箭故事寫成的時間順序看，一定是《三國志平話》寫周瑜「帳幕借箭」在前，羅貫中《三國志通俗演義》卷之二《孫堅跨江擊劉表》（毛本第七回）寫孫堅「木船受箭」其次，卷之十《諸葛亮計伏

周瑜》（毛本第四十六回）寫諸葛亮「草船借箭」最後。從而羅貫中是先據《魏略》孫權「木船受箭」寫了孫堅「木船受箭」，興猶未足，又寫了諸葛亮「草船借箭」。

二是與羅貫中《三國志通俗演義》先寫孫堅「木船借箭」，而後寫諸葛亮「草船借箭」相聯繫，我們看其前後兩寫「借箭」，雖然「諸葛亮」代替了「孫堅」，「木船」改爲「草船」，但是「借」得的箭：《三志通俗演義》卷之十《諸葛亮計伏周瑜》寫諸葛亮曾預估爲「十數萬箭」，實得「九萬餘枝」，而最後敘爲「江左得箭九萬餘根，曹操折箭十五六萬」，與《三志通俗演義》卷之二《孫堅跨江戰劉表》寫孫堅令軍士「拔船上所得之箭，十數萬枝」，數量十分接近，卻與上引《三國志平話》寫周瑜「約得數百萬隻箭」相去甚遠。

因此，《三國志通俗演義》諸葛亮「草船借箭」故事，雖遠祖《三國志》注引《魏略》，其直接的來歷卻是作者自己所寫的孫堅「木船借箭」。其演變過程可表示爲：孫權「木船受箭」→孫堅「木船借箭」→諸葛亮「草船借箭」。

但是，《三國志平話》周瑜「帳幕船借箭」的故事仍然對《三國志通俗演義》諸葛亮「草船借箭」故事的虛構形成發生了影響。這主要表現在：

一是孫堅、諸葛亮「借箭」故事中「借」的觀念，在孫權「木船受箭」中絕對沒有，應都是從周瑜故事「借」來。唯是孫堅故事「借」在先，而諸葛亮故事「借」在後，並且是從孫堅故事轉手而來；

二是孫堅「借箭」用的是如《魏略》記孫權「受箭」所用裸身的木船，而周瑜「借箭」「用帳幕船隻」。因此，諸葛亮「借箭」的「草船」應該是受了周瑜「帳幕船隻」的啓發。

這樣，在上述「草船借箭」故事形成的「三步舞」中，《三國志平話》周瑜「帳幕船借箭」的故事，與孫堅「木船借箭」和諸葛亮「草船借箭」同源於《魏略》孫權「木船受箭」，而成爲孫堅、諸葛亮故事後先相承中踵事增華的重要借鑒。它們之間較爲全面和更爲複雜一些的關係可表示如下：

這一關係清晰顯示，「東原羅貫中編次」《三國志通俗演義》，構造「草船借箭」故事，思考的起點是《三國志》裴注引《魏略》孫權「木船受箭」的

記載，最初的創造是孫堅「木船借箭」，最後的造化才是諸葛亮「草船借箭」。在這一過程中，產生於民間的《三國志平話》周瑜「用帳幕船隻」借箭的故事，源於《魏略》，曾是羅貫中寫孫堅「木船借箭」和進一步寫諸葛亮「草船借箭」故事的重要參考，在關鍵性描寫上有具體的模擬和借鑒；然而即使如此，從根本也就是創作的起點來說，《三國志平話》還不足爲「草船借箭」故事的直接來源。

這就是說，「草船借箭」故事的產生，羅貫中首先主要是從「考諸國史」〔註3〕得到創作的靈感，又從《三國志平話》周瑜「借箭」得到啓發，寫成孫堅「木船借箭」；然後興猶未足，又從周瑜借箭「用帳幕船隻」一點得到啓發，在「木船借箭」基礎上進一步師法造化，虛構出諸葛亮「草船借箭」的經典故事。

羅貫中《三國志通俗演義》「草船借箭」故事的成功，爲歷史小說創作提供了重要的經驗，那就是一部成功的歷史小說，往往是歷史、民間文藝與作家虛構三合一的成果。三者缺一不可，各自對作品的成功起重要作用。如果說後二者即民間文藝與作家虛構決定其文學形式美之成色的話，那麼居於三者首位的歷史依據的眞實性，則決定該作品作爲歷史小說的基本屬性。這也就是說，小說不是歷史，但是，不經過「考諸」歷史的小說，卻一定不是歷史小說。

（原載《語文函授》1990 年第 4 期）

〔註 3〕〔明〕庸愚子《三國志通俗演義序》，羅貫中《三國志通俗演義》，上海古籍出版社 1980 年版。

第四編　《三國演義》「毛評」及其他

毛宗崗評改《三國演義》之我見

對毛宗崗評改的《三國演義》（以下簡稱「毛本」），建國以來多數同志對其中的封建正統思想是貶抑的。近年更有人說毛本從思想到藝術「基本上是失敗的」〔註1〕。然而，毛本問世以前，《三國演義》的版本很多，其中有著名的嘉靖本，還有李卓吾的評點本等，及毛本出，「一切舊本乃不復行」〔註2〕，獨毛本歷三百年而不衰，這不是很值得研究的嗎？筆者以為，對毛本的封建正統思想要作具體的歷史的分析，毛本所以能持久而廣泛地流行，其思想和藝術方面皆有可足稱道者。

一、正統觀念中的民本思想及進步歷史觀

比較接近羅貫中原著的嘉靖本《三國志通俗演義》，本來就貫穿「擁劉反曹」的正統思想主線，毛宗崗在其基礎上評改，不可能改變其基本構架。問題是處在民族矛盾、階級矛盾極為複雜激烈的清初，作為一個下層知識分子的毛宗崗，一方面不可能突破儒家思想樊籬，另一方面又必然自覺不自覺地在評改中流露出時代的意識。這種矛盾在筆者看來，就是在封建正統觀念中摻入了較多民本主義思想意識。

毛本從姓氏血統、道德觀念上加強了尊劉貶曹的正統思想，從而帶有較為濃厚的封建意識，是評改者的一個局限。但是，從對人民的態度方面加強擁劉反曹的正統思想，卻是毛宗崗對此書的一大貢獻。先看幾個具體的評改例子。

〔註1〕寧希元《毛本〈三國演義〉指謬》，《社會科學研究》1983年第4期。
〔註2〕魯迅《中國小說史略》，人民文學出版社1973年版，第110頁。

　　毛本評改涉及劉備的，有第一回寫劉、關、張參加鎮壓黃巾起義，嘉靖本原作：

　　　　玄德揮軍追趕，投降者不計其數，斬首千級，大勝而回。（引文
　　中著重號為筆者所加。本文下同）

第十一回寫「劉玄德北海救孔融」，與黃巾起義軍餘部管亥對陣，嘉靖本原作：

　　　　玄德罵曰：「無端逆寇，不思改邪歸正，更待何時？」

上引加點的句子，毛本都予刪除。又在第二十一回敘劉備攻進徐州時增寫：

　　　　（玄德）一面親自出城，招諭流散人民復業。

並批曰：「愛民是玄德第一作用。」

　　涉及曹操較為重要的有第三十一回眾將勸曹操攻冀州，嘉靖本原作：

　　　　眾曰：「若恤其民，必誤大事。」操曰：「民為邦本，本固邦寧。
　　若廢其民，縱得空城有何用哉？」

毛本把這段對話改為：

　　　　眾皆勸操急攻之。操曰：「冀州糧食極廣，審配又有機謀，未可
　　急拔。現今禾稼在田，恐廢民業，姑待秋成後取之未晚。」

並批曰：「（操）今卻為民計，此皆老人拜迎之力也。」儘量減少和削弱曹操形象的愛民的色彩。

　　這些評改雖未經「凡例」注明，但數量不算小，重要性也不可低估。因為《三國演義》是一部政治歷史小說，曹、劉都是作為封建政治家的形象出現的，對人民的態度實在是評改者褒貶的中心。而在這個中心點上，毛宗崗使曹、劉更加鮮明地對立起來，充分肯定並強調「愛民是玄德第一作用」，卻把曹操的「恤民」化作詐偽的行為。這樣從對人民的態度上區別曹、劉政治品質的優劣，以加強擁劉反曹正統思想，從而使毛本比嘉靖本的民本主義傾向更為鮮明了。這種民本主義雖未出封建政治思想的範疇，特別又寓於正統觀念之中，有較大的局限性。但在封建時代，這種以民為貴的尊帝正統思想，畢竟和農民階級對「好皇帝」的期望有一致性，而對於經受了數十年天災兵禍的清初人民尤具有較大的感染力，因而受到他們的歡迎是不奇怪的。

　　特別值得注意的是毛本還使劉備的愛民有所推及，擴大到農民起義軍。從它刪去「玄德罵曰」和「斬首千級」兩個細節看，儘管沒有改變劉備反對鎮壓農民起義的基本立場，但已賦予劉備對農民起義軍的某種理解和寬容的態度，即不認為農民起義是「無端」的，也不認為鎮壓農民起義須殺得越多

越好。從而賦予並肯定了他「爲政焉用殺」的思想。在清初「揚州十日」「嘉定三屠」血跡未乾的情況下，劉備形象的這些變化，無疑具有歷史進步意義，是對嘉靖本的一個重要突破和提高。

毛宗崗賦予劉備較爲理解和寬容起義農民的態度不是偶然的，而是與他的歷史觀有一定進步性相關。毛本在全書開篇增加了下面一些文字：

> 話說天下大勢，分久必合，合久必分；周末七國分爭，併入於秦；及秦滅之後，楚、漢分爭，又併入於漢；漢朝自高祖斬白蛇而起義，一統天下，後來光武中興，傳至獻帝，遂分爲三國，推其致亂之由，殆始於桓、靈二帝。

其中「分久必合，合久必分」的歷史循環論，在嘉靖本中也有表現，但沒有象毛本這樣以明確的語言，在顯著的地位予以強調。這雖是一種唯心史觀，但比起萬世一統的不變論來是進步的。然而毛本歷史觀的進步性更表現在把「天下大勢」由「合」到「分」的根源歸結爲皇帝的陋劣昏庸：「推其致亂之由，殆殆於桓、靈二帝」，並批道：「此一部大書前後照應處」。可見他是如何重視這個亂白上作的觀點，乃至不惜反覆強調。同回，他還增加了「朝政日非，以致天下人心思亂，盜賊蜂起」等文字，並在「帝尊張讓，呼爲阿父」下評道：「有此張父，自然生出張角等兄弟三人來。」豈只是道出了官逼民反的事實，簡直揭破了帝昏政非、民不得不反的道理了。而把天下大亂、生靈塗炭的罪責直接歸之於皇帝，否定君權的神聖地位，這是嘉靖本和以前的小說作者及評改者們所不曾做到的。黃宗羲說：「爲天下之大害者，君而已矣！」（《原君》）唐甄說：「自周秦以來，凡爲帝王者皆賊也。」（《潛書·明鑒篇》）毛宗崗正是以他的評改爲時代的這種振聾發聵的民主思想作了形象的注釋，毛本受到讀者的喜愛，那是有時代思潮原因的。

二、順應反清鬥爭的要求

毛宗崗評改《三國演義》既非好古，也不是閒人破悶，而是針對現實，有所爲而作。例如，他評論中常筆鋒一轉，對「今人」發表議論：「今天下豈少劉景升哉？笑景升者復爲景升，吾正恐景升笑人耳。」（第三十四回回評）「孔明眞正養重，非比今人之本欲求售，只因索價，假意留難……」（第三十七回回評）等等。借古諷今，隨處可見。由此我們認爲，他著意於加強「擁劉反曹」的正統思想也有其現實的政治用意。

　　蜀、魏誰爲正統的問題，在封建時代，自晉以降，從來不是個單純的理論問題，而是在各個時代都有具體的現實政治內容。這一點至清代未變，至少漢族地主階級的理論家們於此都有清醒的認識。《四庫全書總目提要・三國志》講得明白：

> 其書以魏爲正統，至習鑿齒《漢晉春秋》，始立異議。自朱子以來，無不是習鑿齒而非壽。然以理而論，壽之謬萬萬無辭。以勢而論，則鑿齒帝漢順而易，壽欲帝漢逆而難。蓋鑿齒時晉已南渡，其事有類乎蜀，爲偏安者爭正統，此孚於當代之論也。壽則身爲晉武之臣，而晉武承魏之統，僞魏是僞晉矣，其能行於當代哉？此猶宋太祖篡立近於魏，而北漢、南唐近於蜀，故北宋諸儒皆有所避，而不僞魏。高宗以後，偏安江左，近於蜀，而中原魏地全入於金，故南宋諸儒，乃紛紛起而帝蜀。此皆當論其世，而未可以一格繩也。

　　這一段史論把「擁劉反曹」正統思想歸結爲「爲偏安者爭正統」，是符合歷史實際的。然而，《四庫全書總目提要》的作者在清人統治下，不可能進一步指明東晉、南宋擁劉反曹「爲偏安者爭正統」，實際上是中原人民反抗北方民族入侵的民族主義和愛國主義感情的表現。陸游的詩說：「邦命中興漢，天心大破曹。」就是以蜀漢喻南宋，曹魏喻金國，表現南宋軍民堅決抗金、收復失地的壯志豪情。

　　羅貫中的時代不存在「爲偏安者爭正統」的問題，所以嘉靖本「擁劉反曹」的思想傾向不一定發生民族主義的意義。然而，清朝作爲金民族的後裔入主中原，南明小朝廷局縮閩地，時局大類東晉和南宋之偏安江左。故爾此時「擁劉反曹」便重新成爲民族鬥爭的思想武器。例如，一六四五年身爲南明督師的史可法在致清攝政王多爾袞的信中，就曾援引帝蜀寇魏的觀點爲南明政權爭正統；農民起義軍將領李定國歸附南明抗清，也是把永曆比作劉備，而以關羽、張飛自任。南明亡後，一些堅持反清復明的遺民也往往借「擁劉反曹」鼓吹修史應存南明統緒。戴名世《南山集》獄等就是因此觸禍的例子。王夫之《讀通鑒論》曾指出：

> 以先主紹漢而繫之正統者，爲漢惜也。存高帝誅暴秦，光武討逆莽之功德，君臨已久，而不忍其亡也。……故爲漢而存先主者，史者之厚也。〔註3〕

〔註3〕〔清〕王夫之《讀通鑒論》（上），中華書局 1975 年版，第 263～264 頁。

王夫之對劉備頗有微辭，其所以尊蜀漢爲正統，乃是「爲漢惜」「不忍其亡」，是對故國風範、漢官威儀的深厚眷戀之情。顧炎武有詩說：「傳與兒曹記，無忘漢臘年。」〔註4〕這種至死靡他，期世代相傳的民族感情，通過「擁劉反曹」以寄託下來，發揚開去，實在是當時民族鬥爭的歷史必然。儘管我們不能肯定毛本強化「擁劉反曹」的正統思想是爲了反清復明，但是對於毛宗崗這樣一位關心現實的評點家，我還是傾向於認爲他是有這種寓意，至少在客觀上順應了這種民族要求。不然，在當時的歷史條件下，毛本便不會壓倒一切舊本而盛行於世。

然而，有的同志卻認爲：「清初毛宗崗繼承和發展了朱熹的正統觀點，作爲自己評改《三國》的指導思想，這對維護清王朝的正統地位，有現實意義……。這或許也是毛本《三國》在以後三百年中得以廣泛流傳的一個重要原因吧。」〔註5〕這種論點實在牽強附會。首先，朱熹帝蜀的正統觀是以「地」不正而「理」正爲南宋偏安之局爭正統的，而清王朝以少數民族入主中原，是「地」正而「理」不正（不姓朱）。在有弘光、永曆等南明小朝廷偏安南方，許多反清武裝力量存在的情況下，這種論「理」不論「地」、爲偏安者爭正統的「擁劉反曹」正統觀，怎麼會「對維護清王朝的正統地位，具有現實意義」呢？其次，清統治者固然是以「雪君父之仇」爲招牌入主中原的，但正如曹魏是所謂受禪於漢獻帝一樣，按照朱熹的正統觀，也不可謂得天下之正。所以，在當時的情況下，鼓吹「擁劉反曹」的正統觀，對維護「清王朝的正統地位」絕無幫助。

當然，據《缺名筆記》載：「本朝（按指清——引者）羈縻蒙古，……引《三國志》『桃園結義』事爲例，滿洲自認爲劉備，而以蒙古爲關羽。」但那是清朝統治者就滿蒙關係而言，對漢、滿關係從未作過此種類比。而且，這種以劉、關喻滿、蒙之比，恰恰忽視了漢族知識分子「擁劉反曹」正統觀中暗含的反清民族意識，所以清統治者才能允許漢族地主階級知識分子鼓吹尊蜀的思想，《四庫全書總目提要》也能這樣寫。毛本加強了擁劉反曹傾向，在漢族讀者中順應了反清鬥爭的民族要求，也始終未遭禁燬。倘以毛本的這個「僥倖」逆推評改者毛宗崗加強「擁劉反曹」正統思想是爲清統治者入主中原辯護，豈不是厚誣古人，把毛本一時僥倖變爲大不幸了嗎？

〔註 4〕 〔清〕顧炎武《顧亭林詩文集》，中華書局 1983 年版，第 425 頁。
〔註 5〕 陳周昌《毛宗崗評改〈三國演義〉的得失》，《社會科學研究》1982 年第 4 期。

　　毛宗崗在評語中還對《三國》人物的名節作了大量褒貶，雖然流露的是些封建觀念，並不足取，但用意卻在強調忠心事漢和不事二主。如他對王允死國、關羽「降漢不降曹」、諸葛亮對蜀漢「鞠躬盡瘁，死而後已」等都稱頌備至，斥責助曹之人是「助逆」。而朝秦暮楚的人，像先勸劉璋降劉備、後勸劉禪降司馬氏的譙周，他恨之入骨，批曰：「殺之亦不爲過。」對於獻西川與劉備的張松、法正、孟達等也斥之爲「賣國賊」。他特別推崇文天祥及其《正氣歌》，以歌詞贊管寧和「斷頭將軍」嚴顔作爲對前一類人物的評語。顯然他既強調事漢，又主張不事二主，在大批故明官員賣身降清的清初，至少在客觀上具有諷刺現實的意義。事實上，這種借三國人物諷刺降清者的做法正是堅持反清立場的明遺民所習用的。王夫之就把三國時代慣於勸主降敵的譙周斥爲比馮道還惡的人物：「（譙）周之罪通於天矣，服上刑者唯周。」〔註6〕在這一點上，毛宗崗與王夫之用心與做法都是一致的。

　　毛本第四回對董卓徵用蔡邕細節的評改，似乎有更明顯的針砭現實之意。嘉靖本原爲：

　　　　初，李儒薦蔡邕，曰：「伯喈非常人也，主公用之，大事可就。」卓使人徵之，邕託病不起。卓怒曰：「我能滅人九族，犯者無素休。」人報邕，邕急往。卓拜邕爲祭酒，甚相敬重，恩賜不少。三日之間，周歷三臺。

毛本評改爲：

　　　　李儒勸卓擢用名流，以收人望，〔從來權臣大都如是。〕因薦蔡邕之才。卓命徵之，邕不赴。〔初念原好。〕卓怒，使人謂蔡邕曰：「如不來，當滅汝族。」〔求賢之法太峻。〕邕懼，只得應命而至。卓見邕大喜，一日三遷其官，拜爲侍中，甚見親厚。〔孔光屈節於董賢，谷永依託於王鳳，揚雄失身於新莽，龜山應聘於蔡京，古今同歎。〕（方括號中文字爲毛評）

這段評改很容易引起當時讀者對現實的聯想。而毛宗崗也必於此別有會心，否則便不會作如此細緻的評改。而如果他沒有對清廷招降納叛、軟硬兼施政治措施的感觸，必不能別有會心於此。所謂「古今同歎」，正是生活在清朝高壓下具有民族氣節的漢族知識分子對失節者的蔑視和痛惜。

〔註6〕《讀通鑑論》（上），第293頁。

三、藝術水準的提高

　　毛宗崗對《三國演義》內容的修訂，不是機械的挖削或嵌入，而是生動的再造；不是概念的附加或演繹，而是將題中原有或應有之義合情合理地生發開來，使之更加集中和鮮明，至於評語中發揮的藝術見解還在其次。因此，毛本的人物性格更臻完美統一，結構更趨宏偉嚴謹，語言更加錘鍊而富於文學性，較嘉靖本等各舊本藝術水準有了很大提高。

　　首先，嘉靖本的人物形象塑造雖然達到了很高的成就，但往往拘於歷史記載，有實而近腐之弊。例如，劉備嘗因髀肉復生而墮淚，是個不憚勞苦志取天下的英雄。而嘉靖本照抄史書，仍寫他「喜犬馬，好音樂，美衣服」，這在小說人物劉備的性格中肯定不是有機的因素。毛宗崗以藝術家的眼光看到並斷然刪去這個事實，使劉備形象的性格達到了有機的統一。但他沒有任意拔高劉備的形象，如劉備在毛本中作為「好皇帝」的一面確是更加突出了，但平凡的乃至庸俗的一面仍合乎邏輯地被保留了下來。東吳招親後，劉備樂不思歸，險些被周瑜牢籠於江東。毛本保留了這一細節，並批道：「已入溫柔鄉矣！」太史慈請劉備為孔融解圍，毛本也保留了嘉靖本的描寫：「玄德答曰：『孔北海知世間有劉備耶？』」並批道：「自負語，亦骯髒語。」聯繫到劉備出場介紹中刪去了「禮下於人」一語，均可看出這些刪改是經過深思熟慮、從性格的完整統一出發的。關於曹操，嘉靖本也泥於史實，竭力描寫其祖上的仁德和他本人的愛民思想，毛本於此盡行刪改。儘管這是為了突出「擁劉反曹」，但毛宗崗並未至於濫用評改者的方便，所以毛本劉備也非完人，而曹操愛惜重才等長處也得以保留，並予以肯定，如曰：「曹操見才便愛，安得不成大業？」這可以看出毛評雖然是有既定政治傾向的，但沒有為了觀念而肢解人物，而是為了突出個性塑造典型進行藝術的加工改造。

　　其次，情節和細節上，毛本拾遺補闕，如嘉靖本中孫夫人下落交待不明，毛本增寫為投江等，也使得結構的細部更為嚴謹。至於評語中對《三國演義》結構的分析，頗多獨到見解，不僅有益於欣賞，而且在小說理論上也是值得重視的貢獻。

　　最後，毛本的語言更加精練、準確、富於文學性。例如，第四回陳宮審曹操一節，改嘉靖本「縣令（指陳宮——引者）曰」為「縣令熟視曹操，沉吟半響，乃曰」，改陳宮「引親隨人取出曹操於後院問之」，為「縣令喚親隨人暗地取出曹操，直至後院中審究」，並在陳宮與曹操密語時，增加了「縣令

屏退左右」一筆。這樣，毛本寫陳宮先是「熟視」，「沉吟」，後是「暗地取出」，繼則「屏退左右」，敘述得生動有致，切合人物的身份、地位和處境，既使這一細節更具有真實性，又寫出了陳宮老謀深算的性格。又如第五回敘各路諸侯，毛本將嘉靖本的讚語、官銜盡皆削去，只將名字敘出，語言簡潔流暢，更符合小說敘事的要求。諸如此類，不勝枚舉。要之，《三國演義》的語言經毛宗崗加工潤色，「文不甚深，言不甚俗」的特點更爲鮮明，雖未必盡善盡美，文學性確是大大提高了。

　　德國詩人海涅曾說：「每一個時代在其獲得新的思想時，也獲得了新的眼光。這時，它就在舊的文學藝術中看到了許多新的精神。」〔註7〕正是明末清初民主思想的產生和民族主義情緒的高漲，使毛宗崗從《三國演義》中看到了時代需要的「許多新的精神」，從而產生了使之發揚光大的欲望，並付諸評改的實踐。所以，他的修訂在某些方面是帶根本性的，人們每因此貶之曰「歪曲」。但正如馬克思在談到路易十四時代法國劇作家對三一律的誤解時所說：「這種被歪曲了的形式正好是普遍的形式，並且在社會的一定發展階段上是適合於普遍的形式。」〔註8〕毛本的修訂如果有所「歪曲」的話，那麼，在清初特定歷史條件下，它也是一種適合於當時讀者要求的具有普遍性的形式。因此，毛宗崗評改《三國演義》在思想和藝術上所達到的成就，及其在文學史上的地位和貢獻，都是不容抹殺或低估的。

　　　　　　　　　　　　　　　　　　（原載《齊魯學刊》1984 年第 3 期）

〔註7〕〔德〕海涅《北海集》第三部《旅遊的畫面》，轉引自柏拉威爾《馬克思與世界文學》，梅紹武等譯，三聯書店 1980 年版，第 310 頁。
〔註8〕〔德〕馬克思《致拉薩爾書》，《馬克思恩格斯全集》第三十卷，人民出版社 1972 年版，第 608 頁。

毛宗崗「擁劉反曹」意在反清復明

　　「擁劉反曹」是毛宗崗評改《三國演義》的根本原則和指導思想。探討毛宗崗「擁劉反曹」在清初的意義和作用，是正確評價毛本《三國》的重要關鍵之一。有些論者以爲毛評「同當時統治者的需要和提倡相關」〔註1〕，「對維護清王朝的正統地位，具有現實意義」〔註2〕，對毛宗崗此舉的動機和效果都做了徹底的否定。對此，筆者不敢苟同，而相反地認爲，毛宗崗「擁劉反曹」正是爲了反清復明，配合清初漢族人民的反清鬥爭。

　　毛宗崗在《讀〈三國志〉法》中說：

　　　　讀《三國志》者，當知有正統、閏運、僭國之別。正統者何？
　　蜀漢是也。僭國者何？吳、魏是也。閏運者何？晉是也。魏之不得
　　爲正統者何也？論地則以中原爲主，論理則以劉氏爲主；論地不若
　　論理，故以正統予魏者，司馬光《通鑑》之誤也。以正統予蜀者，
　　紫陽《綱目》之所以爲正也。《綱目》於獻帝建安之末，大書後漢昭
　　烈皇帝章武元年，而以吳、魏分注其下。蓋以蜀爲帝室之胄，在所
　　當予；魏爲篡國之賊，在所應奪。……陳壽之《志》未及辨此，余
　　故折衷於紫陽《綱目》，而特於演義中附正之。〔註3〕

這裡，毛宗崗表明自己評改《三國演義》並不是純藝術的行爲，而是依據朱熹的觀點，把這部演義小說改造成爲「帝蜀寇魏」以「擁劉反曹」的形象的

〔註1〕黃霖、韓同文選注《中國歷代小說論著選》（上），江西人民出版社1982年版，
　　　　第351頁。
〔註2〕寧希元《毛本〈三國演義〉指謬》，《社會科學研究》1983年第4期。
〔註3〕《中國歷代小說論著選》（上），第336頁。

教科書。使讀者通過這部書，知道哪種情況是正統，哪種情況是僭國或閏運，是有其嚴肅的政治寓意的。

這種做法，不是毛宗崗的新發明。《四庫全書總目提要‧三國志》就曾指出，歷代「帝蜀寇魏」以「擁劉反曹」都是爲了維護當時偏安一隅的封建政權的正統地位。但是，《提要》的作者畢竟是在北方滿洲貴族爲主的清朝統治下，沒有也不敢點明東晉、南宋的「擁劉反曹」，不僅是爲偏安江南的封建政權爭正統，而且包含所謂「華夷之別」的民族鬥爭的性質。那麼，毛宗崗「擁劉反曹」是爲何人爭正統，表達的是一種什麼樣的思想感情呢？此亦當從他的時代加以說明。

從毛本《三國》卷首有僞金聖歎順治甲申（1644）十二月序看，毛宗崗有意使人認爲其評改在清軍入關後數月，而主要是在清軍入關前進行的。然而，序既是僞託，時間當然也就不可信。特別金聖歎與毛宗崗同爲蘇州人，金聖歎在世時，這樣作僞恐也不可能。而金聖歎卒於一六六一年，那麼，僞序的寫作時間和毛宗崗完成評改的時間當在本年之後。這與毛本《三國》初刊於康熙年間亦相合。而其計劃和著手進行評改，則應是入清之後至康熙初年之間。這數十年間，清統治者作爲金國女眞族的後裔入關並佔據了中原，漸次向南擴張，而江南先後有弘光、隆武、永曆三個南明小朝廷以正統自居，與清相抗衡，直到康熙元年（1662 年），永曆小朝廷才告瓦解。此間時局大類東晉、南宋，若論「理」不論「地」，「擁劉反曹」，只能有利於維護偏安南方的南明政權的正統地位，而於清朝鞏固自己的統治並無正面的意義。而且，清王朝從來沒有，也不可能改變「擁劉反曹」爲偏安者爭正統的特定歷史內容，爲維護自己的統治服務。因此，毛宗崗鼓吹「帝蜀寇魏」以「擁劉反曹」的政治用意和社會效果，只能作一種理解，那就是反清復明。

事實上，當時的反清力量確曾運用「擁劉反曹」的正統史觀，進行反清復明的鬥爭。明福王政權建號南京以後，清攝政王多爾袞曾致書史可法，責以《春秋》之義，要福王撤號稱臣。史可法返書稱：

> 《綱目》踵事《春秋》，其間特書，如莽移漢祚，光武中興；丕廢山陽，昭烈踐位；懷之國，晉元嗣基；徽欽蒙塵，宋高續統。是皆於國仇未翦之日，亟正國號，《綱目》未嘗斥爲自主，率以正統予之。〔註4〕

〔註4〕 蕭一山《清代通史》（上），第 281 頁。

這裡表明弘光小朝廷以蜀漢自居，把朱熹「帝蜀寇魏」的三國史觀作為反清復明的思想武器。又如《小說小話》載李定國附永曆政權抗清事：

> 說書人金光以《三國演義》中諸葛、關、張之忠義相激動，遂
> 幡然束身歸明，盡忠永曆，……為明代三百年功臣之殿。〔註5〕

這裡，除說明原為農民起義軍將領的李定國也是把永曆比作蜀漢外，還透露了《三國演義》擁劉反曹的正統思想如何直接影響和支持了當時的反清鬥爭。

直到南明亡後，仍有許多漢族知識分子借「擁劉反曹」以傳播反清意識。康熙二年（1663）的莊廷鑨「明史獄」，康熙五十年（1712）的戴名世「《南山集》獄」，都是主張修明史應存南明政權為正統觸禍的。而且，凡明季遺民論及南明一段歷史，大都如此。海濱野史《建州私志》下卷《私記》論曰：

> 至於國統續絕，如漢魏章武、黃初之例斷，當以《綱目》為準。
> 清朝順治十有八年歲在辛丑世宗章皇帝崩，明年壬寅吳三桂自緬甸
> 獻捷實永曆之十有六年而明亡。……統紀明之曆數，自洪武元年戊
> 申至永曆十六年壬寅，凡享國二百九十六年，而後以康熙元年繼之。
> 〔註6〕

這些材料證明這樣一個觀點，即清軍入關到康熙末甚至更遲，「擁劉反曹」曾是各種反清力量在不同領域裡為南明爭正統的思想武器，是同當時的民族鬥爭密切相連的。當此之際，毛宗崗大呼「不得但以光武之混一為正統，而謂昭烈之偏安非正統也」，其鋒芒也正是指向清王朝，以配合反清的民族鬥爭需要。

特別應該指出的是，擁劉反曹的正統觀念，在清初帶有比以往任何時代更加鮮明的民族主義思想特徵。王夫之《讀通鑑論·三國》指出：

> 以先主紹漢而繫之正統者，為漢惜也。存高帝誅暴秦，光武討
> 逆莽之功德，君臨已久，而不忍其亡也。……故為漢而存先主者，
> 史者之厚也。〔註7〕

這就是說，以蜀漢為正統並非為了劉備，而是「為漢惜」。「漢」這裡指漢朝，也指漢族。「為漢惜」，正是這位至死堅持反清立場的思想家民族主義感情的

〔註5〕 黃人《小說小話》（節錄），轉引自朱一玄、劉毓忱編《三國演義資料彙編》，百花文藝出版社1983年版，第748頁。

〔註6〕 〔清〕海濱野史撰《建州私志》（下），謝國楨輯《清初史料四種》之四，《明清史料叢書八種》第六冊，北平圖書館1933年鉛印本，第158～159頁。

〔註7〕 〔清〕王夫之《讀通鑑論》（上），中華書局1975年版，第263～264頁。

流露。顧炎武有詩說：「傳與兒曹記，無忘漢臘年。」〔註 8〕而毛宗崗評改出這樣一部有鮮明的擁劉反曹傾向的《三國演義》，並目之為「第一才子書」，也正是表達和顧、王等明遺民的政治訴求與感情。這也就是毛本能壓倒一切舊本而盛行於世的一個社會原因了。然而，我們還應從毛宗崗本人考察其此舉的動機。惜乎正面的材料極少，只可就某些旁證作窺測性的分析。

首先，從對《三國演義》的評改看，毛宗崗是一個熟悉歷史、學識豐富的封建知識分子，對歷史上「擁劉反曹」是「為偏安者爭正統」一點，應是充分瞭解的；而且，在民族偏見甚重的當時，他對這樣宣揚擁劉反曹將產生何種社會效果，也不會不知道。知之而仍熱心去做，恐怕就很有些「傳與兒曹記，無忘漢臘年」的意思了。不然，他又何必在民族偏見甚重的清朝統治者面前這樣冒險呢？

其次，毛宗崗偽託金聖歎序的做法，也就有掩蓋其「擁劉反曹」以反清復明的嫌疑。許多論者以為，他做偽序是藉重金聖歎以擴大自己評改本的影響，誠然是對的。然而，毛本初刊於康熙年間，金聖歎死於順治十八年，金批《水滸傳》刊於崇禎十四年（1641），倘要借金聖歎之名抬高《三國》為「第一才子書」，偽序的時間至早不得署一六四一年之前。而且，在一六四一至一六六一年之間，要署一個易使人認偽作真的時間，顯然愈晚愈好。一則使與毛本實際刊刻的時間更接近，與偽序中「故余序此數言，付毛子授剞之日」相照應；二則由於距金聖歎評改《水滸傳》的時間拉長了，再有偽序中「而今而後，知第一才子書之目又果在《三國》也」等語，也較為自然，不致使金聖歎有在其評《水滸傳》的得意之作中貶過《三國》不久，復又稱其為「第一才子書」的矛盾。因此，僅從取信於讀者以擴大毛本的影響起見，偽序署順治元年，上距金批《水滸傳》不過二三年，下距毛本《三國》付梓卻長達二十年左右，顯然是不明智的。然而毛宗崗做事定不會如此迂拙，他不早不遲偏要署這樣一個時間，應是別有深意。這一年，正是清和南明政權對峙的開始，二者孰為正統的問題剛提到鬥爭的日程上來。他評《三國》開篇即謂：「讀《三國志》者，當知有正統、閏運、僭國之別」，不致使敏感的讀者完全忽略其用世的苦心。如果這個推測是對的，我們就更可以認為毛宗崗擁劉反曹的用意在於鼓吹反清復明。

最後，毛宗崗在《琵琶記總論》中，曾談到「擬作雪恨傳奇數種，總名

〔註 8〕 〔清〕顧炎武《顧亭林詩文集》，中華書局 1983 年版，第 425 頁。

之日《補天石》」。所列題目則有《淚羅江屈子還魂》《太子丹蕩秦雪恥》《丞相亮滅魏班師》《李陵重返故國》《昭君復入漢關》《南霽雲誅殺賀蘭》等，多是有關國家民族題材的，或偏於為敗亡之國張目，或意在抒發陷身北方民族政權下人物的故國之思。當明亡之際，毛宗崗這樣「雪恨」「補天」，也使我們不能不認為他的擁劉反曹是意在鼓吹反清復明的民族鬥爭。

這裡就發生一個問題，即為什麼毛宗崗的這種意圖和做法竟未受到清朝統治者的注意和鎮壓呢？許多同志正是由於毛本在清朝盛行的狀況，而認為此書擁劉反曹順應了清王朝政治的需要。這其實是一個絕大的誤解。試釋疑如下。

一是由於毛本擁劉反曹的傾向雖大為鮮明了，但無論在史書或在嘉靖本等舊本《三國演義》中，都是古已有之，不是毛宗崗憑空增入。加之他又那樣做了偽序，並在修訂中去掉了「胡」「虜」等時忌用語，頗具一定保護色。

二是由於清初的統治者是剛由北方入主中原的少數民族貴族，對中原歷史文化並不像漢族知識分子那樣熟悉，對帝蜀帝魏因時而變的歷史內容未必了然，以至沒引起注意。而且，清統治者早就喜用此書做兵書和識字課本，易明於此而暗於彼，忽視「擁劉反曹」於己不利的一面，也是可能的。

三是清初儘管文網繁密，但除淫穢作品處，很少禍及小部，連《水滸後傳》那樣具有明顯民族主義傾向的作品都能流傳，毛本《三國》更可保無虞。後來民族矛盾漸趨緩和，「擁劉反曹」又有朱熹的蔭庇，毛宗崗的做法就更加天經地義了。

總之，「網漏吞舟之魚」恐怕才是毛本《三國》在清朝未遭查禁的原因。以其未被查禁而指認它適應了清統治者的需要，是沒有道理的。

當然，我們探討毛宗崗「擁劉反曹」為了鼓吹反清復明，寄託和抒發自己的民族主義感情，用意唯在還他以歷史的本來面目，對他的行為作出科學的說明，絕無重彈他「擁劉反曹」老調的想法和必要。

（原載《三國演義學刊》第 1 期）

毛宗崗對中國古代小說理論的貢獻
——兼論中國古代小說理論的眞正形成

　　中國古代自唐人始有意爲小說，歷宋、元以迄明初，數百年間小說創作有了長足的發展，但有意爲小說理論的人卻未曾出現。詩文評是古代文論的正宗和主體，學者們的興趣在那裡，不屑在被視爲「小道」的小說的研究上下工夫。直到明中葉，李贄作爲程朱理學的異端，離經叛道，倡導思想解放，在文學方面，把小說肯定到與經史同等的地位，並把評點詩文的方法進一步推廣應用於小說，開創了小說評點一派，小說理論的發展，才到了比較自覺的時代。

　　但是，李贄和他同時以及稍後的評點家們，都未能把小說理論推到成熟的階段。按照時賢的一般看法，中國古代小說理論到金聖歎評點《水滸》才算眞正形成。這個論斷大致是正確的，但亦不無可議之處。

　　竊以爲金聖歎的小說理論是建立所謂「《史記》是以文運事，《水滸》是因文生事」〔註1〕的認識基礎上的。這個認識，導致他充分肯定並多方面闡明了小說是虛構的藝術，揭示了小說的本質特徵。但是，這個認識也有它片面的和偏頗的地方。很明顯，《史記》「以文運事」，亦不免「記事增飾」，錢鍾書先生論《史記・魏其武安侯列傳》說：「夫私家尋常酬答，局外事後袛傳聞大略而已，烏能口角語脈以至稱呼致曲入細如是？貌似『記言』，實出史家之心摹意匠。此等處皆當與小說、院本中對白等類耳。」〔註2〕《水滸》「因文

〔註1〕〔清〕金聖歎《讀第五才子書法》，朱一玄、劉毓忱《水滸傳資料彙編》，百花文藝出版社1981年版，第248頁。
〔註2〕錢鍾書《管錐編》第一冊，中華書局1979年版，第347頁。

生事」，也曾有歷史上宋江領導的農民起義作影射，所以中國古代歷史著作與小說之間並沒有一條不可逾越的鴻溝。錢鍾書先生說：「明、清評點章回小說者，動以盲左、腐遷筆法相許，學士哂之。哂之誠是也，因其欲增稗史聲價而攀援正史也。然其頗悟正史、稗史意匠經營，同貫共規，泯汀畦而通騎驛，則亦何可厚非哉。」〔註3〕金聖歎評《水滸》，亦「動以盲左、腐遷筆法相許」，卻不悟《史記》與《水滸》之「意匠經營，同貫共規」，只強調二者的區別，不能不說是理論上的一個片面性。這片面性導致他輕視歷史小說，他說：

> 《三國》人物事體說話太多了，筆下拖動，趌不轉，分明如官府傳話奴才，只把小人聲口替得這句出來，其實何曾自敢添減一字？〔註4〕

這就把《三國演義》的成就一筆抹殺了。而抹殺了《三國演義》，也就抹殺了歷史小說。因此，金聖歎的小說理論主觀上不曾涉及歷史小說，或者說他沒能提出關於歷史小說的理論，如果說劉勰的《文心雕龍》未能論及小說是一個不足，金聖歎評點《水滸》而未能給《三國演義》等歷史小說留一席地位，亦是一個明顯的偏頗。

毛宗崗在金聖歎不屑一顧的領域裏，為中國古代小說理論的形成，做出了獨特的貢獻。他借了金聖歎的旗號，把《三國演義》封為「第一才子書」，肯定歷史小說的藝術價值。他十幾萬言的評點涉及了歷史小說創作的許多重大理論問題。

首先，他指出了《三國演義》既不同於一般以虛構為主的小說，又不同於歷史著作，揭示了歷史小說在事實和虛構之間徘徊的特點。他在託名金聖歎（人瑞）的《序》中說：

> 余嘗集才子書者六，其目曰《莊》也、《騷》也、馬之《史記》也、杜之律詩也、《水滸》也、《西廂》也，已謬加評訂，海內君子皆許余以為知言。近又取《三國志》讀之，見其據實指陳，非屬臆造，堪與史冊相表裏。由是觀之，奇又莫奇於《三國》矣。〔註5〕

這一段話先就露出作偽的馬腳，金聖歎《絕命辭》有句云：「且喜唐詩略分解，

〔註3〕 《管錐編》第一冊，161頁。

〔註4〕 《水滸傳資料彙編》，第248頁。

〔註5〕 〔清〕金人瑞《三國志演義序》，朱一玄、劉毓忱編《三國演義資料彙編》，百花文藝出版社1983年版，第291頁。

莊、騷、馬、杜竟何如？」並未曾把「才子書者六，……已謬加評訂」，更何嘗顧及《三國演義》？又豈能把《三國演義》高置於「才子書者六」之上？但這裡毛宗崗比較諸才子書說《三國演義》有「據實指陳，非屬臆造，堪與史冊相表裏」的特點還是非常正確的。這一方面是與《水滸》《西廂》比較，肯定《三國演義》有歷史著作的價值，劃清與一般以虛構爲主的小說的界限；另一方面，也承認它不是「史冊」，而是「堪與史冊相表裏」的演義。怎麼能據此認爲毛宗崗把「歷史小說和歷史著作混爲一談」〔註6〕呢？而且，我們注意到毛宗崗除了把《三國演義》與《水滸》《西遊》等對舉時稱之爲「實敘帝王之事」的「正史」外，總明確肯定其小說的性質。如他稱「演三國者，又古今爲小說者之一大奇手」，讚歎爲「其善作稗官者哉」等等。因此，毛宗崗雖然沒有提出「歷史小說」的概念，但在評點中仍然貫穿著歷史小說不同於歷史著作和一般小說的清醒認識，這決不是從前人理論的倒退，而是繼承和發展。

其次，在歷史小說與歷史事實的關係上，毛宗崗特別強調前者對後者的依賴性。他說：「古事所傳，天然有此等波瀾，天然有此等層折，以成絕世妙文。」「不意天然有此等妙事，以助成此等妙文。」反覆強調三國歷史事件與書中描寫的一致性。這裡包含了生活決定創作的唯物主義認識。具體地說，歷史上的生活是歷史小說創作的源泉，沒有歷史上波瀾層折的社會矛盾和鬥爭，就不會產生後世歷史小說的「絕世妙文」。這個認識無疑是符合歷史小說的創作規律的。有的專家據此指責毛宗崗「把歷史小說對歷史事件的依賴性強調到了『題材決定論』的地步」〔註7〕，殊不知題材對歷史小說比對其他形式小說確有特殊重要的意義。一方面，沒有具備歷史眞實性的歷史人物和事件的小說算不得歷史小說。毛宗崗在評論《三國演義》「敘三國不自三國始」之妙時說：「假令今人作稗官，欲平空擬一三國之事，勢必劈頭便敘三人，三人便各據一國。有能如是之繞乎其前，出乎其後，多方盤旋乎其左右哉？」且不論這段話的主要意思在於說明「造物自然之文」高於「今人臆造之文」，並無「題材決定論」的傾向，單是「平空」所擬，就已失去了歷史小說理論研究的範圍，是不可以據此批評毛宗崗的歷史小說理論的。另一方面，歷史上的人物和事件並不同等地具備轉化爲藝術形象的條件。中國一部二十四

〔註 6〕 葉朗《中國小說美學》，北京大學出版社 1982 年版，第 125 頁。
〔註 7〕 《中國小說美學》，第 127 頁。

史，人事浩如煙海，而被成功地攝入歷史小說的人物和事件卻並不見多。即以斷代的演義小說而論，誠如毛宗崗所說：

> 何獨奇乎《三國》？曰：三國者，乃古今爭天下之一大奇局，而演三國者，又古今爲小說之一大奇手也。異代之爭天下，其事較平，取其事以傳，其手又較庸，故迥不得與《三國》並也。

這就是說，在毛宗崗看來，《三國演義》所以是歷史演義小說中最好的，是由於兩個原因，一是三國歷史本身爲「一大奇局」，二是作者爲「一大奇手」。這裡，我們除了注意毛宗崗十分重視作家的主觀能動作用，因而沒有偏到「『題材決定論』的地步去以外，還應重視毛宗崗第一次提出了歷史小說創作中選材重要性的觀點。毛宗崗的這個認識，甚至得到了貶《三國演義》的胡適的認可。他在《三國演義序》中歷數古來七個分裂時代及有關的演義小說之後說：「只有三國時代，魏蜀吳的人才都可算是勢均力敵的，陳壽、裴松之保存的材料也很不少；況且裴松之注《三國志》時，引了許多雜書的材料，很有小說的趣味，因此，這個時代遂成了演義家絕好的題目了。」魯迅先生在《中國小說的歷史的變遷》一文中也表示了類似的意見。從毛宗崗、胡適到魯迅先生的這些意見，歸結起來，就是在歷史小說的創作中，除作家本身的才華外，所選取的歷史事件或人物是否「奇」，是否「有小說的趣味」，是一個極爲重要的關鍵。托爾斯泰在談到《戰爭與和平》的創作時指出：

> 許多人都這樣說，似乎藝術是一片金箔，你想貼什麼，就可以把它貼上。藝術是有法則的。如果我是一個藝術家，如果庫圖佐夫被我描圖畫得很好，那麼這不是因爲我願意這樣，……而是因爲這個人物有著藝術的條件，而其餘的人卻沒有。〔註8〕

三國這一「奇局」——事奇、人奇——正是具備了被作家描畫得很好的藝術條件。在這個關於歷史小說創作的帶有普遍意義的問題上，毛宗崗比托爾斯泰早兩個世紀達到了同樣的認識高度。

再次，毛宗崗強調歷史小說對歷史事實的依賴性，卻並不反對合理的虛構，第三十九回評《博望坡軍師初用兵》的描寫時指出：

> 若一味直寫，則竟以《綱目》例大書曰「諸葛亮破曹兵於博望」一句可了，又何勞作演義者撰此一篇哉？

〔註8〕段寶林編《西方古典作家談文藝創作》，春風文藝出版社 1980 年版，第 546 頁。

既不能不依賴於歷史事實，又不能照抄史書「一味直寫」。在尊重歷史的大原則下，毛宗崗要求作家充分發揮自己的想像力和創造力，甚至可以根據史書上一句話敷演出一幕曲折生動、威武雄壯的戲劇。這不正是賦予了「藝術家徘徊於虛構與眞實之間的權利」〔註9〕嗎？有的同志批評毛宗崗像李漁那樣主張歷史小説創作「實則實到底」〔註10〕，是不符合實際的。經他修改過的《三國演義》，仍被章學誠譏爲「七分事實，三分虛構」〔註11〕也可爲旁證。

當然，毛宗崗評點和稱道的是一部「庶幾乎史」的歷史小説，難免較多地談論如何「以文運事」，而未能充分論述「因文生事」的虛構，但他並不認爲歷史小説的虛構僅限於《三國演義》一種模式。在第二十三回回評中，他寫下了這樣一段話：

> 嘗讀《曇花記》，見冥王坐勘曹操，拷之問之，打之罵之。或曰：此後人欲泄其憤，無聊之極思耳。予曰：不然。理應如是，不可謂之戲也。古來缺陷不平之事，有欲反其事以補之者：一曰鄧伯道父子團圓，一曰荀奉倩夫妻偕老，一曰屈大夫重興楚國，一曰燕太子克復秦仇，一曰王明妃再入漢關，一曰侯夫人生逢煬帝，一曰岳武穆寸斬秦檜，一曰南霽雲立滅賀蘭：斯皆以天數俯從人心，以人心挽回天數。

由此可見，毛宗崗對歷史小説與歷史事實的關係的看法，是相當靈活的。他的理論並不是從金聖歎小説理論的倒退，而是一個嶄新的發展。由此，我們可以認爲，他所謂「據實指陳，非屬臆造」云云，完全是就《三國演義》一書的所爲而言，並非片面地爲歷史小説立法。章學誠説：「『喪欲速貧，死欲速朽』，有子以謂非君子之言；然則有爲之言，不同正義，聖人有所不能免也。今之泥文辭者，不察立言之所謂，而遽斷其是非，是欲責人才過孔子也。」〔註12〕研究毛宗崗乃至所有小説評點派的理論，我們切不可成爲「今之泥文辭者」。

另外，上引一段話，還表現了毛宗崗對小説社會功用的看法。很顯然，

〔註9〕 〔德〕黑格爾《美學》第1卷，朱光潛譯，商務印書館1979年版，第353頁。

〔註10〕《中國小説美學》，第123頁。

〔註11〕《章氏遺書外編》卷三《丙辰札記》，轉引自《三國演義資料彙編》，第692頁。

〔註12〕〔清〕章學誠著，葉瑛校注《文史通義校注》，中華書局1994年版，第353頁。

他是贊成藉小說以「泄其憤」「挽回天數」的。這裡透露了他評改《三國演義》，加強擁劉反曹正統觀念，是順應和鼓吹了當時反清復明民族鬥爭的消息〔註13〕。這種「泄其憤」主張，可以上溯到司馬遷的「發憤著書」，與李贄的「不憤則不作」的文學觀直接相承。至於小說創作乃「古來缺陷不平之事，有欲反其事以補之者」的認識，卻與他同時代的李漁關於戲劇功用的看法相呼應。李漁說：

> 予生憂患之中，處落魄之境，自幼至長，自長至老，總無一刻舒眉。惟於製曲填詞之頃，非但鬱藉以舒，惝爲之解，……未有眞境之所欲爲，能出幻境縱橫之上者。我欲做官，則頃刻之間便臻榮貴。……我欲作人間才子，即爲杜甫、李白之後身。〔註14〕

這種藉文學的幻想過癮、補足現世缺憾的觀念，與弗洛伊德那種以爲作家是「光天化日下的夢幻者」，文學作品是作家的「白日夢」，是人在現實中願望得不到滿足而製造出來的替代品的理論似曾相識。但毛宗崗與李漁和弗洛伊德尚有不同，前一個注重補正社會政治的缺陷，後二位則側重個人願望的滿足。所以，毛宗崗《讀三國志法》劈頭就提出：「讀《三國志》者，當知有正統、閏運、僭國之別」，聲明尊劉抑曹，爲蜀漢爭正統，「折衷於紫陽《綱目》，而特於演義中附正之」。這裡表現了他文學批評積極用世的精神，很有些藉《三國演義》使「天數俯從人心，以人心挽回天數」的意思。

　　對於非歷史題材的小說，毛宗崗極少論及。但觀其置《三國演義》爲「第一才子書」，在評點中對《水滸》《西遊》時有微辭等，可以認爲他是比較輕視虛構的作品的。他在《讀三國志法》中指出「《三國》一書，有巧收幻結之妙」後，認爲這是「造物者之巧也。幻既出人意外，巧復在人意中，造物者可謂善於作文矣。今人下筆必不能如此之幻，如此之巧，然則讀造物自然之文，而又何必讀今人臆造之文乎哉」。這裡除了表示他重歷史小說，輕非歷史題材小說的傾向外，還蘊含了「造物自然」高於「今人臆造」的美學觀念。這使我們聯想到俄國十九世紀著名美學家車爾尼雪夫斯基關於現實美永遠高於藝術美的論斷。朱光潛先生在《西方美學史》中認爲：「關於藝術和現實優劣的問題，車爾尼雪夫斯基可以說是唯一重要的美學家，毫無保留地肯定現

〔註13〕　參見杜貴晨《毛宗崗評改〈三國演義〉之我見》，《齊魯學刊》1984 年第 3 期。收入本卷。

〔註14〕　〔清〕李漁《閒情偶寄》，浙江古籍出版社 1985 年版，第 42～43 頁。

實高於藝術。」〔註15〕毛宗崗顯然不是美學史上重要的美學家，但他早在十七世紀就已孕育了這種美學觀念的萌芽。現在看來，這種小說觀有明顯的機械性，導致妨礙藝術的虛構和典型化，而且本質上與他關於歷史小說的理論相矛盾。但是，在毛宗崗的時代，正當「佳人才子等書，則又千部共出一套」（《紅樓夢》第一回）的公式化作品流行之際，毛宗崗從這種美學思想出發，抨擊「近世稗官家一到扭捏不來之時，便平空生出一人，無端造出一事」的脫離生活的文學頹風，還是有進步意義的。

　　毛宗崗關於小說結構、情節、人物塑造等諸多方面尚有許多獨到的見解，已有專家論列，此不贅述。僅就以上提到的幾點，我們也可以得出這樣的認識：毛宗崗的小說評點雖然受到了金聖歎評點《水滸》的重要影響，但他決不僅僅是金氏理論的「發揮者、推廣者和宣傳者」〔註16〕，而是糾正了金氏的偏見，填補了歷史小說理論的空白，並在小說的社會功用、小說與現實的審美關係等基本理論問題上進行了深入思考，達到了他那個時代所可能有的理論高度。因此，在全面形成中國古代小說理論方面，毛宗崗是一位重要的參加者。換句話說，中國古代小說理論的眞正形成，是以金聖歎和毛宗崗二人的小說評點爲標誌的。

（原載《社會科學研究》1986 年第 3 期）

〔註15〕朱光潛《西方美學史》（下卷），人民文學出版社 1979 年版，第 580 頁。
〔註16〕《中國小說美學》，第 120 頁。

《三國志通俗演義》「小字注」的作者及評點性質

羅貫中《三國志通俗演義》作爲我國文人個人創作的第一部長篇小說〔註1〕，同時還是我國第一部受到學者、評點家關注的長篇小說。這要從《三國志通俗演義》今見最早的刻本明嘉靖壬午本正文的注說起。這些注的數量不多，今學者稱「小字注」。有人以爲是作者自注，其實未必。一是古代做詩或有自注，而小說不比詩有字數用韻等的限制，可以隨意抒寫，無事不可以在正文中得到充分的表達，不必用注；二是羅貫中爲《三國志通俗演義》，虛虛實實，本不是爲了傳達確切的歷史知識，也不需要作注。因此，根據歷史上前人著作一般由後人作注的通則而可以推斷，《三國志通俗演義》小字注之注人、注地、注音、注義、注典故，均後世讀者所爲。

這可以從某些「小字注」之注文本身得到證明。雖然早已有學者舉而論之，但問題既未得到最後的解決，則進一步的舉證也還有必要。例如有顯然係作者所不必爲者：卷之一《呂布刺殺丁建陽》寫蔡邕爲董卓所重用，「三日之間，周歷三臺」，小字注曰：「先補侍御史，又轉侍書御史，遷尙書。」〔註2〕作者倘以爲此注文之內容不可或缺，則完全可以在正文一直寫出，又何必自找麻煩呢？又有顯然係作者所不可能爲者：同卷《曹孟德謀殺董卓》寫「操曰：『寧使我負天下人，休教天下人負我。』陳宮默然。曹操說出這兩句話，

〔註 1〕 參見杜貴晨《論〈三國演義〉的文學性及其創作性質》，《數理批評與小說考論》，齊魯書社 2006 年版，第 297～318 頁。已收入本卷。
〔註 2〕 〔元〕羅貫中《三國志通俗演義》，汪原放標點，上海古籍出版社 1980 年版。

教萬代人罵。」句中「陳宮默然」下有小字注曰：「後晉桓溫說：『兩句言語，教萬代人罵道是：雖不流芳百世，亦可以遺臭萬年。』」從注文內容為釋「兩句言語，教萬代人罵」看，其出現的位置無疑應該是正文「曹操說出這兩句話，教萬代人罵」之後，如果是作者自為，斷不會置於其前。而且如果是作者自為，則他既已把話說到了「教萬代人罵」，何不一直把罵了什麼寫出來，而非要另作一注出之，又置注文於不當出現之處呢？又有顯然不似作者聲口者：卷之九《張益德據水斷橋》於「子龍大叫曰：『益德援我！』」下有曰：「援者，人皆曰子龍求救於益德，懦也。不然。子龍在軍中殺了一日一夜，方才得脫，便是鐵人鐵馬，到此亦困矣，見自家之人，安得不求救也？何懦之有！」這裡是就「人皆曰」發表不同意見，一般說不會出自作者之口，而應當是讀者對讀者的批評。總之，這些所謂「小字注」只能是出自後人之手，是後之讀者學問家閱讀自寫其識見。

以上說《三國志通俗演義》小字注為後世讀者學問家所為，是說這部書在其抄本流傳的過程中，就已經有人為之作注了。但我們只認其為單純的作注恐怕還不夠全面，因為所謂注文中確有些並非不可以認為是評語或包含有評之成分的文字。如卷之八《劉玄德三顧茅廬》寫「徽笑曰：『汝既去便罷，又惹他出來嘔血也！』」句下有注曰：「此是司馬徽先見之明也，便知孔明肯盡心事其主也。」這是評司馬徽，也評孔明；又上引卷之九《張益德據水斷橋》於「子龍大叫曰」條，就「人皆曰」所發表不同意見實是評趙雲性格之「不懦」；又卷之十二《許褚大戰馬孟起》寫「超疑是許褚，乃揚鞭而問曰：『聞汝軍中有虎侯者，安在？』」下有曰：「不稱『虎癡』，而稱虎侯者，美稱也。」數句明白揭出原文所寫馬超對許褚武藝的欣賞之情；還有卷之二十二《孫峻謀殺諸葛恪》寫「乃武衛將軍孫峻也」句下有曰：「此是峻見恪有疑色，用其言穩之。恪不疑。」這裡在疏通原文脈絡的同時，也揭出了孫峻用計之深細。如此等等，都不僅釋注文義，而且對相關人物、情節作了不同程度地品評。

儘管「小字注」中這類品評性或帶有品評性的文字數量有限，但已足使我們對「小字注」的文本性質有更新的看法，即它在主要是注人、注地、注音、注義、注典故的同時，也部分地帶有評點的內容，從而一定程度上可以看作是《三國志通俗演義》評點的濫觴。

《三國志通俗演義》「小字注」比託名李贄的評點要早得多。這也就是說，

雖然所謂「小字注」總體還說不上是自覺的小說評點，但它的「小字」的形
式與部分內容確實是在評點這部小說，在這個意義上《三國志通俗演義》可
以說是我國古代長篇小說的第一部評點本。

2007 年 5 月

毛澤東與《三國演義》

　　毛澤東是一位偉大的革命家。在戎馬倥傯日理萬機的革命生涯中，他又是一位異常勤奮的讀書人。在一定的意義上，書給了毛澤東以博大精深的思想。因此，研究毛澤東的讀書，是我們認識這位偉人的一個重要途徑，也是毛澤東思想研究的一個新課題。

　　毛澤東博覽群書，用力最勤的有兩大類：一是西方的馬列著作，二是中國古代的文史經典。在兩類書中，他對中國古代文史典籍更為熟稔。這點，許多瞭解毛澤東讀書生活的同志都注意到了〔註1〕；毛澤東著作中引用最多的是中國古代文史人物、事件和名言，也充分證明了這一點。他是一位有中國傳統文化涵養的巨人。

　　在溝通毛澤東與中國傳統文化的文史典籍中，通俗小說占一個特殊而突出的地位。今天的成年人對毛澤東當年評《水滸》和號召讀《紅樓夢》大都記憶猶新，但是對毛澤東與不朽的中國古典小說——《三國演義》的關係，似乎缺乏瞭解，專門研究的更少。事實上，毛澤東喜好《三國演義》和《三國演義》對他有許多的影響，並不亞於上述二書。

　　毛澤東自幼嗜讀中國古代歷史小說。他在 1936 年曾對美國作家斯諾說：

　　　　我讀過經書，可是並不喜歡經書。我愛看的是中國古代的傳奇小說，特別是其中關於造反的故事。我讀過《岳傳》《水滸傳》《隋唐演義》《三國演義》和《西遊記》等。那是在我還很年輕的時候瞞著老師讀的。……我經常在學校裏讀這些書。……許多故事，我們

〔註1〕 龔育之、逄先知等《毛澤東的讀書生活》，三聯出版社 1986 年版。

幾乎都可以背出來。而且反覆討論過許多次。……我認爲這些書對
我的影響大概很大，因爲這些書是在易受感染的年齡裏讀的。〔註2〕

他讀《三國演義》格外認眞和入迷。美國 R・特里爾《毛澤東傳》載：

同學們都很敬佩毛對《三國演義》等小說的記憶力。他們喜歡
聽他復述其中的精彩片段。但是毛認爲小說描繪的都是歷史上發生
的眞實事件，這使得每個人都感到震驚。關於這一點，他還和歷史
教師發生爭論。對任何同意那位教師觀點的同學，毛澤東都對其大
加指責，甚至用椅子打了一個同學。……關於小說的爭論他甚至找
到校長那兒。當連極博學的校長也不同意他的觀點，即不認爲《三
國演義》是戰國時期（原文如此——引者）發生過的眞實事件時，
他給湘鄉縣令寫了一封請願書，要求撤換校長，並強迫進退兩難的
同學簽名。〔註3〕

《三國演義》伴隨他步入和領導革命。延安時期，他曾不無深情地回憶說：

記得我第一次到北方去（1919 年——引者）的旅途中還有過這
些遊歷：我曾沿著洞庭湖作了徒步旅行。到保定時我沿著城牆走了
一圈。在北海的冰上散步。《三國演義》裏有名的徐州府城牆和歷史
上也享有盛名的南京城，我都徒步環行過一次……。〔註4〕

從前我在井岡山時，想到土豪家裏去看有沒有《三國演義》之
類的書。有一位農民說：「沒有了！沒有了，昨天共產了。」〔註5〕

井岡山時期黨內教條主義者因此攻擊毛澤東「把古代的《三國演義》無條件
地當作現代的戰術」〔註6〕，當然是不對的。但是，可以相信，《三國演義》
對毛澤東軍事思想和策略的形成產生過影響。例如抗日戰爭中，毛澤東作《論
持久戰》曾用《三國演義》中官渡之戰、赤壁之戰、彝陵之戰，說明弱小之
軍可以因主觀指導的正確而打敗強大之敵。一九六四年，毛澤東在總結長期
革命戰爭的經驗時曾風趣地說，是一些「老粗」憑著「張飛的丈八長矛，關

〔註2〕 《毛澤東一九三六年同斯諾的談話》，人民出版社 1979 年版，第 3～9 頁。
〔註3〕 美國 R・特里爾《毛澤東傳》，劉路新等譯，河北人民出版社 1988 年版，第
　　　24 頁。
〔註4〕 《毛澤東一九三六年同斯諾的談話》，第 36 頁。
〔註5〕 毛澤東《1938 年 5 月 3 日對抗大三期二大隊的講話》，《毛澤東的讀書生活》，
　　　第 196 頁。
〔註6〕 《革命與戰爭》，轉引自汪澍白《毛澤東思想與中國傳統文化》，廈門大學出
　　　版社 1987 版，第 34 頁。

雲長的青龍偃月刀，……無非是關張趙馬黃的武器」〔註7〕，打贏了人民戰爭。這一即興的用典透露了他晚年對自己戎馬生涯與《三國演義》聯繫的一定程度的認可。

　　薄一波《再憶毛澤東同志二三事》曾說：「對於《三國演義》，毛澤東同志評價很高」，認為「看這本書，不但要看戰爭，看外交，而且要看組織」〔註8〕。「看組織」，還在早年求學的時代，「《三國演義》中有桃園三結義，毛澤東與楊教授（昌濟）的另外兩個學生，也自稱他們是三個豪傑」〔註9〕。在後來組織千千萬萬的革命大軍時，他也引用《三國演義》說：

　　　　劉備得了孔明，說是「如魚得水」，確有其事，不僅小說上那麼寫，歷史上也那麼寫。也像魚跟水的關係一樣，群眾就是孔明，領導者就是劉備。一個領導，一個被領導。〔註10〕

　　　　要選青年幹部當團中央委員。三國時代，曹操帶領大軍下江南，攻打東吳。那時，周瑜是個「共青團員」，當東吳的統帥，程普等老將不服，後來服了，還是由他當，結果打了勝仗。現在要周瑜當團中央委員，大家就不贊成！……要充分相信青年人，……青年人不比我們弱。〔註11〕

1970 年毛澤東識破林彪的陰謀，主張不設國家主席，拒絕出任國家主席。他說：「孫權勸曹操當皇帝，曹操說，孫權是要把他放在爐火上烤。我勸你們不要把我當曹操，你們也不要做孫權。」〔註12〕1975 年 5 月 3 日中央政治局工作會議上，毛澤東稱讚孫權「是個能幹的人」，「當今惜無孫仲謀」〔註13〕。這後面的兩個記載如果無誤的話，可知毛澤東從《三國演義》「看組織」是自少年至老年一以貫之的。

〔註7〕　補注：《一九六四年在春節座談會上的談話》，轉摘自 05txlr《毛主席 1964 年 2 月 13 日在春節座談會上的講話的版本問題》，見：http://www.60nd.org
〔註8〕　薄一波《再憶毛澤東同志二三事》，《人民日報》1981 年 12 月 26 日。
〔註9〕　〔美〕R·特里爾《毛澤東傳》，劉路新等譯，河北人民出版社 1988 年版，第 45 頁。
〔註10〕《打退資產階級右派的進攻》（一九五七年七月九日），《毛澤東選集》第五卷，人民出版社 1977 年版，第 452 頁。
〔註11〕《青年團的工作要照顧青年的特點》（一九五三年六月三十日），《毛澤東選集》第五卷，人民出版社 1977 年版，第 85 頁。
〔註12〕賈思楠編《毛澤東人際交往實錄——1915～1976》江蘇文藝出版社 1989 年版，第 274 頁。
〔註13〕黃麗鏞編著《毛澤東讀古書實錄》上海人民出版社 1994 年版，第 318 頁。

　　既然毛澤東認為看三國也要「看外交」，那麼他的外交理論與實踐也應與這部書有一定關係。試作一些推測：如《三國演義》所寫諸葛亮為劉備謀劃和實行的據蜀、聯吳以抗曹的方針，是歷史和文學上正確處理敵、我、友關係搞統一戰線的典型。這一點有可能啓發了毛澤東的戰略思想。例如他在第一次大革命時期作《中國社會各階級的分析》就提出：「誰是我們的敵人？誰是我們的朋友？這個問題是革命的首要問題。」〔註 14〕（在「文革」中他又補充說「也是文化大革命的首要問題」）。顯然，毛澤東在認識論上是兩分法，注重抓主要矛盾；但在制定戰略時總作三點的構想，即考慮敵、我、友三個方面的對立、聯繫和關係的轉化，團結一切可以團結的力量，壯大自己，孤立和打擊敵人。1935 年 12 月毛澤東在《論反對日本帝國主義的策略》一文中，根據這一構思提出了抗日民族統一戰線的主張，標誌著他統一戰線理論的成熟。1936 年，毛澤東對斯諾說《三國演義》等書對他的影響「大概很大」。把這些聯繫起來考察，尤其是後二者在抗日戰爭格局與三國有驚人相似的情況下，「隆中對」的決策對毛澤東統一戰線思想的形成可能是有實際影響的。有的研究者說：「三個世界的劃分浸透了毛澤東長期進行國內鬥爭的經驗，是毛澤東統一戰線理論模式在國際問題上的再現。」〔註 15〕我們甚至由此感到作為一位偉大戰略家的毛澤東多少帶有從《三國演義》「看外交」的特點。

　　《三國演義》不僅影響於毛澤東的革命活動，也影響到他的世界觀、歷史觀，特別是在他的青年時期。例如，嘉靖本《三國志通俗演義》卷之八《劉玄德三顧草廬》寫崔州平答劉備問「治亂之道」有語云：

　　　　自古以來，治極生亂，亂極生治，如陰陽消長之道，寒暑往來之理。治不可無亂，亂極而入於治也，如寒盡則暖，暖盡則寒，四時之相傳也。

這段話在毛本《三國演義》相應的地方略為「治亂無常」，卻在全書開篇演為著名的「分合論」：

　　　　話說天下大勢，分久必合，合久必分。周末七國分爭，併入於秦；及秦滅之後，楚、漢分爭，又併入於漢；漢朝自高祖斬白蛇而起義，一統天下；後來光武中興，傳至獻帝，遂分為三國。

〔註14〕《中國社會各階級分析》（一九二六年三月），《毛澤東選集》（一卷本），人民出版社 1964 年 4 月版，第 3 頁。

〔註15〕牛軍《毛澤東「三個世界」理論的研究綱要》，載蕭延中編《晚年毛澤東》，春秋出版社 1989 年版。

又，僞金聖歎《三國演義序》說：

> 吾嘗覽三國爭天下之局，而歎天運之變化眞有所莫測也，……
> 自古割據者有矣，分王者有矣，……從未有六十年中，興則俱興，
> 滅則俱滅，如三國爭天下之局之奇者也。今覽此書之奇，足以使學
> 士讀之而快，英雄豪傑讀之而快，凡夫俗子讀之而亦快也。

毛宗崗《讀三國志法》云：

> 古史甚多，而人獨貪看《三國志》者，以古今人才之聚未有盛
> 於三國者也。

而毛澤東早年在他對《倫理學原理》一書所作的批註（1917——1918）中寫
道：

> 治亂迭乘，平和與戰伐相尋者，自然之例也。伊古以來，一治
> 即有一亂。吾人恒厭亂而望治。殊不知亂亦歷史生活之一過程。亦
> 自有實際生活之價值。吾人覽史時，恒讚歎戰國之時，劉項相爭之
> 時，漢武與匈奴相爭之時，三國競爭之時，事態百變，人才輩出，
> 令人喜讀。至若承平之代，則殊厭惡之。非好亂也，安逸寧靜之境
> 不能長處，非人生之所堪；而變化倏忽乃人生之所喜也。〔註16〕

把這段寫於他讀《三國演義》與歷史教師爭論之後數年的批語，同上引毛本
《三國演義》的文字對讀，可知早期毛澤東「治亂迭乘」、厭「平」喜「變」
的歷史觀、人生觀，一定程度上是從毛本《三國》來的。這種觀念使他早年
就能夠接受革命的理論，崛起於亂世之中，「問蒼茫大地，誰主沉浮？」這使
他成爲影響中國命運的人。以「文革」爲例，早在 1967 年 5 月，他就已經在
告誡人們：「現在的文化革命，僅僅是第一次，以後還必然要進行多次，……
不要以爲有一二次、三四次文化大革命，就可以太平無事了。」對「文革」
中的動亂，他有自己特殊的理解：「有些地方一段好像很亂，其實那是亂了敵
人，鍛鍊了群眾。」後來「文革」沒法收場，全國上下都厭倦了，但老人家
還說「過七八年再來一次」。這些是否與他早年得自《三國演義》的「治亂迭
乘」、厭「平」喜「變」觀念有某種淵源聯繫呢？

　　限於主客觀條件，我們對毛澤東與《三國演義》的聯繫僅能做粗略的述
評。但是已經可以感到，《三國演義》是毛澤東所讀過的、從中受浸染最深刻
而持久的著作之一，從思想行爲乃至語言風格，這部書給了一代偉人以多方

〔註16〕李銳《毛澤東早年讀書生活》，遼寧人民出版社 1992 年版，第 215 頁。

面的影響。在他的一生中，這種影響早期比後期明顯，但後期比早期在某些方面的表現更爲突出。作爲一部描寫亂世紛爭的古典名著，《三國演義》給了毛澤東以政治、軍事、外交等諸多方面的有益的啓示，進而通過他給中國革命特別是新民主主義革命以巨大促進作用。應當看到，在絕大多數情況下，包括上述以劉備、孔明說明幹群關係之類，《三國演義》的影響都從屬於毛澤東對現實形勢的分析判斷，只有潛在的啓發作用。即使在理論上，《三國演義》對於毛澤東也只是有所影響而已。他對戰爭、組織、外交的分析主要還是從馬列主義觀點出發的。考證性的研究很難做出令人滿意的說明，因爲毛澤東本人也是說這種影響「大概很大」，也就是說在他本人就是不自覺的，後人的饒舌就難免有更大的誤差。

行文至此，筆者也要聲明所論不敢自以爲必是。只是以爲把《三國演義》的研究推廣到現代，與把毛澤東的研究追溯到中國古代傳統，都是必要和有益的。當代的問題可以從古代的傳統中引出一定的說明，古代學術的研究應當努力回答當代人們關心和提出的問題。完整準確意義上的「古爲今用」，不僅是研究古代的方向，而且也是它的價值和尺度，對《三國演義》這部古典小說名著的研究來說也是如此。

（原載《海南大學學報》1991 年第 4 期）

「絕世妙文」——《三國演義》

　　《三國演義》曾被稱為「第一才子書」，問世七百年來，風行天下。中國人世世代代，家喻戶曉，婦孺皆知；並先後傳入日本、朝鮮、韓國、越南等亞洲以至歐美的許多國家，成為世界文學的經典。其意義非同小可，其影響十分了得，不可不知，不可不讀。

　　《三國演義》現在能看到的最早版本名《三國志通俗演義》，後來又稱《三國志演義》，至晚清雍正年間已經有人簡稱為《三國演義》了。它的作者是羅貫中，元末明初東原（今山東東平）人，生平事蹟不詳，相傳是「有志圖王者」，因為朱元璋很早就強大起來，不可與爭鋒，便寫小說以寄託其王霸之志。他大約於元朝泰定三年（1326）前後寫成《三國演義》，先以鈔本流傳，後來刊刻流行，有過李贄、李漁、鍾惺、毛宗崗等名家的評點。清初的毛宗崗評點此書時還作了不少修改，他的評改總體上很精彩，所以至今此書流行大致還是「毛本」的天下。

　　《三國演義》是三國的興亡史。三國指漢末鎮壓黃巾起義中逐漸形成的魏、蜀、吳三個封建割據勢力，先後興滅近百年，鼎足而立達四十年。羅貫中據陳壽《三國志》以及裴松之的注，吸取民間傳說、宋元《三國志平話》等話本和金元戲曲對三國故事的創造，加以他自己卓越的天才，合歷史與虛構為一體，創作了這樣一部被稱為「七實三虛」的《三國演義》。明代小說中它與《水滸傳》《西遊記》《金瓶梅》合稱「四大奇書」而為之首，署名金聖歎而實際是毛宗崗所作《三國志演義序》說：「三國者，乃古今爭天下之一大奇局，而演《三國》者，又古今為小說之一大奇手也。異代之爭天下，其事較平，取其事以傳，其手又較庸，故迴不得與《三國》並也。」在評點中他

還說：「古事所傳，天然有此等波瀾，天然有此等層折，以成絕世妙文。」又說它是「文章之最妙者」。這些話都正確指出了《三國演義》是「大奇局」由「大奇手」演成的「大奇書」；同時，章回小說中它產生最早又是「文章之最妙」，當今無不公認的我國古代小說的開山之祖，歷史演義的壓卷之作。

毛宗崗評《三國演義》有十二「妙」，即「追本窮源之妙」「巧收幻結之妙」「以賓襯主之妙」「同樹異枝……之妙」「星轉斗移……之妙」「橫雲斷嶺……之妙」……，總之，他看重《三國演義》故事有種種之妙，誠然會讀書，好眼光。但是，「文學是人學」，《三國演義》最好處在寫人物之妙。這一點毛宗崗似也注意到了，如他說「三國有三奇，可稱三絕：諸葛孔明一絕也，關雲長一絕也，曹操亦一絕也」，又說到徐庶、龐統、周瑜、陸遜、司馬懿，等等，「三國之一時，豈非人才一大都會哉！」但是，還可以指出《三國演義》中有許多合寫人物、述故事為一的最妙之處，如劉、關、張「桃園三結義」、關雲長「溫酒斬華雄」「太史慈酣鬥小霸王」、關雲長「過五關斬六將」，劉玄德「三顧茅廬」、諸葛亮「隆中決策」「趙子龍單騎救主」「群英會蔣幹中計」、諸葛亮「三氣周瑜」、關雲長「單刀赴會」，陸遜「火燒連營」，以及諸葛亮「六出祁山」「七擒孟獲」「空城計」「木牛流馬」「遺計斬魏延」，等等，真如群星燦爛，光彩奪目，可歌可泣，可驚可愕。更有一妙處全篇雖為「前代書史文傳興廢征戰之事」，但誅董卓有王允用貂蟬行「美人計」，「腐蝕」劉備有周瑜使東吳招親行「美人計」，戰宛城有曹操與張濟妻一段纏綿，曹操救漢中有蔡文姬歸漢一樁佳話……，誠如毛評所說：「人但知《三國》之文是敘龍爭虎鬥之事，而不知為鳳、為鸞、為鶯、為燕，篇中有應接不暇者，令人於干戈隊裏時見紅裙，旌旗影中常睹粉黛，殆以豪士傳與美人傳合為一書矣。」

但是，《三國演義》的妙處不僅在人物、故事本身，更在這些人物、故事弘揚的中國古人自強不息、與天奮鬥、與人奮鬥的偉大精神。三國是亂世，「亂世出英雄」，而「英雄出少年」。興平二年（195）孫策繼其父志在江東建立孫氏政權人稱「小霸王」時才二十歲；建安五年（200）孫權承父兄業領有江東為吳主時才十八歲；建安十二年（207），諸葛亮出山輔佐劉備時才二十七歲；建安十三年周瑜為東吳大都督赤壁破曹時才二十四歲；建安二十四年（219）呂蒙拜東吳大都督生擒關羽奪回荊州時才三十一歲；黃武元年（222）陸遜繼呂蒙之後任東吳大都督「火燒連營」打敗劉備時才二十九歲……，都於青春之年，奮發有為，建成不世之功！東吳群英會上周瑜酒後拔劍起舞而歌曰：「大

丈夫處世兮立功名，立功名兮慰平生。慰平生兮吾將醉，吾將醉兮發狂吟！」不僅壯志凌雲，而且詩酒風流，大氣磅礡，真正滄海橫流，方顯英雄本色！

三國英雄精神更表現在堅韌不拔，鞠躬盡瘁，以天下為己任。劉、關、張「桃園結義」發誓：「念劉備、關羽、張飛，雖然異姓，既結為兄弟，則同心協力，救困扶危；上報國家，下安黎庶；不求同年同月同日生，只原同年同月同日死。……」這在當時是一個有崇高理想的結合，成為後世「結義」效法的榜樣。劉備未得諸葛亮之前，偕關羽、張飛半生征戰，無立足之地，不得已依附劉表，久離鞍馬，髀肉復生，乃流淚感歎曰：「日月蹉跎，老將至矣，而功業不建，是以悲耳！」諸葛亮「鞠躬盡瘁，死而後已」，「秋風五丈原」故事寫他「強支病體，令左右扶上小車，出寨遍觀各營，自覺秋風吹面，徹骨生寒，乃長歎曰：『再不能臨陣討敵矣！悠悠蒼天，曷此其極！』」劉備與諸葛亮的悲憤中流動的是「欲與天公試比高」的偉岸精神！曹操煮酒論英雄曾說：「夫英雄者，胸懷大志，腹有良謀，有包藏宇宙之機，吞吐天地之志者也。」這大概是《三國演義》最能激動人心的地方。所以毛澤東《浪淘沙·北戴河》詞也說：「往事越千年，魏武揮鞭，東臨碣石有遺篇。」而且他早年就熟讀《三國演義》，延安時曾對美國記者斯諾說《三國演義》等小說「對我的影響大概很大，因為這些書是在易受感染的年齡裏讀的」。

三國精神感人之處還在其堪可與天地同在、與日月爭光的「義」。這裡面雖也雜有一定封建因素，但基本方面仍屬於中華民族優秀精神。這裡最突出的是劉、關、張生死與共的交情，關雲長又最是義薄雲天的形象——掛印封金、千里走單騎、過五關斬六將，乃至敗走麥城、身死吳國，都是憑著對劉備的一腔「義氣」。其至誠感人，千古之下，令人動容。但劉備不負關羽之義更是千古未有。關羽被害後，劉備終日痛哭之餘，大起復仇之兵，

與英雄精神同其感人和能給人以深刻啟迪的是《三國演義》所表現的中國古人的高超的智慧。書中寫三國初興到鼎盛之際，魏、蜀、吳朝中除英雄輩出外，還都是謀士如雲，如魏有郭嘉、程昱、荀彧、賈詡，更有司馬懿之老謀深算；蜀有徐庶、諸葛亮、龐統、法正，更有姜維能繼武侯之志；吳有步陟、虞翻、張昭、魯肅、闞澤，更有呂蒙、陸遜、陸抗等不減周郎之才。其中諸葛亮又智絕天人，為一代才人之冠冕。他未出茅廬，就已算定天下三分；初出茅廬，就有博望燒屯、火燒新野大敗曹兵；接下來「舌戰群儒」，「草船借箭」「借東風」「借荊州」「三氣周瑜」「智取漢中」「八陣圖」「空城計」「木

牛流馬」……，直至「遺像退曹兵」「遺計斬魏延」，真正算無遺策，用兵如神。

這是一部寫三國歷史的通俗演義小說。由於它「陳敘百年，該括萬事」（高儒《百川書志・史部・野史》）的宏大規模，更由於它成書時間漫長後來又屢經增刪改易，思想內容便格外豐富而複雜。概括起來，可以說精華與糟粕雜糅，深刻與淺薄並存，而積極的方面占主導的地位，使它不僅是中國古代最早最為優秀的歷史小說，而且是具有世界意義的偉大文學名著，至今仍有巨大魅力，影響著人類文明的進程。

《三國演義》思想內容的積極意義，首先表現在它一定程度上反映了人民的感情和願望。三國是一個兵連禍接、水深火熱的時代，軍閥混戰，民生塗炭，真是暗無天日，苦不堪言。作品以形象的畫面寫出了人民在這一時期所遭受的巨大痛苦。例如第四回寫董卓圍殺社賽村民，第六回寫董卓焚掠洛陽，殺戮百姓，第四十回寫樊城百姓逃難，還有呂伯奢一家的冤死，名醫華佗的被囚死，等等。作者用這些故事譴責軍閥的暴虐，同情人民的疾苦，並力圖表達出人民的心聲。第九回寫了董卓死後，橫屍街頭，「看屍軍士以火置其臍中，膏流遍地。百姓過者，莫不手擲其頭，足踐其屍」，言辭中便有大快人心之意。

古代人民的政治理想更多地通過全書「擁劉反曹」的傾向表現出來。這一思想來源複雜，一是來自史書的正統觀念，以為劉備是漢室後裔，理當繼漢為正統，而曹操、孫權則是漢賊僭越之徒，當予貶責。其出發點為一姓封建統治辯護，是不足取的；二是來自民間文學的材料，主要從曹、劉對待人民的態度和個人政治品質方面褒貶予奪。劉備愛民，治理地方，民皆感戴，攜民渡江，與百姓共其患難，又禮賢下士，信義昭著，是個「好皇帝」的形象，所以備受推崇；反之，曹操不時「大軍所到之處，殺戮人民，發掘墳墓」，無辜殺呂伯奢全家，囚死神醫華佗，又奸詐百端，猜忌成性，心狠手毒，是個集萬千惡德於一身的暴君，所以備受貶抑。正是在這個意義上，作品表現了古代人民反對暴政嚮往清明政治和和平安定生活的美好願望。更為可貴的是，作品肯定了人民乃是立國之本。作品中多次借人物之口道出「民為邦本，本固邦寧」的思想。儘管實際的描寫並沒有表現出人民力量的強大，甚至對當時真正人民的壯舉——黃巾起義——持敵視態度，但作者至少在理論上認識並表現出了民心向背是國家興亡的決定因素。當然，作品中天命論和英雄

史觀的封建思想糟粕使民本思想的理論表現也大受削弱，但對於一部古代歷史小說，能在這個關於社會法則與正義的根本問題上有所表現，也就難能可貴了，而即使在今天的世界上，這個問題也還遠未得以真正徹底的解決。

其次，《三國演義》深刻考察了中國的歷史，得出了在當時非常進步的理論認識，這就是在《三國志通俗演義》中已有所表現，後經毛宗崗評改高度概括置於開篇的名言：「話說天下大勢，分久必合，合久必分。」這也是全書所顯示的歷史發展動向。從科學的意義上看，這個觀念是不正確的，因為它忽略了歷史發展螺旋式上升的一面。但在封建時代，專制獨裁統治者總是宣揚他們的天下注定不可動搖，權力可以萬世流傳，以此自欺欺人，壓制人民的覺醒和反抗，這個理論對於打破封建統治者製造的神話，無疑是現實有力的。它告訴人們，自古以來沒有什麼萬世不易的王朝，也沒有什麼永無休止的亂世，歷史總是不斷作出新的選擇，人們應該而且可以在歷史的發展中有所作為，像小說中所描寫的那些叱吒風雲的人物一樣。

尤可注意的是，作品「推其致亂之由，殆始於桓、靈二帝」，顯示了「亂自上作」的社會真理，這是對封建統治者總是說百姓作亂的無恥讕言的有力回擊。而從作品的敘述與描寫看，先前無論怎樣世亂如麻，山頭林立，而中國悠久的傳統，共同的文化，又總是導向統一的治世。讀《三國演義》，我們痛恨那些撥亂天下的昏君、權奸、軍閥，同時也增強國家民族終能統一安定的信心。儘管「三家歸晉」帶來的不過是「暫時做穩了奴隸」的時代，但這個由「亂」到「治」的經驗，仍可以在抽象的意義上昭示後世：中國是不會永遠分裂的，更不會滅亡。這個思想對我們是這樣地寶貴，乃至毛澤東都從中汲取應用於革命的樂觀精神，他在早年的《〈倫理學原理〉批註》（1917～1918）中稱道「三國競爭之時，事態百變，人才輩出，……變化倏忽乃人生之所喜也。」反對「亂」，不怕「亂」，「亂」中求「治」，所謂：滄海橫流，方顯英雄本色。

最後，卻是最大量和最重要的，是《三國演義》總結了中國古代政治、軍事、外交等多方面社會鬥爭的經驗。這些經驗有正面的，也有反面的。反面的經驗如如何篡弒攘奪、黨同伐異、賣身求榮、借刀殺人、嫉妒刻薄……，其核心由曹操一句話道出，即「寧肯我負天下人，不可天下人負我」，稱得上一部中國古代統治集團內部的「厚黑學」。我們從這類描寫看到歷史上權奸巨惡、屑小大猾的醜惡嘴臉、卑污靈魂，真如孟子說的：「由君子觀之，則人之

所以求富貴利達者，其妻妾不羞也，而不相泣者，幾希矣。」（《孟子·離婁上》）正面的經驗當然也帶有舊時代階級的烙印，但包含了對社會和階級鬥爭規律性的客觀認識，因而至今仍有借鑒研究的價值。

在政治方面，《三國演義》提供了如何審時度勢、劃定方略決策的典範，那就是著名的「隆中對」所體現的。當時劉備空有大志和關、張的武勇，而鞍馬勞頓，九死一生，無所建樹。得見諸葛亮為之剖析天下大勢，確定據荊州，取西川，鼎足三分，聯吳伐魏以圖中原的宏大方略，才如撥雲見日，柳暗花明。小說後來的描寫證明了諸葛亮這一決策的英明。如果不是劉備伐吳從根本上動搖了這一大政方針並貽誤了時機，三國歷史的發展可能會是別一番景況。這一決策在當時所以說是英明的，乃在於它合乎新的政治力量和軍事集團發展壯大的規律。當時吳、魏已經營有年，勢力強大，不可與爭鋒。西川地理險要，易守難攻，而劉璋暗弱，便於取而代之，割據稱王，與吳、魏抗衡；再者蜀弱魏強，聯吳抗魏，團結一切可以團結的力量以打擊最主要的敵人，是保存和發展自己的不二法門，其科學性是不言而喻的。另外，曹操據有中原，「挾天子以令諸侯」，也不失為應時的妙著，只有孫權繼父兄之業，保守江東，不為天下計，略輸曹、劉。但在政治上，三國開創者都能延攬並重用人才。劉備之「三顧茅廬」，曹操之謀士如林、猛將如雲，孫權之重用周瑜、魯肅、呂蒙、陸遜，都顯示了成大事業者必先得人的道理和用人不拘一格，唯賢是舉、唯才是舉的合理原則。總之，《三國演義》是一部活的封建政治史，留下了古代寶貴的政治經驗。

但是，《三國演義》敘述描寫最多最充分的是戰爭。「赤壁大戰」「官渡之戰」「失街亭」「空城計」都是膾炙人口的文學上的戰例。而全書寫大小戰役達百次之多，而且多彩多姿，絕無雷同，有軍閥混戰，有兩國交兵，有大規模的決戰，有小部隊的接觸；有兩軍混戰，有單騎搦敵；有陸戰、水戰、火攻、設伏、偷襲、包抄、圍困、打援、劫糧、蹋營、地道戰，等等。常常多種並用，奇正相生，兵不厭詐，真當得起一部形象的《孫子兵法》，就其普及性而言則有過之而無不及。這中間便顯示了許多古代戰爭的經驗，大略說來有以下幾點：

一、從政治著眼，制定戰略。戰爭是手段，而不是目的。戰與不戰除取決於具體情勢外，根本在於對實現政治目標有無關係和關係是否重大。孫、曹赤壁之戰和曹、袁官渡之戰，都是倉卒迎敵，以弱抵強，雖形勢逼人，卻

未始沒有某種迴旋的餘地。而孫權終於決定抗曹、曹操終於決定破袁，都是從根本的政治利益出發的，荀文若給曹操信中所謂「此天下之大機也」。相反，劉備新亡，蜀國元氣大傷之際，諸葛亮「安居平五路」，止戈為武，也完全出於政治大局的考慮。所以，《三國演義》所寫的軍事家，首先是政治家；它所寫戰爭，都浸透明確的政治目標感，而不是窮兵黷武，玩弄戰爭的遊戲。

二、戰爭是綜合國力的較量。《三國演義》寫了近百年連綿不斷的戰爭，就各方首腦、將帥主觀條件而言固然各有千秋，但蜀漢方面諸葛亮顯然更高一籌。他的「功蓋三分國」主要是個人的成功，就其集團的政治目標看，無論諸葛亮和他後任如何才智過人、殫精竭慮，蜀國終於未能滅掉魏國，「六出祁山」「九伐中原」都無尺寸之功，可以說是失敗了。其原因是多方面的，而最直接的是蜀國地狹人少，財力人力不足。可以想像，在需「隴上妝神」以搶收小麥補充軍糧的情況下，不可能千里襲遠，支持長期的戰爭；在「蜀中無大將，廖化做先鋒」的情況下，任何妙策也難得成功。而相比之下，魏國的財力人力幾乎是取之不盡用之不竭的。總之，沒有強大的國力做後盾，便不可能最後贏得戰爭的勝利。

三、在戰爭中人是最重要的因素。《三國演義》生動顯示了在冷兵器作戰的時代，兵員充足是爭城爭地割據稱霸的基礎。「火燒新野」之後，曹操大軍數十萬，八路並進，圍攻樊城，諸葛亮也只得勸劉備「速棄樊城，取襄陽暫歇」；長阪坡趙云「單騎救主」，除武勇過人外，也是曹操教軍士不許放箭才僥倖而還。但是，《三國演義》更多地顯示了人的因素中領導人、指揮員的膽略能力是首要的方面，「官渡之戰」「赤壁之戰」「彝陵之戰」等以少勝多，以弱勝強的戰例，都說明指揮員正確的戰略戰術，可以改變戰爭中實際力量的對比，使進程朝著有利自己的方向發展。

四、要十分講究用兵之道。這包括三個層次：一是國君要善擇將帥，二是將帥要精於布置調動下級將領，三是下級執行人員能體會上級意圖，堅決執行命令和靈活運用。《三國演義》在這三個層次上都作了非常出色的描繪。從小說的描寫看，魏、蜀、吳三國君主除早年曾親冒矢石外，後期都是把軍權交付最得力的干城之才，信之用之，依賴之，從而能得其死力，盡其才具，很少臨陣換將。而一旦用人有疑（如後主對諸葛亮、魏文帝對司馬懿、後主對姜維都一度如此），軍事上便遭挫折。將帥的臨機決斷，布置調動是用兵之道的關鍵，而「兵不厭詐」乃是用兵之道的神髓。小說中關於諸葛亮用兵的

描繪，最集中鮮明地體現了這一點，一言難盡，就不說了罷。至於方面軍將領的用兵，張飛取巴郡和馬謖失街亭是正反兩方面的例證，亦不贅述。

此外，《三國演義》還大量描寫了外交方面的鬥爭，既有蜀國聯吳抗魏、曹操挾天子以令諸侯等大政方針的外交原則，又有諸葛亮舌戰群儒、鄧芝使吳那樣的談判交鋒，還有蔣幹中計那樣的外交鬧劇，也可謂層出不窮，而且又都與政治、軍事的鬥爭交織而行，入情入理，又使讀者仁者見仁，智者見智。

以上略說了《三國演義》的思想價值，儘管還未及全面，但是在古代小說中，有了這些也就是可以千古不朽了。至於它的糟粕和局限，如正統觀念、宿命論和其他迷信思想，它所極力推崇的劉、關、張狹隘的義氣等，都是舊時代流行的東西，今天的讀者已經能很容易揚棄它了。

《三國演義》作為歷史小說，在藝術上也是前無古人、後無來者的──至少現在還是如此。它的藝術成就是多方面的。首先，在對史實與虛構關係的處理上，既不違背歷史的基本進程和風貌，又能挪移嫁接、巧妙生發、筆補造化，如貂蟬的故事、草船借箭、借東風、空城計等精彩情節，都是如此產生出來的；其次是有一個合理而宏大細密的結構，這方面可以參考毛宗崗《讀三國志法》總結的「六起六結」和十五妙法；最後是塑造了眾多栩栩如生的人物形象，如諸葛亮、劉備、關羽、張飛、趙雲、黃忠、曹操、周瑜等等，都性格鮮明，呼之欲出，膾炙人口。歷史上三國不足百年，這些人物不過小邦君臣，而能千古傳說，議論紛紛，影響中國乃至世界，很大程度上得力於《三國演義》一書的流傳，而這又與它巨大的藝術成就密切相關。

《三國演義》在明清流傳甚廣，幾至家喻戶曉，人人皆知，基本上不曾被作為禁書。但是，封建統治階級看不起小說，《三國演義》當然也在被鄙視之列。據清人王嵩儒《掌固零拾》卷一《譯書》記載，滿清未入關時，曾大量翻譯漢文史書，《三國演義》自然也被譯成滿文。但在天聰九年四月，清太宗下詔曰：「野史所載，如交戰幾合，逞施法術之語，皆係妄誕。此等書籍，傳至國中，恐無知之人信以為真，當停其翻譯。」這指的就是《三國演義》。入關之後，清朝從順治、康熙、雍正、乾隆到嘉慶、咸豐、道光各位皇帝，都屢屢發佈詔會，禁燬各種誨淫誨盜、荒誕無稽、壞人心術、亂人視聽的所謂「淫詞小說」。雍正六年二月，護軍參領郎坤奏章引《三國演義》中諸葛亮誤用馬謖故事，結果奉上諭被革職，「枷號三個月，鞭一百發落」，雍正還追

問郎坤「從何處看得《三國志》小說？」由此可以看出統治者對《三國演義》的態度。

但是，《三國演義》以其巨大的魅力持久地吸引著廣大不同階層、不同身份的讀者，結果當然是禁而不止，徒然留下歷史的笑柄。

2011 年 5 月

羅貫中《三國演義》與齊魯文化

　　羅貫中《三國演義》（以下簡稱《演義》）曾被稱爲「第一才子書」，問世七百年來，世代中國人幾於家弦戶誦，也先後傳入日本、韓國、越南等亞洲以至歐美諸國，早已是風行天下的世界級文學經典。但羅貫中是山東東平人，《演義》植根齊魯文化的一面，卻不甚爲人所知，值得一說。

　　《演義》的作者羅貫中名本，字貫中。元末東原人。「東原」地名首見於《尙書・禹貢》，《辭海》釋義說：「據鄭玄注，即漢東平郡地，相當今山東東平、汶上、寧陽一帶。」近經學者調查認定，羅貫中東原的故鄉應是今山東東平縣羅莊。雖然他的一生漂泊江湖，到過江南許多地方，包括曾在錢塘（今浙江杭州）等地長住，實際成了他的第二故鄉，但論其籍貫，還是地道的山東人。這就是爲什麼如其書中寫張飛自稱「燕人張翼德」一樣，他在《演義》完稿以後親自署名「後學羅本貫中編次」或「東原羅貫中」的原因了。

　　羅貫中生活的時代當爲元朝中後期。有關生平記載極少，唯相傳元末群雄並起，逐鹿中原，他也曾一試身手，是一位「有志圖王者」。卻因爲後來眼見得朱元璋將掩有天下，不可與爭鋒，便退而「傳神稗史」，寫小說以寄託其王霸之志。這與《三國》《水滸》都寫亂世英雄、治國平天下的題材、情調若合符契，應該是可信的。

　　筆者考證羅貫中大約於元朝泰定三年（1326）前後寫成《演義》，先以鈔本流傳，後刻板發行，經毛綸、毛宗崗父子的評改而更精彩，遂壓倒眾刻，成爲至今通行的「毛本」。我們現在閱讀的《演義》有毛氏父子的功勞，但主要仍是「東原羅貫中」的創造。

　　《演義》是以文學手段描寫的三國興亡史。三國指漢末亂世形成的魏、

蜀、吳三家割據勢力。其先後興滅，首尾近百年，鼎足而立達 40 年。羅貫中據陳壽《三國志》等史書、民間傳說、話本和金元戲曲等，加以卓越的天才，合史實與虛構爲一體，創作了這部「絕世妙文」。其妙處不僅在於眞實地反映了三國以至中國古代動盪時期的歷史，更在於同時盡情地抒寫了自己的「圖王」之志等人生與社會的理想。後者的底蘊全面說淵源於中國文化的總體，但主要來自他自幼所受齊魯文化的濡染，是儒、道、兵等諸家思想在這位東原作家心中釀造的情懷。

《演義》的主題源於魯文化的核心儒家思想。正如《水滸傳》寫梁山泊「替天行道」，《演義》高揚的政治旗幟是「尊劉貶曹」。「尊劉貶曹」或說「擁劉反曹」是後人的概括，但原作者之意的準確說法，應該是「帝蜀寇魏」，即以蜀國劉備爲漢朝的合法繼承者即正統，以曹魏爲不合法即非正統。這一傾向自羅貫中原作就有了，毛本更加突出和強烈，但追根溯源，其發端是孔子修《春秋》所倡導的儒家「尊王」之義。

按《春秋》傳爲孔子所作，本爲魯一國之史，但《孟子》堅說此書之作，是「世衰道微」「臣弑其君」「子弑其父」之類「邪說暴行有作」，「孔子懼」而爲世人說法（《滕文公下》），乃「天子（指周王）之事也」。這就有了後世經學家所謂能使亂臣賊子懼的「《春秋》之義」「《春秋》筆法」。《演義》提到「《春秋》之義」「《春秋》有法」「《春秋》責帥」等就約有六次，多是重要事件重要關頭起關鍵作用的理由。如曹操被今人視如耍滑頭的「割髮代首」，就是根據「《春秋》之義，法不加於尊」；華容道上曹操說動關羽放他一條活路的理由，也是所謂「《春秋》之義」。然而「《春秋》之義」甚多，首在「尊王」。《演義》寫三國之事，不自三國始，卻從漢末失政寫起，又「帝蜀寇魏」，即以劉備的蜀國繼漢爲正統，雖然原因也很複雜，但他能夠把這個旗幟打出來，根本也就在於所謂《春秋》「尊王」的原則，乃不折不扣的儒家思想。

在「帝蜀寇魏」或「尊劉貶曹」的原則之下，《演義》對劉備極盡「聖人」化之能事，處處按照儒家心目中「聖王」或「聖賢」的形象來拔高他，有許多依葫蘆畫瓢的描寫。如「三顧茅廬」是仿傚周文王拜請姜子牙、齊桓公訪布衣之賢；不受陶謙「三讓徐州」的情節雖沿自《三國志平話》，但其遠源來自《論語》稱讚周太王的長子泰伯「三以天下讓」的「至德」（《泰伯》）；「攜民渡江」於史無徵，而虛構爲十餘萬百姓冒死隨劉備敗逃，卻是模擬《孟子》記邠（今陝西旬邑西）人追隨古公亶父（周太王）爲避狄人而遷居岐山的故

事（《梁惠王下》），如此等等，《演義》寫劉備決非一般的肯定與歌頌，而是處心積慮，千方百計，用儒家的教義做了一個近乎完美的包裝，因此招致魯迅「欲顯劉備之長厚而似僞」的譏評。

《演義》對儒家思想的崇奉，還表現在對諸如忠、孝、仁、義、禮、智、信等儒家綱常以及「尚賢使能」的肯定，對積極進取乃至「知其不可而為之」精神的張揚。如寫「群英會」上周瑜劍舞之歌曰：「大丈夫處世兮立功名，立功名兮慰平生。慰平生兮吾將醉，吾將醉兮發狂吟！」又寫劉備因久離鞍馬，髀肉復生，而淚流滿面曰：「日月蹉跎，老將至矣，而功業不建，是以悲耳！」都在為一代風流寫照的同時，自寫作者欲將生命融入「圖王」事業的渴望，其中蘊含的正是孔子「君子疾沒世而名不稱」的儒家人生態度與精神。

與《演義》的儒家思想主題相副的，是齊文化中的道家——道教與兵家思想。道家思想源於老莊，但就人生觀而言，其根本卻在人不免一死的事實和對長生的渴望，由此生發奇思妙想，才有了神仙的故事。這類故事最重要的發源地之一就是春秋齊國的東部，如今山東半島的膠、萊、威、煙一帶，那裡大量產生的「齊東野語」，一面是後世小說的萌芽，一面是道教神仙方術之說的淵藪。《演義》所寫最大的神仙於吉和相士管輅就都是齊地人，表現煞是好看。但如果說它寫這類人物還似乎遊戲筆墨的話，那麼它寫劉備「三顧茅廬」途中遇騎牛吹笛小童而生羨慕之心，寫諸葛亮出山離家之際告別弟弟說「吾功成名遂之日，即當歸隱於此」，就不是隨便說說了。乃至寫曹操也曾說自己有過抽身退步之心，只是勢不可能罷了。這些地方都包含嚴肅的生命體驗，即恬淡自適的人生態度，根本上通於道家的思想。

然而《演義》畢竟是一部亂世春秋，描寫最多也最引人入勝的是大大小小的戰爭。這部書數百年流傳的歷史也證明，古今讀者無不以它有兵書的價值，甚至歷史上有不少著名將帥都曾經把它作為行兵布陣的教材。而如果從戰爭描寫的一面評價《演義》的話，它也許正可以看作是誕生於春秋齊國的兵聖孫武所著《孫子兵法》的演義。筆者曾統計《演義》中涉及孫子與《孫子兵法》的文字，以毛本計，至少有 7 次提到孫子、孫武或孫武子，另有 47 次提到「兵書」或「兵法」，實際就是指《孫子兵法》。其與孫子及其兵法著作的密切聯繫，不僅表明作者羅貫中曾經深研《孫子兵法》，更是它有齊文化因子證明，因為孫子與《孫子兵法》的根畢竟在齊國，在中國周初以武功與謀略著稱的姜太公統治過的這一方沃土。

　　《演義》寫三國之事，無一國建都在齊魯，卻又無一國不是發跡或植根於齊魯：曹操的陸續發跡，先是由於做濟南相，後來奉詔討黃巾，漸漸人多勢眾，主要靠的是「青州兵」。可以說，沒有青州兵就沒有曹氏後來的魏王與魏國；孫權三世據有江東，但他的遠祖是齊人孫武，而且孫權的夫人王氏與漢獻帝正宮的伏皇后、曹操的夫人卞氏（魏文帝曹丕生母），以及劉備的夫人糜氏都是山東人。當然更不必說諸葛亮、孔融、禰衡、于禁……等等，可知從歷史到小說，《演義》都與齊魯文化有非同尋常的密切關係。

　　就全面而言，羅貫中《演義》是屬於全中國、全世界的。但事物莫不有本，所以從根本說，羅貫中是齊魯文化哺育的小說大師，《演義》是齊魯文化的奇葩！「吾愛吾廬」，「愛烏及烏」，山東讀者熱愛自己的家鄉，也就應該更多地閱讀和接受羅貫中《三國演義》，——當然還有他所主纂的《水滸傳》，——以最大的熱忱歡迎羅氏小說在山東的文化建設中發揮更大作用。

2012 年 3 月

《三國演義》是齊魯文化經典

　　《三國演義》今存最早刻本題《三國志通俗演義》（以下通稱《三國演義》），是我國章回小說的開山之祖，歷史演義的壓卷之作。這部書問世 600 餘年來，一直流傳不輟，早就風行世界了。但對於這部書的作者、成書及其他相關情況，我們現在知道得還很少，學術界認識不一，分歧甚大。所以，當其首次被作為山東人的著作列入《齊魯文化經典叢書》新版的時候，有必要談一下我們對這部書的看法。

　　首先，《三國演義》的作者是「東原羅貫中」。「東原」是今山東以東平為中心的一帶地區，所以「東原羅貫中」的現代表述即羅貫中是山東東平人。明代筆記書目中有關《三國演義》作者羅貫中籍貫的記載，或稱杭人、越人、錢塘人。但從現存此書最早的刻本明嘉靖壬午（元年，1522）本有庸愚子（金華蔣大器）寫於「弘治甲寅」（七年，1494）的《序》稱「若東原羅貫中……《三國志通俗演義》」云云，以及同是嘉靖年間出版而稍晚（二十七年，1548）的建陽葉逢春刊《新刊通俗演義三國志史傳》題署有「東原羅本貫中編次」語看，明朝人對羅氏名諱籍貫等正式的認定或曰占主導的看法，是以他名本字貫中，為「東原」即今山東東平人。

　　我們願意相信明朝人這個正式的認定或曰占主導的看法，具體理由有二：一是各種記載中當以版本題署與序中文字最值得相信，加以嘉靖壬午本刻印精良，而庸愚子《序》文字明白無誤，且可以與葉逢春本題署相參證，所以不容置疑；二是兩本題署中「後學羅本貫中」與「東原羅本貫中」之稱，前者謙以「後學」，似非他人代筆所宜；後者極似《三國演義》中屢屢出現的「燕人張翼德」「常山趙子龍」聲口，從而兩者都很可能出自作者手筆。退一步說也應出自頗知此書底細，並與羅貫中關係密切的人，當正確無誤。總之，如果不是有充分而堅強的證據，那麼由最早刻本所體現的明朝人關於《三國演義》作者為「東原羅貫中」的認定不可動搖。如果說這一結論還需要完善

的話，那麼從多種筆記書目載他爲杭人、錢塘人等等來看，羅貫中確有可能長期漂泊江南，是一位曾流寓杭州的山東東平人。

至於長時期中有學者據《錄鬼簿續編》「羅貫中，太原人」條以《三國演義》的作者羅貫中爲「太原人」，是對那一資料「過度闡釋」而生的一個誤判。因爲一面《錄鬼簿續編》是一部記戲曲家生平著作的書，其記「羅貫中，太原人」云云，並沒有提到這位羅貫中寫過《三國演義》與任何一部小說，也看不出他對小說與三國的歷史有過任何關懷；另一面是我國古今乃至同時、同地、同姓名之人甚多，僅憑「羅貫中」名字的相同，就斷定這位「太原人」是《三國演義》的作者，實有悖常識，太過牽強。因此，我們並不質疑「羅貫中，太原人」條資料的眞實性與價值，只是認爲在沒有旁證的情況下，它不具否定嘉靖本等有關「東原羅貫中」的記載而證明《三國演義》作者羅貫中是「太原人」的效力。目前來看，由這條資料可能得出的認識，只能是說元代有兩個羅貫中，一個是戲劇家的「羅貫中，太原人」，一個是寫作了《三國演義》《水滸傳》等小說的「東原羅本貫中」。

值得注意的是，羅貫中同時是《水滸傳》等多部小說的作者，胡適先生是近世第一個爲《三國演義》寫序的人，他在 1920 年做《〈水滸傳〉考證》時還把寫《水滸傳》的羅貫中與寫《龍虎風雲會》雜劇的羅貫中混爲一談，在 1922 年參閱魯迅《小說史講義》作《三國演義序》時，尚以羅貫中籍貫爲「杭州人」，但至 1937 年因《水滸傳》論及羅貫中，就改以羅氏爲東原人了。他在該年 3 月 7 日的日記中寫道：

> 看王惲《秋澗大全集》，記出其中於曲家有關諸事。有一點是偶然發現的。諸書記羅貫中的籍貫不一致。或稱爲太原人，或稱爲杭州人。百十五回本《水滸》稱爲「東原」人。今夜讀《秋澗集》，見其中兩次提及「東原」，其一次顯指東平。因查得「東原」即宋之鄆州。後又偶翻《元遺山集》，稱「東原王君璋」，玉汝是鄆人。羅貫中是鄆人，故宋江、晁蓋起於鄆城。〔註1〕

這裡胡適以其「小心求證」的態度，舉宋元人書例所作的簡短論述，糾正了包括他自己在內學者們此前對《三國演義》《水滸傳》作者羅貫中籍貫的誤判。我們從中可以得出的認識是：1、羅貫中是東原即宋之鄆州，元之東平人；2、因爲「羅貫中是鄆人」即「東原」也就是「東平」人，「故宋江、晁蓋起於

〔註 1〕 《胡適日記全編》第六冊，安徽教育出版社 2001 年版。

鄆城」，也就是羅貫中因其家鄉而把《水滸傳》中的宋江、晁蓋寫爲「鄆城」人了；3、研究《水滸傳》成書可與羅貫中籍貫爲「東原」即「鄆州」亦即「東平」聯繫起來。這就在把《水滸傳》的著作權整個地判給了羅貫中的同時，也爲《三國演義》作者羅貫中爲「東原」即山東東平人做了結論。這無疑加強了以《三國演義》爲山東人著作而列入《齊魯文化經典叢書》的根據。

有關「東原羅貫中」的生平資料甚少，且多不可靠。可信者除如上已述及他同時是《水滸傳》的作者之外，《三遂平妖傳》也是他寫的。但另有《隋唐兩朝志傳》等幾部小說署在他的名下，論者多以爲僞託。又從《三國演義》《水滸傳》的取材命意與描寫看，有記載說他爲「有志圖王」者，曾經「客霸府張士誠」等，雖不可盡信，然恐亦非完全是空穴來風。至於《三國演義》成書的年代，自明以降即衆說紛紜，茲不具辯。而僅結合了學者們曾指出書中多元人用語等內證，並據早在明初瞿祐《歸田詩話·弔白門》與元人張憲《玉笥集·南飛烏》已引《三國演義》文本考索，本人認爲《三國演義》成書元泰定三年（1326）年前後。《水滸傳》敘事寫人多有模倣《三國演義》之處，當係後來所作。而因此之故，我們當以羅貫中生活的年代爲元朝中後期爲是。

《三國演義》成書後先以抄本流傳，至晚嘉靖元年有了第一個刻本即上述嘉靖壬午本。此本二十四卷卷各十則共二百四十則，實即二百四十回；此後版本流傳甚多，至明萬曆間有《李卓吾先生批評三國志》出來，始合二百四十則則爲一百二十回；又至清初毛綸、毛宗崗父子評訂本出來，世稱「毛本」，遂作爲《三國演義》公認的定本流行至今。

其次，《三國演義》是我國文人創作的第一部長篇歷史章回小說。《三國演義》成書於羅貫中之手，但他卻往往被認爲只是一位寫定者，而夠不上創作；或者雖然稱之爲「創作」了，卻對於他本人在中國小說史、文學史上的貢獻與地位，不作正面相應的評價。這固然有羅貫中其人生平事蹟不詳等原因的影響，但恐怕也有過高估計了羅貫中《三國演義》所依據前代資料的作用，而忽視了歷史小說創作，本就是一種不能不依據包括前代口傳與文字資料的創造性勞動，而無論前代之資料如何充分，也無法改變歷史小說是作家個人創作的本質。這種創作雖然得有資料可據之利，卻也同時有了受資料束縛如同帶了手銬腳鐐跳舞一樣特殊的困難。其複雜與艱辛，其實並不一定在他種主要是依靠虛構的一類小說的創作之下。更何況羅貫中首創長篇章回之

體，開文人爲「通俗演義」之風，《三國演義》「敘事之佳，直與《史記》相彷彿，而其敘事之難則有百倍難於《史記》者」（毛宗崗《讀三國志法》），可謂大處一切自我作古，細部無非妙筆生花。那麼他爲此一部大書對中國文學史、小說史的貢獻，又豈是後來者所可以輕易超越或遮蔽了的！所以，筆者非不知《三國演義》的成書，著實有賴於晉人陳壽《三國志》、宋人《三國志平話》、元人三國戲，以及三國至元代其他有關口頭與書面的文本，從中汲取大量思想與文學的營養，但更願意強調羅貫中《三國演義》是我國古代文人個人創作的第一部長篇歷史章回小說，而羅貫中是我國文人個人創作長篇小說的第一人！如果以長篇小說最能代表一國小說乃至文學的成就，那麼是否可以說，羅貫中《三國演義》在中國小說史、文學史上的地位，直可與孔子《論語》在儒學中的地位相方駕，乃千古一書而已！

第三，《三國演義》是影響了中國大歷史的一部偉大文學著作。如上把羅貫中《三國演義》與孔子《論語》相比較而爲言，是出於這樣一個道理，即在中國古代，孔子地位雖高，卻主要是讀書人的聖人，《論語》也主要是讀書人的聖經，與小老百姓並不直接相干的；而明清六百年間，讀書人在中國畢竟是少數，而且這少數人中的部分，與多數不讀書的老百姓，由種種渠道與形式閱讀最多的卻是《三國演義》《水滸傳》一類的書。從而《三國演義》《水滸傳》之類小說對中國普通人乃至部分上層人物的影響，其實並不在《論語》《孟子》等等儒家的經書之下。因此，就作品文本對歷史上人群的直接作用而言，《三國演義》《水滸傳》實可以謂之明清時代普通百姓的聖經。而其作者羅貫中，雖因那時小說家被輕視的原因在普通百姓中不甚聞名，但其實際所起的作用，不啻爲以小說行教化的普通百姓的聖人。此非個人私見，胡適致王重民信（1943 年 5 月 31 日）中說：

> 但老兄用「深入民間」一語，頗嫌太重。陸狀元、林堯叟都還不能「深入民間」。通俗書如《三國志演義》《水滸》《封神》《西遊》之類，才夠得上「深入民間」的資格。白蓮教、義和拳等等即是此種書的產物。〔註2〕

我國臺灣以經典通俗化著稱的大學者南懷瑾先生也說：

> 世界各國文化，都有「仁」的同義字；但中國的「義」字，英

〔註2〕 杜春和、韓榮芳、耿來金編《胡適論學來往書信選》上冊，河北人民出版社1998 年版，第 78 頁。

文、法文、德文，任何一國文字中都沒有同義的字。只有中國文化中才有的。……我們有這種文化，而且過去中下層社會普遍存在。這很重要，尤其一個國家在變亂的時候更明顯，在抗戰期間就看到，老百姓爲國家民族犧牲的精神，非常偉大，就是中國文化的表現。有人說這是儒家孔孟思想影響的，並不盡然，其實是《三國演義》等等幾部小說教出來的。〔註3〕

又在講到《三國演義》時有兩處注，一處說：

這是小說不是歷史，但是中國三四百年來的政治思想，可以說從來沒有脫離過《三國演義》這部小說的籠罩。

另一處說：

中國人對這部小說都非常熟悉，不過要注意的，我們不能說小說不是思想，而且在民間發生的影響力很大。小說是代表知識分子的思想，《三國演義》是羅貫中寫的，至少是羅貫中的思想，羅貫中也代表了知識分子。」〔註4〕

這些話也許並不完全妥當，但大致是對的。由此我們可以明白羅貫中《三國演義》的歷史地位與價值。至於其在中國與世界現當代的意義，那只要看一下近來講《三國》與講《論語》可以同樣「紅」得不相上下，而世界格局每每有用「『三國』演義」形容的情景，就可以明白了。也正因爲如此，筆者不再具論諸如《三國演義》中民爲邦本、「擁劉反曹」、嚮往統一、尊仁尚義、崇禮好智等等的思想內容與傾向，而相信讀者一旦有見於此，必將把玩深思，與時俱進，各得其益。

最後，《三國演義》「陳敘百年，該括萬事」（高儒《百川書志》），是中國小說敘事寫人藝術的典範，尤其是寫中國古代政治、軍事、外交鬥爭及其中智謀英雄人物的典範。以敘事而言，例如《三國演義》由《三國志·蜀書五》載「由是先主（劉備）遂詣（諸葛）亮，凡三往，乃見」數語，參以《三國志平話》「三謁諸葛」僅千字左右粗糙的文本，所撰《劉玄德三顧茅廬》等三回書（嘉靖壬午本），循儒家「禮以三爲成」之則，淋漓盡致地演義了《孟子》「故將大有爲之君，必有所不召之臣，欲有謀焉，則就之」（《公孫丑下》）的君臣理想，並最終成就了筆者所謂「三復情節」的敘事模式；以寫人論，《三

〔註3〕 《南懷瑾選集》第一卷《論語別裁》，復旦大學出版社 2003 年版，第 48 頁。
〔註4〕 《論語別裁》，第 447 頁。

國演義》寫劉備、諸葛亮、張飛、關羽、曹操等人物形象生動感人，躍然紙上，不僅各都成為中國人生活中某一類人的共名，而且更在後世小說如《水滸傳》《說岳全傳》等書中也能看到這類人物的影子。至於其「文不甚深，言不甚俗」（庸愚子《序》），斟酌於雅俗之間的語言特點，不僅使其在明清時代易於為社會各階層所接受，而且在今天也可以以起到讀者接近學習文言的良好教材的作用，其中所蘊含的創作經驗，更值得小說家學習與借鑒。

　　總之，雖然書無完美可言，更因讀者而異，問世於六百餘年前的《三國演義》，讀者更不免見仁見智。但是，作為齊魯文化以至全中國、全人類的寶貴文化遺產，《三國演義》將以其歷史上曾經是卓越的思想與今天看來仍幾近完美的藝術，而一如既往，永放光芒！

（本文為《三國演義》前言，原載羅貫中《三國演義》，齊魯書社 2009 年版）

論功若準平吳例，齊魯青銅鑄貫中

　　去年秋天，由山東省古典文學學會與山東省東平縣人民政府聯合舉辦的
「羅貫中與《三國演義》《水滸傳》國際學術研討會」在山東泰安——東平順
利召開（2006 年 8 月 19 日至 23 日）。會前，在到會國內外百位羅貫中與《三
國演義》《水滸傳》研究著名專家學者的深情注目中，山東省古典文學學會會
長袁世碩先生與中共東平縣委書記朱永強同志一起，緩緩地揭開了羅貫中銅
像的帷幕，有關的報導說：「上午 10 時，在激越的迎賓曲中，鮮紅的綢緞從雕
塑上徐徐滑下，高 4 米的羅貫中青銅像展現在人們面前。羅貫中綰著高高的髮
髻，身著曳地的長袍，清癯的臉龐上斑白鬍鬚飄然欲動，深邃的目光中透射出
睿智與安祥……」

　　作為最早參與這次會議的發起、組織和討論為羅貫中塑像的研究者，我
當時身在海外，默默地關心著這次會議的召開，想像著羅貫中與其他三位東
平籍歷史名人銅像揭幕的文化史時刻的盛況，為羅貫中這位東平同時是中國
與世界的文學巨匠、文化名人之魂重回故里，感到由衷地欣慰！並很自然地
想到金元之際，曾經六載安家於東平的文學大家元好問評唐詩先驅陳子昂的
詩句有云：「論功若準平吳例，合著黃金鑄子昂。」想到陳子昂力創唐詩新風
氣的功勞固然很大，封建時代詩歌的地位還要比小說戲曲等通俗文學為高，
但要使那時當權的人，能如越王句踐對待幫助他興越滅吳，功高不居，逃名
來山東的范蠡那樣，用黃金鑄像表彰和紀念陳子昂，則徒然是文學家的浪漫。
但是，這樣的事情，並且不是對一位詩人，而是對羅貫中這樣一位古代的小
說家，卻在今天的山東東平發生了，儘管其沒有用上價格高昂的黃金，但畢
竟青史留芳，「論功若準平吳例，齊魯青銅鑄貫中」了！

　　然而，據我所知，羅貫中的青銅像十幾年前省外至少就有一尊了，那是山西某地自稱羅貫中家鄉人們的熱心創作。所以，這一尊羅貫中青銅像在山東東平的落成，不僅是東平以至齊魯人民對這位偉大鄉賢的發現，更是他不朽英靈漂泊回歸的紀念。回想過去百年羅貫中東平人的歷史被無情遮蔽的事實，二十多年來，每一位曾經參與艱苦考辨，據理論爭，揭明羅貫中爲東平人眞相的人，都會有「陽光總在風雨後」的喜悅，與「烏雲上面有晴空」的感慨。

　　我們用「烏雲」說過去百年對羅貫中爲東平人歷史事實的遮蔽，當然只是一個比喻，而絕無重提「鬥爭」哲學的意思。然而自《三國演義》《水滸傳》問世以來，五六百年間，它們的作者羅貫中是「東原」——山東東平——人，一直爲多數學者與廣大社會讀者的共識。根據也很簡單，就是今見最早的《三國演義》與《水滸傳》版本上，都分別以序或署名的方式書作者爲「東原羅貫中」；而且今存明清間出版的無論《三國演義》《水滸傳》，還是《平妖傳》等小說，凡署名羅貫中的，除極個別不甚重要的情況，無不以他爲「東原」人。當然，在這同時，也有羅貫中是錢塘（今浙江杭州）人、越（浙江東部）人、盧陵（江西吉安）人等，但是多出於後人的野史筆記，屬於「故老傳聞」，所以從來沒有人重視。又因爲雖然時至明清通俗小說已經很發達了，但是，它的地位仍然很低；所以，雖然有關羅貫中籍貫諸說並存，分歧明顯，卻也從來沒有出現過什麼爭論，而獨任「東原羅貫中」的說法做大。直到上世紀初，「東原羅貫中」即《三國演義》《水滸傳》的作者羅貫中是山東東平人的認識，即使並沒有得到特別的強調，也同樣沒有人出來公開否定，處於儘管有些模糊，卻不可動搖的地位。

　　然而，正是「興廢繫乎時序，文變染乎世情」，到了上世紀二三十年代，小說研究大行其道。就有著名學者鄭振鐸、趙萬里等去寧波著名的天一閣訪書，無意中發現了一部題爲《錄鬼簿續編》的手抄本。這是一本繼元人鍾嗣成《錄鬼簿》之後的續書，專記《錄鬼簿》失載元以來戲曲家的資料著作，對於研究元明戲曲史，自然有珍貴的價值。但是，誰也不曾想到，這本書的發現，竟然在近百年間，戲劇般地改變了人們對《三國演義》作者羅貫中籍貫的認識，無論官私的說法，大都以他爲「太原人」，由原本山東「東原」改隸山西「太原」籍了！

　　原來這部手抄本記元末明初七十八位戲曲家，第二人就是「羅貫中」！

其文曰：

> 羅貫中，太原人。號湖海散人。與人寡合。樂府、隱語，極爲
> 清新。與余爲忘年交。遭時多故，各天一方。至正甲辰復會，別來
> 又六十餘年，竟不知其所終。

> 《風雲會》（趙太祖龍虎風雲會）、《蜚虎子》（三平章死哭蜚虎
> 子）、《連環諫》（忠正孝子連環諫）

這一則資料的發現，使當時正在爲中國古典小說研究開疆拓土做奠基工作，
卻苦於對《三國》《水滸》的作者羅貫中知之甚少的學者們欣喜若狂，紛紛易
幟，改認這位作者羅貫中爲「太原人」。其中最有名的自然是魯迅先生，他在
二十年代作《中國小說史略》與《中國小說的歷史的變遷》時，還以羅貫中
爲「錢塘人」。但自這條資料被發現出來以後，1935 年 1 月魯迅作《〈小說舊
聞抄〉再版序言》就稱：

> 此十年中，研究小說者日多，新知灼見，洞燭幽隱……自《續
> 錄鬼簿》（按即《錄鬼簿續編》）出，則羅貫中之謎，爲昔所聚訟者，
> 遂亦冰解，此豈前人憑心逞臆之所能至哉！

這種心情很可以理解，而他的看法幾乎可以說代表了當時學者共同的意見。
其影響至於自那時以來，至最近的十幾年前，各種中國小說史、文學史著作，
以及論議《三國演義》《水滸傳》作者羅貫中的場合，大都以此「羅貫中，太
原人」云云爲據。看起來也就如人民文學出版社 1981 年版《魯迅全集》相關
的注所說：「關於他（羅貫中）的籍貫生平，歷來說法不一。自發現《續錄鬼
簿》中所記羅氏生平事略以後，有關爭論基本得以解決。」

這件事是那時最重要的幾位大學者們做出來的，雖然並不直接關係國計
民生，但《三國演義》《水滸傳》作爲兩部幾乎中國人人都讀的大書，中國和
世界性的文學名著，可說是中國精神文化的重要象徵，而且至今韓、日、東
南亞諸國，也都有廣大的《三國》《水滸》迷，乃至有報導稱：「韓國：不和
沒有讀過『三國』的人說話」，也許太誇大了。但無論如何，有關這兩部書作
者籍貫的研究與結論，自然是學問上的大動作，是要爲天下後世負責的，按
說應該慎之以慎，即使不保證有百分之百的把握，卻也決不能犯常識性的錯
誤，成爲學術上的笑柄。然而不然，竟是說來莫不有些荒唐？那條資料所說
的「羅貫中，太原人」也許並非誤抄或傳寫有錯，但畢竟記他只是一位戲劇
家，身後留下三部戲劇，而沒有任何迹象表明他做過小說，更是包括他所寫

的戲劇，都與《三國》《水滸》的故事和書了無關係！怎麼可以一見「羅貫中」之名，就遽然認定他就是《三國》《水滸》的作者，進而捨白紙黑字「東原羅貫中」的記載於不顧，以《三國》《水滸》的作者羅貫中就是那位「太原人」了呢？

　　為這一荒唐事說法，筆者曾舉《水滸傳》第三十二回《武行者醉打孔亮，錦毛虎義釋宋江》寫王矮虎等開黑店，誤捉了宋江，正要動刀剜心取肝：

> 宋江歎口氣道：「可惜宋江死在這裡！」……燕順便起身來道：「兀那漢子，你認得宋江？」宋江道：「只我便是宋江。」燕順走近前又問道：「你是那裡的宋江？」宋江答道：「我是濟州鄆城縣做押司的宋江。」燕順道：「你莫不是山東及時雨宋公明，殺了閻婆惜，逃出在江湖上的宋江麼？」宋江道：「你怎得知？我正是宋三郎。」

並感歎學者們一時竟不如燕順，對這條資料根本不問「你是哪裏的羅貫中？」「你莫不是『有志圖王』不得而『傳神稗史』，寫了《三國演義》的羅貫中麼？」就認他作《三國》《水滸》的作者，由山東「東原」而改隸他為山西「太原」籍人了，豈不是如今天聽說「筆記本」就只想到手提電腦，而太失學術研究的水準了！

　　所以，二三十年來，古典小說研究界關於羅貫中籍貫「東原說」與「太原說」的爭論，不能說全無意義；但是，在「太原說」僅憑《錄鬼簿續編》那一條資料，而無法進一步證明那位羅貫中曾經寫過《三國》《水滸》的情況之下，就根本不能成立。在這種情況下，一方面我們縱然不完全排除《三國》《水滸》作者「羅貫中，太原人」的可能，但就《錄鬼簿續編》的那條資料的記載與《三國》《水滸》全無直接關係而言，它對於兩書作者羅貫中的研究來說，並無實際應用的價值，從而「太原說」根本不成其為一說，也就更不可能造成對羅貫中籍貫「東原說」的真正的挑戰。

　　在這個問題上，據旅日韓國學者金文京先生介紹，日本的《三國演義》學者就一向比較冷靜，「一般對羅貫中的作者地位持不置可否的態度，因為有關羅貫中的惟一可靠的文獻是《錄鬼簿續編》，而沒有具體的資料足以證明《錄鬼簿續編》所說的羅貫中就是《三國演義》的作者。日本學者並不積極地探索羅貫中籍貫諸問題，原因也即在此。」[註1] 本人也很讚賞這種審慎的態度。

〔註 1〕 沈伯俊、金文京《中國和日本：〈三國演義〉研究的回顧與展望》，《文藝研究》
　　　　 2006 年第 4 期。

但同時認為，儘管我們對《三國》《水滸》的作者羅貫中所知甚少，但畢竟「知之為知之」，幾乎所有明刊署名羅氏的著作上所稱或所標明「東原羅貫中」的說法，還是應該給予信賴的。如果不然，那麼歷史的記載還有什麼是可以相信的呢？

當然，這裡還要說明的是，有學者認為，包括明刊《三國演義》在內，多種小說的署名是書商為了牟利假託「東原羅貫中」。其實不然。我們知道，一方面無論哪一個時代都不會缺乏名人，羅貫中的時代有的是名人可託，不見得就輪到他；另一方面有一個次序上的邏輯必須清楚，羅貫中是因《三國》《水滸》等小說而得名，不是社會上先有一個大名人羅貫中，然後才有《三國》《水滸》出現；這也就是說，《三國》《水滸》之前的羅貫中即使不是無名之輩，也沒有證據表明他的名字在當時就已經有了什麼「明星」的效應，值得書商頻頻地盜用。所以，那個貌似看問題周全有理的書商託名說，不僅邏輯混亂，而且還有些幼稚的嫌疑，可以不說了。而實際上我們盡可以相信，多種明刊《三國演義》等書「東原羅貫編次」的署名，是作者自報家門，而非出於他人的認定。換句話說，這是羅貫中寫完《三國演義》後自己署上去的，與《三國》中張飛自稱「燕人張飛」或「燕人張翼德」，《水滸》中宋江自稱「鄆城小吏宋江」，為同一聲口，乃時習如此，反而以之為他人署上去的，倒是不大可能的了。

那麼羅貫中是東原什麼地方的人呢？按據《辭海》引可靠文獻與權威考證注說，古東原包括今山東東平、汶上、寧陽等地，大略而言，羅貫中應該是這三縣境內人。而據前些年有關調查，羅貫中很可能是今東平縣城羅莊人。他生活的時代大約在元朝的中後期，與元朝東平人曾中過狀元的霍希賢是好友。後來霍南下做官，羅貫中也因為某種原因漂泊江湖，到過江南許多地方，可能曾經長住杭州等地，所以有關於他是「杭人」「錢塘人」「越人」諸說。但又有傳說他中年或者晚年曾一度回鄉，在徂徠山麓的二聖宮寫作《三國演義》……。這些固然不可盡信，但傳說有時是歷史的影子，未必不對羅貫中之謎的探索有一定參考價值。儘管如此，這些也都可以不說，但至少有羅貫中參與編纂的《水滸傳》中，寫燕青在泰安東嶽廟打擂的故事頗值得研究羅貫中是哪裏人的學者玩味。那個故事中，狂妄自大的設擂者任原正是「太原府人氏」，結果在離東原不遠的泰安被燕青打敗攢下了擂臺。如果說寫這個故事的也是「太原府人氏」，而不是東原人，哪就實在不可理解了。

《三國演義》作者羅貫中是山東東平人，這個問題早在 1937 年胡適日記中就已經有所論證。感謝泰山學院周郢教授把他發現的這一資料寄我，原信如下：

> 羅貫中籍貫「東原」還是「太原」，是文學史上的一重公案。近來讀書發（展）〔現〕，胡適先生也是「東原說」的支持者，《胡適日記全編》第六冊所錄 1937 年 3 月 7 日日記：「看王惲《秋澗大全集》，記出其中於曲家有關諸事。有一點是偶然發現的。諸書記羅貫中的籍貫不一致。或稱爲太原人，或稱爲杭州人。百十五回本《水滸》稱爲『東原』人。今夜讀《秋澗集》，見其中兩次提及『東原』，其一次顯指東平。因查得『東原』即宋之鄆州。後又偶翻《元遺山集》，稱『東原王君璋』，玉汝是鄆人。羅貫中是鄆人，故宋江、晁蓋起於鄆城。」（安徽教育出版社 2001 年 10 月版）胡適不僅自《秋澗集》確認「東原」即東平，還進一步聯繫《水滸》人物的地域背景，試圖爲羅貫中爲東平人尋出內證。這段文字，應是較早關於羅貫中籍貫「東原說」的學術論證。

這是一個重要的發現！本人進一步注意到並且認爲，在寫下這則日記之前，胡適作《三國演義序》也曾據舊說以羅貫中爲「杭人」，但在這一次「小心求證」之後，他成了近世《三國演義》作者羅貫中籍貫「東原說」的首倡者，是值得紀念的。

總之，羅貫中是元代中後期的山東東平人。至少他的幼年或以至少年時代在山東東平度過，飽覽了八百里梁山水泊故地的人文地理，物產風光，也一定與當時不脛而走的水滸故事結下了不解之緣。後來他漂泊江湖，據說曾「有志圖王」，但見朱元璋迅速崛起，將掩有天下，便退而著書，「傳神稗史」，做小說以抒其「圖王」之志去了。但清初也有人說他曾經「客霸府張士誠」，做過先是反元後又與朱元璋對立的張士誠的幕僚，其實也說不定的。在這樣的問題上，我們既要有積極探索的態度和努力，但也要客觀地承認，歷史之所以爲歷史，就是不可再現，考證不是萬能的。

因此，我對羅貫中籍貫的研究，始終只是老老實實地根據古人留下的資料，揀其最可信的作大略的肯定，從不敢自以爲是，標新立異。如參與羅貫中籍貫「東原說」與所謂「太原說」的辯論，也只是相信並根據了明代《三國》《水滸》等書版本上的記載，不把古人的記載總看成是假話罷了，哪裏還

有自己的什麼發明？只是畢竟有過這樣一番不同尋常的學習與思辨，所以一旦醒悟，特別是看到這個自己醒悟的道理，正在被越來越多的人，特別是山東父老鄉親所欣然接受，羅貫中的銅像終於矗立在古東原生他養他的家鄉，就禁不住浮想聯翩，記得有句曰：

　　　　三國東原月，水滸大野風。

　　　　齊魯青未了，長河一貫中。

　　就無論中外文學而言，長篇小說都是一國文學最重要的代表。在這個意義上，羅貫中作為《三國》《水滸》兩部大書的作者（《水滸傳》署名的另一位作者施耐庵記載無考，未必實有其人），是中國長篇小說的開山之祖，「奇書」文體的第一大家。他給予明清以來中國文化的貢獻，特別是對中國社會下層風氣，普通人日常生活的實際影響，不啻於《論》《孟》的在士人與廟堂。在這個意義上，我甚至認為，羅貫中是明清民間的孔孟，他的《三國》《水滸》，才是那時百姓的聖經。因此又曾為撰一聯云：

　　　　演三國傳水滸天地至文英雄譜，

　　　　圖王霸託稗史千古一人奇文主。

　　雖然拙句不足以表彰羅氏偉大之萬一，但我可以說自己盡心也盡力了。即使羅貫中籍貫仍有爭論，但在沒有新材料發現的情況之下，誰想不以羅貫中為山東東平人為目前最合理的認識，而繼續爭論，結果也只會是不了了之，一歸於仍維持六百年來多數時段上占主導地位之「東原說」的結論。羅貫中籍貫研究這一學術現狀的形成，誠足令人欣慰，以致竟有何適之先生在題為《杜貴晨教授稱〈西遊記〉的作者是泰安人》的網文中說：

　　　　一個非常有意思的事情是，正是在杜教授的主持和考證下，《三
　　　國演義》的作者羅貫中的籍貫，被學術界認定為是山東東平，而《水
　　　滸傳》也被認定是羅貫中所作。如果杜教授能夠考證出《西遊記》
　　　作者的確切名諱，那麼，四大名著中的三部都將成為山東人，乃至
　　　泰安人（山東東平也屬泰安管轄）的傑作。杜教授是山東寧陽人，
　　　和我的老家山東東平同屬泰安市，也算是半個老鄉了。這位老鄉的
　　　學術工作的確為我的家鄉增色不少，使我不由得不對自己那本就乏
　　　善可陳的家鄉又多一點眷戀。〔註2〕

　　儘管所說「杜教授主持」自然是過獎的事，「色」也是她本有而非憑空「增

─────────────

〔註2〕http://www.blogcn.com/User4/liuma/blog/50261490.html

上去的，但人非木石，「眷戀」一說，於我心有戚戚焉。並油然想到那新近矗立在東平大地上的羅貫中銅像，他「深邃……睿智與安祥」的目光中，莫非也透射出一份魂歸故里的感動：啊，我親愛的家鄉！

二〇〇七年三月二十九日